Norbert Klugmann

Die Nacht des Narren

Trine Deichmanns zweiter Fall

Mabuse-Verlag
Frankfurt am Main

Bibliografische Information der Deutschen Nationalbibliothek

Die Deutsche Nationalbibliothek verzeichnet diese Publikation in der Deutschen Nationalbibliografie; detaillierte bibliografische Angaben sind im Internet unter http://dnb.d-nb.de abrufbar.

Informationen zu unserem gesamten Programm, unseren AutorInnen und zum Verlag finden Sie unter: www.mabuse-verlag.de.

Wenn Sie unseren Newsletter zu aktuellen Neuerscheinungen und anderen Neuigkeiten abonnieren möchten, schicken Sie einfach eine E-Mail mit dem Vermerk „Newsletter" an: online@mabuse-verlag.de.

Lizenzausgabe

Kasseler Str. 1 a
60486 Frankfurt am Main
Tel.: 069 – 70 79 96-13
Fax: 069 – 70 41 52
verlag@mabuse-verlag.de
www.mabuse-verlag.de

Originalausgabe © 2008 – Gmeiner-Verlag GmbH
Lektorat: Claudia Senghaas, Kirchardt
Umschlaggestaltung: Marion Ullrich, Frankfurt am Main,
unter Verwendung eines Bildes von Ernst Ferdinand Oehme,
„Burg Scharfenberg bei Nacht", © bpk/Nationalgalerie, SMB/Andres Kilger

Druck: CPI – Clausen & Bosse GmbH, Leck
ISBN: 978-3-86321-173-8
Printed in Germany

1

Das Schwein guckte nach links, aber die Kutsche kam von rechts. Der Körper des Borstentiers geriet unter ein Vorderrad und wirkte dort als eine Art Bremse. Die beiden Pferde bäumten sich auf, der Kutscher ließ ihnen die Zügel, die Straße war so schmal, dass nicht daran zu denken war, seitlich auszubrechen. Das Schwein schrie wie am Spieß. Die Gestalt auf dem Kutschbock brüllte. Ihr Gesicht war bis auf einen Schlitz für die Augen von einem Tuch verhüllt. Pechschwarz saß die Gestalt vor der schwarzen Kutsche, deren eiserne Räder hart über das Kopfsteinpflaster rumpelten und noch lauter waren als die Hufeisen. Die Pferde wieherten, der Kadaver des Schweins flutschte weg und ließ die Kutsche wieder leicht laufen. Zwei Häuser weiter riss der Kutscher unnachgiebig an den Zügeln. Dampfend kamen die mächtigen Tierkörper zum Halten. Die Tür der Kutsche wurde aufgestoßen, drei vermummte Gestalten sprangen heraus. Sie vergewisserten sich, dass sie ungestört waren, und klopften an die Haustür aus zwei Flügeln. Als nicht reagiert wurde, schlugen sie mit behandschuhten Fäusten gegen das danebenliegende Fenster.

»Ja scheiß der Hund drauf, was für Vandalen veranstalten mitten in der Nacht so einen Lärm?!« Die kiebige Frauenstimme kam aus einem der oberen Fenster auf der anderen Straßenseite. Die Haustür wurde geöffnet, das verschlafene Mädchen, ein Tuch vor der Brust zusammengerafft, starrte die Gestalten an und wurde von ihnen ins Haus gedrückt. Ein Eindringling kümmerte sich um das Mädchen, die anderen beiden stürmten die Treppe hinauf.

Der erste Gedanke des verängstigten Mädchens war: Sie sind nicht zum ersten Mal hier. Schockiert starrte sie auf den schwarzen Fleck, an dem bei Menschen das Gesicht sitzt. Es brannten nur die beiden Kerzen für die Nacht und sorgten für eine schreckliche Beleuchtung, denn man ahnte mehr als man sah, und die Gedanken waren frei, sich das Schlimmste vorzustellen.

»Was werdet Ihr mit mir tun?«, murmelte das Mädchen. Der schwarze Fleck grunzte, das Mädchen dachte: Es ist kein Mensch, es ist ein Tier. Die anderen vermummten Gestalten rissen im oberen Geschoss die Türen auf, dann standen sie Trine Deichmann gegenüber. In ihrem Schlafraum brannte kein Licht, dafür bezahlte der erste Eindringling einen hohen Preis, denn als der Schuss sich löste, hatte er noch nicht erkannt, dass die Hebamme eine Pistole hielt. Ein Schuss, ein Schrei, ein fallender Körper, der sich auf dem Boden zusammenkrümmte und die gut vernehmbaren Worte sprach: »Das Höllenweib hat mir ins Gemächt geschossen.«

»Nicht schießen!«, rief die zweite Gestalt. Bis eben hatte sie noch im Türrahmen gestanden, jetzt erklang ihre Stimme von weiter unten. »Ihr zieht Euch an, es ist sehr dringend!«, rief die unverletzte Stimme. In der Dunkelheit wurde hantiert: eilig, aber beherrscht.

Kerzen begannen zu brennen, Trine Deichmann hockte vor dem verletzten Mann und sagte: »Lasst die Hose fallen!« Diese Aufforderung versetzte den Mann in größere Aufregung als der Schmerz im Unterleib. Er weigerte sich und wollte lieber sterben, als sich vor einer fremden Frau zu entblößen. »Gut«, sagte Trine, »dann nutzt die letzten Minuten, bevor Ihr vor den Schöpfer tretet. Betet und bereut.«

»Aber Ihr könnt mich doch nicht …«

»Ich kann. Und ich werde.« Sie wandte sich an den

zweiten Mann, der zwischen Schrank und Kommode hockte, und sagte: »Ich bin bereit. Wir brechen auf.«

Am Ende landeten sie doch zu viert in der Kutsche. Der mit der Verletzung presste beide Hände vor den Bauch und jammerte: »Ich ziehe Euch vor den Richter. Dafür werdet Ihr büßen.« Trine Deichmann schnaubte höhnisch und trug dem Dienstmädchen auf, hinter ihr aufzuräumen und alle Schäden zu protokollieren, die die Eindringlinge angerichtet hatten.

»Warum tut Ihr das?«, fragte der Unverletzte. »Haben wir Euch nicht immer anständig bezahlt?«

»Das Schwein hat sich nicht freiwillig auf die Straße gelegt.«

»Wer rechnet nachts mit frei laufenden Schweinen?«

»Wisst Ihr, was der Unterschied zwischen einem Bürger und Euch ist?«

»Ich bin schöner?«

»Nein, der Unterschied ist, dass ein Bürger in der Lage ist, ein Haus zu betreten, ohne Türen zu zerstören.«

»Ich blute«, stöhnte der Verletzte.

»Woher wollt Ihr das wissen? Es ist dunkel.«

»Ich habe daran geleckt.«

»Sehr mutig von Euch. Es könnte auch ein anderer Saft sein.« Trine tat der arme Teufel leid. Sie wusste, dass der Körper des Mannes Stellen besaß, an denen der Schmerz sich stärker sammelte als an anderen. Aber sie hatte sich so furchtbar erschreckt. Aus tiefem Schlaf war sie gerissen worden, der Traum war anregend gewesen und sie eine Königin, vor der alle knicksten. Genau die Art von Traum, die eine städtische Hebamme niemandem erzählen würde – außer ihrem Mann. »Ihr könnt froh sein, dass mein Joseph nicht im Haus war. Ihr wärt beide nicht aus eigener Kraft wieder herausgekommen.«

Insgeheim fluchte sie auf den Kerl und dachte: Du nimmst dir viel heraus in letzter Zeit. Wir müssen uns dringend unterhalten. Der Kutscher trieb die Pferde an. Nach Osten ging die Fahrt, sie rollten in den Morgen hinein. Im Mai konnten die Nächte noch sehr kalt werden, dennoch zog Trine den dicken Stoff vom Fenster fort. Sie fuhr nicht so oft Kutsche, um eine Fahrt nicht jedes Mal von Herzen zu genießen. Die Häuser der Stadt hatten sie schon hinter sich gelassen, der Weg führte in die mecklenburgischen Hügel, deren frisches Grün mit jeder Minute des jungen Tages an Kraft gewann. Der blutende Mann wurde immer schwächer. Sein Begleiter beugte sich zu Trine und flüsterte: »Soll ich ihm eine verpassen, damit Ihr nach ihm sehen könnt?«

»Nein, lasst ihn. Wer weiß, vielleicht kann der Frauenwelt nichts Besseres passieren als dass da unten endlich Ruhe herrscht.« Das Wimmern nahm zu, Trine griff in ihre Tasche, die fast jeder Lübecker kannte. Sie presste ihm ein Tuch auf die Nase, er wehrte sich, aber er war schwach. Zu zweit schickten sie ihn ins Land der Träume. Dann sah Trine nach dem Rechten. Eine Ader war nicht getroffen worden, die Kugel steckte auch nicht im Fleisch, sie war seitlich hindurchgeflogen, zwei Lappen Haut hingen herunter, Trine säuberte die Wunde, drückte die Hautlappen aufeinander und legte einen Verband an.

»Dafür, dass Ihr keine Ärztin seid …«, murmelte der zweite Mann.

»Nehmt Eure alberne Maske ab. Ihr solltet Euch schämen.« Trine befreite den Bewusstlosen von seinem Tuch. Darunter verbarg sich ein nicht mehr junges und gar nicht hässliches Mannsbild. »Wäre schade drum«, murmelte Trine. »Hat er Kinder?«

»Er befürchtet ja. Aber er weiß es nicht.«

»Ich verstehe, warum Ihr bei mir klopft und nicht beim Bischof.«

»Er wurde auch eingeladen, aber er hatte keine Zeit.«

»Er ekelt sich vor Euch und Eurer Gesellschaft.«

»So redet Ihr nur mit mir, weil Ihr denkt, Ihr könnt es Euch erlauben.«

»Und? Kann ich's nicht? Wollt Ihr Eure sorgfältig manikürten Finger in den blutenden Leib der Schwangeren stecken?«

Er schwieg. Nur sein Gesicht verriet, dass er mit Vorstellungen kämpfte, die sein geistiges Auge nicht sehen wollte. Der Weg – weißer Sand durch Wiesen voll appetitlichem Grün – führte bergan. In einer lang gezogenen Kurve, die kein Ende nahm und so sanft anstieg, dass man sich beim Blick nach hinten wunderte, wie hoch man schon gekommen war, fuhr die Kutsche auf die Hügel zu. Dann kam der Scheitelpunkt, ohne Ankündigung lag das Schloss vor einem, davor Teich und Garten, dahinter im glasigen Dunst des Morgens das Meer, flach, friedlich, ohne Wellen – und über ihm der Himmel. Noch zwei Stunden, und das Meer würde überdacht sein von mildem Blau, darunter das Blaugrau des Wassers, davor die Bäume, Wiesen und Gärten mit so vielen Grüntönen, wie es Arten gab.

Trine Deichmann konnte sich nicht erinnern, dass sie um einen Halt gebeten hatte. Jedenfalls stand die Kutsche, als sie nach langer Zeit der Träumerei wieder wahrnahm, was um sie herum vorging. Sie sah den Mann an und sagte verschämt: »Ich kämpfe dagegen an. Es ist nichts als Gras und Baum und Wasser. Aber diese Komposition ...«

»Ihr seid ja eine Dichterin. Und ich dachte, ihr Hebammen versteht euch nur auf handfestes Zupacken.«

2

Die junge Frau erblickte die Hebamme und begann zu pressen. Vier Frauen standen um sie herum, die sich nun schlagartig zu bewegen begannen. Es war, als hätten alle auf Trines Ankunft gewartet. Der Raum war klein, aber hell. Trine sorgte dafür, dass die Tücher vom Fenster kamen, damit es noch heller wurde. Sie wusch Hände und Arme und warf auf alles einen Blick. Sauber war's und warm. Das Bett war nicht so weich, dass die Schwangere in ihm ersoffen wäre. Warmes Wasser stand zur Verfügung, die Küche war gleich um die Ecke. Man hatte der Schwangeren einen Tee aus Kräutern und starken Gewürzen zu trinken gegeben. Davon wurde die Gebärmutter warm, und alles würde leichter gehen

Drei der vier Frauen waren Kolleginnen der Schwangeren, die nicht älter war als 16. Vierschrötig, praktisch, zupackend waren die Frauen, genau die Art, die Trine schätzte, denn solche Frauen schwatzten nicht, sie packten zu, und selbst beim größten Hindernis kippten sie nicht aus den Latschen.

»Sie wollte viele Treppen steigen«, sagte die älteste der Frauen zu Trine. »Achthunderteinundachtzig. Ich wollt so gern die tausend schaffen«, keuchte die Schwangere. Gunda war ihr Name, sie war eins der Zimmermädchen auf dem Sommersitz.

Trine dachte: Hoffentlich gibt es einen Vater. Das Mädchen war drall und gut durchblutet, das Haar lang und dick, was man von ihrem Körper im Bett entdeckte, ließ Trine zu der Meinung kommen, ein heißblütiger Graf, Baron oder Freiherr könnte bei ihrem Anblick leicht in Wallung geraten sein, sodass er erst die gute Erziehung und dann die Kleidung fallen gelassen hatte, um zu tun, was er für seine Natur und sein Recht hielt. Viele Frauen entwickelten in den Stunden vor der Niederkunft bizarre Vorlieben. Manche wollten singen, manche verlangten nach frischer Luft. Die eine zog's in den Zuber, diese wollte Treppen steigen. Das Kind lag gut, der Kopf zuerst. Weit weg von Lübeck musste Trine nicht damit rechnen, dass ihr ein übereifriger Arzt ins Handwerk pfuschte.

Plötzlich stand er in der Tür, die Frauen ließen sich durch sein Erscheinen nicht stören, nur Trine Deichmann starrte ihn an. Sie dachte sofort: Du musst woanders hingucken, was soll er von dir denken? Aber sie starrte ihn an, er nahm es hin, als habe er nicht im Ernst damit gerechnet, dass eine Fremde so tun könnte, als würde sie nicht wahrnehmen, was sie doch zweifellos sah: einen verwachsenen Mann, nicht größer als ein Kind von zehn Jahren, aber mit dem Gesicht eines Erwachsenen. Sein Rumpf war dick wie eine Trommel, die Beine wirkten darunter bleistiftdünn. Schief sah er aus, als sei ein Bein kürzer und er könnte im nächsten Moment zur Seite kippen. Sein Haar war lang bis über die Schultern. Dermaßen schwarzes Haar konnte er nicht von der Natur bekommen haben. Auch die Augenbrauen wirkten künstlich. Die Gegend um den Mund war mit Schönheitspflästerchen übersät. Wer hatte diesem armen Menschen das bloß angetan? Oder hatte er sich aus eigenem Antrieb so verunstaltet? Er trug ein rotes Wams von bestem Tuch, aus den Ärmeln lugte weiße Spitze. Auch um den Hals und vor der Brust bauschte sich Spitze. Er konnte sich darin unmöglich wohlfühlen.

Je länger man diesen Menschen ansah, umso mehr fand man, was an ihm alles nicht stimmte. Etwas war mit seinen Augen, eins guckte anders als das andere, aber er schielte nicht. Und die Stirn! Sie war zu mächtig für den schmächtigen Körper. Allerdings war der Kopf im Verhältnis zum Rest zu groß. Trine hätte gern einen Blick auf seinen Hals geworfen. Irgendetwas war mit dem Hals, auf einmal bekam die viele Spitze eine andere Bedeutung.

Und dann sprach das Männlein: »Helfen will ich, und Ihr sagt mir, was ich tun kann.«

Trine ließ die Worte in sich nachhallen. Wie konnte aus diesem kleinen Körper so eine volltönende Stimme kommen? Hatte dieser Zwerg eine Lunge mit drei Flügeln?

Nun wandte sich die älteste der Frauen an den Mann: »Macht Euch unsichtbar. Hier ist das Reich der Frauen.«

»Wollt Ihr damit sagen, ich gehöre ins Reich der Männer?«

Sie musterte ihn, ihre Kiefer mahlten. Sie rang mit einer Antwort, und sie würde nicht schmeichelhaft ausfallen. Aber Gunda verlangte nach Aufmerksamkeit, so blieben die verletzenden Worte ungesagt. Trine sagte: »Ich bin Trine Deichmann aus Lübeck.«

Er vollführte einen Diener. Trine hatte vorher gewusst, dass die Bewegung geziert und unnatürlich aussehen würde. Er sagte: »Das ist mir bekannt. Das ist jedem bekannt. Ich freue mich, Euch kennenzulernen, ich wünsche mir das lange schon. Vielleicht werdet Ihr Euch heute Abend fragen, mit wem Ihr heute Morgen gesprochen habt«, sagte das Männlein. Erneut ein Kratzfuß. »Theophrastus von Bommelheim.«

»Narrenheim«, murmelte eine der Frauen ohne aufzuschauen. Aber das Männlein hatte sie wohl verstanden.

»In der Tat bekleide ich das hohe Amt des Narren und bin nicht wenig stolz darauf. Gar manches Mal habe ich einige der Anwesenden zum Lachen gebracht.«

Gunda schrie, Trine warf dem Narren einen Blick zu, der kleine Mann zog sich zurück. »Was der wohl helfen will«, knurrte eine der Frauen. »Der weiß doch nichts vom Leben. Der weiß doch alles nur aus Büchern.«

Gunda veranstaltete kein Theater. Kein Zauberstein, keine Schlangenhaut, keine magischen Gegenstände, ein einziges Amulett hielt sie in der Hand und wollte es nicht hergeben. »Es ist vom Liebsten«, flüsterte eine der Frauen Trine zu. »Ich habe draufgebissen. Es ist echt.«

In den nächsten Minuten kam Trine, ohne es zu wollen, immer wieder neben die Vierte der Frauen zu stehen. Von den anderen kannte sie mittlerweile Namen und Rang im Schloss. Nur die Vierte hielt sich bedeckt. Trine Deichmann war eine kluge Frau. Sie kam mit jedermann gut aus, egal von welchem Stand er war. Aber sie konnte es nicht vertragen, wenn man sie anschwieg. So ging sie die Frau offensiv an, stellte Fragen, lobte ihre Umsicht und unterstellte, als alles nichts half, dass sie »vom Fach« sei.

»Ach was«, knurrte die Frau, »ich bin Wilhelmine, die mit den Hunden kann.«

»Pardon, ihr seid ... was?«

»Hunde. Ihr kennt sicher Hunde.«

»Ja, ja, aber ... wieso?«

»Sie gehorchen nur ihr«, mischte sich die Älteste ein. »Der Fürst hat die beiden tollsten getötet und dachte, es wird Ruhe sein. Aber sie hören nur, wenn Wilhelmine die Befehle gibt. Sie sagt das Gleiche wie der Fürst, sie darf nichts anderes sagen, kein Wort darf sie verändern. Aber bei ihr parieren die Hunde, und bei ihm gähnen sie.«

Das wollte Trine genauer wissen, aber nun kam Bewegung in Gundas Bett. Sie begann zu schreien, aber sie schrie nur, weil alle ihr dazu rieten. Eine Frau machte ihr Schreie vor, und Gunda schrie wie sie, aber bei ihr klang es wie ein Vögelchen. Bald schnaufte sie nur und sagte, so sei es ihr angenehmer.

»Im Wochenbett sind die Frauen so frei wie nirgends sonst«, behauptete Wilhelmine.

Das Kind glitt aus Gunda, als sei sie auf der Welt, um eine leichte Geburt zu haben. Niemand im Raum war verblüffter als die junge Mutter. »In einem Rutsch«, murmelte sie. »Ich verstehe nicht, warum sich alle so anstellen.«

Trine verstand es und die anderen Frauen auch. Aber jetzt war nicht Tag und Ort, um es Gunda zu sagen. Die junge Mutter war noch so aufmerksam, die Hebamme um ein besonders langes Stück Nabelschnur zu bitten. »Er wird sich freuen, wenn er ein langes Glied hat und nicht damit vorliebnehmen muss, was zufällig für ihn übrig blieb.« Sie bestand darauf, dass kein Stück von der Nabelschnur achtlos fortgeworfen würde. Jede zweite Mutter wollte es als Talisman behalten, mochte es in getrocknetem Zustand auch wenig hermachen. Immerhin verzichtete sie darauf, die Hebamme aufzufordern, den Kopf des Kindchens zu formen und zu modellieren. Möglich wäre es gewesen, denn die Knochen waren weich und nachgiebig. Die blutjunge Trine Deichmann hatte sich einige Male dazu hinreißen lassen, das Würmchen nach eigener Vorliebe zu gestalten.

Der Säugling wurde gereinigt und eingepackt. Seine Augen waren offen und klar, er hatte gekräht, um die Lungen zu erproben. Dann hatte er geschwiegen, um die Nerven der Anwesenden nicht zu strapazieren. »Eine langweilige Geburt«, murmelte Wilhelmine. »Da ist es ja schwieriger, ein Kaninchen zu schießen.«

»Das sind mir die liebsten«, entgegnete Trine. »Schnell, leicht, sicher. Alles lebt, alles lacht.«

Die Frauen stießen mit einem Gläschen Likör auf den glücklichen Verlauf an. Gunda wurde nun schlagartig müde, aber erst legten sie das Kind an. Anfangs fand der kleine Dussel die Brust nicht, und als er sie fand, behauptete Gunda, sie sei gebissen worden und man solle etwas dagegen unternehmen. Dann schliefen beide beim Trinken und Säugen ein: Mutter und Kind fielen die Augen zu, die Köpfe sanken auf die Seite, das Kind wurde in die Wiege gelegt, ein zierliches Bett aus bunt bemaltem Holz.

Jetzt konnte Trine endlich ihrer Neugier die Zügel schießen lassen. Es gab einen Rittmeister, nicht mehr jung und schon Witwer, der gerne mit den jungen Mädchen herumpoussierte und wohl selbst am meisten erschrocken war, als die Schwangerschaft feststand. Einige Wochen brauchte er, um einen Posten auf einem Landgut im fernen Osten zu finden. Niemand begriff, was ihn in die Flucht getrieben hatte. Finanziell war er gut gestellt, und Gunda wusste, was ein Mädchen von ihrem Stand verlangen und was es besser unterlassen sollte. Zu befürchten hatte er also nichts, dennoch brach er auf und war seitdem nicht mehr gesehen worden.

»Männer«, spuckte die älteste Frau verächtlich aus, »es ist kein Segen mit ihnen. Wir müssen einen Weg finden, sie überflüssig zu machen.«

»Ihr meint beim Kinderkriegen.«

»Sind sie es auf allen anderen Gebieten nicht schon längst?«

Darauf tranken sie noch ein Glas. Das dritte spendierte

Trine aus der Flasche, die sie stets für den Fall dabeihatte, dass sich die Geburt in die Länge zog und schwache Nervenkostüme zu stabilisieren waren.

Sie erkundigte sich, ob die junge Mutter mit ihrem Kind auf dem Schloss bleiben dürfe oder ob man sie, wie üblich, in eine ungewisse Zukunft verjagen würde. Es sah gut aus für Gunda. Seit dem Tod seiner Frau war der Fürst weicher geworden. Um Fragen des Personals kümmerte er sich nicht; was der Hofmarschall beschloss, ging an ihm vorbei. Manchmal gab es aber eine Ausnahme, Trine konnte sich nicht vorstellen, dass ihre »Entführung« am Morgen eine eigenmächtige Aktion von Untergebenen des Fürsten gewesen war. Gerne hätte sie mit ihm gesprochen, und wenn es nur dazu gewesen wäre, ihm für seine Fürsorge zu danken. Aber ihre Stellung ließ es nicht zu, unangemeldet vor dem Fürsten zu erscheinen. Zwar herrschten in einem Sommersitz nicht so strenge Regeln wie im Stammschloss, doch dann sagte die älteste Frau: »Ich muss in die Küche zurück. Das Narrenreich beginnt gleich, alle sind schon wie von Sinnen.«

Trine Deichmann kannte diese Sitte vom Hörensagen. In den Residenzen, an denen Narren lebten, erhielten die Spaßmacher einmal im Jahr Gelegenheit, ein kurzweiliges Regiment zu errichten, bei dem es drunter und drüber ging, bei dem viel gegessen und noch mehr getrunken wurde und das in der Nacht mit einem Feuerwerk endete. Um das Feuerwerk tat es Trine leid, sie würde es verpassen.

»Ich breche auf«, sagte sie, »dann bin ich mittags wieder zu Hause.«

»Vergesst nicht, Euch bezahlen zu lassen«, sagte Wilhelmine im Hinausgehen.

Die Kutsche war verschwunden, Trine wartete. Einige Male überquerte ein Bediensteter den Paradeplatz vor dem Haupteingang. Jedes Mal geschah es im Laufschritt. »Eilig, eilig«, rief ein Dienstmädchen lachend und trabte mit zwei Armen voll Tischwäsche ins Schloss. Trine wurde ungeduldig, das ging bei ihr manchmal sehr schnell. Sie schlenderte zum Haupttor, weil sie von dort Stimmen gehört zu haben glaubte. Tatsächlich fand sie ihren Entführer im Gespräch mit zwei Uniformierten. Wie aus einer vergangenen Zeit sahen sie aus in ihren Rüstungen. Beide hatten Hellebarden mit langem Holzschaft und einem Beil an der Spitze. Tapsig wirkten sie. Konnte man in diesen schweren Rüstungen überhaupt laufen?

»Die Geburt ist glücklich verlaufen«, berichtete Trine. »Ihr müsst mich bezahlen, und dann warte ich auf die Kutsche.«

Die beiden Rüstungen gluckten vergnügt. Trine nahm das nicht ernst, hier schien es vor Narren zu wimmeln.

»Keine Kutsche«, sagte einer zu Trine.

Sie reagierte nicht, sie verstand ihn auch nicht. Ernst nahm sie ihn sowieso nicht. Aber dann stellten sich die beiden dicht vor Trine und platzierten ihre Hellebarden so auf den Boden, dass sie sich genau vor Trines Gesicht kreuzten.

»Lasst das«, knurrte sie und wollte die Lanzen zur Seite schieben. Das gelang ihr nicht. Fragend blickte sie ihren Entführer an.

Er zuckte die Schultern und murmelte: »Euer Geld sollt Ihr bekommen. Aber bis dahin habt Ihr 24 Stunden Zeit. Willkommen im Narrenreich.«

Bei Trine fiel der Groschen nicht. So sagte der Entführer: »Unser kleiner Narr hat den Termin vorverlegt. Das Narrenreich beginnt nicht um 12 Uhr mittags, sondern es begann bereits vorhin. Ich schlage vor, Ihr macht das Beste draus. Es wird Euch an nichts fehlen.«

»Ich werde ja wohl noch durchschlüpfen dürfen«, sagte Trine leichthin. Als sie die Blicke verfolgte, die die Männer wechselten, verflog ihre Zuversicht.

»Ein Tag Narrenreich«, sagte einer mit der Lanze. »Niemand kommt hinaus, niemand kommt herein. Wer Glück hat, überlebt.«

3

TRINE DEICHMANN AKZEPTIERTE die Zurückweisung nicht. Was war das Narrenreich? Warum steckten die Wachen in altmodischen Rüstungen? »Sagt mir endlich Euren Namen«, forderte sie ihren Entführer auf.

Als er sie anblickte, erkannte sie, wie erschöpft er war. Das konnte nicht nur an der Kutschfahrt liegen, es lag wohl an den Stunden vor Beginn der Fahrt. Wässrig die Augen, faltig die Haut. Trine dachte: Wir kommen alle in die Jahre.

Er hieß Graf Teiler von Harnack. Trine wusste sofort, dass das nicht sein konnte. Niemand hieß Teiler. Aber er lebte in einer Welt, die nicht die ihre war. Sie kannte sich auf Schlössern und Burgen nicht aus. In diesem Sommersitz war sie heute zum dritten Mal. Mehr als eine Handvoll Räume hatte sie nie gesehen, außer mit dem Fürsten und Harnack hatte sie nur mit Bediensteten und den Schwangeren gesprochen. Wenn sich ein Mann bei der Schwangeren aufgehalten hatte, war er der Vater gewesen oder aus anderen Gründen nicht ansprechbar. Männer waren nicht günstig in diesen Stunden. Deshalb rochen sie auch nach Branntwein, deshalb standen sie ständig im Weg und stellten blödsinnige Fragen. Trine kannte sich in Lübeck aus, der großen Stadt im Norden mit ihren 25.000 Einwohnern, dem großen Hafen und den Verbindungen in alle Orte des nördlichen und östlichen Baltischen Meeres. Sie kannte viele arme und nicht wenige wohlhabende Bürger, mit einigen war sie seit Langem bekannt. Von einigen hatte sie Geschenke erhalten, und zumindest die Frauen erinnerten sich an Trine Deichmann als eine

Person, die in den hektischsten und angsteinflößendsten Momenten Ruhe ausstrahlte, die dirigierte und anordnete, die nie zu sagen brauchte »Ich bin die Klügste«, weil das dem Dümmsten nach zehn Minuten klar wurde.

Trine Deichmann war die dienstälteste der vier städtischen Hebammen. Sie stand den Frauen in ihrer schwersten Stunde bei und verlangte für ihre Arbeit kein Geld, weil sie es von der Stadt erhielt. Ihr Ruf war weit gedrungen, so war der Fürst auf sie gekommen, denn mit Lübeck im strengen Sinne hatte er nichts zu tun und legte Wert darauf. Manchmal stand die Hütte, in der sich neues Leben ankündigte, vor den Toren der Stadt. Manchmal befand sie sich nicht mehr auf Lübecker Gebiet. Trine sah das nicht so eng, und weil sie es mit der Mogelei nicht übertrieb, ließ man es ihr durchgehen.

Wenn die Hütten so weit entfernt waren, dass man von ihnen nicht mehr die höchsten der Lübecker Kirchtürme sah, hatte Trine Deichmann nichts zu tun. Hier draußen herrschten die weisen Frauen, die gleichzeitig als Heilerinnen arbeiteten und manches Zauberkunststück auf Lager hatten. Aber bevor sie es zeigten, wurden die Türen geschlossen und die Fenster verhängt, denn der Übergang zur Hexerei war ein fließender, und so gern jedermann die Kunst der Hexe in Anspruch nahm, so sehr wurden die weisen Frauen von offiziellen Stellen argwöhnisch beäugt. Sie stellten keine Gefahr dar, man verfolgte und drangsalierte sie nicht. Aber man wollte sie nicht sehen und von ihrer Arbeit nichts wissen. Einmal im Jahr regte sich ein Medicus über eine Hexe auf und schlug Krach, wie es so albern nur ein Mann tun konnte. Dann nahm man den Zürnenden zur Seite und führte ihm vor Augen, dass er auf dünnem Eis wandelte. Denn wer sich eine Hexe zum Feind machte, sollte vorher wissen, auf was er sich einließ. Wenn er erst einmal im Baum oder an der Spitze eines Kirchturms hing, würde es zu spät dafür sein. Zwar glaubte der Medicus nicht an fliegende Menschen, aber er wollte nicht der Erste sein, bei dem er das Gegenteil erlebte. So ebbte der Aufstand ab, der Medicus richtete seinen Blick nach Lübeck, und die weisen Frauen verhielten sich still und leise und taten weiter das, was sie seit langer, langer Zeit getan hatten. Trine Deichmann kannte sie alle, aber Trine Deichmann konnte zur rechten Zeit reden und zur rechten Zeit schweigen. Vor allem achtete sie darauf, nicht mit den falschen Frauen gesehen zu werden. So kam es, dass ihr Kontakt zur Unterwelt sich auf die Besucher in der »Fluchbüchse« beschränkte, dem Gasthaus ihres Mannes Joseph.

»Soll ich Euch ein Zimmer anweisen?«, fragte Harnack. »Aber Ihr werdet nicht zum Schlafen kommen.«

Trine blickte ihn an, sie blickte in die eisernen Gesichter der Wachen. Sie war früh aufgestanden, aber sie träumte nicht. »Niemand weiß, wo ich mich aufhalte«, behauptete sie. »Man wird nach mir suchen. Ich muss jederzeit erreichbar sein, das gehört zu meinem Beruf.«

»Es gibt eine Gewalt, die höher ist als der Beruf«, entgegnete Harnack.

»Ihr wisst so gut wie ich, dass Ihr einem Lübecker nicht damit kommen dürft, dass das Wort eines Fürsten schwerer wiegt als das eines Patriziers.«

»Auch Lübecker lieben die Pracht und das Funkeln. Aber Ihr flunkert ja. Denn Euer Mädchen weiß Bescheid und wird alles ausrichten. Wie viele Kolleginnen habt Ihr unter Euch? Das Kinderkriegen wird nicht gleich zum Erliegen kommen, nur weil Trine Deichmann sich verspätet – ganz zu schweigen vom Kindermachen.«

Wo er recht hatte, hatte er recht. Aber er kannte Joseph

Deichmann nicht. Der war schon bei alltäglichen Händeln zu mancherlei Unruhe fähig. Aus Sorge um seine Frau konnte er so mächtig sein wie eine kleine Armee. Trine blickte nach Westen, wo die Hügel unter einem immer blauer werdenden Himmel lagen. Dort würde Joseph mit seiner Armee auftauchen. Dort oben würde er überlegen, wie er weiter vorgehen würde. Nein, Harnack hatte recht. Joseph konnte am Tor rütteln und durch den Wassergraben waten, der das Anwesen umschloss. Spätestens dann würde er begreifen, dass hier ein Fest stattfand, ein Mummenschanz, eine Scharade, wie Trine Deichmann sie noch nie erlebt hatte. Sie spürte, wie die Neugier den Ärger zur Seite schob.

»Zeigt mir mein Zimmer«, sagte Trine zu Harnack.

Er zuckte zusammen, als sei er dabei gewesen, im Stehen einzuschlafen. Vom Haupttor und der Mauer ging man über den Rasen auf das Schloss zu. Streng genommen handelte es sich bloß um ein Herrenhaus, aber für jeden, der in einer Hütte lebte, war es ein Schloss. Die Lübecker besaßen eine Art, kräftig in die Breite und Höhe zu bauen, wenn sie zeigen wollten, was sie darstellten. Auch der Stammsitz des Fürsten weiter im Osten geizte nicht mit Türmen, Bergfried, hohen Mauern. Er besaß nichts von der Leichtigkeit eines modernen Schlosses, war noch ganz wehrhafte Burg, zu der die Wachen in den Rüstungen passten. Hier draußen, dicht am Meer, war alles verspielter und von menschlichem Maß. Man konnte sich dieses Schloss auch als Gutshof vorstellen, denn die Nebengebäude für Landwirtschaft und Vieh waren unübersehbar und nicht schamhaft in einer hinteren Ecke versteckt. Nur der Eingang sagte: Ich habe Macht, und du gehörst hier nicht her. Eine breite Treppe lief von zwei Seiten ins erste Geschoss hinauf, von wo man in den Eingangsbereich gelangte. Ein unteres und darauf zwei weitere Geschosse, weiß und in hellem Gelb getüncht und kaum verziert: So präsentierte sich der Sommersitz von seiner Schauseite. Wenn man ihn zum Meer hin umrundete, gelangte man auf den Hof. Auf zwei Seiten liefen Nebengebäude bis weit nach hinten, wo der große Nutzgarten anschloss. Von ihren früheren Besuchen wusste Trine, dass französische Gärten Pate gestanden hatten: eine zentrale Achse, deren gerade Wege seitlich in Kurven und Schnecken übergingen. Rechts außen das Labyrinth aus Liguster, höher als ein Mann groß war und von einer Weitläufigkeit, dass nur mutige Neulinge sich ohne kundige Begleitung in das Land Nirgendwo hineinwagten. Im Park selbst wechselten sich Rabatten mit niedrigen Blumen und solche mit mehrjährigen Stämmen und Büschen ab.

Jetzt im Mai zogen die Büsche noch alle Blicke auf sich. Was im Sommer erblühen sollte, reckte schüchtern die zarten Köpfe zur Sonne hin. Hier im Osten und dicht am Meer kam alles später als in dem nur eine Stunde Kutschfahrt entfernten Lübeck. Rechts, das wusste Trine, sie sah es nicht, lagen die Pferdeweiden. Dort fraßen sich die Gänse bis zum Herbst fett und rund; dahinter zogen Schafe und Ziegen in gemischter Formation über das Grün. Hier draußen ging alles einen gemächlichen Gang. Es waren die verlangsamten Abläufe aller Lebensäußerungen, die den Sommersitz seit nun zwei Jahrzehnten in die Herzen des Fürsten und seines Vaters gerückt hatten. Hierher zogen sie sich zurück, wenn ihnen der Rummel in der Residenz auf die Nerven ging. Begleitet wurden sie von einem abgespeckten Hofstaat, der aber noch mehr als 50 Personen stark war, zu denen die wenigen gezählt werden mussten, die ganzjährig hier lebten und im nasskalten Winter dicht zusammenrückten, wenn Russland und das Baltikum übers Meer eisige Luft und Schneemassen schickten, unter denen man sich duckte und die Tage zählte, bis im März die Luft nach Frühling zu schmecken begann.

Trine dachte: Wo sind sie alle plötzlich geblieben? Vor zwei Stunden hatte noch eiliges Hin und Her geherrscht, jetzt lag der weitläufige Hof menschenleer da.

Auch Harnack an ihrer Seite fiel die Leere auf. »Sie werden ihre Kugel kriegen«, murmelte er. Er sah, dass Trine nichts verstand. »Kommt mit mir«, sagte er.

Wie aufs Stichwort ertönten in der Werkstatt mit den offenen Türen Schläge auf hartem Eisen. Während der Hammer weiter schlug, kam aus der offenen Tür eine Frau. Sie war nicht mehr jung und noch nicht alt. Sie trug ein Kleid wie eine Nonne. Vor allem trug sie die Kugel. Mit beiden Händen hielt sie den schweren Ball, von dem eine Kette bis zu ihren Füßen ging. Wo und wie die Kette festgemacht war, sah man wegen des langen Kleides nicht. Aber die Kugel war schwer und machte jeden Schritt zu einer Anstrengung. Die Frau entdeckte die Zuschauer und murmelte: »Ich hatte schon seit Wochen keine gute Laune mehr. Jetzt weiß ich, warum.«

Fassungslos sah Trine der Frau hinterher, die sich mit schweren Schritten aufs Haupthaus zuschleppte.

»Sie hat in der Lotterie verloren«, erklärte Harnack. »Jeder von uns musste das Los ziehen, und drei bekamen die Kugel. Im letzten Jahr hatte ich das Vergnügen. Er wollte, dass jeder jedes Jahr die Kugel kriegen kann. Wir haben gedroht, ihn ins Meer zu werfen, erst dann gab er Ruhe.«

Trine Deichmann war eine Frau von schneller Auffassungsgabe. Das war auch notwendig, denn in der qualvollen Enge einer Wöchnerinnenstube, die immer überheizt war und in der zu viele Menschen durcheinanderliefen, fehlte die Zeit, um vollständige Sätze zu äußern. Oft musste ein Fingerzeig reichen, und wenn die entscheidenden Minuten gekommen waren, hätten Nachfragen Zeit gekostet, die nicht zur Verfügung stand. Aber diesmal hatte sie nichts verstanden, gar nichts, und teilte dies Harnack mit.

»Ich mache Euch keinen Vorwurf«, sagte er. »Ihr lebt in einer Welt, in der alles vernünftig ist. Ich lebe hier.« Mit großer Geste wies er in die Runde.

Aus der Richtung der Weiden erschien ein älterer Mann. In beiden Händen trug er eine große Zahl von Gänseküken. Alle waren winzig, kaum in dem Alter, in dem man sie Gössel nennt. Ein Draht führte durch ihre Hälse, so konnte der Mann in beiden Händen wohl jeweils 30 Tiere tragen. Er sah nicht glücklich aus, als er an Trine und Harnack vorbeischlurfte. »Ich bin der Schlachter«, murmelte er, »ich darf mich nicht beklagen. Ich schlachte, was gewünscht wird. Ich habe schon Kälber aus dem Leib der Mutter geholt, weil es jemanden gab, der wissen wollte, ob sie anders schmecken, wenn ihre Füße unsere Welt noch nicht betreten haben. Aber dies hier ... dies ist nicht richtig. So klein, so klein.« Anklagend hielt er ihnen die Ringe mit den Gänseküken entgegen, dann ging er weiter.

Trine fragte: »Ist das dieser Sinn für groteske Situationen, von dem man in der Stadt erzählt? Lebt Ihr so? Warum lebt Ihr so?«

»Guckt mich nicht an«, murmelte der Graf. »Ich esse auch lieber eine ausgewachsene Gans. Das ist eine seiner Ideen. Und ich versichere Euch: Er hat hundert weitere Ideen, Ihr habt noch keine seiner zehn äußersten gesehen.«

Aus einer Werkstatt, die neben der Schmiede lag, trugen zwei Männer Bretter ins Freie. Sie legten sie dicht an der Hinterwand des Schlosses ab und holten weitere Bretter. Als alles zusammen war, auch Seile und Riemen, begannen sie, ein Gerüst zu bauen.

Trine sagte: »Lasst mich raten: Dies ist nicht die Vorbereitung für Malerarbeiten.«

»Ihr werdet lachen: Genau das ist es. Jedes Jahr findet das Duell der Farben statt. In diesem Jahr tritt Schwarz gegen Blau an. Blau hat im letzten Jahr gewonnen und wird auch diesmal wieder vorn erwartet.«

Auf einer Front von vier Metern Breite, so hoch wie die Fassade, würden am Nachmittag jeweils zwei Mannschaften gegeneinander antreten, um zu sehen, welche Farbe am schnellsten malte.

»Aber es liegt nicht an der Farbe, sondern an den Malern«, sagte Trine kopfschüttelnd.

»Das sagt Ihr nur, weil Ihr noch nicht darüber nachgedacht habt. Er hat Nächte darauf verwandt. Sprecht ihn darauf an und schließt mit dem Leben ab, denn seine Antwort wird erst zu Ende sein, wenn Ihr am Boden liegt und Euch vor Schmerzen windet.«

»Also ist das Narrenreich ein Jahrmarkt. Ein großer Spaß.«

»Groß ist es. Ein Jahrmarkt ist es nicht. Und ob es ein Spaß ist …?«

So verzagt hatte Trine den Grafen noch nicht erlebt. Er war ein Haudrauf, genau der Typ, den man nachts mit der Kutsche durch die Lande schickt, damit er die Hebamme zu einer Schwangeren entführt.

Durch den Eingang, den die Lieferanten nahmen, gelangten sie in die Küchenräume. Hier war Trine schon gewesen und hatte sich damals über die vollständige Ausstattung und die Größe gewundert. Gegen diese Räume war die gewiss nicht kleine Küche in Josephs Gasthaus ein Fliegenschiss. Alles war vom Feinsten: die Herde wie für die Ewigkeit gemauert; die kupfernen Töpfe und Pfannen so blank gewienert, als müssten sie als Spiegel dienen; die Holzvorräte so sinnvoll um den Herd gestapelt, dass man nach nur zwei Schritten einen Scheit in der Hand hielt. Überhaupt war dies eine Küche der kurzen Wege, was umso mehr auffiel, weil sie 20 Schritte in der Breite und noch mehr in der Tiefe maß. Gleich war man vom Tisch beim Herd; die Töpfe hingen in Griffweite über dem Herd; die Regale mit dem Mehl und dem Salz und dem wertvollen Zucker standen so nahe, dass auch ein schlechtes Auge die kleinen Aufschriften auf dem schönen Siegburger Steinzeug erkannte; im Becken schwammen Karpfen und Schleie die letzten Bahnen ihres Erdenlebens. Porzellan sah Trine nirgendwo. Die Importe aus dem fernen China waren so wertvoll, dass sie in eigenen Schränken, manchmal in speziellen Räumen, aufbewahrt wurden.

Zehn Köche, Mägde und Küchenjungen eilten hin und her, ohne sich ins Gehege zu kommen. Es gibt eine Betriebsamkeit, die den Zuschauer unruhig macht. Was Trine Deichmann sah, war das Gegenteil. Der Bäcker, schneeweiß in Hemd, Hose, Mütze, trug seine feine Mehlwolke fast unbeachtet von draußen zu einem Tisch, auf dem vor Kurzem Brot oder Kuchen geknetet worden war. Dieser Mann war mit den Nerven schlecht zu Fuß. Er rang mit seiner Fassung, aber er verlor sie nicht und murmelte, als er an Trine vorbeieilte: »Da macht man was mit.« An dem Tisch im Hintergrund bereitete der Schlachter die Gänse vor. Eine Magd ging ihm zur Hand, dass sie den Kopf schüttelte, sah man von Weitem.

»Es wird wohl viel gegessen werden«, sagte Trine.

»In diesem Jahr wieder«, antwortete der Graf. »Nach dem Aufstand im letzten Jahr … Er hat uns auf Kohlsuppe und Brot gesetzt. Dazu gab's Wein, so schaurig sauer, wie Ihr ihn hoffentlich nie trinken musstet. Das Gefurze danach … erst haben wir gelacht, dann haben wir geweint, dann hat es einem die Därme zerrissen, und er hat in seine kleinen Hände geklatscht, denn das wollte er bewiesen haben.« Witternd blickte er sich um, kam dicht an Trines Ohr und flüsterte: »Er ist verrückt, daran kann kein Zweifel herrschen.«

»Er selbst hat damals nicht …?«

»Natürlich nicht. Er wusste ja, was in der Luft lag. Ein Wunder, dass das Schloss nicht in die Luft geflogen ist. Als sie betrunken waren, haben sie Feuer an die Fürze gehalten. Ein Fidibus vor den nackten Hintern! Die Stichflammen werde ich nie vergessen.«

»Jetzt lächelt Ihr.«

»Dabei ist mir nicht danach zumute.«

»Werden viele Gäste erwartet?«

»Sie sind alle schon da.«

»Also wird tatsächlich niemand mehr hereingelassen?«

»Die Wachen haben Befehl zu schießen. Pardon wird nicht gegeben. Ich rate Euch, alles ernst zu nehmen, was ernst genommen werden muss.«

»Sie können nicht überall zugleich sein.«

»Es sind mehr, als Ihr für möglich haltet.«

»Aber wenn ein Unglück passiert … der Wache wird es schlecht ergehen.«

»Haltet Ihr eine Belohnung von 100 Talern für schlecht? Ich wusste nicht, dass Hebammen so fürstlich entlohnt werden.«

»Es kann doch nicht belohnt werden, was unrecht ist?«

»Das geschieht auch nicht. Aber das Narrenreich hat seine eigenen Gesetze. Und die sagen: Es ist recht zu schießen. Einen Tag später mag es wieder anders aussehen.«

4

Über das hintere Treppenhaus stiegen sie ins zweite Geschoss hinauf. Der Flur wurde enger und die Decken niedriger, ohne beengend zu wirken.

»Hier bettet die Gesellschaft ihr Haupt zur Ruhe«, knurrte der Graf. »Wozu auch Ihr gehört.«

»Ach, deshalb kommt mir alles so bekannt vor. Harnack, was bedrückt Euch?«

Der Graf drückte die Tür am Ende des Flurs auf der linken Seite und stieß sich den Kopf, als sie wider Erwarten nicht zu öffnen war.«Was soll das?«, rief er erbost. Mit der flachen Hand schlug er gegen die Tür: »Öffnet! Sofort! Was sollen diese Späße? Späße könnt Ihr unten treiben.«

»Einige Minuten noch!« rief eine Stimme, die Trine schon einmal gehört hatte. Oder irrte sie sich? Jedenfalls war des Grafen Einsatz merkbar gebremst.

»Wir warten«, rief er halb so laut wie bisher. Und zu Trine: »Ihr bekommt nicht das erstbeste Zimmer, man gibt sich Mühe.«

»Das ist sehr freundlich, aber unnötig. Ich bin keinen Luxus gewohnt.«

»Man bringt seine Lebensart nicht mit aufs Schloss, das Schloss legt Euch seine Art zu Füßen.«

»Es steht nicht zufällig eine weitere Geburt bevor?«

»Wie kommt Ihr darauf?«

»Es war nur ein Gedanke.«

»Frauen von Eurer Art können wir hier gebrauchen. Ihr denkt pausenlos. Euer Mann darf nicht schwach sein.«

Misstrauisch geworden wollte sie Harnack ansehen, aber sein Gesicht war stets woanders. Sie standen an dem Fenster, das nach vorne hinausging. Von hier oben hatte man Blick auf den Verlauf der Mauer. Von hier oben verflog jeder Zweifel, bei der Macht der Wachen könne es sich um bloßes Gerede handeln. Trine Deichmann sah vier Männer. Alle trugen Rüstung. Jedem steckte ein Schwert an der Seite, ein Schwert von dem Ausmaß, dass ein einziger Schlag genügte, um den Gegner vom Kopf abwärts zu spalten.

»Was sagen die Nachbarn?«, fragte Trine.

»Wenn sie klug sind, schweigen sie. Wenn sie Ärger haben wollen, äußern sie eine Meinung. Ich kenne keinen, der das häufiger als einmal getan hat.«

»Gewalt?«

»Wo denkt Ihr hin? Oder haltet Ihr frisch erlegte Hasen und Rehe für eine Form von Gewalt?«

Trine Deichmann dachte nach und sagte: »360 Tage im Jahr hat der Fürst das Sagen und nur zwei Tage der kleine Mann. Was sollte da schon passieren können?«

»In zwei Tagen sprechen wir uns wieder. Gerne hier an diesem Fenster. Ich bin gespannt, dann Eure Meinung zu hören.«

»Aber man kann doch alles wiedergutmachen? Was aus dem Ruder läuft, kann repariert werden. Es gibt Ärzte, Handwerker, Künstler, Baumeister, Tagelöhner.«

»Gibt es Gott den Herrn?«

»Was fragt Ihr? Selbstverständlich gibt es ihn.«

»Ich frage mich, warum Ihr ihn in Eurer Aufzählung vergessen habt.«

»So schlimm ist es?«

Kurz blickte der Graf in Trines betretenes Gesicht, um zu sagen: »Falls unser Herr in der Lage sein sollte, Verwunderung zu empfinden, hat er sie hier empfunden. An dieser Stelle, an der wir beide stehen.«

Trine Deichmann lachte. Sie lachte lange, weil es ihr half, ihre Befangenheit abzustreifen. »Was Ihr redet«, sagte sie übertrieben munter, »Euer Reden gehört schon zum Narrenreich. Es ist wie im Karneval. Oben ist unten, und unten ist oben. Aber es gibt auch ein Vorher und ein Nachher. Die Wirklichkeit rahmt das Spiel ein. Es ist doch nur ein Spiel. Es ist nur ein Spiel. Es kann nicht anders sein.«

Lächelnd blickte der Graf sie an, und lächelnd sagte er: »Willkommen in meiner Wirklichkeit.«

Zehn Minuten später wurde von innen ein Schlüssel gedreht, die Tür schwang auf, eine groteske Gestalt dienerte und sagte: »Eintreten! Wohlfühlen! Staunen!«

Theophrast von Bommelheim trug eine Krone von ungeheuren Ausmaßen. Einen halben Meter war sie hoch, und obwohl sie nicht aus purem Gold war, war sie auch nicht aus Pappmaschee. Metall war dabei, man spürte das Gewicht, bevor man in Bommelheims Gesicht blickte. Denn auch in ihm entdeckte man das Gewicht.

»Was für ein Kunstwerk«, staunte Trine Deichmann.

»Nicht wahr«, erwiderte der kleine Mann betont nachlässig. »Es ist nicht schwer, so hoch zu sein wie der Fürst. Und noch einen Diamanten größer.«

Tatsächlich schloss ein hühnereigroßer Edelstein die Krone ab. Von intensivem Grün war er, aber Trine bezweifelte, dass es sich um einen Saphir handelte. Sie bezweifelte nicht, dass sich eine diesbezügliche Frage verbot. Andererseits ... sie war nicht Teil des Narrenreichs, sie war eine Besucherin oder noch weniger: ein dienstbarer Geist. Sie stand nicht auf der Bühne, sie stand davor. Ihr mochten Fragen erlaubt sein.

Aber dann trat sie ein und vergaß ihre Gedanken. Im gesamten Raum gab es ein einziges Möbelstück, das Bett. Drei Wände waren deckenhoch mit Regalen verstellt. In allen Regalen standen Gläser, große Gläser, gefüllt mit Flüssigkeiten, die das, was in ihnen schwamm, vor der Zersetzung bewahrten. So viele Föten hatte Trine noch nie auf einmal gesehen. So viele Missbildungen, zusammengewachsene Köpfe und Rümpfe, Kinder, deren Kopf größer war als Rumpf und Beine zusammen; Schlangen, von denen nur das Skelett übrig geblieben war; Tiere, so viele Tiere, Fische, Vögel. Keines war normal gewachsen, und was am kleinsten und jüngsten war, oft nicht einmal geboren, war am stärksten verwachsen und entstellt. Die Gesichter, so es sie gab, waren friedlich, wie schlafend und sanft. Das Grauen rührte aus der Sprache der Körper.

Das gab es also alles, so konnte es gehen, wenn es nicht gut ging. Zu zehn Kindern, die Trine gesund auf die Welt geholt hatte, gehörte ein elftes oder zwölftes, das es nicht so weit geschafft hatte. Die Geburt war der Übergang von der Unsichtbarkeit zur Sichtbarkeit. Sie war nicht der Beginn und nicht das Ende. Auch das, was in den Gläsern schlief, war nicht der Anfang, aber es handelte sich um eine frühere Stufe. Von was? Vom Leben? Vom Sterben? Von Krankheiten? Von Schwäche?

»Nicht wahr«, sagte der kleine König, der begierig an Trines Gesicht hing, »erst wenn die Worte fehlen, erkennen wir, wie viel wir reden. Vor allem: wie viel dummes Zeug.«

Der Graf, der spontan auf den Flur zurückgetreten war, betrat erneut den Raum. Er hielt Abstand von den Regalen, als er sagte: »Ihr könnt nicht im Ernst glauben, dass die Frau hier schlafen wird.«

»Ich glaube es nicht nur, ich bin sicher und halte jede Wette. Sie wird sich sicher fühlen wie seit Langem nicht. Wenn sie sieht, was alles nicht zu ihrem Geschäft gehört, wird sie froh sein, dass ihre Spiegel nur eine Vorderseite haben.«

»Nicht alles geht glatt«, murmelte Trine. »Erst vor Kurzem war da ein Fischkind, das Karpfenkind ...«

»Viel zu gesund«, sagte Bommelheim verächtlich. »War tagelang auf der Welt und lebte immer noch. Davon gibt es nichts zu lernen. Hier stehen die Granaten. Wer stirbt, bevor er angefangen hat, sich der Welt zu zeigen, will der Welt damit etwas mitteilen. Ihr redet Euch mit Krankheit heraus, mit Schicksal und Unglück. Aber es ist ein Kommentar. Unsere ach so schöne Erdenexistenz treibt die Empfindlichsten unter uns vorzeitig in den Tod.«

»Wenn Ihr zu reden anfangt, habe ich stets das Gefühl, als würde sich der Raum mit Exkrementen anfüllen.«

So bösartig hatte Trine den Grafen noch nie sprechen hören. Aber Bommelheim schien nicht überrascht zu sein, beleidigt schon gar nicht. »Entschlackt Euch nur noch einmal«, sagte er lächelnd, »in weniger als zwei Stunden werdet Ihr Euch an diese Minuten zurücksehnen, weil sie so friedlich, schön und appetitlich waren.«

Der Graf starrte den Mann mit der Riesenkrone an. Es sah aus, als würde er überlegen, was er ihm antun könnte – und was das für Folgen haben würde. Dann drehte er sich nicht einfach um, er warf sich regelrecht in die andere Richtung und verließ den Raum. Lange hörte man im Flur seine Stiefeltritte.

»Wenn ich nicht schon überzeugt wäre, müsste ich nur an solche wie ihn denken«, sagte Bommelheim. »Solche wie er reichen als Grund schon aus, das Narrenreich ins Leben zu rufen.«

»Wie lange gibt es denn diese … diese Übung schon?«

»Nennt es einfach Vergnügen, denn als Vergnügen empfinde ich es. Als was es die anderen empfinden, ist nicht von Belang, was mein Vergnügen weiter steigert. Ich habe für Euch eine Hauptrolle vorgesehen. Ich erwarte, dass Ihr sie würdig ausfüllt. Enttäuscht mich nicht. Ich kann fürchterlich werden, wenn ich zornig bin.«

»Aber Ihr werdet nicht größer.«

Darauf war er nicht gefasst gewesen, sie sah es ihm an. Sie fand sich nicht freundlich, aber ihr blieb nichts anderes übrig. Wenn sie herausfinden wollte, was ihr bevorstand, musste sie herausfinden, welche Gründe den kleinen König umtrieben.

»Nun gut«, sagte er achselzuckend.

Sie sah ihm an, dass er sich zusammenriss. Aber er hatte sich so viel Mühe mit Trines Raum gegeben, er wollte nicht zulassen, dass ein Wutanfall alles zerstörte, bevor der Raum seine Rolle spielen konnte.

»Es ist nicht so, dass ich diesen Satz zum ersten Mal höre«, sagte Bommelheim.

»Ich bin die Hebamme, weil ich Kenntnisse auf meinem Gebiet besitze. Ihr seid der Narr, weil Ihr klein seid. Das ist nicht schön, aber es ist so.«

Sie erkannte, dass sie in ihrem Leben über einiges nachgedacht hatte, aber nicht über Narren. In ihrer Welt kamen Narren nicht vor. In ihrer Welt kamen ernsthafte und bedeutende Menschen vor; und heruntergekommene, die waren so schwach, krank und hinfällig, dass nichts an ihnen war, was beim Betrachter Frohsinn auslösen könnte. Beim Anblick dieser Menschen wurde Trine in Lübeck stets von dem Wunsch gepackt, ihnen zu helfen, und sei es nur mit einem Teller Suppe. Einige Male hatte sie Obdachlose angesprochen. Einige hatten sich freundlich gezeigt, aber mehr waren verstockt und zornig. Am schlimmsten waren Frauen und junge Männer. Sie taten so, als würden sie einem einen Gefallen erweisen, wenn sie das offerierte Almosen annahmen. Die meisten kannten Trine Deichmann, deshalb hatte sie nicht darüber zu klagen, dass man sie gering schätzte. Sie wollte auch gar nicht als Mensch geschätzt werden, sie glaubte aber immer noch, dass das Stück Brot, die Münze, das Kleidungsstück mehr Freude auslösen sollten. Gesprochen hatte sie mit niemandem darüber – außer mit Joseph, mit dem sie über alles sprach. Joseph hatte mit den abgerissenen Gestalten keine Probleme. Er fasste sie an, scherzte mit ihnen, brauchte fünf Worte, um mit ihnen in einem Gespräch zu sein. Trine hatte ihn beobachtet, sie war nicht auf seinen Trick gekommen. Etwas war an ihm, das die zerlumpten Gestalten friedlich stimmte. War es der vielversprechende Geruch nach Bier, Wein und Essen, der ihm als Gastwirt anhaften mochte? War es Freundlichkeit aus Berechnung? Das konnte nicht sein, denn Joseph gab nicht viel und auch nicht bei jeder Begegnung. Trine war dabei gewesen, als er einen Mann verjagt hatte, weil der ihm dumm gekommen war.

»Sie hat Euch von mir erzählt«, sagte Bommelheim.

»Wer? Von wem redet Ihr?«

»Unsere junge, allerentzückendste Prinzessin, der Sonnenschein unserer dunklen Tage.«

Erst verdutzt, dann bedrückt starrte Trine den zornigen Mann an. Dass man so viel Hass in Worte hineinlegen konnte! Trine kannte die Prinzessin, natürlich kannte sie sie. Die zweitjüngste Tochter des Fürsten ließ sich nicht selten in Lübeck sehen. Erst als Schülerin des stadtbekannten Kunstmalers Kropf, später als Förderin von Siechenhäusern und Krankenanstalten. Zuletzt als Freundin von Trine Deichmann, Hedwig Wittmer und allen Frauen, die sich in die Hand versprochen hatten, künftig zusammenzustehen, wenn in ihrem Umkreis ein Unrecht geschähe, bei dessen Aufklärung die städtischen Behörden nicht genug Neugier an den Tag legten.

»Glaubt nicht, dass ich nicht Bescheid wüsste«, knurrte Bommelheim. Wenn er verbittert klingen wollte, hörte er sich noch grotesker an. Wie ein Hund, der einerseits Abwehr signalisierte, aber währenddessen dabei war, auf dem Bauch zu seinem Herrn zu rutschen, um sich hinter den Ohren kraulen zu lassen. »Ich müsste nur eine Frau sein, dann würdet Ihr mich anlächeln, als wäre ich Eure Schwester.«

»So ein Unfug! Wärt Ihr eine Frau, wärt Ihr kein Stück größer.«

»Oh doch.«

»Oh nein.«

»Aber ja.«

»Aber nein.«

»Unser Disput ist festgefahren.«

»Wir haben noch gar nicht angefangen zu disputieren, falls Ihr darunter das Gleiche versteht wie ich, nämlich Streit.«

Bommelheim rang mit sich. Er handelte gegen seine Überzeugung, als er in einem Tonfall, dem man die Anstrengung anhörte, sagte: »Für Euch ist eine Aufgabe im Narrenreich vorgesehen.«

»Also doch!«

»Was meint Ihr?«

»Es gibt noch eine weitere Schwangere. Ihr habt etwas Unzüchtiges geplant: eine Geburt vor 100 Zuschauern.«

»Ein reizvoller Gedanke. Ich werde ihn nicht vergessen. Das nächste Jahr steht schnell vor der Tür. Aber darum geht es nicht, wenn auch nur aus einem einzigen Grund. Mit Kindern fällt der Dialog schwer.«

»Für Euch vielleicht. Weil Ihr keine Erfahrung mit Kindern habt. Weil sie sich Eurer Logik nicht unterwerfen.«

»Ja, ja, ja«, sagte er unwirsch. »Jedenfalls seid Ihr die Hexe.«

»Schlagt Euch das aus dem Kopf.«

»Es ist eine reizvolle Rolle.«

»Es ist eine Rolle, die vielen meiner Kolleginnen das Leben gekostet hat.«

»Nicht bei uns.«

»Nein, nicht bei uns, sondern weiter im Süden. Aber meine Kolleginnen sind es allemal. Und wenn sie nicht ihr Leben verloren, so verloren sie ihre Heimat, ihr Hab und Gut, ihre Familien. Sie landeten auf der Straße, wo immer sie hinkamen, die Kunde von ihrem Ruf war schon da; und alles, was sie fortan taten, geschah unter der Drohung, dass einer den Richter rufen könnte. Und den ruft man nie vergeblich, wenn es darum geht, Hexen den Prozess zu machen. Es ist etwas an diesen Frauen, das Männer reizt. Das ist sehr traurig, und auch wenn ich den Unterschied zwischen der Wirklichkeit und Eurem Spiel erkenne, werde ich mich nicht dafür hergeben.«

»Ihr fürchtet eine Anzeige, Ihr habt mehr Angst vor bösartigen Gerüchten als vor dem Richter. Ihr müsstet ihm ja nur erklären, wie es sich verhält. Ihr könnt viele Zeugen aufmarschieren lassen. Glaubt Ihr nicht, Ihr seid aus dem Schneider, wenn sich ein Fürst für Euch verwendet?«

Die Wahrheit war: Nein, das glaubte sie nicht. Sie

glaubte schon nicht, dass es möglich war, einen Fürsten vor ein Gericht zu zitieren. Und sie kannte den Unterschied zwischen einem Prozess und einem Gerücht. Einen Prozess konnte man gewinnen, ein Gerücht war unbesiegbar. Das wertvollste Pfund, mit dem Trine Deichmann wucherte, war ihr Ruf. Wenn auch nur wenige Tage ein Gerücht über ihrem Haus schweben würde, konnte sie ihre Siebensachen packen und in einer anderen Stadt ihr Glück versuchen. Wahrscheinlicher aber war es, dass sie künftig im Gasthaus arbeiten würde: als Köchin oder Serviererin. Dann müsste sie freundlich sein zu Menschen, die schuld daran waren, dass sie in diese Lage gekommen war. Denn bei Joseph Deichmann trafen sich Ratsherren, Kaufleute und Gelehrte. Trine Deichmann war eine Frau, die sich beherrschen konnte. Aber sie wusste, dass alles auf eine einzige Frage hinauslaufen würde: Würde sie schon am ersten Abend oder erst am zweiten ein Tablett mit gefüllten Krügen über dem Kopf eines Widersachers ausleeren? Die Stadt war voller Widersacher, sie hielten nur still, weil sie keinen Grund fanden, um Trine am Zeug zu flicken. Das war ein labiler Zustand. Auf den ersten Blick sah er aus wie Stabilität, eine Minute später konnte er das Ende einer Existenz bedeuten.

»Nein«, sagte Trine kopfschüttelnd, »irgendwo ist eine Grenze. Ich werde mich nicht als Hexe verkleiden.«

»Wo kein Kläger ist, ist auch kein Richter.«

»Ihr seid zu klug, um das ernst zu meinen.«

»Die norddeutschen Menschen sind schwerblütig und bräsig. Sie rennen nicht gleich zum Gericht, wenn sie etwas läuten hören.«

»Vielleicht rennen sie nicht, aber sie bewegen sich in die Richtung, und am Ende werden sie dort ankommen. Wenn Ihr mich schätzt, mutet Ihr mir das nicht zu. Von einem Gastgeber erwarte ich, dass er um das Wohl seiner Gäste besorgt ist. Wenn Ihr das nicht könnt oder wollt, lasst mich gehen, und wir beide vergessen die letzten Minuten. Ich habe sie schon vergessen. Wer seid Ihr? Ich habe Euch nie gesehen?«

»Was haltet Ihr von einer Universität?«

»Lübeck hat keine Universität.«

»Das weiß niemand besser als ich. Aber hier gibt es eine Universität. Husch, soeben wurde sie gegründet, es ging so schnell, dass wir vergessen haben, darauf anzustoßen. Jetzt ist sie da, die Lehranstalt, der Professor für die Medizin trägt den Namen Trine Deichmann.«

»Eine Frau kann nicht Professor sein.«

»Es gab eine Zeit, da hätte ich gesagt: Wer weiß, wozu das gut ist. Jetzt bin ich nicht mehr sicher. Wenn mich ein Zweifel beschleicht, ist der Meinungswandel so gut wie beschlossen. Ich bin nicht der Papst. 1500 Jahre dieselbe Meinung zu haben, würde mich zu Tode langweilen. Dafür ist der Irrtum doch da, dass er die Muskeln anregt und das Blut schneller fließen lässt. Nach dem Mittagessen haltet Ihr die erste Vorlesung zum Thema Geburt. Oder nein, fangen wir vorne an, sagen wir, das Thema lautet: Was der Geburt vorausgeht, und ob es nicht auch anders ginge.«

»Meint Ihr alles ernst, was Ihr sagt?«

»Ihr seid die vierhundertachtundneunzigste Person, die mich das fragt. Die 500. erhält eine Zuckertorte mit meinem Antlitz. Würdet Ihr mich nicht gerne essen? Habt Ihr mich nicht zum Fressen gern?«

»Lenkt nicht ab. Ich soll über dieses pikante Thema reden. Ihr wisst, dass dazu auch das Geschlechtliche gehört.«

»Ich weiß, ich weiß, und ich hoffe, ich lerne noch etwas

dabei.« Er rieb sich die Hände, er bemühte sich, wie ein Schweinepriester zu wirken.

Sie blickte sich im Raum um. Wo hatte er so viele Gläser aufgetrieben? Sie mussten sich im Schloss befunden haben. Pflegte der Fürst solche Interessen? Gab es hier Gelehrte, Mediziner womöglich? Oder stand hinter allem Theophrast von Bommelheim?

Von irgendwoher ertönte Wehklagen. Aus dem Fenster im Flur sah Trine, wie sich eine Frau auf das Tor zuschleppte. Sie trug einen großen Korb mit Essen für die Wachen und schleppte eine Eisenkugel, die an ihrem Fuß festgebunden war. Trine wusste, warum sie vorhin nicht in die Schmiede hineingeschaut hatte.

»Warum tut Ihr das?«, fragte sie angewidert.

»Sie werden keine bleibenden Schäden davontragen und den Rest ihres Lebens daran denken. Reicht das als Antwort?«

Trine fragte sich, ob der kleine König schon am Morgen Alkohol getrunken hatte. Man roch nichts, aber die Wolke aus Duftwässern, die ihn umgab wie eine luftige Rüstung, hätte auch andere Gerüche überlagert.

Im Schloss wurde nach Bommelheim gerufen, er sputete sich, fand aber noch Zeit, um vor einem Spiegel die Krone zurechtzurücken. Im Weggehen rief er kokett: »Ich weiß nicht, wo mir der Kopf steht.«

5

Ein weiteres Mal betrat Trine Deichmann ihren Raum. Das Bett hatte sie bisher noch nicht beachtet, es war mit ländlichen Motiven bemalt, die Wäsche war sauber und duftig, Trine hielt ihre Nase an das Leinen. Dies war ein fürstliches Bett, dieses Bett verkörperte alles, was Trine Deichmann nicht besaß. Sie war keine arme Frau, ihre Lebensumstände waren nicht erbärmlich. Aber ihr Amt führte sie in alle Klassen und Häuser der reichen Stadt Lübeck. Sie hatte Betten gesehen, wie für Könige gebaut, in denen sich ein schwerer Kaufmann und seine kein Pfund leichtere Frau Nacht für Nacht grunzend herumwälzten. Pro Jahr ging ein Kind aus diesem Bett hervor, vielleicht handelte es sich nicht um das fruchtbarste Bett der Stadt, sicher aber um eines der schönsten.

»Oha, Lübeck schickt seine Prominenten zu uns.«

Wie eine ertappte Sünderin fuhr Trine in die Höhe. In der Tür stand ein Mann in grotesker Verkleidung. Seine dunkelbraune Hose reichte vom Boden bis zum Hals, wie eingewickelt in seine Hose sah er aus. Trines erster Gedanke war: Du bist eine Wurst. Das Gesicht war mit einer Handvoll kräftiger Farbkleckse verziert. Vom Kopf stand eine Art Hut steil in die Höhe, auch in Braun. Trine wusste, was der Mann darstellen sollte, aber es wollte ihr nicht über die Lippen kommen.

»Ich bin ein Pinsel«, sagte der Mann in einem Tonfall, in dem man eine Krankheit bekennt, bei der keine Besserung zu erwarten ist.

Jetzt erkannte sie, was der Hut darstellen sollte. Das

waren die Borsten. Die lange braune Hose war der Pinselstiel.

»Kropf, was haben sie bloß mit Euch gemacht?«

Adam Kropf, Maler nach der Wirklichkeit, ließ die Schultern hängen. »Es gibt gute Tage und schlechte Tage«, murmelte er. »Beim Narrenreich musst du nehmen, was sie dir geben. Sonst bist du draußen.«

Und davor hatte Adam Kropf eine Heidenangst. Der angeberische Künstler aus Lübeck verkehrte seit mehr als einem Jahr im Kreis des Fürsten. Es war die Prinzessin gewesen, die den Kropf angeschleppt hatte. Streng genommen war es so verlaufen, dass sich Kropf in sie verkrallt hatte und nicht mehr abzuschütteln gewesen war. Wie ein Pilzsammler aus dem Wald einen Holzbock mit nach Hause bringt, der sich in seine Haut hineingebohrt hat, so war die Prinzessin ihren Lehrer nicht mehr losgeworden.

Kropf war ein mittelmäßiger Künstler, was keinem stärker bewusst war als ihm selbst. Ausgestattet mit einer großen Familie und einer kränkelnden Frau, die er mit der Hausarbeit allein ließ, wo es nur ging, trieb er sich an den Brennpunkten des gesellschaftlichen Lebens herum. Er gierte nach Aufträgen, er malte alles, was man haben wollte, er log die Natur um, wie es gewünscht wurde, und wenn ein neureicher Heringskaufmann seinen Schoner im Format fünf mal drei Meter haben wollte, lieferte Kropf einen weiteren Meter Meerwasser mit, ohne einen Nachschlag zu verlangen. Finanziell kam er über die Runden, aber er haderte mit seinem Schicksal, denn er war überzeugt, Besseres verdient zu haben. Dabei lebten in Lübeck zehn Maler, die talentierter waren als er und in schrecklichster Armut hausten.

Kropf war ein leidlicher Handwerker, dem jegliche

Vision und Poesie abgingen. Dankbarkeit und Demut kannte er nicht, dafür guten Appetit und nie endenden Durst. Trine wunderte sich nicht, dass sie ihn hier antraf. Es schmeichelte ihr, dass sich auch bei Kropf die Überraschung in Grenzen hielt, Trine zu begegnen.

»Ein Zimmermädchen ist Mutter geworden«, sagte sie.

»Ich war's nicht«, murmelte Kropf. »Hieß sie Rudolfine? Dann war ich es bestimmt nicht. Oder hat das kleine Balg Ähnlichkeit mit mir?«

»Nein, es sieht niedlich aus. Nicht wie ein Pinsel.«

Kropf senkte den Kopf. Er lebte nicht in Frieden mit seiner Verkleidung, die Trine hinreißend fand. Ein Pinsel! Der Mann war ein Pinsel, äußerlich und charakterlich. Besser war er nicht zu treffen. Trine mochte sich nicht vorstellen, dass die Prinzessin etwas mit diesem Mann gehabt haben konnte – mochte die Liaison auch nicht über die zweite Woche hinausgekommen sein.

»Gibt es noch mehr Bekannte hier?«, fragte sie lauernd.

»Keinen, den Ihr kennen könntet. Ich kenne sie natürlich. Dies ist meine Welt.«

»Weiß die Welt das?«

Er mochte niedergeschlagen sein, aber hochnehmen ließ er sich nicht. Fing deshalb an, lang und breit alle Aufträge für Bilder herunterzubeten, die ihn in den letzten Monaten angeblich ereilt hatten. Trine ließ das herzlich kalt, sie hatte kein Gefühl für Bilder, jedenfalls nicht für Lübecker Bilder. Das war ihr alles zu groß und zu angeberisch. Die Motive wiederholten sich auch ständig: würdige Männer, streng geschnürte Frauen, artige und gestriegelte Kinder, Schiffe, Fässer; und Wasser natürlich, oft wild bewegt und nach dem nächsten Opfer greifend. Auf den Lübecker Gemälden war mit dem Baltischen Meer nicht zu spaßen. Blumen kamen dagegen nicht vor, auch nicht die lieblichen Landschaften vor den Toren der Stadt. An den Stadttoren hörten nicht nur die Motive vieler Bilder auf.

Seitdem die Prinzessin ihr Interesse an den Aussätzigen entdeckt hatte, war eine neue Farbe auf die Bilder gekommen. Aber die wollte niemand sehen, die fand man anstößig und abstoßend. »Unanständig« lautete eine der höflicheren Reaktionen. Selbst unter den bürgerlichen Frauen, in deren Kreisen die Prinzessin verkehrte, waren ihre Bilder zwiespältig aufgenommen worden. »Es mag ja alles wahr sein, was sie malt«, hatte die Brauergattin Wittmer gesagt, »aber ich will nicht alles sehen, was wahr ist. Dann müsste ich auf jedem Bild meinen Mann sehen.«

Die Prinzessin malte nicht nur in Öl. Sie fertigte auch Zeichnungen an, Skizzen, mit Kreide und wenigen Strichen aufs Papier geworfen. In zehn Minuten entstanden bei ihr so Gesichter von Aussätzigen: gequälte Kreaturen, gepeinigt von einem Schrecken, den außer ihnen niemand sah; die sanfte Anmut der Begriffsstutzigen, große Kinder voll heiliger Einfalt. Kinderglaube in erwachsenen Gesichtern; jähe Neugier in einem bis eben noch träumenden Gesicht; zahnloses Lachen, eine unerhörte Heiterkeit über faltigem Hals und einem Hemd mit abgewetztem Kragen. Es standen nur Momente auf diesen Zeichnungen, nichts Weltbewegendes, nichts, womit sich prahlen ließ. Und doch strahlten sie eine Wahrhaftigkeit aus, die Trine ans Herz griff. Sie hatte keine Worte dafür, aber sie bewahrte einige Zeichnungen auf und wusste, wo sie lagen.

Einmal hatte Joseph vorgeschlagen: »Lass sie doch meine Gäste malen, danach hängen wir alle auf. Jeder, der zum ersten Mal zu mir kommt, kriegt sein Bild.«

Damals hatte Trine seinen Vorschlag für abwegig gehalten. Aber sie vergaß ihn nicht.

Kropf zog sich in sein Zimmer zurück, ohne Trine einen Blick hineinwerfen zu lassen. Angeblich müsse er sich fassen, weil seine sensible Künstlerseele nur nach gründlicher Vorbereitung die Konfrontation mit Menschenmassen ertragen könne. In Wahrheit floh er vor der rabiaten Hebamme. Diese Deichmann besaß eine unnachahmliche Art, sich breitzumachen. Kaum hatte sie einen Raum betreten, gehörte er ihr schon. Sie brauchte keine Eingewöhnungszeit, fünf Schritte, und sie war der Mittelpunkt. Was Kropf besonders empörend fand: Sie gab damit noch nicht einmal an. Überhaupt hatte diese Frau nichts Anmaßendes an sich. Sie glaubte, es müsse so sein, wie es war. Und wenn sie der Mittelpunkt war, wenn alle um sie herumscharwenzelten und sich geehrt fühlten, den Blick der Frau auf sich zu spüren, tat sie so, als fände Alltag statt.

Dabei wusste niemand besser als Adam Kropf, wie kräftezehrend es war, jahrelang vor den Türen der Mächtigen darauf zu warten, dass man in einem günstigen Moment hineinschlüpfen konnte. Der Übertritt von seiner Welt in die andere, die heiß erflehte Welt, war eine immerwährende Anstrengung. Kein Schauermann und Kohlenträger arbeitete härter als Adam Kropf. Ständig von der Angst geplagt, den richtigen Moment zu verpassen, nutzte er alle möglichen und auch die unmöglichen Momente, um sich in Erinnerung zu bringen.

Wie oft war es ihm widerfahren, dass sich in dem Raum, den er soeben betreten hatte, plötzlich ein vielsagendes Schweigen ausbreitete, mit dem ihm die gute Gesellschaft diskret signalisierte, dass sich auf einmal ein Mensch zu viel an Bord befand. Man wollte Adam

Kropf nicht haben, und wenn er sich anbot, wollte man ihn immer noch nicht haben. Und wenn er sich billig machte und alle Grundsätze über Bord warf, fand man ihn liebedienerisch; und wenn er in seiner Angst begann, laut zu reden und schale Bonmots von sich zu geben, wanden sich die anderen Körper vor Unbehagen, und Adam Kropf dachte: Euch müsste man alle aufhängen, einen nach dem anderen. Mit den allerbesten Knoten. Ich hänge mich persönlich an eure Beine.

Adam Kropf lebte eine anstrengende Existenz. Stündlich bedroht vom Absturz ins Bodenlose, hielt er sich an allem fest, was Halt versprach. Er konnte nur bei Zeitgenossen punkten, die keine Ahnung von Kunst hatten. Da er solche Menschen jedoch verachtete, mied er sie und holte sich bei den Kundigen eine Abfuhr nach der anderen, um danach geknickt zu den Ignoranten zurückzukehren und sich von ihnen loben zu lassen, bis sein Magen rebellierte, er zu viel trank und zu Hause seine Frau bedrängte, ihn so zu trösten, wie er es mochte. Dabei hatte Trine Deichmann der Frau auf den Kopf zugesagt, das nächste Kind werde ihr Tod sein. Das war ein wichtiger Grund für Kropf, die Deichmann zu hassen. Sie mischte sich in Dinge ein, die sie nichts angingen; niemand fand sich, der ihr in die Parade fuhr. Kropf tat es auch nicht, denn er wusste, dass er auf der Seite der schwächeren Bataillone stand. Er war ein Mann, der immer dann verloren hatte, wenn zwei Frauen gegen ihn zusammenstanden.

Um auf andere Gedanken zu kommen, ging er ins Hafenviertel zu den Huren; wenn er Glück hatte, fand sich auch eine Schülerin, die von ihm lernen wollte, Pinsel und Perspektive zu beherrschen. Der zeigte er alles, was sie wissen wollte – meistens zeigte er ihr noch einen

Teil mehr von Adam Kropf. Wenn er Glück hatte, hielt sie still. Dann war er glücklich und dachte hinterher: Das habe ich alles für meine Frau getan. Aber meistens hielten sie nicht still. Manchmal wurden sie laut, das war dann peinlich. Das abgelaufene Jahr war das erste im Leben des Adam Kropf, in dem er gleich von zwei erzürnten Ehemännern Prügel bezogen hatte. Natürlich war es peinlich, als Pinsel durchs Narrenreich zu schleichen. Aber er wäre auch als Wurm gegangen, denn er wollte dazugehören, um den Preis konnte er schon lange nicht mehr streiten.

6

Trine Deichmann fühlte sich unwohl, ohne Begleitung im Schloss unterwegs zu sein. Ständig traf sie Bedienstete, die hin und her eilten, sie trugen Körbe, Pflanzen, aber auch Kleider und Kostüme. Einer bändigte zwei Hunde, sie waren zu klein, um zu bellen. Alles, was sie hervorbrachten, war ein fiependes Kläffen, das aber laut und ohne Pause. Zwei Männer trugen eine Kulissenwand, wie man sie im Theater sieht. Einer war mit schulterlanger Perücke und einem Cello unterwegs. »Ich habe mein Orchester verloren«, rief er kläglich. »Was soll ich ohne mein Orchester tun?«

So gelangte sie ins vordere Treppenhaus, breit und prächtig zog es sich ins Foyer hinunter. Ein richtiges Schloss war noch größer, was Trine hier sah, waren Dimensionen, die sie von den besten der Lübecker Herrenhäuser kannte. Aber hier war alles stimmiger, heller vor allem. Die Fenster waren größer und zahlreicher, das Tageslicht drang weit ins Gebäude hinein, bei den Lübecker Häusern reichte das Licht nie, um eine gewisse Düsternis aufzulösen. Im Erdgeschoss musste von morgens bis abends Licht brennen. Da dies aus Gründen der Sparsamkeit oft unterblieb, verband sich für Trine, die in viele Häuser kam, die Erinnerung an ihre Besuche mit Düsternis. In diesem Sommersitz gefiel ihr besonders, dass die dunklen Töne fehlten. Keine getäfelten Decken, wodurch die Räume niedriger wirkten; keine schweren Möbel, oft dreimal so viele, wie in Trines Haus standen. Hier ein Tischchen, dort eine Anrichte, weiß gestrichen, die Griffe golden, von zierlicher Gestalt, die Beine dünn, und immer stand eine Vase darauf, Blumen verbreiteten bunte Farben, Birkenzweige junges Grün. So viel Grün, dass es mit dem Grün vor den Fenstern korrespondierte und den Gegensatz zwischen Drinnen und Draußen auflöste. Eins ging ins andere über, die Wände verloren alles Trennende, und auch, wenn keine sommerlichen Temperaturen herrschten, war es hier im Osten südlicher als in Lübeck.

Draußen fuhr ein Pferdegespann vor, hoch bepackt mit Bierfässern. Die kolossalen Leiber der gutmütigen Kaltblüter dampften. Obwohl die Sonne die Luft aufheizte, war es noch kühl genug, um die Wolken abziehen zu sehen. Trine kannte den Wagen und die Wappen. Das Brauhaus Wittmer hatte seine Kunden auch auf dem Land. Zwei stämmige Männer stiegen ab und machten sich über die Fässer her. Ein junger Bursche liebkoste die Pferde, gab ihnen zu fressen und zu saufen. Bier bekamen sie nicht, obwohl einer der Kolosse in der Stadt dafür bekannt war, einige Liter Bier nicht auszuschlagen. Sein gleichmütiges Wesen behielt er auch danach bei, obwohl ihn sein Kutscher dabei ertappt haben wollte, wie er beim Ziehen der tonnenschweren Last einen neckischen Ausfallschritt eingelegt hatte. Aber das konnte auch daran liegen, dass der Kutscher sein Ross nicht gern allein trinken ließ. Die Fässer rollten in den Eiskeller, Trine gönnte sich den Spaß, ein Fass zu begleiten. Hier unten lagerten die Platten, die im strengsten Winter aus den Teichen geschnitten worden waren. Wenn der Sommer nicht zu heiß brannte, würde man mit ihnen bis in den Herbst kommen. An Durst würden die Bewohner des Narrenreichs nicht zu leiden haben. Bierfässer, Weinfässer, Bouteillen im Korbgeflecht, Krüge, die mit Stoff abgedeckt waren – nebenan der Keller für Fleisch in jeder Erscheinungsform: als Schinken und Wurst, als Schweinehälfte,

Reh und Hase, durchgedreht und als Pastete, in Gelatine und unsichtbar in Tontöpfen. Eine Symphonie der Wohlgerüche reizte Trines Geschmacksnerven. Schlagartig verspürte sie Hunger. Natürlich hatte sie vor dem Aufbruch nichts gegessen, und die Geburt selbst war so schnell über die Bühne gegangen, dass auch die beliebten Zwischenmahlzeiten ausgefallen waren.

Auf dem Weg zur Küche kam Trine vom Weg ab. Für den Richtungswechsel verantwortlich war die Stimme, die – obwohl leise – wegen ihrer Klarheit weit trug. Trine musste lange gehen, bis sie im Erdgeschoss den Raum erreichte, aus dem die Stimme kam. Was so voll geklungen hatte, drang aus einem schmächtigen Körper. Ausgemergelt sah er aus, wie verhungert, das lag auch an seinem Anzug, der eng geschnitten war und dicht auf der Haut lag. Ein Anzug war es streng genommen nicht, mehr eine zweite Haut, und so sah es auch aus, fleischfarben, ohne jede Verzierung, kein Tüchlein, nichts bauschte sich. Eine zweite Haut. Das war nichts, was man in einem Raum erwartete, in dem vier Kinder einem Vorleser lauschten. Die Kinder waren klein, das älteste keine zehn, das kleinste mochte drei sein. Da die kleinen Kerle aber unter Rüschen und Pompons verschwanden, war ihr Alter nicht eindeutig zu bestimmen.

An dem Vorleser immerhin fand sich nichts, was Gesicht und Frisur verdeckte. Seine zweite Haut endete am Hals, sein Haar trug er kürzer als die Mode.

Trine Deichmann war Hebamme und kein Medicus. Ihr Beruf führte sie nicht mit Kranken zusammen, sondern mit Schwangeren. Dennoch brachte sie eine Neugier für Menschen mit, die anders waren als die meisten. Dieser Mann war sehr jung und sehr ungewöhnlich. Am ungewöhnlichsten war das, was er vorlas. Es handelte sich um eine der Geschichten aus der alten Zeit, Odysseus, der mit seinen Gefährten über die Meere irrte und Abenteuer erlebte. Trine erinnerte sich, es war lange her, sie hatte viel vergessen. War die Fahrt an den lockenden Sirenen vorbei wirklich so gruselig gewesen? Hatte es so viele Tote gegeben? Waren die Männer nicht einfach ertrunken oder war ihnen tatsächlich die Haut vom lebendigen Körper gezogen worden?

Warum betonte der Vorleser jede blutige Einzelheit? Warum mutete er den Kindern mehr zu, als Trine ihrem Joseph nach einer schweren Geburt berichtete? Joseph knickte nicht schnell ein, aber dies waren Kinder, sie konnten nicht unterscheiden zwischen Wahrheit und Ausgedachtem. In jedem Satz lief Blut, Augen fielen aus ihren Höhlen, Männer krochen blind auf allen vieren und tasteten nach ihren Augen, wenn sie eins fanden, steckten sie es sich in den Kopf zurück, und wenn sie Pech hatten, war es nicht ihr eigenes, und sie sahen Dinge, die sie mit ihren eigenen Augen nie gesehen hatten. Zum Beispiel sahen sie sich selbst, aber mit den Augen eines anderen, was sie durcheinanderbrachte. Zwischendurch ließ der Vorleser ein Ungeheuer auftreten und weiteres Unheil anrichten. Angst empfanden die Helden seiner Geschichte, vor Angst pissten sie sich voll, und nichts geschah, um ihre Pein zu beenden.

»Hört auf damit!«, rief Trine. »Es ist ja nicht zum Aushalten, was Ihr tut.«

Der Vorleser blickte sie an, seine Augen flößten Trine Unwohlsein ein. Es gab Hunde, die solche Augen hatten, ein bleiches Blau, wie verwaschen, mehr grau als blau. War der Blick voller Interesse? War er nüchtern und neugierig oder war die Meinung schon gebildet, bevor der Blick sein Opfer traf? Es war ein Blick ohne Mitleid.

Endlich sprach der Vorleser: »Verlasst den Raum.«

Das war zu unverschämt, um hingenommen werden zu können. »Erst versprecht Ihr mir, die Kinder nicht weiter zu ängstigen.«

»Seht Ihr in diesem Raum jemand, der Angst verspürt?«

Trine blickte die Kinder an. Ihre Gesichter sagten: Mach, dass du wegkommst. Wir wollen weiter die Geschichte hören.

Streng fragte Trine: »Weiß der Fürst, was Ihr hier treibt?«

»Da zwei dieser Kinder seine eigenen sind, halte ich es für möglich.«

»Aber wieso? Warum tut Ihr ihnen das an? Es gibt so viele Geschichten.« Beschämt brach sie ab. »Das Narrenreich«, murmelte sie. »Es steckt hinter allem. Es ist für alles verantwortlich, besonders für das Schlechte.«

»Wer seid Ihr? Ich habe Euch noch nie gesehen. Hat Euch Theophrast geholt? Seid Ihr der Geist, der dumme Fragen stellt?« Er war so jung und selbstbewusst. Kein Zweifel steckte in diesem Körper. Waren alle jungen Menschen so sicher? Oder wurde Trine nur älter?

»Sie können gehen, wenn sie wollen«, sagte der Vorleser. »Die Tür steht offen, niemand hält sie auf. Theophrast will wissen, ob sich ihre Träume ändern.«

»Ja, was glaubt Ihr denn, was sie tun? Glaubt Ihr, sie werden künftig von Blumenwiesen und Feen träumen?«

»Ich weiß nicht, ob sie träumen. Es sind Kinder, es sind noch keine Menschen. Seid Ihr schon einem Mann versprochen?«

»Ich habe mich hoffentlich verhört.«

»Aber es muss doch einen Grund geben, dass Ihr …?

Wenn Huren sonst jung sind, sind sie heute vielleicht alt. Das wäre logisch. Darf ich Euer Mann sein? Ihr werdet es nicht bereuen.«

Trine starrte die Kinder an. Sie mochten auch diese Geschichte, die sich gerade vor ihren Augen abspielte. Trine trat auf den Vorleser zu und verpasste ihm eine Ohrfeige, die ihn von seinem Hocker holte.

»Oh Mann!«, rief der älteste Junge begeistert, »sie hat ihn einfach umgehauen.«

»Träumt schön!«, knurrte Trine und verschwand Richtung Küche.

7

Trine Deichmann war nicht verfressen, aber es gab einen Moment, an dem sie essen musste. Anderenfalls wurde sie übellaunig. Joseph hatte das einige Male ausbaden müssen, fünfhundertmal oder häufiger. So oft war er in die Küche der »Fluchbüchse« gestürzt, hatte eine Kelle voll aus dem Eintopf geholt und sie seiner Frau wie eine Monstranz präsentiert. Manchmal war er nicht zur Hand, dann bekamen die beiden Töchter Trines schlechte Laune ab. Vom Vater wussten sie, was dann zu tun war. Während eine die gereizte Mutter ablenkte, wie man einem Drachen mit dem Schwert vor der Nase herumfuchtelte, trieb die andere Essbares auf. Es war nicht immer das Beste und nicht immer Trines Lieblingsspeise. Aber wenn sie hungrig war, hatte sie mehrere Lieblingsspeisen.

Plötzlich hielt ihr jemand die Augen zu. »Psst! Wer bin ich wohl?!«

Solche Überraschungen mochte Trine nicht. Aber sie mochte die Prinzessin, so fiel die Begrüßung herzlich aus.

»Was für ein großes Glück!«, rief die Tochter des Fürsten. »Ein Kind holt Euch aufs Schloss. Eine Einladung hätte das nicht geschafft.«

»Ihr wisst doch«, entgegnete Trine, »Eure Welt, meine Welt.«

»Papperlapapp, die Zeiten sind vorüber. Der Adel ist nicht mehr so, wie er früher war.«

Das wusste Trine besser. Wer so viel zu verlieren hatte wie der Adel, würde sich gegen die Veränderungen der Verhältnisse wehren. Er war ja schon dabei. Nicht mit einer Armee, nicht mit Feuer und Schwert. Und nicht im Zentrum von Lübeck. Aber zwei Stunden in jede Himmelsrichtung, vom Rathaus aus gerechnet, lag die Welt, in der die alten Verhältnisse herrschten. Je weiter man nach Osten kam, desto weniger galten Bürgerstolz und Fortschritt.

Die Prinzessin war zu klug, zu schnell und neugierig, um mit 15 Jahren ihre Tage auf einem ländlichen Gut zu verträumen. Für sie war die Nähe Lübecks, was für andere der Besuch der Universität war. Sie brauchte Anregung, wie die Blume Wasser braucht. Der Fürst war klug genug, seine Kinder am langen Zügel zu führen. Viele Landesherren hätten nicht zugelassen, dass ihre Kinder sich in den Süden verheirateten. Doch ein Sohn des Fürsten war auf diese Weise ins nördliche Italien gekommen und fühlte sich dort wohl. Die meisten Landesherren hätten darauf bestanden, dass Ländereien und Interessen sich zusammentaten, um an Größe und Einfluss zu wachsen. Der Fürst liebte sein Leben und seine Kinder. Aber er liebte in seinen Kindern nicht nur die eigene Art, aufmerksam verfolgte er, wohin sie sich entwickelten und tat viel, um sie zu unterstützen. Mochte es sich auch um Tätigkeiten wie die Malerei handeln, deren Nutzlosigkeit erwiesen war. Eine Frau als Malerin! Was konnte weniger vernünftig sein? Und dann diese Motive! Hässlichkeit, Verfall, keine Farben. Hätte der Fürst sein Kind nicht so respektiert, die Malerei wäre längst im Dunst der Vergangenheit versunken.

»Ich habe den besten Vater der Welt!«, rief die Prinzessin und drückte die Pockennarbe fest, die sich von der Wange lösen wollte.

»An was leidet Ihr?«, fragte Trine. »Ich sehe Pocken und die Pest.«

»Lepra und die Syphilis!«, ergänzte die Prinzessin strahlend. In ihrer Begleitung befand sich ein jüngeres Mädchen, Magd oder Zimmermädchen. Sie sah genauso entstellt aus wie die Prinzessin, aber sie trug ihre Wundmale nicht mit so viel Freude.

Die beiden lieferten Trine in der Küche ab, wo für sie ein Frühstück improvisiert wurde. Trine liebte frisches Backwerk, sie fand es hinreißend, sich warme Semmeln in den Mund zu stopfen, wenn wenige Schritte neben ihr der Bäcker den Teig für die nächsten Bleche knetete. Und wie aufmerksam er war! Man musste ihn kaum anblicken, schon brachte er ein Brett voll Kuchenteig und wünschte guten Appetit. Leider musste er dann unbedingt davon reden, wie ähnlich doch seine und Trines Profession seien. Was bei Trine der Leib der Mutter sei, sei bei ihm der heiße Ofen. Trine wünschte sich, er möge endlich den Mund halten, aber er fand Gefallen daran, immer neue Ähnlichkeiten zu finden. Am Ende hatte Trine das Gefühl, in einen Säugling zu beißen anstatt in eine Semmel.

Die Prinzessin schaute wieder herein, allein diesmal. In der Zwischenzeit hatte sich ihr äußerlicher Zustand weiter verschlimmert. Trine war nicht sicher, ob der Vater diesen Anblick gutheißen würde.

Lachend rief die Prinzessin: »So könnt Ihr nur reden, weil Ihr ihn noch nicht gesehen habt.«

»Aber der Fürst wird doch nicht …«

»Seit heute Morgen ist er kein Fürst mehr, sondern wie du und ich, denn ich bin auch keine Prinzessin mehr. Es gibt nur einen Herrscher, zu dem wir alle aufschauen, das ist König Theophrast der Zweite.«

»Der Zweite? Gab es denn einen Vorgänger?«

»Wir haben ihn gefragt, er hält sich bedeckt und antwortet ausweichend. Er ist ein kleines Scheusal. Wenn er spürt, dass jemand neugierig ist, schweigt er. Aber wenn er spürt, dass du müde bist und schlafen willst, redet er wie aufgezogen.«

»Ein einfaches Spiel. Er tut stets das Gegenteil.«

»So einfach ist es nicht. Ihr werdet es erleben.«

»Was passiert, wenn das Narrenreich vorüber ist?«

»Dann wird er ein Jahr dafür büßen.«

Die Prinzessin erkannte, wie wenig Trine wusste. So erfuhr die Besucherin aus Lübeck, wie es den Narren an diesem Hof erging. Dass man mit ihnen handfesten Umgang pflegte und sie so leicht nichts krumm nehmen durften, hatte Trine gewusst. Alles andere war neu für sie: Zum Beispiel dass Bommelheim zehnmal in einer Woche in den Wassergraben flog, und zwar stets dann, wenn man ihm vorher erzählt hatte, dass menschenfressende Schlangen und Welse von drei Metern Länge ausgesetzt worden seien. Bommelheim konnte nicht schwimmen, das vergrößerte den Spaß; an jedem Ufer des Grabens stand ein Mann und schlug dem Ertrinkenden auf die Finger, das steigerte den Spaß weiter. Im gesamten Schloss gab es zwei Bewohner, die schwimmen konnten. Selbst sie wussten nicht, wofür das gut sein sollte.

Wofür es gut war, dass Bommelheim im Wasser unterging, stand außer Frage: Seine Angst war die schönste. Wo Frauen in Ohnmacht fielen, kämpfte er um sein Leben und schlug mit den Armen, als würde er sich gleich in die Luft erheben. Wo Männer festen Halt suchen würden und sich still verhielten, um die Schlangen nicht zu reizen, tobte Bommelheim wie ein Brummkreisel durchs Wasser. Kein Wunder, dass er nach seiner wundersamen Rettung jedes Mal zur Strafe den Graben von Abfall und Pflanzen befreien musste. Zwar vom Ufer aus oder mit langem Arm von einem Kahn, aber auch so kam ihm das Wasser viel zu nahe.

»Pfui«, sagte Trine, »der arme Mann.«

»Dafür ist er doch da«, rief die Prinzessin vergnügt. »Ihr müsst sein Gesicht sehen. Niemand hat so ein Gesicht. Schön ist es auch sonst nicht, aber mit Angst ist es allerliebst. Er quiekt dann wie ein Schweinchen. Und wenn die Angst am größten ist, macht er sich nass. Ach, eigentlich ist es schade, dass Ihr heute hier seid. Gestern hättet Ihr das Gesicht noch sehen können.«

»Habe ich das richtig verstanden, Ihr macht das häufiger, ihn ins Wasser zu stoßen?«

»Wem danach ist, packt ihn und schmeißt ihn rein.«

»Oh nein, wie schrecklich.«

»Ach was, er ist ja schwach und kann sich nicht wehren.«

Die Prinzessin wusste noch zahlreiche Begebenheiten aus dem Jahreslauf von Theophrast von Bommelheim zu erzählen. Während Trine immer nachdenklicher an der Semmel nagte, berichtete die Tischnachbarin vergnügt von dem Streich, den Mundschenk und Hofprediger in einer langen Nacht ausgeknobelt hatten. Nachdem ihnen Bommelheim sein enzyklopädisches Wissen über die Herstellung guten Weins ausgebreitet hatte, wurde der kleine Mann kurzerhand in das größte Weinfass im Keller gesteckt. In ihm brachte er zehn Tage zu, in denen sein Wissen über guten Wein aus seinem Körper in den jungen Wein übergehen und sich in Wohlgeschmack verwandeln sollte. Zweimal pro Tag durfte er das Fass für zehn Minuten verlassen, um seine Notdurft zu verrichten. Alles andere fand im Fass statt, Schlafen und Essen. Waschen fiel aus, Kleiderwechsel auch, denn Bommelheim musste nackt sein, wofür er sich am meisten genierte.

»Ihr hättet ihn sehen müssen«, rief die Prinzessin, »wie er bemüht war, dass wir ihm nichts abgucken.«

»Ja, habt Ihr ihn denn nicht in Ruhe gelassen?«

»Aber woher denn! Das war doch der Spaß daran! Dass er denkt, er muss vor Scham vergehen. Manchmal denke ich, Ihr wisst gar nicht, wozu Narren auf der Welt sind.«

»Aber sie sind Menschen wie Ihr und ich.«

»Nein, Narren sind sie, und als Narren müssen sie behandelt werden. Es geht ihm doch gut bei uns, er ist noch nie weggelaufen. Und als er es getan hat, war er schnell wieder da.«

»Seit wann besteht das Narrenreich?«

Die Prinzessin war sieben oder acht gewesen, als alles begonnen hatte. »Er sollte die Kinder erziehen«, rief der Bäcker herüber. »Dafür haben sie ihn ursprünglich an den Hof geholt. Aber er hasst Kinder, sie mussten ihn von ihnen fernhalten. Da fing er an, die Bibliothek aufzubauen, und er zeigte sich gelehrig, wie man Tiere groß und fett macht; und wie man dem Acker sagt, dass er sich anstrengen soll.«

»Ja, das stimmt«, sagte die Prinzessin. »Seitdem ich mich erinnern kann, sehe ich ihn als Schmutzfink vor mir. Er hat gesagt, er will den Abstand zwischen den Büchern und dem Acker kleiner machen. Mein Vater hat ihn ausgelacht, weil es spaßig ist, wenn ein kleiner Mann zornig wird. Aber der kleine Mann ist sehr klug. Er kennt sich aus mit dem Geld und der Kunst, den Arzneien und vielen Krankheiten.«

»Woher kommt sein Wissen?«, fragte Trine. »Aus den Büchern?«

»So habe ich mir das gedacht! Maulaffen feilhalten und klatschen. Wie es Weiber tun.«

Die Arme in die Seiten gestemmt, stand Theophrast der Zweite vor ihnen, die Krone so groß wie er selbst. Etwas war anders als bei der letzten Begegnung. Der König war gewachsen. Trine schaute auf seine Beine. Ging er auf Stelzen? Stand er auf etwas? Als der König einen Schritt zur Seite machte, geriet er ins Wanken, nur leicht, aber zu übersehen war es nicht.

»Ein Wort, und Ihr seid des Henkers«, knurrte der Monarch.

Schweigend sahen sie zu, wie er aus der Küche stolzierte. »Er trägt hohe Schuhe«, flüsterte die Prinzessin. »Der Tischler hat sie angefertigt und das härteste Holz verwendet, das er finden konnte. Er hat gesagt, er wird sich Blutblasen laufen, das sei die gerechte Strafe, wenn kleine Menschen groß sein wollen.«

»Um zwölf Uhr steht das Essen auf dem Tisch!«, rief Theophrast. In der Küche erhob sich Protest. Der König drehte sich um: »Widerworte werden als Staatsstreich gewertet«, bellte er. »Zur Hinrichtung ist ein bequemer Strick mitzubringen. Wer seinen vergisst, wird ertränkt.«

»Um zwölf!«, rief ein Küchenjunge verzweifelt. »Nur Tiere essen um zwölf.«

Klirrend betrat eine Wache die Küche. Mit Mühe die Rüstung bewegend, stakste sie zu Trines Tisch. »Punkt zwölf!«, rief die Wache. »Ich bin die Uhr.« Er nahm Haltung an und rief: »... und ... jetzt ... und ... jetzt ... und ... jetzt ...«

»Lasst uns gehen«, flüsterte die Prinzessin Trine zu. »Die Uhren stören doch sehr. Zu jeder vollen Stunde gibt es Schläge auf den nackten Hintern.«

»Wessen Hintern?«, fragte Trine verdutzt.

»Bisher wurde das ausgelost. In diesem Jahr trifft es den Dicksten im Schloss.«

»Aber wozu geschieht das?«

»Theophrast sagt, er hört es so gern klatschen.«

8

Die Tafel war für 49 Personen gedeckt. Zehn Plätze waren festlich eingedeckt, mit edlem Porzellan aus China und grünen Gläsern; auf den anderen Plätzen fanden sich Holzbretter neben einfachen Bechern. Die Sitzgelegenheiten wiesen keine Unterschiede auf, sie fehlten überall. Mägde, Kellner, Zimmermädchen kümmerten sich um Kerzen, Gebinde und präparierte Tiere in großer Zahl. Zwei Knechte trugen eine Kiste herein. Von der anderen Seite betrat Theophrast den Saal. Einen Schritt vor ihm ging der Trompeter. Wenn ihm der König ins Kreuz stieß, blieb der Musiker stehen und blies in größtmöglicher Lautstärke eine Art Hymne aus zwölf Tönen. Sie hörten sich an, als seien sie bei früheren Kompositionen übrig geblieben. Vielleicht lag es auch daran, dass es sich bei dem Trompeter keineswegs um einen Musiker handelte. Heute Morgen hatte der arglose Kutscher noch nicht gewusst, welche Aufgabe auf ihn wartete.

Alle traten auf den König zu, verneigten sich, klatschten in die Hände, drehten sich einmal um die eigene Achse, klatschten in die Hände, drehten sich in die Gegenrichtung um die eigene Achse und waren im Folgenden damit beschäftigt, nicht umzufallen. Bis auf einen gelang das allen leidlich.

»Ihr wisst Bescheid«, rief Theophrast. »Dreimal umgefallen heißt ein halbes Jahr Latrinenreinigung. Wer glaubt, ich kann meine Augen nicht überall haben, wird sich noch wundern.« Theophrast trat an die Tafel und legte auf jeden Platz ein Buch, das er der Kiste entnahm, die die Knechte hielten. Mehrere Male tauschte er Bücher aus. Diese Handlung wäre verständlicher gewesen, hätte es eine Tischordnung gegeben, was aber nicht der Fall war.

Bis zur Mittagsstunde hielt sich Trine Deichmann im Freien auf. Sie schritt die Wege des verschlungenen Gartens ab, betrachtete Rabatten und Stauden, nahm den Bauerngarten in Augenschein und schlenderte bis zur nördlichen Grenze der Schlossanlage, von wo man stellenweise einen Blick aufs Meer genoss. In weniger als zwei Wochen würde sich der Baumvorhang geschlossen haben. Jetzt bildeten erstes Laub und Wasser einen abwechslungsreichen Flickenteppich.

Trine dachte: Du bist eine alberne Gans. In Lübeck müssen sie dich ans Wasser tragen. Hier draußen bist du von ihm hingerissen. Innerlich fieberte sie der Tafel entgegen. Ihr Leben war nicht eben reich an gesellschaftlichen Höhepunkten. Obwohl sie ein offizielles Amt bekleidete und die ‚Höchste' aller Hebammen war, hatte sie bisher bei jedem Mahl gefehlt, das die Stadt für ihre Ratsherren und besten Bürger veranstaltete. Die Vorsteher der Schulen, Krankenhäuser, Siechenanstalten und Wohnstifte gehörten traditionell zu den Teilnehmern. Hebammen übersah man. Man lud auch Scharfrichter, Abdecker und Totengräber nicht ein, und der Henker konnte lange auf eine offizielle Würdigung seiner Arbeit warten. Die Stadt leistete sich eine Menge Menschen, die für die wenig ehrenwerten Professionen zuständig waren, aber sie schätzte sie nicht.

Trine dachte: Wir Hebammen sind zu freundlich und zu unterwürfig. Vor allem ärgerte sie sich darüber, wie umgänglich die meisten der ansonsten so hochnäsigen Ratsherren wurden, wenn sie selbst die Dienste der Hebamme brauchten. Nicht einen hatte Trine getroffen, der ihr seine Verachtung ins Gesicht gesagt hätte; keine Familie war ihr bekannt, die auf die Dienste der Hebamme verzichtete und stattdessen einen Medicus ans Bett der Wöchnerin holte. Vielleicht waren dafür die Frauen verantwortlich, jedenfalls spielten ihre Männer das Spiel mit.

Hinter Trine ertönten schnelle Schritte. Ein Mann, kleiner und leichter als die Hebamme, näherte sich ihr und rief: »Wehe, Ihr sagt, ich würde wie ein Schneider aussehen. Ich kann es langsam nicht mehr hören. Ihr tut ja so, als wären wir alle aus einem Nest geschlüpft.«

Es war ein Fehler gewesen, während des Laufens zu reden. So kam er noch erschöpfter bei Trine an und musste erst pfeifend Luft holen, bevor er pampig fragen konnte: »Glaubt Ihr, ein Kleid schneidert sich von allein?«

»Glaubt Ihr, den richtigen Ton zu treffen?«

»Gestern nicht und morgen nicht. Heute lass ich's richtig krachen«, erwiderte er freudestrahlend. »Das Volk muss es nehmen, wie es kommt.«

In aller Eile ließ sich Trine das Gewand anpassen, in dem sie später ihren Vortrag halten sollte. Als sie sich im Spiegel sah, wurde ihr bewusst, was auf sie zukam. Sie dachte: Vielleicht solltest du dich vorbereiten.

9

Mit fliegendem Rock eilte Trine in den Festsaal. Dort wurde sie Zeugin eines absonderlichen Vorgangs: 50 Menschen umrundeten die Tafel. Auf einer kleinen Empore am Kopf der Tafel stand Theophrast in vollem Ornat, schlug und kratzte mit einem Eisenstab auf ein Blech, das Geräusch fuhr empfindlichen Gemütern tief ins Gedärm. Dazu rief er: »Ich habe Zeit! Ich habe Zeit!«

Hinter dem neuen Machthaber stand die Uhr aus der Küche. Trine sah, wie sich der Mund bewegte. »… und … jetzt … und … jetzt … und … jetzt …«

Neben der Uhr stand ein Mann. Er trug ein schönes Gewand, aber man achtete nur auf sein Gesicht. Selten hatte Trine einen Menschen erlebt, der sich so unwohl fühlte. Trine erkannte den Fürsten erst auf den zwanzigsten Blick und auch nur in Form des Ausschlussverfahrens. Er war der Einzige, der noch infrage kam, alle anderen Männer – soweit sie als Männer überhaupt erkennbar waren – schieden aus. Schmutzig sah er aus, die Haare verfilzt; schmutzig war auch sein Mantel, als wäre er seit Tagen nicht dazu gekommen, die Kleider zu wechseln. Ein Gewehr hing über der Schulter, am Gürtel schaukelten Felle, klein von Format, sehr dunkel, fast schwarz. Trine dachte: Er ist der Zobelhändler.

Theophrast schlug auf seinen Blechdeckel, kratzte mit verzücktem Gesicht hingebungsvoll darauf herum. Die Hälfte der Festgesellschaft hielt sich die Ohren zu. Aber war es wirklich eine festliche Gesellschaft? Nicht, was ihre Kleidung betraf. Kaum mehr als eine Handvoll der Gäste trug saubere Kostüme. Selten waren sorgfältige

Frisuren zu sehen, Schmuck kam fast gar nicht vor, kein Silber und Gold, Perlen und Edelsteine. Nirgendwo Ketten, Diademe, Krönchen.

Trine dachte: als wenn die Bauern Fasching feiern. Allein schon das Schuhwerk: klobig, mit dicken Sohlen, viele Stiefel, aber nicht die blank gewienerte Art für Tanzboden und Salon. Diese Stiefel waren wie angefertigt, um sich durch meterhohen Schnee zu kämpfen. Überall klebte Dreck. Allerdings befand sich kein klassischer Bauer unter den Leuten. Überhaupt sahen nicht viele aus, als würden sie dem Leben entstammen, das sich rund ums Schloss abspielte. Da war die Frau mit der Löckchenfrisur und dem weißen Nachtgewand, was trug sie bloß unterm Arm? Es sah aus wie eine Wolke, wie ein Stück, das aus einer größeren Wolke herausgebrochen worden war. Trine dachte: Sie ist ein Engel, sie ist vom Himmel gefallen. Da war die andere Frau, der etwas auf dem Rücken klebte. Ihr Kleid war einfach und nicht neu, aber auch sie schleppte etwas mit sich, was nicht zu ihr gehörte. Wer hinter ihr stand, direkt oder schräg, wurde von ihrem Rücken angezogen. Als gäbe es dort etwas zu sehen, worauf niemand gefasst gewesen war. Erst als sich die Frau nach links drehte, erkannte Trine, was für die Frau so beschwerlich war: Sie trug einen Spiegel auf dem Buckel. Ständig geriet jemand ins Staunen angesichts seines Anblicks, reagierte verdutzt und amüsiert, weil er sich selbst gegenüberstand. Einige begannen zu kokettieren und sich anzulächeln. Mancher wandte sich ab und vorsichtig wieder zurück, er musste sich erst mit dem Spiegelbild anfreunden.

Da war der unverschämte Vorleser wieder, er trug immer noch das dünne Kleid, das ihm wie eine zweite Haut anlag. Offenbar konnte er mit Frauen sprechen, ohne sie mit unzüchtigen Worten zu beleidigen. Trine dachte: Du hast übertrieben reagiert, gib ihm eine zweite Gelegenheit. Die er sich unverzüglich nahm: In dem Menschenstrom, der die Tafel umrundete, kamen sie sich näher und näher, bis der Vorleser neben Trine lief und sagte: »Wenn Ihr Euch bei mir entschuldigen wollt, bin ich bereit, Euch anzuhören.«

Trine schnappte nach Luft, bekam einen rüden Stoß in den Rücken, sie wandte sich um, ein Mund ohne Zähne bleckte sie an. Trine drehte sich wieder nach vorne und dachte: Hat er keine Zähne oder hat er sie versteckt?

»Halt! Sofort halten! Ich will keine Bewegung mehr sehen. Oder wartet, warum nicht: alle aufs linke Bein! Das linke Bein! Ist das so schwer zu begreifen? Gewackelt wird nicht.«

»In diesem Jahr hat er es mit der Balance«, murmelte der Baum neben Trine.

»Dann zuckt nicht so«, wisperte sie.

»Aber ich muss. Es ist Frühling, ich schlage aus. Soll ich gegen meine Natur handeln?«

Es war nicht einfach, auf einem Bein zu stehen, wenn neben einem fünfzig Menschen das Gleiche probierten.

»Er ist nicht stärker als die Natur«, flüsterte der Baum. »Er kann uns nicht daran hindern zu wachsen.«

»Und jetzt die Rede!«, rief Theophrast. »Wenn ich sehe, dass einer heimlich isst, lasse ich ihn enthaupten! Oder die Zunge herausreißen, das muss ich mir noch überlegen. Ach, es ist so schön, sich solche Gedanken zu machen.«

»Nie habe ich solche Gedanken gehabt«, brummte eine Stimme neben Trine. Unwillkürlich knickste sie, er griff ihr an die Arme und richtete sie auf: »Untersteht Euch! Wenn er sieht, dass jemand einen anderen verehrt als ihn, wird er fürchterlich in seinem Zorn.«

Trine starrte den Fürsten an.

»Ich weiß schon«, brummte er. »Es ist so früh. Ich bin erst wach, wenn die Sonne schlafen geht. Wie kann man jetzt schon essen? Und alles nur wegen einer Wette.«

»Was für eine Wette?«

Aus müden Augen blickte er Trine an. »Ihr seid die Einzige, die es nicht weiß? Ihr könnt Euch glücklich schätzen. Vielleicht besitzt Ihr sogar das Talent zu vergessen. Versteht Ihr? Vergessen. Eben noch gewusst, im nächsten Augenblick ist es weg. Vergessen eben. Herrlich.«

Es waren keine Zobelfelle, die an seinem Gürtel hingen. Er registrierte, wohin Trine verstohlen blickte, und sagte trübe: »Eine Woche habe ich damit zugebracht, so viele Maulwürfe zu erschlagen. Habt Ihr gewusst, wie schnell die Biester sind?«

Theophrast wartete mit diabolischer Geduld. Die erste Hälfte stand schnell wieder auf zwei Beinen. Wer dann noch einbeinig war, wollte es möglichst lange bleiben. Trine gehörte zu den Letzten, die den zweiten Fuß aufsetzten. Am Ende fiel die Entscheidung zwischen drei Begabten: der Prinzessin und zwei Männern, die Trine nie gesehen hatte. Die Prinzessin schied aus, weil sie kichern musste. Die Männer trugen das Duell so lange aus, bis die Menge zu murren begann. Man rüttelte an ihnen, einer fiel um, der andere stand wie eine Eiche. Zwei Männer fassten ihn unter den Armen und trugen ihn zur Seite, wo er weiter auf einem Bein stehen konnte und niemanden störte.

Theophrast ging zu dem Wunder, umrundete es, stach ihm da hinein und dort hinein. Der Einbeinige wankte nicht. »Wisst Ihr«, sagte Theophrast, »ich mag Duelle. Aber Ihr hier … Perfektion ist langweilig, hat Euch das schon jemand gesagt?«

»Dann habe ich also gewonnen?«, fragte der Einbeinige hoffnungsvoll.

»Das weiß ich nicht, dazu steht Ihr zu lange. Es scheint Euch ja keine Mühe zu bereiten. Ich hatte an einen Wettkampf gedacht. Euch fällt es zu leicht, Ihr seid ein schlechter Wettkämpfer.«

»Aber Ihr habt gesagt ...«

»Das tut nichts zur Sache. Ich kann jederzeit das Gegenteil behaupten.«

»Also habe ich gewonnen?«

Theophrast stach und piekte immer gemeiner. Der Einbeinige pendelte jede Attacke aus.

»Begnadigt ihn!«, ertönte es aus der Menge.

»Das fehlt ja noch«, tönte Theophrast. »Das Narrenreich kennt keine Gnade, sonst wäre es ja nur das Gegenteil. Ich erteile Euch den Befehl, künftig auf ein Bein zu verzichten. Bindet es Euch dicht an den Leib. Hinkt wohl und nun die Rede!«

Er stolzierte nach vorne, der Trompeter blies ins Instrument. Er lernte sehr langsam. Theophrast warf einen Blick über die Häupter seiner Untergebenen. »Wohlan«, rief er, »Theophrast begrüßt seine Larven! Ein Jahr nach unserem letzten Treffen sehen wir uns schon wieder. Einige von Euch haben sich gut gehalten, du da an der Seite, du hast dein Tellerchen immer schön aufgegessen, du glaubst, weil du in der Küche arbeitest, musst du ständig schmecken und prüfen und fressen und nennst die Völlerei dann Arbeit. Das werden wir gleich zu Anfang unterbinden. Du scheidest aus! Entferne er sich aus meinem Gesichtskreis!«

»Aber dann kriege ich ja nichts zu essen«, rief jammernd der Metzger.

»Esst Gras und Wurzeln und frisches Grün. Nehmt

Euch ein Beispiel an den Tieren, Ihr seht ja schon fast aus wie eins. Er soll auch keine Küchenabfälle bekommen. Das wäre für ihn keine Strafe.«

Eine Wache in der Rüstung führte den beleibten Metzger nach draußen.

Theophrast fuhr fort: »Man hat es nicht leicht mit Euch. Ihr seid so schnell zu verführen. Ein voller Teller, ein volles Mieder, und weg ist jede Disziplin.«

Eine Frau kreischte auf. Offenbar hatte sich jemand handfest ihrem Mieder genähert.

»Ruhe«, knurrte Theophrast, »wenn Ihr nicht wollt, dass ich Männlein und Weiblein trenne.«

Entsetzensschreie.

»Dazu bin ich fähig, allerdings. Denkt das Schlimmste, das Eure Fantasie für Euch bereithält. Verdoppelt es, und Ihr wisst, zu was ich fähig bin. Du, hier vorne, was ist das Schlimmste, das du dir vorstellen kannst?«

Der Junge von höchstens 16 drehte sich unsicher um. »Ich weiß nicht«, murmelte er verlegen.

»Ich weiß, dass du nicht weißt. Jemand, der weiß, würde nicht so aussehen wie du. Aber sprich endlich, die Zeit läuft uns davon.«

»Nun ja«, kam es zögernd, »dass ich auf die Straße muss und weiter wandern, das will mich schon ängstigen.«

»Du meinst, dass ich mit deiner Arbeit nicht zufrieden bin und dich achtkantig hinauswerfe?«

Der Junge nickte.

Theophrast lehnte seinen Kopf auf eine Wange und gab die Parodie eines Menschen ab, der angestrengt nachdenkt. »Mal zwei«, sagte er dann, »du bist draußen. Ich kriege fünf Taler von dir, dann darfst du gehen.«

»Aber ich … aber wieso …?«

»Willst du anfangen, mit deinem König zu streiten, du Wurm!«, donnerte Theophrast.

In der Menge flüsterte es: »Er muss immer erst einen fressen, damit er warm wird.«

Der Junge, Gärtner und Reitknecht in Personalunion, wurde entlassen und ging mit gesenkten Schultern ab. Theophrast sagte: »Das achte Narrenreich hat vor vier Stunden begonnen. In der kurzen Zeit, die uns bleibt, wollen wir auch diesmal die Planeten aus ihrer Bahn schießen und den Anhängern der alten Ordnung zeigen, zu was wir fähig sind. Unser Fest ist unerreicht, unsere Tafel biegt sich unter der Last appetitlicher Bücher. Keine Angst, Ihr wisst, wie es geht, Ihr Banausen. Mit viel Fett und etwas Öl wird es schon rutschen.«

Plötzlich wurde die Uhr laut. Das »und ... jetzt ... und ... jetzt« erklang doppelt so laut.

Theophrast eilte zur Uhr, ließ sich einen Stock reichen und fuhr den dicken Mann an: »Warum ist die Hose noch oben?«

»Majestät, bitte ...«

»Ich warte nicht gern«, fauchte Theophrast und schlug den Stock ungeduldig in seine freie Hand. Begleitet vom Johlen der Menge ließ der Mann seine Hosen fallen. Er trug mehr als eine, als könne er sich damit gegen das Unabänderliche wehren. »Bücken!«, rief Theophrast. Der Hintern war sehr dick. Er war auch rund. Vor allem wirkte er sauber, das lag daran, dass er rot glänzte. Die Mittagsstunde mit ihren zwölf Schlägen hatte Spuren hinterlassen. Theophrast verpasste ihm einen Schlag, holte erneut aus und hielt erst inne, als die Menge rief: »Nur einen! Nur einen!«

Danach wurde die königliche Rede fortgesetzt. Es ging darum, den Ablauf der Zeit intensiver zu erleben, indem man die Zeit einmal im Jahr in den Ruhestand schickte. Einmal im Jahr verloren die fürstlichen Regeln des Zusammenlebens ihre Bedeutung. Zwar wurden sie einen Tag später wieder in den alten Stand eingesetzt, aber die Erinnerung an das, was möglich ist, würde alle Mitglieder der Hofgesellschaft durchs Jahr begleiten.

»Es ist wie eine Erfrischung von Körper und Geist«, rief Theophrast. »Der alte Schlendrian kommt in die Grube, das neue Reich scheint heller als zehn Sonnen. Vernünftigkeit im Umgang miteinander und Hinterfragen der alltäglichen Langeweile, darauf freuen sich meine Geschöpfe ein Jahr lang. Das Narrenreich hat nichts gemein mit dem Fürstenreich. Einen Herrscher gibt es auch hier, jede Herde braucht ein Leittier, ohne das sie verloren wäre. So hat es die Natur eingerichtet, und was hätten wir davon, wenn die Herde sinnlos durcheinanderläuft und mit der großen Nase in den Matsch fällt? Ich bin Euer Herrscher, mir will auch bei längerem Nachdenken niemand einfallen, der dafür geeigneter wäre. Ausgebildet an vier Universitäten, einem Königshof und zwei Fürstenhäusern. Reisen bis ins südliche Sizilien, wo mir der Sand aus Afrika ins Essen wehte, und bis ins ewige Eis, wo die Menschen mit Fell und Pelz geboren werden. Ich weiß, was man wissen kann, und noch einiges mehr. In meinem Blut schwimmen Lettern, aus denen Ihr das Wissen über die Welt zusammensetzen könnt. Ich trinke den Wein, bevor Ihr ihn trinkt, denn meine Zunge schmeckt, wofür Ihr keine Wörter habt. Ich denke Eure Gedanken, denn in meinem Verstand ist eine Kreuzung, die alles, was einen Gedanken nicht wert ist, über die Klippe schiebt, von wo es hinunterstürzt und nicht mehr stört. Ich atme für Euch, ich sorge mich für Euch, ich bekomme Eure Krankheiten und kuriere sie für Euch aus, damit Ihr herumtollen könnt und mit der Peitsche nach dem Kreisel schlagt. Ich bin groß, ihr seid klein. Ich spreche mit dem Herrn und treffe mich mit dem Teufel, denn es ist nützlich, mit allen in Kontakt zu stehen, damit sie dich nicht überraschen können.«

»Die Wette!«, rief jemand aus der Menge.

»Wir werden darauf kommen«, sagte Theophrast besänftigend. »Aber erst wollen wir nach guter alter Sitte eine Mahlzeit zu uns nehmen, denn ein voller Bauch weiß mehr als ein leerer. Aufhören darf nur, wer einen Zeugen dafür beibringt, dass ihm ein Furz entfleucht ist. Denkt daran: Rülpser zählen nicht, es muss schon weiter unten sein. Wenn ich Lust habe, werde ich nachher einige Paare vermählen. Wenn ich noch einmal entdecken muss, wie anwesende Pastoren die Augen verdrehen, sind sie schneller auf der Weide als im Himmel. Und nun eröffne ich die Tafel. Der erste Gang: italienische Sonette der letzten Jahre. Wir beginnen mit etwas Leichtem, denn 18 Gänge wollen bewältigt sein. Musik! Musik!«

Die Trompete blies, als sei sie satt.

10

TRINE WANDTE SICH an den Mann neben ihr: »Es werden doch nicht im Ernst Bücher gegessen?«

Der Mann blickte sie misstrauisch an. »Ich kenne Euch nicht. In diesen Zeiten muss man sehen, zu wem man Vertrauen fasst.«

»Habt Ihr etwa Angst?«

»Nein, das ist mir verboten.«

»Na, einen besseren Grund kann man sich nicht denken.«

Der Mann winkte einen jungen Burschen heran, der um die Tafel strich. Sein Gesicht war grün bemalt. »Denunziant, ich habe eine Meldung zu machen«, sagte der Mann.

»Das geht ja gut los«, knurrte der mit dem grünen Gesicht.

Die verdutzte Trine hörte zu, wie der Mann alles, was sie gesagt hatte, brühwarm dem Grüngesichtigen petzte. Sie knurrte: »Mit Verlaub, Ihr seid eine Ratte.«

Der Mann winkte den Grüngesichtigen, der sich gerade entfernen wollte, erneut heran und petzte auch dies. Der Grüne blickte Trine an und murmelte: »Ihr beschäftigt allein einen Mann.«

Trine hätte so viel zu sagen gehabt, aber sie widmete sich lieber der Tafel, denn die war ungewöhnlich genug. Nicht nur, dass alle Gäste standen. Sie mussten sich auch allein versorgen. Zwar wurden Platten und Schüsseln vom Personal auf den Tisch gestellt, aber danach hieß es: Selbstbedienung.

Für Theophrast den Zweiten galt das nicht. Er thronte

auf einem gepolsterten Sessel, der an seine Maße angepasst war. Um seine Wünsche kümmerten sich zwei blutjunge Diener, in denen Trine die Kinder des Fürsten wiederzuerkennen glaubte. Das Spiel ging also sehr weit, doch der Maulwurfsjäger zwei Plätze neben ihr wirkte nicht so, als würde er unter den herrschenden Zuständen leiden. Stattdessen säbelte er gut gelaunt Scheiben von einem mächtigen Bratenstück ab. Die Aussicht auf Fleisch flößte ihm Lebensgeister ein. Die vermeintlichen Bücher erwiesen sich als Meisterwerke der Zuckerbäckerei. Der Umschlag war bis in die Strukturen des Ledereinbands gestaltet. Die Seiten wirkten echt, auch wenn man das Buch nicht öffnen konnte.

Ein Buch allerdings ließ sich aufklappen, dieses Exemplar lag vor einer Frau, deren Frisur von Streifen echten Pergaments durchwirkt war. Trine erfuhr, dass das Los auch diese Wahl getroffen hatte.

»Heißt das, sie muss das Buch essen? Das richtige Buch?«

»Es sind doch nur Sonette«, antwortete Wilhelmine, die Frau neben Trine. Sie war zurückhaltend geschminkt, zurückhaltend frisiert, einfach gekleidet – nichts lenkte von ihrem Gesicht ab, dessen feine Züge so wenig zu einer Hundeführerin passen wollten. Aber Trine lernte dazu, sie wusste schon, dass sie nicht alles wörtlich nehmen durfte.

Eine neue Schüssel wurde auf den Tisch gestellt, die Pastete fand reißenden Anklang. Danach kam Steinbutt sowie eine Weinsuppe nach Lübecker Art. Schwarzes Brot, Käse und Butter nahm der, der seine Geschmacksnerven neutralisieren wollte. Wenn das nicht reichte, brachte pures Gänseschmalz den Magen auf Vordermann. So passte der Ochse hinein, und auch noch ein Klops aus

Rindfleisch. Überhaupt liebten sie im Mecklenburgischen die Innereien: Zunge, Gaumen, Niere, Herz, Leber, Bries, auch Schweineschwanz und Füße vom Kalb. Platte für Platte, Schüssel für Schüssel wanderten auf die Tafel, wo sich jeder nahm, was ihm behagte.

»Ach nö«, ertönte es gegenüber von Trine, »ich ess sonst alles, aber beim Auge bin ich heikel. Habt Ihr auch das Gefühl, dass Ihr die ganze Zeit angeschaut werdet?«

Der Nachbar des Redners hatte damit kein Problem, viel schwerer war's, das Auge zu treffen. So spitz das Messer, so flink der Stoß, immer wieder flutschte es in der Schüssel umher wie eine Murmel. Zu zweit wollten sie das elastische Ding bändigen, am Ende holte es einer mit der Hand heraus. Selbst im Mund machte das runde Stück noch Theater, der Esser nahm es zwischen die Zähne, ein sanfter, beharrlicher Biss zerteilte die Köstlichkeit.

»Ich liebe diesen Widerstand«, teilte der Esser schmatzend seinem Nebenmann mit. »Nicht hart, nicht weich, nicht fest, nicht flüssig.«

»Achtung, hergeschaut!«, rief ein Knecht lachend und stellte die Schüssel mit den Augen auf die Tafel.

»Wir sind schon dabei«, entgegnete der Esser genüsslich schmatzend.

»Niemand isst schneller, als ich serviere«, stellte der Knecht klar.

Der Esser liebte das Essen, genauso groß war seine Liebe zur Rechthaberei. Er spuckte aus und präsentierte auf seiner Hand dem Knecht das halbe Auge.

»Schnelles Auge«, entgegnete der, obwohl er sich nicht erklären konnte, auf welchem Weg das Auge eine Abkürzung aus der Küche gefunden haben wollte.

Ein anderer hielt sein Messer mit dem aufgespießten Fund vor sich in die Höhe und sagte: »Schnelles Auge, schnelle Hand. Theophrast verwöhnt uns aus Leibeskräften.«

Kurz darauf lag neben der Hand ein Herz auf dem Tisch. Eine zweite Hand fand sich, und aus dem Leib des Spanferkels wurde ein Ohr operiert, das dort nicht hingehörte.

Die Nachricht gelangte bis zum König, die Trompete blies angestrengt, Theophrast rief: »Lasst Euch nicht den Appetit verderben. Ein schneller Blick, eine strenge Nachschau, und wir wissen mehr als vorher. Ich will Euch essen sehen.«

Trine Deichmann schloss die Augen und schluckte, was sie im Mund hatte, herunter. Dann blickte sie auf das, was man vor sie auf den Tisch gelegt hatte. Ihr erster Gedanke war: Es ist ein Spiel. Sie wollen prüfen, wie viel du aushältst. Sie sagte: »Jedes Teil sieht nach einem Menschen aus.«

»Zeigt es dem Medicus«, rief man. »Der Medicus wird wissen, was zu tun ist.«

Aber der Medicus war momentan nicht ansprechbar, denn er war derjenige, der das Auge zerbissen und es genüsslich ausgelutscht hatte.

Trine wollte der Sache auf den Grund gehen. Als sie die Küche betrat, lief die Suche nach der Herkunft der grausigen Teile bereits auf vollen Touren. Mundschenk, Bäcker, Hofprediger und ein schneidiger Bursche, der sich als Jägermeister herausstellte, blickten in jeden Topf, in jede Schüssel. Sie zogen Schubladen auf und blickten in die Herde. Aber jeder tat, was ihm gerade in den Sinn kam. Erst als man sich darauf verständigte, systematisch von links nach rechts vorzugehen, kam ein Zug in die Angelegenheit, der Trine beruhigte. Sie mochte es nicht, Zeugin von Inkompetenz zu werden. Halbwegs getröstet, sah sie zu, wie die Küche auf Erfolg versprechende Weise durchsucht wurde. Was man fand und was nicht sofort zuzuordnen war, landete auf dem größten Tisch. In den folgenden Minuten sammelten sich dort zerstückelte und unversehrte Körperteile. Der Kopf fehlte, ebenso die Beine. Alles andere war zehn Minuten später recht vollständig.

»Unmöglich«, sagte der Mundschenk kopfschüttelnd. »Seit dem Morgen sind in jeder Minute fünf von uns in der Küche gewesen. Es ist ausgeschlossen, einen Leichnam einzuschmuggeln. Ich sehe, was Ihr seht, aber es fällt mir schwer, es zu glauben.«

»Und wenn alles seit gestern schon hier ist?«

Er starrte Trine an, als habe sie ihn bezichtigt, Kinder zu essen. »Dies ist eine Küche«, antwortete er mit erzwungener Ruhe. »Jeden Abend wird hier sauber gemacht, dass Ihr vom Boden essen könntet. Gestern Abend gab es hier nichts, was größer war als eine Fliege. Alles andere waren Nahrungsmittel, die für das Festmahl dienten. Ich habe sie höchstpersönlich in Augenschein genommen. Es gab keine Hand und keine Augen und ... meine Güte, womit habe ich das verdient?«

»Wo ist eigentlich der Metzger?«, fragte Trine.

Der fehlte, weil er von Theophrast hinausgeworfen worden war.

Nach einigen Fragen gab der Mundschenk zu, gestern nicht durchgehend in der Küche gewesen zu sein, angeblich sei das auch nicht seine Aufgabe. Er sei zuständig für den Keller und den Wein. In einer Sommerresidenz würden sich die traditionellen Zuständigkeiten eines Hofes aufweichen und überlappen. Das geschähe, weil nicht alle Ämter besetzt seien und weil nicht alle Ämter benötigt würden. Insgesamt würde man hier mit kleineren Zahlen rechnen: weniger

Mitglieder des Hofstaats, und deshalb keine Gesellschaften von einer Größe wie am regulären Hof. »Wir haben uns angewöhnt, alles durch zwei zu teilen«, erklärte der Mundschenk. »Damit kommt man ganz gut hin.«

»Jedenfalls ist ein Mensch getötet worden«, sagte Trine. »Ob hier oder woanders, wissen wir nicht. Aber der Leichnam ist hier, und nichts sieht danach aus, als wäre jemand friedlich gestorben.«

»Bitte kein Verbrechen«, jammerte der Mundschenk. »Ich habe das schon einmal erlebt. Es ist schrecklich. Die Untersuchungen sind schlimmer als die Ermordung.«

»Na, na.«

»Nein, wirklich. Überall wimmeln sie herum. In jeden Topf stecken sie ihre Hände. Jeden Krug müssen sie angeblich trinken, um auszuschließen, dass er vergiftet ist. Sie fressen und saufen sich bei uns durch, das ist das ganze Geheimnis.«

»20 Minuten mit dem Pferd, da lebt ein Richter«, wusste der Jägermeister.

Theophrast der Zweite betrat die Küche. Der Trompeter bekam den obligatorischen Stoß, blies sein Signal und stieß beim Absetzen die Lade mit dem Mehl um. »Du bist des Todes«, sagte Theophrast nebenbei. »Willst du, dass wir dein Instrument einschmelzen und es dir in den Sarg legen?«

Der Trompeter lächelte furchtsam, aber niemand tat ihm den Gefallen, die Ankündigung als Scherz zu bezeichnen. Man setzte den König ins Bild, im Festsaal hatte man es vermieden, ihm die Körperteile vorzulegen.

Theophrast fragte: »Gibt es Zweifel?«

Plötzlich starrten alle Trine an. »Meine Güte, einen Zweifel gibt es immer«, antwortete sie patzig, weil sie sich unwohl fühlte.

»Eine so dumme Antwort hätte ich von Euch nicht erwartet«, sagte Theophrast erschüttert. »Was bringt Euch bloß dazu, so einen Unsinn zu reden? Wollt Ihr Euch beliebt machen? Nehmt zur Kenntnis, dass man sich bei mir nur mit dem allerschärfsten Verstand beliebt macht. Windelweiches mag ich nicht. Wenn ich sage, morgen früh geht die Sonne auf, würdet Ihr dann sagen, dass ein Zweifel bleibt, ein kleiner Zweifel? Würdet Ihr sagen, erst, wenn man die Sonne sieht, kann man wissen, dass sie auch heute wieder aufgegangen ist?«

Er gefiel sich in seiner neunmalklugen Art. Trine hätte ihn gerne unterbrochen, aber sie war unsicher, ob das gestattet war. Der kleine König redete und redete, stellte einen natürlichen Ablauf nach dem anderen vor und fragte lang und breit, ob man vorher behaupten dürfe, dass nach der Flut die Ebbe kommen würde und nach dem Furz der Gestank? Würde der Ton aus der Trompete verhallen oder nicht? Erst als er sich dazu hinreißen ließ, die Vorgänge der Geburt heranzuziehen, verlor Trine die Geduld, aber es war auch vorher nur noch Höflichkeit gewesen.

»Es reicht Euch nicht, recht zu haben«, sagte sie. »Ihr seid erst zufrieden, wenn Ihr zehnmal recht habt. Ist das Stärke?«

11

Eine Stunde später fühlte sich Trine nicht stark. Man hatte sie zwar nicht in einen Kerker gesperrt, einen Kerker gab es hier wahrscheinlich nicht. Aber ein Keller war es doch, finster war er und kühl. Ordentliche Sitzgelegenheiten gab es nicht, nur auf den festgestampften Boden geworfenes Stroh, auf dem Trine saß. Einen Holzhocker sah sie, mit drei Beinen, von denen eins locker saß. Eine Schüssel stand herum, die vertrockneten Essensreste ließen nicht erkennen, was ein armer Sünder hier einst gegessen haben mochte. Natürlich raschelte es im Stroh, der Raum musste noch erfunden werden, in den Ratten und Mäuse nicht hineingelangten. Vielleicht bildeten sich Trines überreizte Nerven das Geräusch auch nur ein. Sie war müde, sie war beschämt, sie war ein Häftling. Keine Minute hatte sie in ihrem Leben bisher in einem Verlies zugebracht. Es musste erst ein rabiater, falscher König kommen und sie einsperren lassen. Was hatte er gleich noch mal als Grund genannt? »Missachtung«. Was hatte sie denn missachtet? Einen Karnevalsscherz? Die größenwahnsinnigen Fantastereien eines wild gewordenen Zwergs? Trine lächelte. Was würde ihr dieser Gedanke – laut ausgesprochen – einbringen? Eine Woche Kerker oder mehr? Immerhin hatten sie ihr eine Decke mitgegeben. Wenn Trine sich richtig erinnerte, war dafür der Jägermeister verantwortlich gewesen. Sein Gesicht hatte gesagt: Nimm und schweig. Es wird nicht ewig dauern. Aber das bildete sie sich nur ein, sie wusste, dass die Fantasie der größte Feind eines Eingekerkerten war. Die Fantasie konnte ihn in den Wahnsinn treiben. Zeit, Einsamkeit, Angst – am Ende kratzte sich der Eingekerkerte die Finger an der nackten Wand blutig und schrie und sah Bilder, die nicht wirklich waren.

»Holt mich raus«, murmelte Trine. Es konnte sich nur um eine kurze Zeit handeln, sie wusste das. Theophrast würde nicht auf Trine verzichten. Wer wegen der Hebamme das Narrenreich um vier Stunden vorverlegte, würde die Hebamme nicht kurz darauf wegsperren. Das passte nicht zusammen, das ergab keinen Sinn. Letztlich war es ein anderer Grund, der Trine zuversichtlich bleiben ließ: Theophrast war ein eitler Mann. Alle kleinen Männer waren eitel. Nach dem wenigen, das Trine von ihm sonst wusste, schien er auch ein verletzter Mann zu sein. Wenn nur die Hälfte von dem stimmte, was man ihr über die Sitten am Hof des Fürsten berichtet hatte, bildete das jährliche Narrenreich für Theophrast den Höhepunkt seiner elenden Existenz. Einen Mann ins Wasser zu werfen, von dem man wusste, dass er nicht schwimmen konnte – diese Niedertracht fand Trine erschütternd. Noch erschütternder fand sie aber, dass Theophrast nicht seine Siebensachen packte und sich einen anderen Ort suchte. Was hielt ihn hier? Konnte es mehr als die Angst vor Veränderung sein?

Trine musste sich bewegen, um nicht auszukühlen. Sie wollte sich nicht vorstellen, wie kalt es hier im Winter werden konnte. Vor allem wollte sie nicht an die Leichenteile denken. Natürlich steckte Theophrast dahinter. Undenkbar, dass jemand gerade diesen Tag benutzt hatte, um eine Gewalttat zu begehen. War der kleine König mit normalen Maßstäben zu messen? Durfte man ihn gewähren lassen? Oder war es angebracht, dem Treiben ein schnelles Ende zu bereiten? Klirren an der Tür. Verdutzt starrte sie den Maulwurfsjäger an.

»Es ist gut«, sagte der Fürst und bat sie, aufzustehen. »Ihr müsst Euch das abgewöhnen. Es bringt keinen Segen.«

»Morgen wird mir das Gegenteil keinen Segen bringen.«

Er schloss die Tür auf, nachdem er sich vergewissert hatte, dass er keine Zuhörer hatte. Er wusste nicht, wie er sich platzieren sollte. Sitzen auf dem Boden verbot sich, der Hocker war ein Witz. So lehnte er sich an die Wand. »Es gibt kein Morgen«, sagte er eindringlich. »So funktioniert das Spiel nicht. Das Spiel besteht aus dem Jetzt. Immerwährende Gegenwart.«

»Aber es wird doch aufhören«, behauptete Trine beharrlich. Sie sah ihm an, dass sie ihm auf die Nerven ging.

»Vernünftigkeit kann dumm sein«, sagte der Fürst, der ein Maulwurfsjäger war. »Spielt Mühle oder Schach, und die Welt um das Spielbrett herum bleibt, wie sie immer war. Das Narrenreich ist kein Spiel. Es ist eine andere Zeit. Nein, kommt mir nicht mit der Regel des Spiels. Das Spiel hat keine Regel, weil es sich nicht um ein Spiel handelt. Es ist alles ernst, es ist alles wahr. Ihr könnt nicht in die Kulisse zurücktreten, Ihr könnt nicht die Bühne verlassen. Es gibt keine Kulisse und keine Bühne. Es gibt keine Schauspieler, und ich bin nicht der Fürst, ich war nie der Fürst und werde nie ein Fürst sein – es sei denn, eine Fürstin erhört mich eines Tages. Aber die Geschichte ist arm an adeligen Frauen, die Maulwürfe lieben. Sie nehmen lieber den Zobel und den Bären, oder den Otter.« Er blickte Trine an und sagte: »Was Ihr sagt, gefällt mir nicht. Aber Euer Schweigen höre ich auch nicht gern. Es verrät mir, dass Ihr immer noch nicht begriffen habt.«

»Himmel, ist es denn so schwer zu begreifen? Haben es die fünfzig verkleideten Knechte vor dieser Tür alle begriffen, und nur ich, die sture Hebamme aus Lübeck, bin wie vernagelt?«

»Vor zwei oder drei Jahren saß ein anderer in diesem

Kerker, und jemand besuchte ihn. Die Denunzianten hinterbrachten es Theophrast. Er ließ die beiden nackt ausziehen und band sie aneinander. Und nun ratet: mit den Bäuchen zueinander oder mit den Rücken?«

Trine schluckte. »Bin ich in Gefahr?«

»Momentan hättet Ihr Mühe, an der Tafel den Platz an seiner Seite zu ergattern.«

»Warum sind die Denunzianten grün bemalt? Was für ein Sinn steckt dahinter?«

Unglücklich schüttelte er den Kopf.

»Verstehe«, murmelte sie. »Kein Sinn, keine Frage. Richtig? – Verstehe, überhaupt keine Frage. – Vielleicht sollte ich doch nach Hause fahren. Ich könnte ausbrechen. Einfach fliehen. Warum nicht? Ich kann schnell laufen. Ein Mann, der in einer Rüstung steckt, holt mich nicht ein.«

»Aber eine Kugel.«

Sie suchte in seinem Gesicht nach einem Hinweis, dass er eben einen Scherz gemacht hatte. Sie dachte: Ich muss mich betäuben oder schlafen. Sie sagte: »Ist festgelegt, dass man die ganze Zeit wach sein muss?«

»Zu sterben ist nicht ausdrücklich untersagt.«

»Wann komme ich hier raus?«

»Ihr wisst die Antwort.«

»Wenn er es für richtig hält.«

»Guter Versuch, aber falsch. Vielleicht lässt er Euch heraus, wenn er es für schlecht hält. Glaubt Ihr, Ihr werdet es schaffen, Euch diese hartnäckige Vernünftelei abzugewöhnen? Sie sitzt an Euch fest wie ein Fleck, der auch durch Waschen nicht verschwinden will.«

12

Eine Stunde später war sie frei. Der Jägermeister schloss die Tür auf. Man sah ihm nicht an, ob er vom Besuch des Maulwurfsjägers wusste. Aber man sah ihm an, dass er ein Mann war, der sich seiner Wirkung bei Frauen sicher war. Er war der Einzige, der kein Kostüm trug. Trine hätte ihn nach dem Grund fragen können, aber sie war es leid, ständig das gleiche Gespräch zu führen.

Was hatten diese Menschen davon, sich dem Giftzwerg unterzuordnen? War es die süße Lust darauf, ungerecht behandelt zu werden? Es gab Menschen, die es genossen, Schläge zu bekommen. Sie hielten freiwillig still. Trine wusste, dass einige der Kinder, die sie geholt hatte, zur Welt gekommen waren, weil ihre Eltern absonderliche Rituale auszuüben pflegten. Man redete nicht darüber, in Lübeck noch weniger als in Städten, in denen es weniger steif zuging. Aber es gab diese Rituale, und Trine Deichmann kannte sie. Sie kannte sehr viel von der menschlichen Natur und wie sie wurde, sobald sie von Lust erfüllt war. Aber auch, was getan wurde, um das Stadium der Lust zu erreichen. Sie hatte das von den Frauen erfahren, die Männer wären eher in die Trave gesprungen, bevor sie davon berichtet hätten. Ein Paar gab es, das ging ins Wasser für die Lust. Zwar nicht in den Fluss oder ins Meer. Bei ihnen stand im Keller ein Zuber, zu groß für eine Person. Jede Woche musste der Hausknecht Eimer mit warmem Wasser aus der Küche hinunterschleppen. Weil die Fantasie des tranigen Menschen nicht hinreichte, um sich unanständige Dinge vorzustellen, hatte die Köchin sie ihm verraten. Er hatte es nicht glauben wollen, sie hatte ihn ausgelacht, er war wütend geworden, und weil die Wut ihn unvorsichtig machte, hatte er seinen Herrn davon unterrichtet, welche hässlichen Gerüchte über ihn in Umlauf seien. Er, der Hausknecht, sei bereit, für die Ehre seines Herrn einzutreten. Notfalls werde er sich für ihn schlagen. Er redete weiter wie aufgezogen und wunderte sich, warum sein Herr so rote Wangen und Ohren bekam. Auch der Hals sah aus wie bei Enten und Gänsen, wenn sie in der Mauser waren. Die Köchin klärte den arglosen Knecht auf, aber er musste erst die beiden im Zuber belauschen, bevor er glauben konnte, was er sich nicht vorzustellen vermocht hatte. Zwei Tage später – sein Herr war mit Gattin zu einem festlichen Essen geladen – schleppte er die Eimer beschwingten Schrittes in den Keller, und während die Köchin noch ungläubig lachend vor dem Zuber stand, saß der verwitwete Knecht schon drin. Dann lagen auch ihre Kleider auf dem Boden, und einige Minuten später rief der Hausknecht: »Wer denkt denn so was? Wer hält das nur für möglich?« Auch dass man in seinem Alter noch Vater werden konnte, hatte er wohl nicht für möglich gehalten. Das Kindchen jedenfalls war ein strammes Bürschchen. Als seine Mutter es erstmals in den Armen hielt, murmelte sie: »Dieser Junge wird früh schwimmen lernen. Wir Frauen müssen gegen die Unwissenheit kämpfen, wo wir sie treffen.«

Im Festsaal neigte sich das Essen seinem Ende zu. Man erholte sich von den schweren Speisen und immer noch vom Schreck.

»Wer tut bloß so was? Wer macht sich diese Mühe? Wäre ich ein Mörder, würde ich eine Grube graben und sie hinterher sorgfältig festtreten.«

Trine suchte Theophrast, sie suchte auch nach Blicken,

die ihr zeigten, dass ihr Verschwinden und Wiedererscheinen bemerkt worden waren. Als ihr die Prinzessin über den Weg lief, hatte sie Pinsel und Farben bei sich. Sie winkte Trine zu und eilte weiter. Danach sah sie Adam Kropf. Der Mensch gewordene Pinsel ließ die Borsten hängen.

»Man fordert Unmenschliches von mir«, murmelte er, während er sich ein Tuch vor Mund und Nase presste. Eine Wolke von Duftwasser umgab ihn. »Irgendwo gibt es eine Grenze zwischen einem Metzger und einem Künstler«, jammerte er. »Ich bin auf der Welt, um die Schöpfung zu preisen, nicht, um ihre blutigen Teile abzumalen.«

»Dann lasst es eben sein. Niemand zwingt Euch. – Oder? Steht Ihr unter einem Druck?«

Er nickte.

Trine fragte: »Ist es die Prinzessin?«

»Sie ist mir untreu geworden«, murmelte er. »Am Anfang hing sie an meinen Lippen. Jetzt bevorzugt sie Lippen, die kalt sind. Warum tut die Frau das?«

»Weil sie am Menschen interessiert ist. An allen Seiten des Menschen, nicht nur an seinen attraktiven Seiten.«

»Aber das ist so … so ekelhaft.«

»Wie gesagt, niemand zwingt Euch.«

»Sie sagt, sie kann von mir nichts mehr lernen.«

»Ist es das, was Euch beunruhigt? Dass Ihr kein Geld mehr an ihr verdient?«

Sein Gesicht sagte: Was denn sonst? Sein Mund sagte: »Ein erfahrener Mann wie ich hat jungen Frauen so viel zu geben. Sie müssen nur stillhalten. Ich meine, sie müssen still sein, um zu lernen. Aber sie ist nicht still.«

Eine Zeit lang hatte er ihr leidgetan. Jetzt fand sie ihn nur noch lästig.

13

In einem Nebenraum der Küche fand sie Männer in angeregtem Gespräch. Einer von ihnen war der Leibarzt des Fürsten. Dann gab es den unvermeidlichen Jägermeister und einen Dritten, den sie nie gesehen hatte. Sie standen um einen Tisch herum, auf dem die Teile des Leichnams lagen, die man bis jetzt gefunden hatte. Die Augen, eins unversehrt, das andere durchgebissen, lagen in einer Schüssel, alles andere auf der nackten Holzplatte, eine Hand, das Herz, ein Ohr, ein Unterarm, zu dem die Hand passte. Vier Rippenknochen lagen neben etwas, was sich als Teil der Lunge herausstellte. Alles war gekocht und geschmort worden, große Teile der Haut hatten sich von den Knochen gelöst.

Mit einiger Verzögerung entdeckte Trine Deichmann die Prinzessin. Es gab einen Beistelltisch, auf dem lag die zweite Hand. Sonst nichts, nur die Hand. Die Prinzessin saß auf einem Hocker, aber stets nur kurz. Immer wieder stand sie auf, umrundete die Hand, um eine bessere Perspektive zu finden. Auf einem Regal lagen Blätter, mit Skizzen bedeckt. Die Prinzessin war nicht ansprechbar, ihre Augen blitzten, ihr Körper war voller Spannung, es war schön, die Frau bei der Arbeit zu sehen. Nur das Objekt ihrer Begierde war gewöhnungsbedürftig. Von allen Teilen gab naturgemäß die Hand den wichtigsten Hinweis auf die Natur des Opfers. Es handelte sich um einen Mann. Die Hände waren groß und kräftig, mit ihnen war hart gearbeitet worden.

»Das tröstet mich am meisten«, sagte der Leibarzt. »Es hat keinen wertvollen Menschen getroffen.«

Etwas lag in der Luft, jemand musste es nur auf sich nehmen, es auszusprechen. Doch das geschah nicht.

»Wird denn jemand vermisst?«, fragte Trine Deichmann.

Man fragte zurzeit herum und stellte eine Liste zusammen, das würde einige Zeit dauern. Von Streitereien war angeblich nichts bekannt, unter der Hofgesellschaft nicht, unter den Bediensteten nicht.

»Das ist natürlich gelogen«, behauptete der Leibarzt. »Sie liegen sich pausenlos in den Haaren, man kennt das ja. Poussieren herum, jeder will die Frau des anderen haben. Jeder will eine Jacke haben, die ihm nicht gehört. Jeder fühlt sich ungerecht behandelt, jeder hat Geld zu bekommen, das er jemandem geliehen hat. Ach, es ist wie bei den Ameisen, alles wuselt durcheinander, nichts nimmt einen geraden Weg.«

»Was so aussehen dürfte wie die Richtung Eures Denkens«, sagte der Jägermeister süffisant.

»Das ist nicht zu vergleichen«, behauptete der Medicus. »Wir, die wir lesen und schreiben können, die wir ein gläubiges Herz besitzen und eine empfindsame Seele, die wir uns an Theaterspiel und Musik ergötzen, wir kennen andere Wege, um Meinungsverschiedenheiten auszutragen. Ich habe jedenfalls noch nie einen Menschen getötet. Ich helfe Menschen aus Not und Krankheit. Das ist mein Ziel, dafür bin ich da.«

»Ihr habt Eure Profession zum Fressen gern«, bemerkte der Jägermeister maliziös.

Der Leibarzt erbleichte. Die Erinnerung an das zerbissene Auge würde ihn nicht verlassen.

Nun meldete sich der dritte Mann zu Wort. Er war jung, seine Hände zeigten Spuren von Farbe. Man sah ihnen an, dass er heftig geschrubbt hatte, um sie sauber zu kriegen. Aber ganz war es ihm nicht gelungen, wie das bei Malern der Fall ist, die jeden Tag mit Farbe arbeiten.

»Die Abtrennungen sind sorgfältig geschehen«, sagte er und wies auf die Hand. Man sah ihr an, dass nicht mit roher Gewalt zugeschlagen worden war. Nichts war abgerissen worden. Hier hatte jemand mit einem Messer, jedenfalls einem spitzen Gegenstand gearbeitet.

»Das habe ich natürlich auf den ersten Blick gesehen«, behauptete der Leibarzt.

»Ihr bekennt Euch also schuldig«, sagte der Maler.

Die Worte waren so beiläufig und unaufgeregt gekommen, dass der Medicus lange brauchte, um den Braten zu riechen. »Was soll das bedeuten?«, fragte er bissig.

Trine dachte: Solche Fragen stellt er nur, um Zeit zu gewinnen. Er kennt die Antwort doch schon.

»Ich will damit sagen, dass ein Fachmann am Werk war«, sagte der Maler ruhig. »Jemand, der sich mit dem menschlichen Körper auskennt. Oder mit Körpern allgemein, denn auch Tiere sind Körper. Ihr kommt also auch infrage«, sagte er zum Jägermeister.

»Wir brauchen mehr Teile«, entgegnete der. »Wir können nicht einfach sagen, es war ein Medicus oder ein Jäger. Es kann auch ein Metzger gewesen sein. Überhaupt jeder, der in der Küche mit Fleisch zu tun hat. Ein Fischer kann es sein, ein Bauer und dessen Frau. Ihr habt nichts weiter gesagt als dass die halbe Bevölkerung verdächtig ist.«

»Weshalb es mich umso mehr wundert, dass sich der Medicus so aufregt«, sagte der Maler ruhig.

War er einfach bedächtig oder steckte Kalkül hinter seiner Art?

Längst kümmerte sich die Prinzessin nicht mehr um ihre Hand. Am Tisch stehend, verfolgte sie das Gespräch und hatte nur Augen für den jungen Maler.

Trine dachte: Armer Kropf, sie geht dir wirklich verloren.

Die Tür wurde aufgestoßen, Teilnehmer des Fests strömten herein. Entzückt und befremdet umringten sie den Tisch. Jeder hatte eine Meinung, jeder musste über den Geschmack menschlichen Fleisches sprechen, aber alle waren sich einig: Jetzt würde die Suche nach dem Mörder beginnen. Jeder würde eine Spur aufnehmen, einer der Anwesenden müsse der Täter sein, am Ende würde man sich einigen, wer der Schuldige sei. Der müsse dafür bezahlen.

»Wir stecken ihn in einen Topf und kochen ihn!«, rief der Pirat mit der Augenklappe.

»Wir zwingen ihn, sich die Ohren abzuschneiden«, rief eine sehr junge Frau und klatschte entzückt in die Hände.

»Wir graben ihn ein und warten, bis aus ihm Dünger geworden ist«, murmelte ein Mann fortgesetzten Alters.

Am Rande registrierte Trine, dass der Jägermeister verschwunden war. Sie bedauerte das, der Mann schien einer der wenigen zu sein, die noch für vernünftige Gespräche empfänglich waren. Sie sehnte sich nach Joseph, ihrem Mann. Er war robust und empfindlich zugleich. Sie hatte die richtige Wahl getroffen, obwohl ihr damals nicht jeder zugeraten hatte, den Gastwirt zu heiraten. Gastwirte besaßen keinen guten Ruf. Viele waren ihre besten Kunden und sahen heruntergekommener aus als ihre Besucher. Aber Joseph hatte ein Vorleben gehabt, er hatte als Apotheker in einem verschlafenen Örtchen im Westen gearbeitet. Trine glaubte nicht, dass er Uelzen nur verlassen hatte, weil er sich dort so schrecklich gelangweilt hatte. Vielleicht war eine Frau im Spiel gewesen, vielleicht zwei Frauen. Vielleicht hatte Joseph Arzneien angerührt, die man von einem Apotheker nicht erwartete. Vielleicht hatte er engen Kontakt zu weisen Frauen gepflegt, zu denen man ging, wenn man Hilfe brauchte, die man bei Barbieren und Chirurgen nicht erhielt. Trine hatte nicht nachgefragt, streng genommen hatte sie keine Fragen mehr gestellt, nachdem er ihr zum zehnten Mal ausweichend geantwortet hatte. Es gab einen Bereich im Leben ihres Mannes, den sie nicht kannte und nicht kennen wollte. Aber sie sehnte sich nach ihm, jetzt noch mehr als an anderen Tagen. Was um sie herum passierte, war so wenig überschaubar. Alle fünf Minuten schlug das Ruder um, und alle fuhren in eine neue Richtung. Sie rochen schon nach Alkohol, und das Fest würde noch viele Stunden andauern. Trine fürchtete sich vor dem Moment, in dem die allgemeine Stimmung eine arme Seele als Schuldigen ausmachen würde. Was würde mit ihm passieren? Würden sie Schabernack mit ihm treiben? Würde er im Keller landen? Oder an einem Ort, an dem man vom Leben in den Tod hinübergeht?

Trine sagte: »Der Richter soll kommen.«

»Das glaube ich auch«, erwiderte lachend der Leibarzt.

»Was findet Ihr an dem Vorschlag so lustig?«

»Dass er von Euch kommt.«

»Glaubt Ihr denn, mir sei nicht daran gelegen, den Schuldigen zu finden?«

»Ach, lasst nur. Es ist schon gut.«

»Nein, antwortet mir! Antwortet mir gleich!«

»Ihr seid doch die Hebamme, nicht wahr? Na, seht Ihr. Und wir alle wissen, was Hebammen sind, was sie tun und was sie lassen, und was sie tun könnten, und was sie heimlich tun.«

Trine wusste, wie es weitergehen würde, und hatte keine Lust, seine Worte zu hören.

»Seht ihr, verehrte Frau, ich kenne mich ein wenig mit den Hebammenordnungen aus. Ich weiß, was alles getan wurde, um Euch und Euresgleichen im Zaum zu halten. Ich weiß, wie gern Ihr Euch auf Kosten der Gebärenden durchfuttert und wie gern Ihr es seht, wenn die Geburt langsam vorangeht, weil Ihr dann tagelang essen und trinken könnt. Hebammen trinken gern, wer wüsste das nicht? Ich weiß, wie eilig Ihr es habt, wenn Ihr in arme Häuser kommt, weil es dort für Euch nichts zu holen gibt, wie Ihr dann die armen Frauen dazu anhaltet zu pressen, wenn es noch zu früh ist, um zu pressen. Aber es ist ja nicht Euer Kind, das dadurch in große Gefahr gerät. Ich weiß, wie sehr Ihr Euch dagegen wehrt, dass ehrbare Frauen Euch auf die Finger schauen. In gewisser Weise verstehe ich das sogar, wer lässt sich schon gern kontrollieren? Aber bei einem Berufsstand, in dem so viel Spökenkiekerei und Schwarze Künste angewendet werden, muss das ja wohl gestattet sein. Ich weiß auch, wie ungern Ihr den Bauch aufschneidet, um die Seele des Kindes zu retten. Es geht ja nur um die Nottaufe und um das ewige Leben.«

»Ihr sprecht sehr viel an, von dem Ihr Euch Beifall von den Zuhörern versprecht. Ihr wisst aber bestimmt, dass die Wahrheit komplizierter ist. Beim Kaiserschnitt vor allem und bei der Taufe.«

Er wusste das, sie sah es ihm an, aber er wollte einen Sieg davontragen. Er war ein Medicus, er hasste Hebammen, wo er sie traf, denn sie besaßen die Macht, die er gern gehabt hätte. Hebammen vertraute und liebte man. Den Medicus holte man, weil es nicht anders ging, er war ein Nothelfer, alles, was man von ihm wollte, waren sein

Wissen und sein Geschick. Von der Hebamme wollte man auch ihr Lächeln, ihre Wärme und ihr Vertrauen. Der Medicus hatte seine Kunst studiert, die Hebamme war ihrer Kunst viel tiefer verbunden, als es durch das Studium an einer Schule oder Universität geschehen konnte. Er übte einen Beruf aus, Trine eine Berufung. Es gab gute und schlechte Ärzte, es gab gute und schlechte Hebammen. Trine kannte hervorragende Kolleginnen und solche, die sie gern vor die Stadttore gejagt hätte. Aber jetzt ging es um den Medicus und um sie. Sie dachte nicht daran, sich für die schlechten Kolleginnen zu entschuldigen.

So sagte sie: »Man würde mich nicht in dieses Haus rufen, wenn mein Ruf zweifelhaft wäre.«

»Die Kunstfehler!«, rief er. »Sie häufen sich bei Euch. Zu oft hinterlasst Ihr ein Schlachtfeld und redet Euch damit heraus, dass die Geburt gefährlich war. Ihr glaubt, wir kommen Euch nicht auf die Schliche, aber wir sind klüger, als Ihr glaubt.«

»Und wisst Ihr, was Ihr noch seid? Ein Mann.«

Die Frauen klatschten in die Hände und jubelten. Daran erkannte Trine, wie still es in den letzten Minuten geworden war. Sie war nicht stolz auf ihre Schlagfertigkeit. Den letzten Satz hatte sie schon zwanzigmal ausgesprochen. Er war von dieser vordergründigen Richtigkeit, der sich kaum jemand entziehen konnte. Er war ein Satz fürs erste Hören. Zum zweiten kam es dann meist gar nicht mehr, weil der Gegner vorher aus dem Feld geschlagen worden war. Damit konnte sie hier nicht rechnen, der Leibarzt des Fürsten würde in der Nähe seines Schutzbefohlenen bleiben oder sich eines schweren Versäumnisses schuldig machen. Würde sich der Fürst auch nur in den Finger schneiden, musste sein Leibarzt sofort zur Stelle sein. Ein Remis war deshalb das Äußerste, was

Trine erreichen konnte. Das immerhin hatte sie soeben geschafft. Und sie hatte sich ein weiteres Mal belehren lassen müssen, dass die schönsten Jahre für eine Hebamme unwiderruflich Vergangenheit waren. Jahrhundertelang hatten die Hebammen das Monopol in einem heiklen Bereich des menschlichen Lebens innegehabt. Frauen, Geburt, Hebammen – in diesem Dreisatz war kein Platz für Männer gewesen. Und für einen Medicus auch nicht. Da aber der Medicus ein Mann war und weil sie nicht nur gegen Hebammen antraten, sondern gegen alle medizinischen Berufsstände, die länger bestanden als sie, richteten sie ihre Angriffe gegen alles, was ihnen im Weg stand. Und weil nur der Berufsstand der Hebamme von Frauen ausgefüllt wurde, verdoppelte sich hier ihre Angriffsfreude. Neben dem Hass auf traditionelle Besitzstände kam noch die Abneigung gegen starke Frauen hinzu. Einem vierschrötigen Barbier zu unterliegen, war eine üble Erfahrung, aber damit konnten sie leben. Einer Hebamme ihre Kundinnen nicht abjagen zu können, war für einige jedoch zu viel.

Trine Deichmann hatte diesen Medicus nie zuvor gesehen. Sie war deshalb sicher, dass er nicht sie persönlich meinte, wenn er sie attackierte. Der Mann war gut informiert. Offenbar hatte er die diversen Hebammenordnungen studiert, die von den Städten erlassen worden waren. Er hatte nach Stellen gesucht, an denen er nachhaken konnte, und war fündig geworden. Um die leidigen Nottaufen würde es bis zum Jüngsten Tag ein Hauen und Stechen geben. Sollten bei der Geburt verstorbene Frauen mitsamt ihren ungeborenen Kindern in geweihter Erde bestattet werden? Oder sollte der toten Frau durch den sofort stattfindenden Schnitt in den Bauch der lebende Säugling entnommen werden, um ihn zu taufen? Jedes getaufte Kind war ein Sieg über den Teufel, um die Nottaufe wurde seit Jahren ein großer Aufstand gemacht. Sogar Heiden und Juden war es gestattet, im Notfall die Taufe vorzunehmen. Die Tatsache der Taufe ging über alles, auch über traditionelle Feindbilder. Aber was war denn, wenn die Hebamme zu spät kam? Was war, wenn sie den Bauch aufschnitt und der Säugling bereits gestorben war? Dann konnte keine Nottaufe vollzogen werden, dann wartete auf den armen Wurm die Beisetzung in ungeweihter Erde. Es war die Angst, zu spät zu kommen, die Trine Deichmann davon abhielt, den Kaiserschnitt auszuführen. Der Medicus konnte das nicht wissen, weil er sie nicht kannte. Aber er kannte andere Hebammen, und Trines Bedenken waren auch die Bedenken anderer Hebammen. Das war ja das Absurde an den Angriffen: Hebammen waren sich untereinander sehr ähnlich. Sie arbeiteten mit viel weniger Geheimnissen, als man ihnen unterstellte. Je mehr man eine Hebamme attackierte, umso mehr gestand der Angreifer ein, dass er Geburten nicht kannte und nicht verstand, dass er vor ihnen Angst verspürte und dass sie über seinen Verstand gingen. Neuem Leben beim Übergang in das Erdenleben zu helfen, war in der Tat etwas, was einen Menschen einschüchtern konnte. Trine Deichmann kannte viele Menschen, die ihr gestanden hatten, wie unwohl ihnen rund um eine Geburt zumute war. Trine verurteilte diese Menschen nicht, das sichere Gefühl, einem Wunder beizuwohnen, hatte sie bis zum heutigen Tag nicht verlassen. Mit einem entscheidenden Unterschied: Trine ließ sich nicht einschüchtern, in ihr glühte jedes Mal eine überwältigende Freude, wenn sie das lebende Kind in ihren Händen hielt.

Trine lächelte den Medicus kalt an und dachte: Du weißt nichts, und was du willst, wirst du nicht erreichen.

Ein Mann, der Trine schon mehrfach aufgefallen war, trat zum Medicus und sagte: »Wir müssen erkennen, was momentan das Wichtigste ist.«

Der Medicus wandte sich unwirsch ab und sagte: »Ja, ja.« Doch er kam nicht von Trine los, erneut nahm er sie ins Visier und knurrte: »Ihr seid nur für einen Tag im Leben da. Ich bin es für viele Jahre.«

»Mein Tag ist der Tag, nach dem alle anderen Tage folgen. Euer Tag ist nur der Tag, an dem ein Zahnweh endet oder ein Bauchschmerz aufhört. Schmerz ist schnell vergessen, Leben dauert.«

Der Medicus sah aus, als würde aus seinen Ohren gleich Rauch aufsteigen. Beim Verlassen des Raums rempelte er mehrere Personen an und entschuldigte sich nicht.

Der Mann, der schlichten wollte, wandte sich an Trine. Wenn er lächelte, hatte er doppelt so viele Falten. Er zuckte mit den Schultern.

Trine sagte: »Ich hätte mich nicht hinreißen lassen sollen.«

»Glaubt Ihr denn nicht, dass Ihr recht habt?«

»Ich bin alt genug, um zu wissen, dass man nicht in jeder Minute auf seinem Recht bestehen muss.«

Er verbeugte sich leicht, immer noch lächelnd. Er war älter als Trine, vielleicht älter als Joseph. Er strahlte etwas aus, das sie nicht unbeeindruckt ließ. Sie wollte ihn nicht zum Feind haben. Aber ihn zum Freund zu haben, war nicht weniger gefährlich.

Plötzlich blies die Trompete, sie hörte sich unglücklich an. Instrument und Spieler hatten noch einen weiten Weg vor sich.

14

THEOPHRAST DER ZWEITE stand auf dem Tisch, den man für ihn an die Wand gerückt hatte. Obwohl es im Saal still war, breitete er die Arme aus, als gelte es, Unruhe und Krach zu unterbinden. »Beruhigt Euch doch!«, rief Theophrast. »Ich lebe ja noch, es gibt keinen Grund, unruhig zu werden.« Siegesgewiss grinste er sein Volk an.

»Theophrast, so tut doch etwas!«, rief eine Frau aus der Menge.

»Gemach, gemach«, rief er. »Wollen wir uns von einem lumpigen Ohr die Freude verderben lassen? Ich habe mir die Bescherung zeigen lassen. Ich bin genauso empört wie ihr. Ich betrachte es als einen unfreundlichen Akt, uns mit diesem makabren Spiel die Stimmung verderben zu wollen. Zwölf Monate hat das Jahr und noch viel mehr Tage. An jedem dieser Tage wäre Gelegenheit, einen Menschen zu zerstückeln. Muss das ausgerechnet heute geschehen? Ich höre, was mein Volk dazu zu sagen hat.«

Er legte eine Hand hinters Ohr, um die Rufe besser zu verstehen. »Nein!« – »Schande über den Unbekannten!« – »Werft das Monstrum in die Suppe!« Theophrast unterband die Unruhe und rief: »Jedem von euch ist bekannt, welche Spiele wir diesmal im Narrenreich spielen wollten. Offenbar gibt es jemand unter uns, dem das nicht reichte. Er soll seinen Willen haben. Wir spielen ein neues Spiel. Es heißt: Haut die Gerechtigkeit! Wir suchen einen Mörder. Oder eine Mörderin! Von jetzt bis zur Minute, in der der erste Teller für das Festmahl auf die Tafel gestellt wird, suchen wir die Gerechtigkeit! Von jetzt bis dahin habt ihr Zeit, den Mörder zu fangen.

Sucht ihn, jagt ihn, haltet ihn fest, schlagt ihm alle Knochen kaputt. Wo bleibt der Richter?«

»Hier kommt er!«, rief eine Stimme von der Tür, wo der Jägermeister mit einem fremden Mann stand. Der Mann sah aus, als sei er aus dem Bett geholt worden. Er war klein und schwammig. Mit schütterem Haar starrte er die Festgesellschaft an. Selbst als er vor dem Tisch mit den Leichenteilen stand, war er überzeugt, hinters Licht geführt zu werden. Sein Name war Meier, Meier Mecklenburg. »Damit es nicht zu Verwechslungen kommt«, erklärte er ungefragt. Er sah die Leichenteile und fragte: »Liegt ein Verbrechen vor?«

Theophrast begrüßte den Richter und sagte: »Solange ich den Täter nicht sehe, glaube ich nicht an ein Verbrechen.«

Jemand tippte Meier Mecklenburg auf die Schulter, eine Frau, grell geschminkt wie eine Hure, fragte streng: »Wo wart Ihr heute Morgen? Lübeck ist zwecklos. Ich meine: Lügen ist zwecklos.«

Meier Mecklenburg dachte nach und antwortete ernsthaft. Im Garten sei er gewesen, seiner Frau sei er zur Hand gegangen, seinem Sohn habe er geholfen, eine neue Tür einzuhängen.

»Hängt sie?«, fragte die Frau.

Der Richter dachte nach und nickte.

Die Frau sagte: »Haltet Euch zur Verfügung. Ihr gehört zu den Verdächtigen.«

Theophrast verwickelte den Richter in einen Disput über die Wahrheit. Der Richter entspannte sich, über dieses Thema glaubte er mitreden zu können. Er kannte aber Theophrast nicht. Der stellte klar, dass er keine Anzeige erstatten werde. Behutsam fragte der Richter nach dem Fürsten und seinem derzeitigen Aufenthaltsort. Theophrast sprach über das Narrenreich, der Richter verstand kein Wort. Er sprach über den Magistrat der nächstgelegenen Stadt und betonte, wie unnachgiebig er gegen Gewaltdelikte vorgehen würde. Mord? So etwas würde selten vorkommen. Wie oft? So gut wie nie. Wie oft genau? Gar nicht. Theophrast brachte ihn zu der Erkenntnis, dass die Adelsherrschaft im Bereich des Herrenhauses Anwendung finden müsse. Die Landesherrschaft würde nicht greifen, die Stadtgemeinde habe hier nichts zu suchen, Anzeige werde nicht erstattet werden, und er, der Hochwohlgeborene, im Besitz der gebündelten Macht, werde tun, was er tun könne. Vielleicht werde er auch nichts tun. Wie teuer denn ein Bauer sei?

Die Kopfplatte des Richters begann zu glänzen, das ging ihm alles zu schnell. Theophrast entlockte dem Richter das Geständnis, dass neun von zehn Fällen mit Familien- und Dorffesten zu tun hatten, wo jemand beleidigt oder bestohlen worden war. Fast immer war Alkohol im Spiel, selten waren Frauen die Opfer und nie die Täter. Wenn es hart auf hart ging, standen sich Vertreter der gleichen Klasse gegenüber. Bauer gegen Bauer, Tagelöhner gegen Tagelöhner. Selbst der Köhler hatte es geschafft, für seine Prügelei den einzigen Köhler aufzutreiben, der außer ihm in der Region ansässig war.

»Ich beneide Euch«, sagte Theophrast. »Euch springen die Bösewichte freiwillig in die Pfanne. Ihr müsst nichts weiter tun, als hinter ihnen die Tür zuzuschließen.«

Langsam verlor der Richter seine Befangenheit. Er konnte schon minutenlang die um ihn wogende Menschenmasse ignorieren und Begebenheiten aus seinem Berufsalltag erzählen. Jedes Wort verursachte Theophrast Qualen, denn er langweilte sich schnell, und es gab nichts unter dem Himmel, das ihn mehr langweilte als das Schicksal der niederen Stände. So etwas wie Ermittlungen musste Meier Mecklenburg nie führen, denn die hiesigen Bösewichte liebten es, sich vor Dutzenden von Zeugen an die Gurgel zu gehen. Selbst Diebstähle und Einbrüche fanden vor neugierigen Augen von Nachbarn oder Passanten statt. Wenn schon nicht die Tat selbst öffentlich war, so war es die Eskalation, die zur Tat geführt hatte: eine Prügelei, Beschimpfungen, Rempeleien, Zerstörungen von Eigentum – immer gab es Augenzeugen. Für diese Zeitgenossen bildete die Zeugenschaft einen der Höhepunkte ihres an Sensationen armen Lebens. Das Einzige, was der Richter zu tun hatte, war, ihnen über den Mund zu fahren oder ihnen den Kerker anzudrohen, wenn sie nicht augenblicklich aufhörten, vom Hundertsten zum Tausendsten zu kommen. Er hatte mehr als einen Menschen ins Loch geworfen, der als Zeuge geladen war und sich in der Verhandlung selbst ein Bein gestellt hatte. Die meisten von ihnen hatten nie begriffen, welche Dusseligkeit dazu geführt hatte, ohne Notwendigkeit eine Übertretung zuzugeben. Und wo sie schon dabei waren, waren schnell noch ein zweites und ein drittes Vergehen dazugekommen.

»Sie gestehen so schnell, so schnell kannst du gar nicht weghören«, erzählte Meier Mecklenburg fröhlich.

»Wann habt Ihr denn zuletzt einen Grafen verurteilt?«, fragte Theophrast lauernd.

»Einen Grafen? Guter Mann, ich verurteile doch keinen Grafen. Ich würde ja meines Lebens nicht mehr froh werden.«

»Es darf auch gern ein Herzog sein. Ein ganz kleiner Adliger vielleicht?«

»So einer wie Ihr?«

»Seht Euch vor, ja? Seht Ihr die Erle dort? Sie zeigt an, wie groß ich wurde, als ich zuletzt zornig war.«

Zwischendurch flößte er dem Richter Branntwein ein. Zuerst wehrte der sich und gab dann mit den Worten nach: »Bevor ich mich schlagen lasse.« Nun wurde er merklich lockerer, weihte Theophrast in die Begleitumstände seines Haarausfalls ein und gestand kichernd, einem Totschläger zwei Jahre mehr aufgebrummt zu haben, weil der während der Verhandlung ständig so scheel die Haarpracht des Richters beäugt hatte.

»Womit beginnt denn in Eurer Welt die Wahrheitsfindung?«, fragte Theophrast. »Steht am Anfang stets die Anzeige?«

Nein, so war das nicht, erklärte der Richter. Das Opfer musste nicht zum Gericht laufen. Es reichte aus, wenn dem Gericht die Kunde von einer Tat zu Ohren kam. Dann begann es zu ermitteln. Doch insgesamt war auf Nachbarn und andere Denunzianten Verlass.

»Die Menschen kommen gern zu uns«, sagte Meier Mecklenburg. »Es ist, als würden sie sich danach erleichtert fühlen.«

»Ihr meint, zum Gericht zu laufen, sei, wie auf den Abort zu gehen.«

»Beides gehört zur menschlichen Natur, in der Tat.«

»Wie straft Ihr denn?«, wollte der König wissen. »Müssen sie in den Kerker oder bekommen sie Prügel?«

»Ihr tut ja so, als wüsstet Ihr nicht Bescheid.«

Natürlich wusste Theophrast nicht, wie es in der Welt der niederen Stände zuging. Er stellte sich das Schlimmste vor: Schmutz, Faulheit, Dummheit, Geilheit, obwohl Letzteres seiner Meinung nach nicht zum Schlimmsten zählte, sondern den lässlichen Sünden zuzurechnen war.

Der Richter sagte: »Meistens müssen sie eine Geldstrafe zahlen. Fast immer kommt eine Sühneleistung an die Angehörigen des Opfers dazu.«

»Bei Euch kann ich jemanden totschlagen und kaufe mich mit ein paar Münzen frei?«

»So ist es nicht. Wenn Ihr ein Mörder seid, kommt Ihr in den Turm.«

»Keine Todesstrafe? Was seid Ihr denn für ein Richter?«

»Oh, natürlich habe ich auch schon die Todesstrafe verhängt. Ihr müsst nicht denken, dass ich mich davor fürchten würde. Ich könnte Euch da Sachen erzählen.«

»Das dauert mir zu lange.«

»Aber es gibt den Gnadenweg.«

»Das habe ich befürchtet. Ihr seid ein Pastor, gebt es zu. Ihr glaubt an das Gute im Menschen.«

Der Gnadenweg wurde wirksam, nachdem das Urteil gesprochen war. Auf diesem Weg verwandelte sich etwa eine Freiheitsstrafe in eine Geldstrafe oder eine Strafe an Leib und Leben in eine Freiheitsstrafe.

Der König fragte: »Würdet Ihr sagen, auf dem Land haben die Menschen ein Gefühl für das, was recht und was unrecht ist?«

»Wenn sie nüchtern sind, dann ja.«

»Und wie groß ist der Respekt vor dem Landesherrn?«

»Wie könnt Ihr fragen? Der Bauer gehört ihm, dessen Familie gehört ihm, sein Haus und sein Handwerkszeug, alles gehört ihm. Und von dem, was er erwirtschaftet, gehört dem Landesherrn auch das meiste. Wie sollte es das Bäuerlein da an Respekt fehlen lassen?«

»Nun, es könnte wütend werden. Es könnte denken, dass die Zustände nicht gerecht sind. Es könnte davon träumen, dem Landesherrn etwas vorzuenthalten, was ihm zusteht.«

»Aber es ist doch nur ein Bäuerlein. Es ist feige und

geduckt. Schon seine Eltern waren feige und geduckt. Nur wenn es trinkt, reißt es sein Maul auf. Sonst ist es fleißig und stumm.«

»Aber wenn dann doch Zorn entsteht? Wenn der Zorn nicht vergehen will, sondern anwächst? Wenn er sich nicht nur einmal in der Woche meldet, wenn er zum ständigen Begleiter wird? Wenn das Bäuerlein spürt, wie sein Körper angefüllt wird vom Zorn auf den Landesherrn, wie die Füße schwer werden, danach die Beine, der Rumpf und zuletzt der Kopf? Wenn es am Ende ein zorniges Bäuerlein ist, das nur auf eine Gelegenheit wartet, es dem Landesherrn heimzuzahlen, was, mein lieber Richter, ist dann?«

»Ach, das wird nicht passieren. Bevor er dem Landesherrn etwas tut, wird er seine Frau verhauen. Und seine Kinder natürlich, sie haben ja immer viele Kinder, damit die Spuren des Gürtels bei dem einen abheilen können und er währenddessen das andere verprügeln kann.«

»Und wenn das eines Tages alles nicht mehr klappt?«

»Dann nimmt er sich ein Tier her, einen Ochsen kannst du stundenlang prügeln.«

»Aber der Ochse gehört ihm doch nicht. Er ist doch Eigentum des Landesherrn.«

Einen Moment war der Richter still. »Wollt Ihr damit sagen …«, murmelte er dann beeindruckt. »Nein, das wollt Ihr nicht sagen. Oder doch? Wollt Ihr sagen, wenn der Bauer den Ochsen verprügelt, haut er in Wirklichkeit den Landesherrn?«

»Der Gedanke liegt nicht so fern, dass man nicht darauf kommen könnte.«

»Oh Mann«, murmelte der Richter, nahm den leeren Becher vom Tisch, schaute hinein und stellte den Becher wieder ab.

»Ich frage Euch, lieber Richter, wann habt Ihr zum letzten Mal einen Bauern verurteilt, der seinen Landesherrn angegriffen hat?«

»Nicht so laut, nicht so laut«, flüsterte der Richter aufgeregt.

»Warum denn nicht? Fürchtet Ihr euch davor, dass alle hören könnten, welchen Schutz die Landesherren von Euch erfahren? Fürchtet Ihr Euch davor, dass dieser ungeheuerliche Skandal öffentlich werden könnte?«

»Ja, natürlich. Was denkt Ihr denn, was ich tue? Wenn das herauskommt, oh du mein Gott ... Ob ich wohl noch einen Schluck haben könnte? Einen klitzekleinen Schluck?«

»Glaubt Ihr nicht, es wäre sinnvoller, wenn Ihr nüchtern bliebet? Damit Ihr Euch daran erinnert, was Eure Aufgabe in dieser Welt ist? Oder seht Ihr schon den Tag voraus, an dem der Fürst vor Euch steht und Euch fragen wird: Mein lieber Meier Mecklenburg, warum tut Ihr nichts dagegen, dass ich seit Jahren von meinen Leibeigenen verprügelt werde? Warum erfüllt Ihr Eure Aufgabe als Richter nicht? Warum seid Ihr mein schlimmster Feind, denn nur Ihr seid daran schuld, wenn die Bauern ihre Ochsen, Ziegen, Schafe und Gänse verdreschen und jeder Schlag davon mir gilt und meinem Stand und meiner Position, in die mich der Schöpfer eingesetzt hat? Womit zu dem Angriff auf den Landesherrn auch noch Gotteslästerung hinzukäme. In was für einer Welt leben wir eigentlich, mein lieber Richter? Und warum lasst Ihr das zu? Und haben diese unglaublichen Zustände auch schon geherrscht, bevor Ihr Euer Amt angetreten habt?«

»Oh mein Gott, das darf niemals herauskommen«, murmelte der Richter. In seinem Wunsch nach Schutz und Zuwendung rückte er immer dichter an Theophrast heran. Das mochte der nicht, weil mit jedem Zentimeter der Größenunterschied zwischen ihnen augenfälliger und der Winkel ungünstiger wurde. Theophrast musste seinen Kopf weit in den Nacken legen, um dem Richter in die Augen sehen zu können. Heimlich winkte er um Hilfe, doch die Wächter rechneten wohl nicht damit, dass ausgerechnet ein Richter ihren Herrn in Bedrängnis bringen könnte.

»Wache!«, rief Theophrast deshalb.

»Keine Wache«, jammerte der Richter. »Das habe ich nicht verdient. Ich habe doch Familie. Sollen meine Kinder ohne Vater aufwachsen?«

»Warum nicht? Wenn der Fürst seit Jahren Prügel bezieht, wird Eure Brut ja wohl auf den Mann verzichten können, der ihrem Landesherrn das angetan hat.«

»Ich habe das nicht überschaut«, rief der Richter händeringend. »Ich habe doch nicht gedacht … und ich habe doch immer mein Amt nach bestem Wissen und Gewissen … Gebt mir eine Chance! Gnade! Ein zweiter Versuch, ein zweiter Versuch!«

Endlich bequemten sich zwei Wächter, nach ihrem König zu schauen.

»Festsetzen!«, befahl Theophrast. »Danach könnt Ihr Euch gleich selbst zu diesem Zeitgenossen sperren. Eine saubere Gesellschaft haben wir da zusammen.«

Sie nahmen den Richter von rechts und links und trugen ihn aus dem Saal. Man stürmte auf Theophrast ein, fragte nach dem Was und dem Warum.

»Fragt mich nicht«, antwortete der König. »Unser Rechtssystem ist verwurmt und verschimmelt. Wir müssen ganz von vorn anfangen. Ich setze mich als neuen Richter ein. Oder nein, wartet …«

Er packte eines der Kinder des Fürsten, die durch den

Saal karriolten, stellte das Mädchen auf den Tisch, hob ein Ärmchen in die Höhe und rief: »So setze ich dich in das Amt des höchsten Richters ein!«

Durch eine diskrete Frage zur Seite brachte er den Namen in Erfahrung. »Florentina, schöne kleine Blüte, beschütze uns vor dem Übel und sorge dafür, dass der Täter seiner gerechten Strafe nicht entgeht.«

Die kleine Richterin – zehn Jahre und so groß wie der König – strahlte ihn mit dem heiligen Ernst der Kinder an und rief: »Au ja, wir fangen den Räuber! Und dann hauen wir ihn durch.«

15

»Er trinkt schon«, sagte Gunda selig und streichelte den Kopf des Säuglings. Gierig sog er die fette Milch in seinen kleinen Körper. »Er hat alles gleich gefunden. Er wird ein kluger Junge werden.«

Trine Deichmann beobachtete Mutter und Kind. Alles schien sich aufs Schönste zu verbinden. Gunda liebte ihr Kind, und das Kind stellte sich jetzt auch geschickt an. Trine hatte Säuglinge erlebt, die vier Wochen gebraucht hatten, bevor sie wussten, wozu die Mutterbrust gedacht war und wie man sie nutzte. Während das Kind trank, schlossen und öffneten sich seine Hände. Seine Mutter war verzaubert von ihm. Sie war eine Frau, die nach der Geburt von innen heraus glänzte. Keine Erschöpfung, keine Schmerzen, kein Nachbluten, alles an ihr wirkte kräftig und schön: Haare, Haut und Augen.

»Ich frage mich, warum man Euch geholt hat«, sagte die Frau, die neben Trine am Fußende des Bettes stand. »Ich meine, es gab nichts zu befürchten. Gunda hatte keine Beschwerden, alles lief, wie es die Natur vorgesehen hat.«

»Wen habe ich denn verdrängt?«, fragte Trine. Sie nahm das nicht besonders wichtig, eine Lübecker Hebamme musste sich nicht rechtfertigen, aber sie wollte die Form wahren.

Uta war ihr Name, nicht mehr jung, nicht mehr schön, aber in der Gegend bekannt und begehrt. Uta half Mensch und Tier auf die Welt. Dazwischen versorgte sie Kranke und solche, die nach schwerer Krankheit nicht mehr auf die Beine kommen wollten. Sie lebte zwei Dörfer weiter, ihre Eltern waren uralt und lebendig, alle Söhne Utas fuhren zur See. Von sechsen hatte sie schon drei verloren.

»Sie hat sich nicht gefreut«, erzählte die Köchin. »Aber man protestiert nicht gegen das Wort des Fürsten.«

»Obwohl eine Hebamme es tun könnte«, sagte Trine. »Sie sollte nur nicht zetern und wehklagen, sondern gute Gründe vorweisen.«

Damit war es bei Uta wohl schlecht bestellt. Sie biss Konkurrentinnen weg, eine hatte sie verjagt, eine verleumdet, einer eine Beschäftigung im fernen Wismar verschafft.

»Ich nehme ihr nichts weg«, sagte Trine. »Morgen hat sie alles wieder für sich.«

»Das habe ich ihr auch gesagt.«

»Aber?«

»Aber was?«

»Ich höre ein ›Aber‹ heraus.«

»Ihr seid empfindlich«, murmelte die Köchin erstaunt. »Uta hört so etwas nicht heraus. Uta ist robust.«

»Ihr meint rücksichtslos. Ich kenne solche Hebammen. Sie fassen hart zu, weil sie keinen Fehler begehen wollen. Bei ihnen muss alles den gewohnten Gang nehmen, sonst geraten sie aus dem Gleichgewicht. Sie wollen der Schwangeren das Gefühl vermitteln, dass sie alles im Griff haben. Wenn eine Schwangere Unsicherheit spürt, wird sie selbst unsicher werden.«

Offenbar hatte sich Uta abfällig über Hebammen aus der Stadt geäußert. Und dann noch aus Lübeck. Nicht alle Menschen hatten hier draußen eine hohe Meinung von den Bewohnern der großen Stadt. Die Lübecker galten als hochnäsig und eingebildet. Die Köchin lächelte, als Trine ihr das auf den Kopf zusagte, und gab ihr recht. Die Lübecker hatten, so die landläufige Meinung, die Weisheit für sich gepachtet. Sie waren zudem besser gekleidet, hatten die besseren Schulen besucht, sie sprachen kein Platt wie die Menschen auf dem Lande. Sie hatten Freunde und Bekannte in Schweden, England und im Baltikum und nicht nur im Nachbardorf. Ihre Kirchen waren größer, die Töpfe waren aus besserem Material und hielten länger, Sie konnten lesen und schreiben und wollten, dass ihre Kinder es einmal besser haben sollten als die Eltern.

»Erstaunlich, dass die Lübecker noch furzen und scheißen«, sagte die Köchin. »Man sollte meinen, sie hätten dafür bessere Wege gefunden.«

»Ihr mögt Uta.«

»Wir haben nichts Besseres. Sie ist eine gute Hebamme, das könnt Ihr mir glauben.«

»Habe ich Euch Anlass zu der Vermutung gegeben, dass ich mich für etwas Besseres halte?«

»Gesagt habt Ihr nichts, aber Ihr habt so etwas an Euch. Ihr seid so sicher. Ihr kommt herein, und alle richten sich nur noch nach Euch. Wenn Uta hereinkommt, will sie erst einmal einen Schnaps. Dann reden wir über den Markt und über die letzte Predigt. Und wenn die Schwangere jammert, sagt Uta ihr, sie soll nicht stören.«

Während der letzten Worte hatte die Köchin begonnen, sich in der Ecke zu schaffen zu machen.

»Was tut Ihr da?«, fragte Trine.

»Ich sehe nach, ob sich noch Nabelschnur findet. Die bringe ich zum Trocknen.«

»Damit die Mutter sie bekommt.«

Ein leichtes Zögern. »Ja, genau. Dafür.«

»Und in Wahrheit?«

»Das wollt Ihr nicht wissen.«

»Ich bin so neugierig wie Uta.«

Uta sammelte Nabelschnüre. Zwar galt auch auf dem Land die alte Regel, ein Stück der Schnur der Mutter zu geben. Aber eine Nabelschnur ist lang, und wenn man viele Nabelschnüre in die Hände kriegt, kommt eine Menge zusammen. Dafür gab es Interessenten. Nicht nur weise Frauen, die sowieso und seit alters her. Aber auch Männer. Männer, die dafür gutes Geld bezahlten.

»Ihr wisst schon«, sagte die Köchin.

In der Tat, Trine Deichmann wusste Bescheid. Es gab Männer, die sich von einer Nabelschnur eine wundersame Veränderung in der Ausstattung ihres Unterleibs versprachen.

»Ihr wisst, dass sich bei erwachsenen Männern nichts mehr verändert«, sagte Trine.

»Ich weiß es«, entgegnete die Köchin. »Uta weiß es, jede Frau weiß es. Es gibt sogar Männer, die es wissen. Aber es gibt auch die anderen. Wenn sie an sich heruntersehen, werden sie traurig. Wenn sie andere Männer sehen, nackt, meine ich, werden sie noch trauriger. Sie wollen glücklich werden. Dafür zahlen sie viel Geld.«

Trine Deichmann wusste, was diese Männer mit der getrockneten Nabelschnur anstellten. Sie schnitten sie klein und vermischten sie mit einem Brei. Dann aßen sie und warteten ab. Es gab die Überzeugung, nach einem Tag würde ein Mann unten anfangen zu wachsen. Eine andere Überzeugung sagte, man müsse Geduld haben und mehr als einmal Nabelschnur zu sich nehmen. Der Erfolg werde sich einstellen, daran dürfe kein Zweifel bestehen.

»Uta hat Stammkunden«, berichtete die Köchin. »Sie kommen seit Jahren und zahlen jeden Preis. Sie gucken nicht so genau hin, was sie für ihr Geld kriegen. Es gibt vieles, was wie getrocknete Nabelschnur aussieht. Es muss ja nicht die Nabelschnur eines Menschen sein.«

Trine Deichmann war der Handel mit Nabelschnüren nicht unbekannt. Sie selbst hielt sich davon fern. Aber man konnte sich nicht so schnell abwenden, wie es nötig war, um nicht mit ansehen zu müssen, wie Nabelschnüre von einer Hand zur anderen wanderten.

Gunda wachte auf und verlangte nach ihrem Kind. »Ich werde ihn Jakob nennen«, sagte sie. »Wie gefällt Euch der Name?«

Trine hatte aufgehört, über Namen zu streiten. Es gab keine schönen und hässlichen Namen. Es gab nur schöne und hässliche Kinder. Der kleine Jakob war ein Glücksfall.

Es fiel Gunda nicht leicht, sich von ihm zu trennen, damit Trine noch einmal alle Gliedmaßen untersuchen konnte. Sie streichelte und knetete ihn, zum Schluss küsste sie ihn auf den Bauch.

»Das macht Uta auch nicht«, sagte die Köchin. »Sie schlägt ihnen auf den Hintern.«

16

Bis zum Nachmittag jagten sie den Mörder. Sie hielten auch Ausschau nach den fehlenden Teilen des Leichnams, vor allem nach dem Kopf.

Erst machte sich der Bäcker verdächtig. Er wurde zornig und drohte dem Ersten, der ihn festnehmen wollte, Schläge an. Ein Teil der Häscher hielt das für das Eingeständnis seiner Schuld, der andere Teil witterte Streit und wandte sich einem anderen Verdächtigen zu.

Was war mit dem Kutscher? War er nicht dafür bekannt, in viele Prügeleien verwickelt gewesen zu sein? Und warum nicht der Größte der Wächter? Wenn man ihn aus seiner Rüstung pellen würde, was würde man finden? Freiwillig wollte er sie nicht ausziehen. So packte man zu und trug ihn in die Schmiede. Dort beschimpfte der Verdächtige die Wahrheitssucher so unflätig, dass sie dem Schmied auftrugen, die Rüstung des Verdächtigen so breit zu schlagen, dass er aus eigener Kraft nicht mehr aus ihr herauskommen konnte. Der Verdächtige wurde immer wütender, er zeterte, da schlossen sie das Visier, dann einige Hammerschläge, und seine Stimme erklang nur noch hohl im Helm.

Aber auch an ihm verlor man bald das Interesse. Was man brauchte, war jemand, der schnell zu Fuß war, den man jagen konnte. Der Trompeter spürte, was auf ihn zukam, und wollte sich unsichtbar machen. Doch er war beim Untertauchen so ungeschickt wie beim Musizieren. Von allen Seiten fielen sie über ihn her und stopften ihn kopfüber in die Latrine. Das war nur eine halbe Sache, denn die Latrinen waren eigens für das Narrenreich gereinigt worden und noch längst nicht wieder zugeschissen. Der Trompeter schrie wie am Spieß, so zog man ihn wieder heraus und jagte ihn in den Garten. Dort ließ man die Hunde los, doch weil der Trompeter keine Anstalten unternahm, vor ihnen davonzulaufen, entwickelten sie keine Lust, ihn zu verfolgen. Aug in Aug belauerten sie sich, der Trompeter und eine Handvoll Jagdhunde.

Erst als Theophrast herbeigeholt wurde, kam Zug in die Sache. »Ihr flüchtet jetzt«, befahl er. »Ich will sehen, dass Ihr lauft.«

»Aber dann beißen sie mich«, jammerte der Trompeter.

»Ach wie schade«, ertönte es freudig aus der Menge.

Da trat der Trompeter an einen Hund heran und schlug ihm auf die Nase. Jaulend floh das Tier, alle anderen bestraften den wackeren Trompeter, der sich in sein Schicksal ergab. Jeder Hund durfte zweimal zubeißen, dann rief Wilhelmina sie zurück.

»Ach, das ist nichts!«, rief die Menge, während der Leibarzt gelangweilt seinem Beruf nachging und die Fleischwunden des Trompeters versorgte. »Wir brauchen einen besseren Mörder.«

Darüber war es Nachmittag geworden, Theophrast rief sein Volk zusammen. Es begann das Duell der Anstreicher. An der Außenwand ragten die Gerüste in die Höhe, Farbe und Pinsel standen bereit. Zuerst traf Rot auf Weiß. Die Sache war schnell entschieden, denn die Roten malten von unten nach oben und hatten schon nach fünf Minuten einen Rückstand, der ständig größer wurde. Danach standen sich Blau und Gelb gegenüber. Blau machte kurzen Prozess mit seinem Gegner. Die Prinzessin und der Maler, den sie so bewunderte, führten die gelben Pinsel.

Sie waren viel zu höflich, ständig trat einer zurück, um den anderen nicht zu stören. Diese Sorgen kannten die Blauen nicht. Sie sahen am Ende so aus wie ihre Wand, aber niemand hatte gefordert, dass man sich nicht vollsauen dürfe. Außer Konkurrenz trat Farblos an. Die stets aus zwei Personen bestehende Mannschaft bildeten Adam Kropf und eine Gräfin aus dem Pommerschen. Er hatte vorher in Erfahrung gebracht, dass sie für Malstunden zu gewinnen sein könnte, und kehrte den Kavalier heraus. Damit war er bei ihr an die falsche Adresse geraten, denn sie schwang den Pinsel so weit ausholend, als wolle sie den Maler schlagen. Ständig zog er den Kopf ein, ihre Laune verbesserte sich mit jeder Minute.

»Ihr seid ein dummer Mann!«, rief sie munter.

»Ich habe lange gebraucht, um so zu werden«, erwiderte er lapidar.

Im Volk wurde gejohlt und geklatscht, denn da sie ihre Pinsel nie in Farbe tauchten und nur so taten als ob, kam es auf ihre Bewegungen und ihre Sprüche an. Adam Kropf fehlte es an Schlagfertigkeit, doch da die kecke Gräfin sein Selbstmitleid kitzelte, wurde er immer komischer, ohne es zu merken. Am Ende war er der Einzige, der keine gute Laune hatte.

»Wo habt ihr den versteckt gehalten?«, rief die Gräfin Theophrast zu. »Der ist ja unbezahlbar.«

Es war dieses Wort, unbezahlbar, das in Kropf die müden Lebensgeister weckte. Flugs bot er ihr an, Malstunden zu erteilen. Er würde gerne auf ihr Schloss kommen, auch ein Herrenhaus sei angenehm. Er habe keine Vorurteile, würde gerne länger bleiben und sei für jede Schandtat zu haben. Er redete so munter, weil sie so eine Muntere war. Wie jeder Person, die mit ihrer aufgekratzten Art der Umwelt lästig fiel, fehlte es ihr an selbstkritischem Verhalten. Wenn sie kokettierte, war es, als würde sie Holz hacken. Wenn sie Wortspiele trieb, hörte es sich an, als würde sie ein Tier in die Enge treiben. Wenn sie eine Schnute zog, sah sie aus, als müsse ein Medicus kommen. Adam Kropf, der eigentlich jüngere Schülerinnen bevorzugte, sah am Ende nicht mehr ganz so schwarz wie zu Beginn. Vielleicht geht was, dachte er. Vielleicht würde er auch nur eine weitere Tracht Prügel beziehen. Er besaß nicht mehr die Freiheit, auf eine bessere Gelegenheit zu warten. Zehnmal versuchte er in Erfahrung zu bringen, ob es zur Gräfin einen Grafen gab. Zehnmal entglitt sie ihm wie ein Aal dem Fischer.

Bevor es zum von allen erwarteten Duell Blau gegen Schwarz kam, mussten die vom vielen Jubeln lädierten Lebensgeister geschmiert werden. Knechte gingen mit einem Kessel um und schenkten ein Getränk aus, das alle, die davon probiert hatten, zu den wildesten Fantasien anregte. Die Vermutungen reichten von seltenem Wein bis zu einem Hexentrank, der den Menschen in die Lage versetzte, sich in die Luft zu erheben.

Kaum war Theophrast dieser Gedanke hinterbracht worden — wie üblich von einem der Denunzianten mit dem grünen Gesicht – ließ er ein Gerüst von der Hauswand wegrücken und bis zur Stelle schieben, wo der Rasen begann. Das Los traf einen Kammerdiener. Er musste hinaufklettern, bis er die Höhe des zweiten Geschosses erreicht hatte.

Dann rief Theophrast: »Spring!«

Was immer der Kammerdiener sich bis zu diesem Befehl gedacht haben mochte, ob er überhaupt etwas gedacht haben mochte, dies jedenfalls überraschte ihn. Er weigerte sich, auch nach der vierten Wiederholung des Befehls war er noch nicht gesprungen.

Theophrast rief: »Ich lasse dich vom Gerüst schießen.«

»Das glaube ich nicht!«, rief der Diener und erbleichte, als zwei Wächter aufzogen, schwer an einer Muskete tragend, die so aussah, als würde sie mit einem einzigen Schuss eine Hauswand durchlöchern. Der Kammerdiener schloss mit seinem Leben ab, die Wächter legten an, der Diener sprang.

Der Medicus eilte herbei. Während sich das Volk in Mutmaßungen erging, warum er nicht auf das weiche Gras gesprungen war, murmelte im Hintergrund Trine Deichmann: »Vielleicht wurden nur die eingeladen, die schnell überfordert sind.«

»Eine naheliegende Vermutung, die aber eins außer Acht lässt«, entgegnete der Jägermeister, der neben Trine stand.

»Und das wäre?«, fragte sie. Zwar hatte sie in der Zwischenzeit zwei Becher von dem seltsamen Gebräu getrunken, doch gut aussehend hatte sie ihn auch schon vorher gefunden. Sie musste nur noch herauskriegen, ob es Zufall war, dass er ständig neben ihr stand.

»Ihr bedenkt nicht, dass der Mensch zu vielem bereit ist, wenn er denkt, dass es der Wunsch seines Herrschers sein könnte, sich seltsam zu benehmen.«

Sie sahen zu, wie ein Knecht das Gerüst erklomm, oben die Arme ausbreitete, sich dann bekreuzigte, erneut die Arme ausbreitete, und, während er verzweifelt mit den Armen schlug wie mit Flügeln, steinschwer zu Boden schoss. Zwar schlug er auf dem Rasen auf, doch den Medicus brauchte auch er.

»Könntet Ihr euch vielleicht nützlich machen!«, rief der Leibarzt in genervtem Tonfall Trine zu.

»Gerne!«, rief sie zurück, »zeigt mir die Schwangere, und ich bin zur Stelle.«

Aber Trine Deichmann tat der Medicus leid. Er musste einsammeln, was ein außer Rand und Band geratener Plan anfallen ließ. So stellte sie sich nicht länger dumm, sondern ging zum Knecht, erkannte den Bruch des unteren Arms und sagte leise zu ihm: »Wollt Ihr eine Schiene oder den Gnadenstoß?«

Ins entsetzte Gesicht des verängstigten Mannes lachend, setzte Trine die Frauen in Bewegung, die ihr am Morgen geholfen hatten, Gundas Kind zur Welt zu bringen. Der Arm des Knechts wurde fachgerecht versorgt. Der Leibarzt fand nichts, was daran zu verbessern gewesen wäre.

»An Euch ist ein Medicus verloren gegangen«, behauptete er. So gern er kritisierte, so maßlos war er im Loben. Er kannte Hebammen, er hielt sie allesamt für Kräuterweiber und Hexen: geschickt bei allem, was mit dem Wochenbett zu tun hatte; überfordert mit allem anderen. Diese Trine war anders. Ihren vollständigen Namen hatte er vergessen, das ging ihm mit allen Leuten so, die er ablehnte. Nur diejenigen, die er hasste, deren Namen behielt er im Gedächtnis. Diese Hebamme beherrschte Griffe und Anwendungen, die ein Barbier nicht besser vornehmen konnte. Vor allem behielt sie bei allem, was sie tat, eine lockere Art und selbstbewusste Miene, die den Medicus peinvoll an die größte Fehlentscheidung seines zweiunddreißigjährigen Lebens erinnerte: Er hatte die falsche Frau geheiratet.

17

Trine Deichmann wusste nicht, ob es ein Plan gewesen war, Menschen vom Gerüst springen zu lassen. Jedenfalls kletterte einer nach dem anderen hinauf, um kurz danach ärztliche Hilfe zu benötigen.

»Das ist doch nicht normal«, rief sie.

»Was ist schon normal?«, murmelte der Leibarzt.

»Normal wäre es, wenn Ihr diesen Unfug unterbinden würdet.«

»Mit welcher Begründung?«

»Mit Eurer Autorität.«

»Ich habe keine Autorität. Autoritäten gelten nichts im Narrenreich. Auch medizinische nicht. Keine. Es gilt nur die Autorität eines Narren.«

»Ihr gebt Euch in meine Hand.«

»Ach ja? Geht hin und denunziert mich.«

»Ihr denkt, ich werde das nicht tun. Ihr denkt, ich bin zu anständig. Ihr denkt, ich bin immer noch kein richtiger Teil des Spiels.«

»Des Narrenreichs.«

»Des Narrenreichs.«

»Vielleicht habe ich einen anderen Grund.«

»Ich weiß, Ihr werdet ihn mir nennen. Ihr brennt darauf.«

»Ihr könntet erschrecken.«

»Wenn Ihr gesehen hättet, was ich in meinem Beruf gesehen habe, würdet Ihr nicht so reden.«

»Seid Ihr verheiratet?«

»Jetzt bin ich doch erschrocken. Wo bleibt denn der nächste Patient? Warum springt denn keiner mehr?«

»Theophrast sagt, wenn tausend gesprungen sind, wird einer unter ihnen sein, der fliegen kann. Den will er paaren, mit einem Vogel.«

»Wie soll das wohl gehen?«

»Er sagt, sie werden Kinder haben. Wenn von denen hundert springen, wird einer fliegen können. Unter deren Kindern wird man dann nicht lange suchen müssen, und in einigen Jahren ist der Himmel voll mit fliegenden Menschen.«

»Hat er Kinder?«

Witternd blickte sich der Leibarzt um. »Woher denn?«, fragte er leise. »Er hat keine Frau.«

»Ihr meint, er ist nicht verheiratet.«

»Nein, ich meine, er hat keine Frau.«

»Aber er ist der König. Jeder König hat eine Frau.«

»Er ist keine Schönheit.«

»Ein König muss nicht schön sein. Er braucht nur eine Krone.«

Trine gefiel es, mit dem Medicus zu reden. Es ging hin und her wie beim Spiel mit dem Ball. Es wurde nie unangenehm, man musste nur mit Schwung gegen den Ball treten, schon war man aus der Bedrängnis heraus. Sollte der kleine König ein einsamer Mensch sein? Konnte ein Narr überhaupt einsam sein? Verfügte er nicht über die Beredsamkeit, sich mit den Menschen zu umgeben, nach denen ihm gerade der Sinn stand? Gab es traurige Narren? Sehnte er sich danach, nicht mehr Narr zu sein? Trine Deichmann erkannte, dass sie in ihrem Leben keine zwei Minuten über Narren nachgedacht hatte.

Die Trompete spielte ihr garstiges Lied, die Wächter scheuchten das Volk auf den Rasen. Ein Mann rief: »Da gehe ich nicht hin. Da regnet es Knechte vom Himmel.« Zwei Minuten später stand er bibbernd auf dem Gerüst.

Die Wächter legten die Musketen an. Er sprang nicht, die Musketen schossen, mit beiden Armen klammerte sich der Mann am Gerüst fest.

Theophrast rief: »Er bleibt oben. Wenn er runterklettert, ist er vogelfrei. Wenn er springt, ist er auch vogelfrei.«

»Aber was bleibt mir dann noch?«, rief der Mann verzweifelt.

»Fliegen«, rief der König und flatterte mit seinen kurzen Armen. »Ich bitte mir äußerste Ruhe aus«, rief Theophrast dann der Festgesellschaft zu. »Je stiller Ihr seid, umso mehr Kraft behaltet Ihr, und Kraft werdet Ihr brauchen können. Denn auf dem Programm steht nun die Arbeit im Garten und auf dem Feld.«

In der Menge ertönten Geräusche, als sei jemand auf etwas Scharfkantiges getreten.

»Genau«, sagte Theophrast zufrieden, »der eine oder andere hat etwas läuten hören, weil Ihr ja von morgens bis abends vor Neugier platzt. Arbeit im Freien! Und hier folgen die Regeln. Erst wird gegraben, dann wird gesät, danach wird geerntet. Falls Ihr feststellt, dass Ihr nichts findet, das sich ernten lässt, macht Euch kundig. Zu diesem Zweck wartet im Festsaal eine ausgesuchte Handbibliothek. Dort erfahrt Ihr auch alles, was man wissen muss, um den Samen in die Erde zu legen. Es ist ausdrücklich verboten, sich beim Gärtner oder anderen kundigen Menschen zu erkundigen. Wer fragt, auf den wartet der Strick. Meine Denunzianten lassen nicht Gnade vor Recht ergehen. In dem Stall da vorne stehen Pflüge, in dem Stall daneben stehen Pferde und ein Ochse. Bedient Euch, aber seid vorsichtig. Es handelt sich nicht um die frommsten Tiere, die wir finden konnten. Die Pferde sind bekannt dafür, zwischendurch auszukeilen. Eins beißt auch gern, Ihr werdet herausfinden, welches. Und der Ochse … Ich muss Euch nichts über Ochsen erzählen. Sie sind stark und stur, und wenn man glaubt, sie laufen in die gewünschte Richtung, drücken sie dich in eine Ecke und gegen eine Wand. Ein Ochse will zweierlei. Erstens: seine Ruhe. Zweitens: einen Menschen unter die Hufe kriegen. Ach ja, falls Ihr glaubt, es wäre eine geschickte Lösung, den Ochsen im Stall zu lassen, so irrt Ihr: Die Wächter sind angehalten, besonders auf den Ochsen zu achten. In fünf Minuten hat er nicht mehr im Stall zu stehen. Tut er es doch, werden sie einen aus der Menge herausgreifen und ihm zu körperlichem Kontakt mit dem Ochsen verhelfen. Ein Wort an die Damen: Dies ist kein Maskenball, es kann in jedem Moment genauso gut eine Frau wie einen Mann treffen. Das Geschlecht schützt Euch nicht. Ich könnte mir vorstellen, dass die Wächter es für eine erzieherische Maßnahme halten, gerade den Frauen aus bestem Geblüt die Begegnung mit der Welt der Arbeit und der Kreaturen zu ermöglichen.«

Theophrast konnte nicht weiterreden. Er strahlte so sehr, dass seine Mundwinkel auseinandergezogen waren.

»Die Arbeit im Garten ist auf drei Stunden angesetzt. Ich möchte niemanden sehen, der sich ausruht. Wer dabei erwischt wird, wie er sich Schweiß von der Stirn wischt, läuft bis zur Pferdeweide und zurück. Wer mogelt, läuft zweimal bis zur Weide und zurück. Wer so tut, als könne er nicht mehr laufen, wird eingegraben, und zwar bis zum Hals. Bin ich verstanden worden? Ich bin verstanden worden. In drei Stunden findet die Siegerehrung statt. Gewonnen hat, wer am schmutzigsten ist. Verloren hat, wer am saubersten ist. Der Verlierer geht aller seiner Privilegien verlustig und wird mit Schimpf und Schande ins Meer gejagt. Vorher werden wir ihn in einen Seehund verwandeln. Falls Ihr glaubt, dabei handelt es sich um ein albernes Kostümchen, das man wieder abstreifen kann, habt Ihr Euch getäuscht. Weil ich weiß, wie sehr der Mensch dazu neigt, sich etwas vorzumachen, stelle ich Euch einen Seehund vor.«

Er hob den Arm, ohne den Blick von der Gesellschaft abzuwenden. Vom Haus näherten sich zwei Wächter, die einen Seehund vor sich hertrieben. Das Tier robbte auf dem Boden, eine kräftige Bewegung der Flosse trieb den gesamten Körper vorwärts. Sie hatten einen Menschen in die Felle eingenäht, man mochte sich nicht vorstellen, wie die Arme und Beine unter dem Fell aussahen, wie zusammengepresst sie waren oder festgezurrt.

Nach drei oder vier Bewegungen legte der Seehund eine Pause ein. Nun traten die Stöcke der Wächter in Aktion, sie stießen in den Körper des Seehunds. Sie stießen, um ihn anzutreiben; sie stießen, um ihm die Richtung zu zeigen; sie stießen, weil sie Lust hatten zu stoßen. Jeder Stoß wurde mit beträchtlicher Wucht ausgeführt. Niemand regte sich darüber auf, denn alle hatten nur Augen für den Seehund. Nicht jeder wusste, was ein Seehund ist. Wer es wusste, wusste nicht automatisch, wie so ein Tier aussieht. Die, die es wussten, waren am meisten beeindruckt, die Ähnlichkeit mit der Natur war sehr weit getrieben worden.

»So sieht also ein Seehund aus«, rief Theophrast. »Einer unter Euch wird heute Abend auch wissen, wie ein schwimmender Seehund aussieht. Und wie er sich dabei fühlt. Seehunde frieren nicht, weil sich unter ihrer Haut eine Fettschicht befindet. Ohne das Fett wären sie verloren. Ich kann die Mageren und Hageren unter Euch also nur dringend auffordern, nicht Letzter zu werden.

Ich persönlich würde es als tragisch empfinden, wenn mein letzter Gedanke wäre: Warum hast du dich nicht häufiger satt gegessen? Warum hast du gegessen wie ein Sperling?«

Erst als sein Blick Trine Deichmann traf, erkannte sie den Ernst der Lage. Sie war keine Zuschauerin, sie war Teilnehmerin. Es gab gar keine Zuschauer. Auf alle außer Theophrast wartete die Arbeit im Garten. Nur die Wächter fielen aus, sie hatten eine andere Aufgabe. Einen Moment erwog Trine die Möglichkeit, sich als Wächterin zur Verfügung zu stellen. Aber sie wusste, dass sie mit dem Wunsch nicht durchdringen würde. Den Spaß würde sich Theophrast nicht entgehen lassen.

18

DIE TROMPETE GAB DAS SIGNAL zum Arbeitsantritt. Zehn Minuten später begann der anfängliche Enthusiasmus zu bröckeln. »Kräfte einteilen«, wanderte als Ratschlag durch die Reihen.

Trine war in einem Haus groß geworden, das von einem Garten umgeben gewesen war. Sie wusste, wie man gräbt, wie man Furchen zieht, wie man Pflanzen in die Erde versenkt und um sie herum Erde häufelt. Sie wusste, wie man gießt, sie wusste, dass Unkraut schneller wächst als nützliches Grün. Sie kannte sich mit Bäumen aus, sie hatte Bucheckern und Eicheln geerntet, ein Nachbar hatte sie die Namen der Pilze gelehrt, ihr beigebracht, welche essbar waren und welche nicht. Trine erinnerte sich gerne an diese Zeit zurück.

»Hallo, Maulwurfsjäger.«

Er warf Trine einen kurzen Blick zu und knurrte: »Vor einer Woche habe ich jedes Stück dieses Ackers nach Maulwürfen umgegraben. Jetzt fange ich erneut an. Ist das das Leben?«

»Das ist das Narrenreich.«

»Also ist es das Leben.«

Schon länger hatte Trine Deichmann die Konstruktion hinter dem Zaun wahrgenommen, sich aber nicht darum gekümmert. Auch als die ersten Gestalten auf dem Hügel erschienen, stutzte sie noch nicht. Es wurden immer mehr Gestalten, ohne Eile pilgerten sie vom Hügel herab Richtung Herrenhaus. Ihre Gesichter wiesen sie als Menschen aus, die im Freien arbeiteten. Es handelte sich um Bauern und Handwerker aus den umliegenden Dörfern. Trines erster Gedanke war: Sie betteln um Essen. Aber sie trugen Sonntagsstaat, ordentliche Anzüge, saubere Kleider. Und sie mussten nicht um Essen betteln, denn sie trugen ihr Essen in Körben mit sich. Friedlich strebten sie zu den Bänken, denn um solche handelte es sich, die dicht hinter dem Zaun aufgebaut worden waren, der das Wirtschaftsland des Herrenhauses von den angrenzenden Flächen trennte. Hier wucherte das Gras ungebremst, hier hatten sich Buschwerk und Bäume angesiedelt, hier saßen einige Dutzend Menschen. Sie sprachen wenig, ihr Blick war erwartungsvoll und neugierig.

»Was wollen die da?«, wunderte man sich neben Trine und dem Maulwurfsjäger.

»Na, was wohl?«, murmelte der. »Sie genießen die Theateraufführung.«

Unglauben, Entsetzen, Empörung. »Das kann nicht sein!« – »Was für eine Demütigung.« – »Ich rühre mich nicht vom Fleck, solange diese Menschen da sind.«

Aber diese Menschen dachten nicht daran, wieder zu verschwinden. Sie waren ja gerade erst erschienen und freuten sich darauf, adeligen Menschen beim Pflügen und Graben und beim Umgang mit Tieren zuzusehen.

»Einfach nicht hinsehen«, murmelte der Maulwurfsjäger. »Man vergisst sie mit der Zeit.«

Die meisten hielten das für eine fromme Lüge und widmeten sich nur unwillig der Arbeit. Die Wächter gaben Schaufeln aus, ganz Mutige kümmerten sich um den Pflug. Sie zogen das Gerät ins Freie und standen unschlüssig darum herum. Es begann damit, dass sie sich nicht einig wurden, wie herum ein Pflug zu bewegen war. Wie befestigte man ihn an einem Pferd? Wie schaffte man es, die Gurte so zwischen Pferd und Pflug zu verbinden, dass sie das Pferd nicht strangulierten und der Mensch am

Pflug eine Verbindung zum Pferd oder zum Pflug oder zu beidem behielt? Einige Kundige rissen das Heft des Handelns an sich, in Windeseile bildete sich eine Hierarchie, der sich die Unwissenden willig unterordneten. Das Pferd wurde aus dem Stall geführt, und, indem es rückwärts ging, vor den Pflug gespannt. Nun kamen die Gurte zu ihrem Recht, unter den Zuschauern machte sich Kurzweil breit. Sie stießen sich in die Seiten und wiesen sich auf die Orte hin, wo es am lustigsten zuging. Das Lachen blieb auf eine Seite des Zauns beschränkt. Während sich eine Handvoll Landarbeiter in den Kampf mit Pferd, Gurten und Pflug verbiss, verkrümelten sich die anderen. Doch es fehlte an Hindernissen, hinter denen man sich verstecken konnte. Stets fühlten sie sich von den Bauern auf den Zuschauerplätzen beobachtet, auch wenn die sich keineswegs vor Lachen ausschütteten. Sie benahmen sich im Gegenteil so anständig, als säßen sie in einer Freiluftbühne. Wenn sie lachten, hörte es sich an wie ein respektvolles Lachen, mit dem man einen Scherz auf der Bühne würdigt.

Es war nicht so, dass die Arbeitenden schwere Lasten bewältigen mussten. Doch was sie taten, hatten sie noch nie getan. Nicht jede Hand kam damit klar, einen Stiel zu greifen. Pikanterweise war es ein Mann, der als Erster über Blutblasen klagte. Hohn und Spott, die über ihn niedergingen, kamen aber nicht von den Zuschauerbänken, sondern von Menschen, die er bis eben noch für seine Freunde gehalten hatte. Immerhin blieb er mit seinem Schmerz nicht allein, einer nach dem anderen betrachtete ungläubig seine Hände. Man wickelte die empfindlichen Gliedmaßen in teure Tücher. Aber das führte nur dazu, dass die Tücher und nicht mehr die Holzstiele mit Blut verschmiert waren. An den Schmerzen änderte es nichts, und wer über zwei Blasen klagte, wusste noch nicht, dass er kurz darauf über sechs oder sieben klagen würde.

Der Leibarzt war umringt von Hilfesuchenden. »Ihr seid nicht krank!«, rief er zornig. »Ihr seid nur verzärtelt. Wer sein Leben lang nicht mit den Händen arbeitet, dessen Hände werden zu Frauenhänden. Das habt Ihr jetzt davon.«

Er hatte recht, aber niemand wollte das jetzt hören. Stattdessen wollten sie Salben und Pasten, um ihre Schmerzen zu lindern. Zwar trug der Medicus in seiner Tasche Mittel bei sich, aber der Vorrat war bald erschöpft.

Es dauerte einige Minuten, bis der Strom der Hilfesuchenden Kurs auf die Hebamme nahm. Weil ihr die Menschen leid taten – einige weinten, und nicht nur Frauen –, ließ sie sich zu einer folgenreichen Äußerung hinreißen: »Wendet Euch an die Zuschauer. Sie kennen sich mit Blasen an den Händen aus. Bestimmt wissen sie einen Rat.«

Wie eine Welle schwappten die Hilfesuchenden Richtung Zaun. Die Wächter waren darauf nicht gefasst. Als sie hinzueilten, wurden schon Hände über den Zaun gehalten. Wie von Trine vorhergesagt, ließen es die Zuschauer an Hilfsbereitschaft nicht fehlen. Doch die Zuschauer konnten nichts dagegen unternehmen, dass Schläge mit Kurzschwert und Knüppeln auf die ungeschützten Hände prasselten. Die Wächter trennten die beiden Gruppen, einen Moment sah es so aus, als müssten sich die Wächter auf Widerstand gefasst machen. Doch zehn bewaffnete Männer standen einer Gruppe leidender Menschen gegenüber. Noch einige Schläge, als Warnung gedacht, dann entfernte sich die Gesellschaft vom Zaun. Die Zuschauer nahmen wieder ihre Plätze ein und warteten gespannt, wie sich der Auftritt der Wächter auf den Fortgang der Ereignisse auswirken würde.

»Ihr habt noch über zwei Stunden!«, rief eine Männerstimme. Es war diese Zeitangabe, die der Gesellschaft das Rückgrat brach.

Neben Trine bückte sich eine Frau, griff mit beiden Händen in die Erde und verrieb die Erde in ihrem Gesicht. »Geht es so?«, fragte sie Trine. Die Hoffnung in ihrer Stimme ließ Trines Widerspruchsgeist erlahmen.

»Wird schon klappen«, antwortete sie.

»Ich habe solche Angst«, sagte die Frau. »Ich fürchte immer, es wird mich treffen. Ich will aber noch nicht sterben.«

»Habt Ihr denn nicht in den Vorjahren erkannt, dass es so schlimm nicht werden wird?«

Sie starrte Trine an, Tränen schossen aus ihren Augen, weinend lief sie davon.

Trine wunderte sich schon nicht mehr, als der Jägermeister neben ihr auftauchte. Er schwitzte, er gehörte zu denen, die den Pflug aufs Feld gebracht hatten. »In den vergangenen Jahren?«, wiederholte er Trines Frage. »Ja, wisst Ihr denn gar nichts? Es war doch wochenlang das Gespräch in allen Orten.«

»Bei uns in Lübeck nicht.«

»Ach ja richtig, ich vergaß. Lübeck. Natürlich. Lübeck.«

»Es wäre mir lieb, wenn Ihr den Namen weniger ... angewidert aussprechen würdet.«

»Warum? Weil Ihr Euren Lohn von der Stadt bezieht? Zahlen sie Euch nicht nur für die Kinder, sondern auch dafür, dass Ihr anderen Menschen verbietet, schlecht von Lübeck zu sprechen?«

»Mir gefällt auch nicht alles in Lübeck.«

»Na, da bin ich aber beruhigt. Und was Ihr in den letzten Jahren hartnäckig überhört habt, waren die Einheimischen, die sich erzählten, was beim letzten Narrenreich alles passiert ist.« Aufgebracht starrte er Trine an, um dann mit einem plötzlichen Wechsel der Tonlage zu sagen: »Es hat Tote gegeben, es gibt immer Tote.«

»Weil es Unglücke gibt.«

»Weil das Narrenreich die Grenzen weiter zieht.«

»Aber es sind Todesfälle, die in der Logik des Narrenreichs liegen. Es waren keine Verbrechen.«

»Nein, das, was heute Morgen passiert ist, war das erste Verbrechen.«

»Wird es bei der Arbeit auf dem Feld wirklich einen Verlierer geben?«

Er zuckte die Schultern.

Trine fragte: »Läuft das Narrenreich jedes Mal gleich ab oder gibt es Unterschiede?«

»Einiges wiederholt sich, einiges verändert sich. Es gibt jedes Mal Spiele, bei denen es dem Verlierer schlecht ergeht. Meistens flieht er.«

»Weil man ihn entkommen lässt …?«

»Ich bin nicht sicher, ob es eine Absprache gibt. Jedenfalls weiß ich, dass einigen die Flucht gelungen ist.«

»Sie tauchen dann später wieder auf?«

»Einige ja, einige nein.«

»Sie werden aber nicht verfolgt?«

Er schüttelte den Kopf und sagte: »Sie können nie mehr Teil der Hofgesellschaft werden.«

»Das verstehe ich nicht«, murmelte Trine. »Alles, was jetzt passiert, ist doch Teil des Narrenreichs. Warum wirkt sich das, was hier passiert, dann auch später aus? Später, wenn der Fürst wieder das Sagen hat?«

»Dafür hat Theophrast gesorgt. Beim ersten Narrenreich war ihm zu viel Frohsinn im Spiel. Alle dachten, es ist Karneval und hinterher sei alles vergessen und vergeben. Theophrast forderte, es müsse ernst sein. Ohne Angst seien die Menschen nicht bereit, die Sache ernst zu nehmen. Deshalb müsse das Narrenreich weiter reichen als es dauert.«

»Und der Fürst macht das mit? Er scheint mir ein zivilisierter Mann zu sein.«

»Er war früher anders. Erst seitdem seine Frau … er hat sich verändert. Erst dachten wir, es wird vorübergehen, so wie es immer vorübergeht. Du trauerst, du weinst, du erholst dich, du wirst wieder der Alte. Aber bei ihm lief es nicht so. Den alten Fürsten gibt es nicht mehr.«

»Heißt das, Theophrast hat die Situation ausgenutzt?«

»Wundern würde es mich nicht. Der kleine Stinker ist ein heller Kopf. Das muss er auch sein, sonst wäre er nicht mehr am Leben.«

»Was ist sein Ziel? Will er Fürst werden?«

Der Jägermeister lächelte. »Nein«, sagte er, »dazu wissen zu viele Leute, was mit ihm alles schon passiert ist. Ein anständiger Mann hätte sich vor Scham die Kugel gegeben. Ihr macht Euch keine Vorstellungen …«

»Einiges weiß ich schon.«

»Aber nur das, was für die Öffentlichkeit bestimmt war. Die bösen Sachen wisst Ihr nicht und werdet Ihr nie erfahren.«

»Also ist es Rache, die ihn treibt.«

»Sollte man annehmen. Und zuerst habe ich das auch angenommen. Aber das ist nicht der Grund. Der Mann will sich nicht rächen. Theophrast verspürt nicht den Drang, es der Welt heimzuzahlen. Ich denke mir, für ihn ist es Teil seiner Schöpfung. – Natürlich könnt Ihr das nicht verstehen, ich drücke mich auch nicht mit Absicht unklar aus. Es ist einfach … ich bin nicht sicher. Aber ich denke, Theophrast fühlt sich als neuer Schöpfer. Gott der Herr hat unsere Welt erschaffen. Die Kaiser und Könige haben ihre Reiche erschaffen. Theophrast will ihnen nacheifern. Er will aber nicht einfach das tausendste Königreich auf die Beine stellen oder das zehntausendste Fürstentum. Er mag es nicht, Vorgänger zu haben. Er liebt es, Erster zu sein. Ein Narrenreich gab es noch nie, das ist es, was er der Welt hinterlassen will.«

»Nehmt Ihr das alles an oder habt ihr Beweise dafür?«

»Ihr meint, ob er sich selbst geäußert hat? Der Mann redet von morgens bis abends. Es würde mich nicht wundern, wenn er auch im Schlaf redet. Aber wenn es ums Narrenreich geht, fängt er an zu schwadronieren. Vielleicht bin ich zu dumm, um ihn zu verstehen.«

»Das könnte ein Teil des Plans sein.«

»Dass ich dumm bin?«

»Dass alle glauben, sie seien zu dumm, um die hochgestochenen Ansichten des Herrn von und zu Bommelheim zu begreifen. Er würde Euch damit praktisch einen Keim einpflanzen, an dem Ihr leidet. Er muss dann nichts mehr tun, Ihr erledigt die Arbeit für ihn. Denn Ihr zweifelt an Euch und zweifelt nicht an ihm. Was kann er sich Besseres wünschen?«

»Aber welche Arbeit erledigen wir für ihn?«

»Die Arbeit an seinem Genie. Ich denke, ein Teil seines Geheimnisses rührt aus seinem Körperbau her. Kleine Männer sind eine heikle Rasse.«

»Kleine Frauen aber auch.«

»Der Unterschied zwischen kleinen und großen Frauen ist geringer als der zwischen kleinen und großen Männern.«

»Weil sie keine richtigen Männer sind«, murmelte der

Jägermeister. »Weil sie stehen geblieben sind, bevor sie ein Mann werden konnten. Sie sind kein Kind mehr, aber auch noch kein Mann. Sie sind irgendetwas dazwischen, für das wir keinen Namen haben.«

»Aber er wäre nichts ohne die Macht, die Ihr ihm einräumt.«

»Ich? Ich doch nicht.«

»Ihr genauso wie alle anderen.«

»Ich besitze keine Macht. Niemand von uns besitzt Macht außer dem Fürsten.«

»Ist er schuld? Sollen wir uns an ihn wenden?«

Er blickte Trine an und murmelte: »Das hört sich nicht gut an. Wir suchen nach jemandem, der daran schuld ist, dass wir uns von einem Zwerg drangsalieren lassen.«

»Denunziant!«, rief Trine einem Grüngesichtigen zu.

Der Jägermeister zuckte zusammen. »Das könnt Ihr nicht machen«, flüsterte er verwirrt.

Der Grüne tauchte auf. »Was wollt Ihr?«, fragte er von oben herab.

»Was bekommt Ihr?«

Verdutzt starrte er Trine an.

»Was bekommt Ihr?«, wiederholte sie. »Ihr werdet Euch nicht gratis grün anmalen lassen. Das wäre dümmer, als ein Kind dumm ist. Was treibt Euch an? Ist es nur Geld? Oder steckt auch Hirn dahinter?«

»Moment, Moment, das kann ich mir nicht alles merken.«

»Schreibt es auf. Mein Name ist Trine Deichmann. Habt Ihr alles behalten oder soll ich es wiederholen? Gab es keine Besseren als Euch? Muss man heutzutage nehmen, was man kriegen kann?«

»Ihr!«, fauchte er, »das kriegt er alles zu hören.«

»Und denkt dran: Die Ohren sitzen außen am Kopf.

Nur damit Ihr wisst, in welche Öffnung des Körpers Ihr hineinsprechen müsst. Unten wird es nicht gehen.«

»Warum denn nicht?«, fragte der Grüne verdutzt.

»Weil dort schon alles besetzt ist von Euren grünen Freunden, die dem König in den Arsch gekrochen sind.«

»Das nehmt Ihr sofort zurück. Der König hat keinen Arsch.«

»Worauf sitzt er denn? Auf seinem Daumen? Oder auf Eurem Gesicht?«

Wie der Grüne sich durch die Menschen drängte, sah er aus wie ein Kind, das nach seiner Mama suchte. Der Jägermeister war beeindruckt. »Was war das eben? Zorn?«

»Zorn auch. Vor allem war es ein Versuch, herauszufinden, wie fest die Reihen des Königs sind. Können wir im Fall des Falles auf die Wächter und die Denunzianten rechnen oder sind sie dem König treu ergeben?«

Der Blick des Jägermeisters bewies Trine, dass sie in seinen Augen an Respekt gewann.

»Wer bezahlt das alles eigentlich?«, fragte sie. »Der Fürst? Und Ihr seid ganz sicher, dass keine Erpressung im Spiel ist?«

Die gleiche Frage stellte sie kurz darauf auch der Prinzessin, als die beiden Frauen nebeneinander auf dem Acker standen und Steine sammelten. Die Prinzessin lachte. »Er ist doch nur ein Narr. Niemand nimmt den Narren ernst.«

»Aber das hier … alles, was Ihr in diesem Moment um uns herum seht, das ist doch ernst zu nehmen. Wir arbeiten um unser Leben. Einer von uns soll sein Leben verlieren.«

»Ja, aber er tut ja nichts, was nicht jeder Narr tut. Er macht Spaß.«

»Liegt das für Euch so dicht zusammen: Spaß und Tod?«

»Aber deshalb ist es so aufregend. Weil es um etwas geht. Wenn der Sieger ein Schnupftuch gewinnt, ist es langweilig. Wenn der Verlierer ein Glas Essig austrinken muss, wird sich niemand anstrengen.«

»Also würdet Ihr auch auf so eine Spielregel kommen?«

»Ja, natürlich. Alle lieben den Narren für seine Einfälle.«

»Wie nennt Ihr ihn unter Euch? Narr? Oder mit seinem richtigen Namen?«

»Der Narr ist der Narr. Er sieht aus wie ein Narr, er heißt Narr.«

»Habt Ihr Respekt vor ihm?«

»Natürlich nicht. Ihr stellt seltsame Fragen. Kennt Ihr denn keinen Narren?«

»Ich komme aus Lübeck.«

»Ach ja, richtig, aus Lübeck. Wo alle so ernsthaft sind. Wo viele Männer aussehen wie Narren, aber sie wollen nicht so genannt werden.«

»Wie ein Narr sieht Euer Narr auch nicht aus. Wo ist die Kappe mit den Eselsohren? Wo ist die bunte Kleidung? Die Schellen? Hat er denn keine Marotte? Ihr wisst schon, sein Zepter, das er stets mit sich herumträgt?«

»Mein Herr Vater sagt, der letzte Narr hat all das gehabt. Aber er war ein dummer Mann. Er machte nur Späße und trank viel und lachte hässlich. Den haben sie ins Meer geworfen, aber er kam immer wieder heraus. So haben sie ihn immer wieder neu hineingeworfen, bis er nicht mehr herauskam. Man hat es nicht leicht mit den Narren.«

19

Theophrast von Bommelheim kleidete sich wie ein gebildeter Herr. Für Scherze war er nicht bekannt, stattdessen waren Widerworte das Zeichen, woran man ihn auch im Dunkeln erkannte. Der Fürst hatte ihn von einer Reise mitgebracht. In einer der Städte, wo eine Universität stand – Helmstedt war es wohl – hatte man sich soeben des Agrarökonomen Bommelheim entledigt, weil man dessen schlaumeierische Reden nicht länger ertrug. Der Fürst wollte sich mit ihm anfangs gar nicht abgeben, aber Bommelheim bekam schnell heraus, welches seiner Talente bei dem Durchreisenden Interesse wecken konnte. Auf ihren Gütern im Osten kämpften der Fürst und die Gutsherren gegen Schädlinge, die in der Phase, in der das Getreide austrieb, über die zarten Pflanzen herfielen und die Wurzeln abfraßen. Sie brauchten nur wenige Tage, um fruchtbare Felder in leblose Steppen zu verwandeln. Grün wurde zu Gelb, kräftige Halme verloren jeden Halt. Was übrig blieb, holten sich die Vögel. Schon im zweiten Jahr ging das so, der Fürst war abwechselnd erbost und niedergeschlagen. So hatte er – anfangs gegen seine Überzeugung – auf Bitten seiner Gutsherren eine Reise durch die Universitäten angetreten, um herauszufinden, ob es dort Gelehrte gab, die klüger waren als ein kluger Bauer. Viele fand er nicht; mit denen, die er traf, wurde er nicht warm; wer dann noch übrig blieb, zuckte spätestens zurück, wenn er auf einer Karte sah, wohin ihn der Fürst locken wollte. In die endlosen pommerschen Weiten zog es keinen Gelehrten, jedenfalls keinen, der so ehrgeizig war, um in der Welt der Forschung und Gelehrsamkeit

Wurzeln zu schlagen. Der Osten war eine Diaspora in jeder Hinsicht; und Königsberg, wo die Bildung in Blüte stand, lag zu weit entfernt.

An einem Abend, wo sich der Fürst mit seinen Begleitern in einem Gasthaus dem Trübsinn und dem Bier ergeben wollte, saß am Nebentisch ein kleiner Mann und führte das große Wort. Zu Beginn hörte der Fürst nur seine Stimme, mit der er die Männer an seinem Tisch erst in die Stille und dann einen nach dem anderen in die Flucht trieb.

Als der Fürst begann, auf die Stichworte zu achten, die für ihn von Belang waren – Felder, neue Früchte, starke Sorten –, hatte er einen Blick riskiert. Wer ihn sitzend sah, täuschte sich über den kurzen Wuchs des Bommelheim leicht hinweg. Andererseits war der Fürst nicht unterwegs, um schöne Männer einzusammeln. Er wollte Zuspruch, Kennerschaft, landwirtschaftlichen Verstand. Damit konnte Bommelheim dienen.

Kaum hatte er von einem Begleiter des Fürsten in Erfahrung gebracht, wer den Nebentisch bevölkerte, rückte Bommelheim behände einen Tisch weiter, er hüpfte geradezu von einer Bank auf die andere, um mit geschickten Fragen in Erfahrung zu bringen, womit er seine Notwendigkeit beweisen könne. Am Ende eines langen Abends besaß der Fürst das gute Gefühl, dass er keinen Besseren hätte treffen können als diesen Bommelheim.

Am ersten Abend hatte Bommelheim seinen Zwergenwuchs augenzwinkernd als Ergebnis generationenlanger Landarbeit in der Familie ausgegeben. »Wer klein ist, muss sich weniger bücken. Das spart Kraft und ist gut für den scharfen Blick.« Angeblich war er auf den Feldern, die der Helmstedter Universität gehörten, von morgens bis abends damit beschäftigt, die bunte Welt der Unkräuter und Schädlinge zu katalogisieren, klassifizieren, totzuschlagen. »Ich bin ein Nützling!«, krakeelte Bommelheim nach dem vierzehnten Becher Wein. »Ihr habt das Land und die Sorgen. Ich habe die Kenntnisse und die Antworten auf Eure Fragen. Ich werfe mich Euch zu Füßen.«

Zwei Tage später war man aufgebrochen, bis zuletzt hatte sich der Fürst gewundert, wie gefasst die Helmstedter mit dem Verlust ihres größten Gelehrten umgingen. Dass sie heilfroh waren, den Quälgeist auf elegante Weise loszuwerden, erfuhr er erst, als es zu spät war. Dass sie vor Freude auf den Tischen tanzten und keine 24 Stunden nach Bommelheims Abreise dessen Stehpult verfeuert und dessen Arbeitsraum neu geweißt hatten, kam dem Fürst erst Monate später zu Ohren. Da hatte sich Bommelheim längst häuslich im Stammschloss und in beiden Residenzen eingerichtet, hatte sich in einer Weise breitgemacht, die für einen kleinen Mann noch erstaunlicher war als sie für einen normal gewachsenen gewesen wäre. Theophrastus von Bommelheim besaß tatsächlich Kenntnisse in der Landwirtschaft, in Ackerbau, Viehzucht, in der Bestellung von Ländereien und im Umgang mit Bauern. Im ersten Jahr seiner Arbeit verschwanden die Schädlinge. Aber sie verschwanden auch auf den Ländereien aller anderen Gutsherren in der Region. Für manchen war das der Beweis für eine Plage, die gekommen war und nun gegangen war, um in einigen Jahren erneut über die Menschen herzufallen. Für Bommelheim war das der Beweis für seine Fähigkeiten. Angeblich habe sein Einsatz auf den Feldern des Fürsten sich unterirdisch in alle Himmelsrichtungen ausgebreitet.

»Ausgehend vom Herzen, fließt das Blut durch die Adern in alle Glieder der Schöpfung.« Solche Reden führte der kleine Gelehrte, wenn er abends in den Gasthäusern der Residenzstadt Hof hielt. Er war nicht faul, er hatte viele Bücher gelesen. Aber es fiel nicht leicht, eine dritte positive Eigenschaft zu finden. Denn Bommelheim war ein Maulheld und Angeber, er trumpfte auf und schlaumeierte für sein Leben gern. Er selbst nannte es »Disput«, alle anderen nannten es »Streit«. Wo Bommelheim auftauchte, war es mit der Ruhe vorbei. Am folgenreichsten war seine Angewohnheit, sich nicht mit einer einzigen Disziplin zufriedenzugeben. Bommelheim musste sich überall einmischen. Er ging in die Küchen der Bauern und hielt ihnen Vorträge, wie man einen Bauernhof führt. Er ging in die Keller der Gastwirte und wollte sie lehren, wie man Bier braut. Bald zog er sich im Schloss einen Stuhl neben den Schreibtisch des Hofmarschalls und wollte dem schockierten Amtsinhaber beibringen, wie man ein Staatswesen führt, wie man Steuern erhebt und Schulden finanziert. Überhaupt das Geld: Bommelheim tauchte stets dort auf, wo Geld im Spiel war: Er saß dabei, wenn Kunsthändler und Kunstmaler sich gegenseitig behumpsen wollten; er war dabei, wenn die Regenten winziger Fürstentümer Soldaten einkauften; er organisierte Jagden auf wilde Schweine und edle Hirsche und nahm Wildbret als Lohn; am liebsten legte er sich mit Bauern an, die nicht einsehen wollten, warum sie plötzlich dreißig von hundert an Abgaben zahlen sollten, wo sie doch seit zwei Generationen mit zwanzig von hundert davongekommen waren. Er riss die Bautätigkeit an den Schlössern an sich, trieb die Architekten zur Weißglut und brachte einen Polier dazu, einen Ziegelstein nach ihm zu schleudern. Nur ein Gnadenerweis des Fürsten rettete dem Polier das Leben. Der umtriebige kleine Mann wollte dem Fürsten einreden, eine Universität zu gründen; als der Fürst das – anfangs lachend, später wutschnaubend – verworfen hatte, sammelte Bommelheim einen Kreis junger Männer um sich, denen er Vorträge über Philosophie, Finanzwesen und Alchemie hielt und sie aufforderte, das Ganze als Studium zu betrachten.

Später erschienen die Männer erneut am Hof, nachdem man ihnen in anderen Städten und bei anderen Machthabern ihre angeblichen Examina kopfschüttelnd zurückgereicht und in einem Fall auch um die Ohren gehauen hatte. Bommelheim forderte den Fürsten auf, dem Schläger sofort den Krieg zu erklären und stellte – als der sich weigerte – heimlich ein Heer von 300 Männern zusammen, das er aus einem Nebenetat des Fürstentums finanzierte, der offiziell den Titel »Armenspeisung und Fürsorge für die Waisen« trug. Erst als sich die Waisen im Schlosshof zusammenrotteten, um über das Ausbleiben ihrer Apanage zu klagen, erkannte der Fürst die heimlichen Umtriebe des Bommelheim. Es gelang ihm, sein Heer, von dem er nichts gewusst hatte, in letzter Sekunde vor dem Ausrücken in die Schlacht zu stoppen. Bommelheim wiederum gelang es, das Heer gegen einen renitenten Bauern ins Feld zu schicken, damit der endlich seine Abgaben zahlte. Später machte Bommelheim das zur Übung.

Der Krieg gegen die eigenen Bauern kostete ihn den Rest an Renommee. Vor den Fürsten gerufen, um zu gestehen und vom Hof gejagt zu werden, bot der kleine Gelehrte in höchster Not an, künftig als Narr zu agieren, »damit mehr Freude an den Hof kommt und wir nicht alle so verbissen dreinschauen«. Der Fürst – noch nicht versöhnt – nahm das Angebot wörtlich. In einer nicht enden wollenden Nacht mutete er Bommelheim eine Demütigung nach der anderen zu. Zeitweise musste der Zwerg unbekleidet für allerlei frivole Possen herhalten, wobei seine Angst vor Hunden eine wesentliche Rolle spielte. Man gab ihm viel zu trinken, noch mehr, als der an große Mengen Gewöhnte vertrug. Man gab ihm viel zu essen, viel zu viel, um in einen einzigen Magen und Darm zu passen. Am Ende wurde es unappetitlich. Aber Bommelheim durfte sich als Narr bezeichnen.

Das war jetzt acht Jahre her. Vom ersten Tag an nahm er sein Amt ernst. Bommelheim las alles, was jemals über Narren geschrieben worden war. Er machte sich über alle bildlichen Darstellungen des Narren kundig, und es gelang ihm, den Fürsten dafür zu gewinnen, eine Kunstsammlung aufzubauen, die ebendiese Narren-Darstellungen sammelte. Binnen weniger Monate floss aus den großen Höfen ein Strom von Bischöfen, Kardinälen und obskuren Zeitgenossen, die im Besitz von Spielen, Karten und Gemälden waren, von denen sie sich für gutes Geld zu trennen bereit waren.

Auch der Vatikan gab einiges aus seinen Schatzkammern her und versorgte Bommelheim mit Folianten über die biblischen Wurzeln des Narren und über das Verhältnis des Narren zu seinem Schöpfer.

Bommelheim schluckte den Köder und betrachtete sich seitdem als Nachfahre des Adam, der den Sündenfall beging und dadurch die Scheidung in Weisheit und Unweisheit verursachte. Adam tat das Falsche, weil er sich gegen Gott entschied, er wurde vom Weisen in einer Phase, als es nichts anderes gab als das Weise, zum Vertreter des Unweisen und somit der erste Narr. Adam beging kein Versehen, er handelte aus voller Überzeugung; der erste Narr war also keine Panne, nichts, wofür man um Vergebung bitten konnte. Der erste Narr wurde zum Stammvater einer nicht enden wollenden Kette von Narren. Seit Urzeiten kamen Menschen mit körperlichen Defekten und geistigen Mängeln auf die Welt, natürliche Narren, die zu klein waren, zu groß, zu dumm, denen ein Bein fehlte oder eine Hand, deren Beine zusammengewachsen waren. Bei manchen reichten die geistigen Fähigkeiten nicht aus, um zu überleben; andere verfügten über geistige Fähigkeiten, die allen anderen Menschen weit überlegen waren. So fand Theophrast von Bommelheim seinen Platz in der Welt, nachdem er seinen Platz am Hof gefunden hatte. Er wuchs in die anfangs nicht gewollte Rolle hinein; nicht weil er das Beste aus seiner Misere machen wollte, sondern weil er die zuvor nicht erahnten Möglichkeiten seiner Existenz erkannte. Wo eine Figur viele Hundert Jahre in der Welt bestanden hatte, war es nur natürlich, dass ihre Vertreter nicht alle den gleichen Weg eingeschlagen hatten. Theophrast wollte kein Spaßmacher sein, aber man wollte von ihm Späße sehen. So gab er dem Hof, was der Hof erwartete – um davor und danach eine Narren-Existenz aufzubauen, wie sie ihm vorschwebte. Theophrast bestieg das Schiff, das ihn nach Narragonien bringen sollte. Er suchte keine Mitreisenden; ein Mann, der drei Jahrzehnte lang gedemütigt und verspottet worden war, wusste, dass er umso unangreifbarer sein würde, je isolierter er handelte. Theophrast litt nicht unter seiner Einsamkeit, sie war Voraussetzung, um sich frei zu bewegen. So tat er das eine, ohne das andere zu lassen. Er stand der Hofgesellschaft zur Verfügung, um ihr Anlässe für Schadenfreude zu geben; und er war zur Stelle, wenn in der Hofverwaltung eine Lücke entstand, sei es, weil jemand krank geworden war; sei es, weil er seine Vorschläge zur besseren Durchführung der Fürstenherrschaft sofort in die Tat umsetzen wollte. Über allem aber schwebte ein Traum: der Traum vom ersten Fürstentum, das ein Narr lenkte. Da er diesen Traum ohne Gewalt bis zum Tag seines Todes aber nicht erleben würde, rang er dem Fürsten das Narrenreich ab. Theophrast nannte es den »langen Karneval«. Es war für ihn der erste Schritt zum Paradies.

20

Die zweite Stunde ging zu Ende, und man sah nur noch die Hälfte der Gesellschaft auf Acker und Feld. Längst stand der Ochse im Freien, der eine oder andere hatte sich mit dem schweren Tier abgemüht, aber der Ochse war träge. Er musste sich gar nicht wehren, er musste nur entschlossen bleiben, sich nicht zu bewegen. Die Minuten, in denen zwei Männer vorne gezogen und zwei hinten geschoben hatten, waren vom lautesten Beifall der Zuschauer begleitet worden. Davor und danach hatte es wenig zu lachen gegeben. Manchmal glitt jemand aus, manchmal bekam jemand einen Wutanfall, und es wurde immer stiller. Die Verzweiflung zeigte sich im Schweigen. Nur der Pflug zog stetig seine Bahnen. Dort wechselte man sich ab und hielt das Pferd mit Leckereien bei Laune. Als es nicht mehr wollte, spannte man das zweite Pferd an. Vergessen waren die ersten Minuten, als sich einige Arme und Gesicht mit Erde eingerieben hatten. Mittlerweile wusste man, dass der Schmutz von allein kommen würde. Hosen und Kleider waren befleckt und zerrissen. Keine Frisur sah mehr aus wie mittags. Was hochgesteckt worden war, hing über den Schultern. Was gepudert und gekämmt worden war, war verfilzt wie ein Vogelnest. Aufgescheuchte Nattern hatten die Flucht ergriffen; dafür hatte die Zahl der Möwen und Krähen zugenommen. Die Schwarzen hielten sich im Hintergrund, aber die Möwen pickten den Arbeitern fast in die Hacken, wenn sie Würmer und Asseln aus der aufgebrochenen Erde holten.

Trine Deichmann konzentrierte sich auf den Rosengarten. Starke Hochstämme, Jahrzehnte alt, gaben einen

Vorgeschmack auf prächtige Blüten im Sommer. Dicke Knospen, erste Blätter, zarte Triebe.

Neben Trine war eine Frau dabei, Unheil anzurichten. Mit scharfem Messer schnitt sie sinnlos, was ihr unter die Finger kam.

Trine griff ihr in die Hand und sagte: »Daraus wachsen die neuen Blüten.«

Aufgeregt berief sich die Frau auf ihre umfassenden Kenntnisse des Gartenlebens. Angeblich bewirtschaftete sie im Osten ein Gut, dessen Garten gerühmt wurde. Trine glaubte ihr nicht, sie befürchtete, dass nach Ablauf der dritten Stunde nicht nur der Grad an Verschmutzung geprüft werden könnte, sondern auch der Nutzen der geleisteten Arbeit. Was die Frau tat, brachte mehr Schaden als Nutzen. Sie hieß Schaurodt, Luise Schaurodt. Ihr Mann verdiente Geld mit dem Holz aus seinen Wäldern. Er war der Schaurodt, der im letzten Winter vier Wölfe getötet hatte, zwei von ihnen mit dem Messer. Luise berichtete so begeistert davon, als sei sie dabei gewesen.

»Uns wird niemand etwas tun«, sagte sie zu Trine. »Sie wissen, wer ein Opfer ist und wer nicht.«

Trine dachte: Du bist das ideale Opfer. Aber sie stritt sich nicht, sie teilte ihre Kraft sinnvoll ein. Hände und Arme arbeiteten ordentlich, allein der Rücken machte ihr zu schaffen. Sie bekam die Plage der Schwangeren, richtete sich auf, drückte die Hände in die Nieren. Ein Wächter blieb stehen und sagte: »Ihr werdet nicht fürs Faulenzen bezahlt.«

»Aber Ihr«, fauchte sie. Diese Wächter waren immer schnell sprachlos. Trine wusste, dass es sich noch als Fehler erweisen konnte, einen nach dem anderen zu verprellen. Aber was sonst hätte sie tun sollen? Kokett mit den

Augenlidern klappern, wie es die Rothaarige tat? Sie hatte schon mittags damit angefangen. Mit wie vielen Wächtern konnte sie das Spiel spielen? Schon der zweite würde auf den ersten eifersüchtig sein. Und wenn das Absicht war? Wenn sie die Wächter gegeneinander aufhetzen wollte? Wollte sie mit dem einen hinters Gebüsch und darauf warten, dass sich zwei Hähne gegenseitig füsilieren würden?

Trine dachte: Sie sind bewaffnet, wir sind klug. Wir sollten beizeiten miteinander reden. Doch die Rothaarige war nicht ansprechbar, pausenlos war sie damit beschäftigt, das Interesse eines Wächters auf sich zu lenken. Nicht bei allen kam sie damit gleich gut an. Einen gab es, der war ein treuer Diener seines Herrn. Wer ihn freundlich anschaute, hatte sich fast schon eines Bestechungsversuchs schuldig gemacht. »Ich werde mit Euch nicht sprechen«, mit diesen Worten kanzelte er alle ab, die etwas von ihm wollten. Aber es gab auch andere, die guckten zurück, wenn man sie anguckte. Die waren neugierig, die ließen sich gern überraschen, an denen war alles Fassade, und hinter der Fassade wartete ein neugieriger Mann. So einen bezirzte die Rothaarige gerade. Woher mochte sie kommen? War sie eine Schauspielerin? Dann würde sie aus Lübeck kommen. Sie sah nicht aus wie eine aus der reisenden Zunft, die von Ort zu Ort im Wagen fuhren, um auf den Marktplätzen aufzutreten. Trine suchte ihre Nähe und fand sie leicht. Der Wächter nahm der mit den flammenden Haaren gerade die Schaufel ab und zeigte ihr, wie man sie richtig hielt. »Was Ihr alles könnt«, säuselte sie. Stolz drückte der Wächter das Kreuz durch. Trine dachte: Dich merk ich mir, du bist zu blöd. Sie lächelte die Rothaarige an. Deren rechtes Auge schielte etwas, aber so, dass es reizvoll aussah. Ihre Haut war Milch und Honig, der Busen war ein Genuss, ihr Kleid zeigte ihn bereitwillig her. Sie trug den Schmutz mit Würde, Strähnen umspielten den Rest der hochgesteckten Frisur, alles war in Auflösung begriffen und erhöhte den Reiz dieser Frau.

»Sie glauben, ich jammere. Aber sie können lange warten.« Die Stimme der Rothaarigen besaß einen weichen Klang. Sie stammte nicht von hier, solche Frauen verschlug es oft an die Höfe, wo sie die Männer erhitzten, die Frauen erzürnten und gesunde Kinder bekamen.

»Man darf sich nicht das Schlimmste vorstellen«, sagte Trine.

»Ich komme immer durch«, behauptete die Schöne. »Wenn sie das spüren, lassen sie dich in Ruhe.«

Der Wächter stand neben ihr, sein Blick tat so, als sei er ein Kavalier. Dabei war er ein dummer August.

»Nicht wahr, wir sehen uns«, sagte die Schöne zum Wächter. Sie nannte Tag und Gasthaus, er nickte scheu und sah sich witternd um. Sie war noch abgefeimter, als Trine gedacht hatte. Sie machte den Wächtern den Mund auf die Zukunft wässrig.

»Die letzten Minuten!«, rief der sittenstrenge Wächter.

Wer noch genug Kraft besaß, holte alles aus sich heraus. Trine blieb gelassen, erst recht nach einem Blick in den Himmel. Vom Meer zog graues Gewölk heran. An der Küste änderte sich das Wetter schnell, Trine kannte das aus Lübeck. Im Verlauf eines Tages zogen manchmal drei Jahreszeiten über die Köpfe hinweg. Die ersten Tropfen fielen dick und kalt. Sie schmeckten nach spätem Winter. Niemand quiekte, als der Regen fiel, alle waren erschöpft. Es war nicht nur die körperliche Anstrengung. In manchen Gesichtern erkannte Trine ein Gefühl von Ausweglosigkeit, das mittags noch nicht zu sehen gewesen war. Vielleicht hatten sie sich mittags noch auf einen bizarren Karneval gefreut. Der zerteilte Leichnam war ein Warnschuss gewesen; die Bereitwilligkeit, mit der einige von einem hohen Gerüst gesprungen waren, musste den Zuversichtlichsten vor Augen geführt haben, wie lenkbar viele Menschen waren. Und jetzt würde es einen Verlierer geben. Man würde ihn in Seehundfelle einnähen und ins Meer bringen. War das gleichbedeutend mit dem Tod?

In einem Zeitraum von zwei Atemzügen verwandelte sich das Nieseln in einen veritablen Platzregen. Es war, als würde die Wolke ausgeschüttet wie ein Eimer. Wer versuchte, zum Haus zu laufen, kam dort nass bis auf die Haut an. Trine sah einige, die ihr Gesicht dem Regen entgegenstreckten. Die Klügsten zog es sowieso nicht unters Dach, sondern aufs aufgebrochene Feld. In weniger als zwei Minuten verwandelte sich das staubige Erdreich in Matsch. Bis zum Knöchel sanken sie ein, wer flache Schuhe anhatte, trug bald keine mehr. Mit schwappendem Geräusch packte der Matsch zu und gab die Schuhe nicht mehr her. Trine war dabei, als sich die erste Frau fallen ließ. Der Länge nach kippte sie um, steif wie ein Baumstamm. Blasen schlagend, verschwand sie im Matsch, blubbernd rief sie: »Ich bin die Dreckigste von allen!«

Ihr Beispiel machte Schule. Bis auf einige, bei denen der Widerwille zu stark war, kippte einer nach dem anderen in die riesige Pfütze. Nicht jeder stand wieder auf; nicht jeder, der es versuchte, schaffte es. Glatt wie Seife präsentierte sich der aufgeweichte Acker. Der ausgetrocknete Boden konnte die Wassermassen nicht fassen, aus dem Acker wurde eine Seenplatte.

Als hinter der Regenwolke der Sonnenball sichtbar wurde, spiegelten sich seine Strahlen im Wasser. Jetzt hatte es auch der Begriffsstutzigste mitgekriegt: Ein Sprung in den Matsch, und man befand sich auf der sicheren Seite.

Trine Deichmann musste starken Widerwillen überwinden. Dabei war sie nicht der Typ, der Schmutz scheute. Sie war von Geburten in neuen Kleidern nach Hause zurückgekehrt, weil das Blutbad ihr altes Kleid zerstört hatte. Nie hatte sie geklagt, es musste so sein, es ging um Leben und Tod. Blut war kein Schmutz und keine Krankheit, man steckte sich nicht an. Man verlor nur ein Kleid, denn die Flecken würden nicht mehr heraus zu waschen sein. Wenn Trine Deichmann zur Arbeit erschien, zog sie keine Lumpen an. Sie ging nicht davon aus, dass es zum Äußersten kommen würde. Eine Geburt war wie ein Fest. Man ging nicht dahin, als würde man Holzkohle in den Schuppen schaufeln oder Heringsfässer aufs Schiff rollen. Dennoch gehörte sie zu den Letzten, die noch nicht im Matsch lagen. Was war es, was ihr widerstrebte? Sie war nicht feige, sie war Trine Deichmann aus Lübeck, sie hatte Jahre gebraucht, um ihren Ruf zu erreichen. Aber würde sie ihn verlieren, wenn Kleid und Haut schwarzbraun vom Schmutz werden würden? Während der Regen nachließ und die Wächter verdutzt zusahen, wie die Gesellschaft nur noch ein einziges Kostüm trug, stand Trine mitten auf dem Feld und zögerte. Es war Theophrast! Der kleine König ließ sie zögern. Wenn sie sich jetzt fallen ließ, würde er über sie triumphieren. Der Sturz in den Matsch, und Theophrast hatte einen weiteren Sklaven, der tat, was er von ihm erwartete. Trine spürte, wie der Ärger in ihr aufstieg. Aber dann sah sie Joseph, dann sah sie ihre Kinder, dann war die Sache klar. Für ihre Kinder musste sie am Leben bleiben und für Joseph auch. Er hatte ihr oft genug erzählt, was aus ihm werden würde, wenn Trine nicht mehr wäre. »Ich brauche ein Jahr, um zu verkommen. Wenn ich mir Mühe gebe, geht es auch schneller.«

Sie winkte demjenigen Wächter zu, den sie am wenigsten leiden konnte. Er bemerkte sie und rief: »Ihr könnt nicht ernsthaft glauben, dass ich meine Rüstung wegen Euch beschmutzen werde.«

»Dann werde ich Euch auch nicht weiter fragen, ob Ihr uns nur graben ließt, um den Schatz zu finden.«

Schatz! Sie hatte sein Interesse geweckt. »Was für ein Schatz?«, rief er. Es sollte gelangweilt klingen. Er war ein schlechter Schwindler.

»Die Münzen!«, rief Trine, bückte sich und hielt ihm die geöffnete matschige Handfläche entgegen. »Man sieht sie schlecht, aber sie glänzen golden«, rief sie. »Ich werde sie wieder vergraben. Die Erde soll ihr Grab sein.«

Da war er schon auf dem Weg, stiefelte auf sie zu, die Lanze lag am Rand des Feldes. »Nichts einstecken!«, rief er. »Nicht bewegen. Ich will Eure Hände sehen.« Er stand vor ihr und blickte nach unten. Sie sah ihn an, er stutzte. Sie umarmte ihn, er erstarrte und wehrte sich nicht. Sie kippte um und zog ihn mit. Auf den Zuschauerbänken brach Beifall los. Die Menschen sprangen auf und trampelten vor Begeisterung. Der Wächter wollte sich erheben, aber Trine rollte mit ihm zweimal in die Runde. Dann erst ließ sie ihn los und rappelte sich auf. Der Wächter blickte nach oben und sah nichts als lauter Mohren. Lachende Mohren. Der Weg vom Feld wurde für den Wächter zur größten Demütigung seines Lebens. Die Schmutzfinken standen Spalier, am Rand des Feldes ging der Spott weiter. Die Kollegen des Wächters warteten auf ihn. Sie sagten kein Wort, aber ihre Gesichter würde er nie vergessen. Dass man so breite Mäuler haben konnte! Aber so ging es, wenn grinsende Mundwinkel in Richtung Ohren strebten.

Neben der Schmiede war ein Stall zum Kostüm-Fundus umgewidmet worden. Bevor sie hineindurften, mussten sie an der Jury vorbei. Theophrast der Zweite gab sich huldvoll und unbestechlich. Dabei ging es nur darum, sauber und schmutzig zu unterscheiden. Die Rothaarige sprang auf ihn zu und stieß einen Schrei aus. Theophrast fiel vor Schreck fast um. Sie lachte, selbst als Schmutzfink war sie schön.

Es traf die beiden, die sich ins Herrenhaus gerettet hatten, als der Regen begann. Verdreckt waren auch sie, aber sie waren die Saubersten. Theophrast gönnte sich einen langen Blick. Sie war jung, gedrungen, adrett trotz ihrer Flecken. Er war ein Schlaks, ein Mann der Bücher, nicht der körperlichen Arbeit. Beide hielten dem Blick des Königs stand. Sie lächelte und drehte sich kokett, er sagte: »Ich kann Euch in vielerlei nützlich sein. Ihr werdet eine weise Entscheidung treffen.«

»Schmeißt den ins Meer!«, rief Theophrast, »ich ertrage sein Geschwätz nicht.«

»Aber ich bin ein Beamter!«, rief der Mann. »Niemand kauft günstiger ein als ich.«

»Was gebt Ihr mir für Euer Leben?«

Der Beamte verstummte. Er wand sich und murmelte: »Ich bin nicht reich.«

»Ihr seid auch nicht schön. Vor allem seid Ihr nicht schmutzig. Ab mit ihm. Verwandelt ihn in einen Seehund.« Die Propere fiel Theophrast um den Hals, die Wächter rissen sie zurück.

»Ich hab Euch lieb«, rief sie. »Euch blickt die Güte aus den Augen. Ihr habt die richtige Wahl getroffen.«

Theophrast funkelte sie an. Einen Moment sah es aus, als würde er alle beide ins Meer schicken. Aber die Dralle kam davon. Die Wächter schleppten den Verlierer fort. Seine Schreie waren noch lange zu hören.

Trine Deichmann sagte: »Hat es Sinn, Euch um Gnade zu bitten? Oder seid Ihr gnadenlos?«

»Vertut Eure Zeit nicht«, erwiderte Theophrast. »Freut Euch lieber, dass Ihr davongekommen seid.«

»Oh, Ihr würdet mir nichts zuleide tun.«

Solche Äußerungen waren es, die ihn reizten. Er sah dann aus wie eine Bulldogge.

»Ich bin eine Lübeckerin«, sagte Trine. »Wir haben schon wegen geringerer Anlässe Krieg geführt.«

»Meint Ihr wirklich, Ihr seid in Sicherheit, nur weil Ihr zu den Patriziern gehört? In dieser eingebildeten Stadt, die ihre beste Zeit seit 200 Jahren hinter sich hat?«

»Um ein paar Dörfer einzuäschern, dazu wird die Kraft noch reichen.« Das waren unerhörte Töne. Wohlmeinende Gäste wollten Trine aus dem Brennpunkt ziehen. Sie ließ sich nicht fangen und sagte zu Theophrast: »Warum muss der König des Narrenreichs klein sein?« Erstaunte Rufe.

»Ich höre«, knurrte Theophrast und verschränkte die kurzen Arme vor der Brust.

»Wärt Ihr größer, würden wir kein Narrenreich kennen. Ihr bemesst die Freiheit nach Zentimetern. Muss man viele Bücher lesen, um auf diesen Gedanken zu kommen? Ich habe weniger Bücher gelesen als Ihr, und ich bin auf klügere Gedanken gekommen.«

»Ich höre, aber nicht mehr lange.«

»Ihr habt die falsche Stimme, um zu drohen. Es müsste alles ganz anders sein. Ihr braucht einen Schauspieler, der Eure Rolle spielt. Ihr seid vielleicht der Kopf, aber nie und nimmer der Bauch. Warum habt Ihr keine Frau an Eurer Seite? Fürchtet Ihr, dass sie schreiend davonlaufen würde? Oder mögt Ihr keine kleinen Frauen?«

21

DER KERKER hatte sich nicht verändert, nur kühler kam er ihr vor. Man hatte ihr erlaubt, sich zu reinigen, sie hatte ein neues Kleid auswählen dürfen, und weil sie wusste, was ihr bevorstand, hatte sie eine warme Jacke gewählt. Sie verspürte Hunger und Durst, aber das waren nicht ihre größten Sorgen. Sie war über das Ziel hinausgeschossen und überlegte nun, was Theophrast sich für eine Schikane ausdenken würde. Er musste ein Zeichen setzen, um nicht bei der Gesellschaft an Achtung zu verlieren. Wenn Trine ihn kritisieren durfte, würden es bald ein Zweiter und ein Dritter tun. Dann wäre es nur eine Frage der Zeit, bis die Gesellschaft aus dem Ruder laufen würde. Trine dachte: Ein Aufstand passt zum Narrenreich. Aber passte er auch zum kleinen König?

An der Tür war jemand. Einen Moment hoffte sie auf den Jägermeister. Er hatte ihr schon einmal geholfen. Als sie dem Wächter gegenüberstand, erstarrte sie. Er hatte sich gereinigt und trug keine Rüstung mehr. Sein Gesicht war verschlossen. Sie sagte: »Willkommen im Kerker der Freiheit.«

Er blickte sich um, zwei Kerzen waren nicht viel, um die Dunkelheit zu vertreiben. »Das ist ja ekelhaft hier«, knurrte er.

»Keine Ratten, nur Mäuse. Tröstet Euch das?«

Neidisch starrte er Trine an, die auf dem Stroh saß. Sie war froh, dass sie nicht daran gedacht hatte, aufzustehen. Jetzt musste er stehen, denn er wollte ihr nicht nahe sein.

»Habe ich Euch hierher gebracht?«, fragte sie.

»Nein. Das ist die Belohnung für meine ausgezeichnete Dienstausübung.«

»Vielleicht würdet Ihr gerne hören, dass es mir leidtut. Aber damit kann ich nicht dienen.«

»Ihr seid wahnsinnig. Ihr seid eine Hexe.«

»Ach Gott, eine Hexe. Ist es einen Tag oder schon zwei Tage her, dass man mir das zuletzt vorwarf?«

»Wenn es doch stimmt.«

»Fangt an zu denken! Nur zwei Minuten! Dann würdet Ihr nicht so dumm daherreden. Warum ist der Leibarzt kein Hexenmeister? Er kennt sich mit dem menschlichen Körper so gut aus wie ich.«

»Er ist nur ein Schnösel. Er redet dem Fürsten nach dem Mund. Er sieht, was jeder sieht. Ihr seht, was keiner sieht.«

»Ihr meint, ich behandle keine äußerlichen Wunden.«

»Ich meine, Ihr habt mit dem Leben zu tun. Der Leibarzt hat mit Beulen zu tun. Ein gebrochener Knochen! Was ist ein gebrochener Knochen gegen die heimlichen Krankheiten der Frauen!«

Trine dachte: Er hat Achtung vor dir, wahrscheinlich sogar Angst. Das ist gut. Sie sagte: »Es ist nicht gut, wie das Kurieren bei uns geordnet ist. Dass es den Medicus für die Männer gibt und die weise Frau für die Frauen.«

»Ich kenne eine Frau, die kuriert heimlich. Sie ist die Frau eines Apothekers. Wenn er nicht weiter weiß, schickt er die Leute nach hinten in die Wohnung, wo sie wartet.«

»Sie wird sie schon nicht fressen.«

»Sie will sie anfassen! Sie will ihren Bauch sehen und ihren Rücken! Sie muss mit dem Teufel im Bunde sein.«

»Tut Euch etwas weh?«

»Das habe ich nicht gesagt! Das könnt Ihr nicht wissen! Es ist gar nichts.«

»Ich könnte es mir ansehen.«

»Ich bin nicht guter Hoffnung. Ich bin ein Mann.«

»Es wird niemand erfahren.«

»Ihr habt mich vorhin hereingelegt.« Etwas war in seinem Gesicht, das nicht zu seinen Worten passen wollte. Konnte es sein, dass sie in seinen Augen durch ihre Tat an Respekt gewonnen hatte?

»Wir wollen alle überleben«, sagte Trine.

»Ihr benehmt Euch nicht so.«

»Ich bin eine Hebamme.«

Das leuchtete ihm ein. Sie war anders, also musste sie sich anders benehmen.

Sie sagte: »Er wollte, dass ich hier bin.«

Nachdenklich nickte er. »Ja, das gefällt ihm. Er beneidet Euch. Er liest in seinen Büchern, wie Ihr tut, was Ihr für richtig haltet.«

»Glaubt er auch, dass wir fliegen?«

»Er würde selbst gern fliegen.«

Trine war überrascht. »Hat er Euch das gesagt?«

»Er redet nicht mit uns. Aber er redet laut. Man schnappt einiges auf.«

»Mit wem redet er denn?«

»Mit seinem Kollegium. Den klugen Leuten.«

»Ist das ein Kreis von Studierten?«

Der Wächter nickte. Trine nannte ihm ihren Namen. Er war Gerlach, Moses Gerlach, Sohn des Joel, der in Wismar ein Geschäft betrieb, in dem er alles verkaufte, was Seeleute brauchten, bevor sie auf große Fahrt gingen.

»Warum habt Ihr es nicht mit dem Meer?«, fragte Trine.

»Das war früher. Als es die Hanse gab.«

»Es gibt sie immer noch.«

»Aber es ist nicht mehr das Gleiche. Die Seefahrt bringt nicht mehr so viel ein. Ich bin der dritte Sohn.«

Fünf Worte und eine komplette Familiengeschichte. Sie brachte ihn aufs Kollegium zurück. Der Fürst hatte es von seinem Vater übernommen, den Kreis der gelehrten Männer aus Militär und Alchemie, aus Verwaltung und Bildung. Damals war es ein Klub gewesen, der viel rauchte und viel Wein trank. »Wie ein Weiberverein, nur mit Männern«, sagte Moses. »Bommelheim hat das geändert. Er hat die Alten vergrault und Neue hinzugeholt. Er hat den Fürsten überredet, Verstand an seinen Hof zu holen. Der Fürst hat gesagt: Wozu ein General, wenn der General nichts zu befehligen hat? Bommelheim hat gesagt: Der General sagt etwas, das dem Gelehrten hilft. Der Gelehrte sagt etwas, das dem Medicus hilft. Eins fließt ins andere, und am Ende entsteht etwas Neues.«

»So hat es Theophrast gesagt?«

»So. – Oder so ähnlich. Wieso?«

»Es klingt vernünftig. Haben sie im Kollegium über das Narrenreich gesprochen?«

»Weiß nicht. Ich glaube, Bommelheim benutzt alles für sich. Er tut so, als sei er Teil von etwas Größerem – dem Hof, dem Kollegium –, aber in Wirklichkeit trägt er alles zusammen, was er für seine Zwecke braucht.«

»Ihr meint, er nutzt die Leute aus.«

»Er ist ein Zwerg. Er muss sehen, dass er zurechtkommt.«

Trine lächelte. Wusste der kleine König, wie oft über ihn gesprochen wurde? Wahrscheinlich ja, er war so eingebildet, dass er sich für das interessanteste Wesen unter der Sonne hielt. »Was hat der Fürst von all dem?«, fragte sie.

»Er ist froh, dass der Kleine so viel Wind macht. Er

kann dann vergessen, wie einsam er ist, seitdem die Fürstin gestorben ist.«

»Dann erlaubt er das Narrenreich, weil er dem Zwerg dankbar ist?«

»Was sollte es sonst sein? Er ist ja nicht sein Sohn.«

»Setzt Euch endlich. Ich sehe doch, wie Ihr die ganze Zeit auf das Stroh schielt.«

Es war dann doch enger, als beide gedacht hatten. Aber man konnte es aushalten. Moses sagte: »Ich habe gehört, wie einer zu einem anderen gesagt hat: Das Narrenreich ist der Preis, den wir zahlen müssen.«

»Was hat er damit gemeint?«

»Weiß nicht. Ich dachte, dass Ihr es vielleicht wisst.«

»Kennt Bommelheim Geheimnisse, die ihm Macht verschaffen?«

Moses lachte. »Nein«, sagte er dann kopfschüttelnd, »so aufregend ist es bei uns nicht. Geheimnisse? Also nein, was sollten das für Geheimnisse sein?«

»Das Übliche. Habt ihr Alchemisten am Hof? Wollen sie unreine Stoffe in reines Gold verwandeln? Hat der Fürst eine Mätresse? Oder mehrere? Gibt es illegitime Kinder? Schätze aus der Hansezeit? Wird am Hof etwas versteckt? Wertvolle Gemälde oder Folianten, in denen Formeln stehen, die keiner kennt und nach denen alle suchen? Was starrt Ihr mich so an?«

»So viele Geheimnisse kann es geben?«

»So viele und noch mehr. Es gibt Interessen auf der Erde. Um sie zu verwirklichen, braucht man Geld, Macht. Und Wissen. Wissen ist eine große Macht.«

»Ihr wisst, wovon Ihr redet.«

»Ich denke nicht an Hexen.«

»Manchmal frage ich mich, warum wir keine Hexe am Hof haben«, murmelte Moses. »Ich meine, wenn nur die

Hälfte von dem stimmt, was man sich über Hexen erzählt, wäre sie doch ideal, um im Kollegium zu sitzen. Sie muss ja nicht die Fürstin sein. Aber was sie weiß, kann für das Fürstentum nützlich sein. Warum behalten Hexen ihr Wissen für sich?«

»Vielleicht, weil sie nicht so viel wissen, wie alle glauben.«

»Es muss etwas daran sein. Man kann einmal irren oder ein Jahr. Oder zehn Jahre. Aber nicht hundert und nicht tausend.«

Wenn Moses nachdachte, vermeinte man, ihm dabei zuhören zu können. Alles an ihm drückte gespannte Aufmerksamkeit aus. Als würden Körper und Gesicht von den neuen Gedanken überrascht sein. »Und wenn er Euch deshalb geholt hat?«, fragte er plötzlich. »Wenn Ihr die Hexe seid, die er braucht, um noch mehr zu wissen?«

»Ich sagte Euch doch schon, dass ich nicht ...«

»Ich habe gehört, wie er gesagt hat: Es ist schön, etwas zu wissen. Es ist Folter, etwas nicht zu wissen. Er ist einer, der sich nicht zufriedengibt. Denkt an meine Worte, wenn es so weit ist: Ihr solltet an den Hof kommen. Das ist die Antwort.«

»Die Antwort? Auf welche Frage?« Trine war ärgerlich. Dieser naive Mann! Dass jemand von seinen eigenen Gedanken so mitgerissen werden konnte. Sie mochte Moses schon so sehr, dass sie nicht mehr daran dachte, wie groß der Schreck gewesen war, als er im Kerker gestanden hatte. Er und sie, ganz allein. »Sagt mir, Moses, ihr seid nicht zufällig ein Spion?«

»Ich? Ein Spion? Ein Spion muss klug sein. Ich kann nur gehorchen.«

»Oder so tun, als seid Ihr jemand, der nur gehorchen kann.«

»Ihr meint, ich verstelle mich?«

»Ich denke darüber nach.«

»Aber ich bin doch nur hier, weil Ihr mich in den Schmutz gezogen habt. Ich bin ein Gefangener, wie Ihr.«

»Ja, ja, so sieht es aus.« Sie mochte den Moses, der lächelte, lieber als den, über dessen Stirn Wolken zogen. »Ihr müsst es nicht wissen«, murmelte sie. »Ihr könnt ein Spion sein, der nicht weiß, dass er ein Spion ist.«

»Das geht doch nicht«, entgegnete er lachend.

»Das geht sehr gut. Auf diesen Gedanken würde nur jemand kommen, der klug ist. Der alles von langer Hand plant. Der ein Jahr Zeit hatte, um zu wissen, wen er beim Narrenreich dabeihaben will und wen er mit wem zusammensperrt. Er weiß, was ich ihm nie sagen würde. Er weiß, was er von mir erfahren will. Er weiß, dass er einen Dritten braucht. Der darf nicht dumm sein, der muss aber auch nicht studiert haben. Der muss vor allem arglos sein. Niemand ist überzeugender als ein Mensch, der treue Augen hat. Ihr habt treue Augen, Ihr seid ein guter Mensch. Ihr seid wie jemand, zu dem ich Vertrauen fassen könnte.«

»Heißt das, wir müssen uns misstrauen?«

»Ich will mit ihm reden«, murmelte Trine.

»Er hat keine Zeit. Beim Narrenreich muss er von morgens bis abends wach sein, weil so viele Menschen etwas von ihm wollen. Er schläft erst wieder, wenn das Narrenreich vorüber ist.«

»Was bisher jedes Mal geschehen ist.«

»Ich verstehe nicht.«

»Das Narrenreich beginnt und hört auf.«

»Ja, natürlich.«

»Weil es jedes Mal so ist.«

»Ja, natürlich.«

»Gibt es einen weiteren Grund, warum es diesmal genauso ablaufen wird?«

Moses fing an zu begreifen.

»Was ist, wenn das Narrenreich dauert und dauert und dauert? Wenn es eine Woche dauert? Ein Jahr? Wenn es nie wieder aufhört?«

»Das wäre ... das wäre ein Ding.«

»Glaubt Ihr, Theophrast träumt nicht davon? Glaubt Ihr, er ist zufrieden, ein Jahr lang etwas zu planen, was dann nach zwei Tagen vorüber ist? Wir sind uns doch einig, dass das Narrenreich sein Kind ist. Ein Vater liebt sein Kind. Er will, dass es lebt, wächst und gedeiht. Er will erleben, wie es sich entwickelt. Er will ihm alles, was er weiß, mit auf den Weg ins Leben geben.«

»Ihr seid doch eine Hexe«, murmelte Moses. »Solche Gedanken denkt kein Mensch.«

»Ist Theophrast ein Hexenmeister?«

»Vielleicht ist dies das Schlimmste. Wenn sich Hexen und Zwerge zusammentun.«

»Ihr meint, wenn sie zusammen arbeiten.«

»Das. Und auch das andere: Wenn sie Kinder bekommen, wenn sie ihren Geist und Körper vermischen und sehen, was daraus entsteht. Wenn es das ist, wovon Theophrast träumt, dann werdet Ihr bald Fürstin sein. Hexenfürstin Trine von Lübeck.«

22

Einmal wurde es oben laut. Es klang nicht wie Schreckensschreie, auch nicht wie Jubel und Beifall. Es hörte sich an, als seien viele Menschen überrascht. Etwas war passiert, mit dem niemand gerechnet hatte. Zu diesem Zeitpunkt schlief Moses Gerlach auf dem Stroh. Zusammengerollt wie ein Kind, sah er friedlich aus. Trine Deichmann war wach. Sie kannte diese Befindlichkeit. So fühlte sie sich, wenn etwas bevorstand. Wenn sie mehr ahnte, als sie wusste. Sie empfand keine Angst um ihr Leben. Aber sie wusste, dass etwas bevorstand. Mehr als ein neues Spiel, bei dem es einen Verlierer geben würde. Der kleine Theophrast war ein großer Denker. Er war wie ein Lebewesen, das im Wald vorkam. Ein Lebewesen brauchte die besten Umstände, um zu gedeihen: den richtigen Ort; das richtige Wetter; nicht zu viel Licht und nicht zu viel Schatten; Regen, aber nicht zu viel; fruchtbaren Boden, kein Moor. Wenn etwas fehlte oder etwas im Überfluss vorhanden war, konnte das Lebewesen nicht gedeihen. Es würde nicht zwangsläufig eingehen, aber es würde nie zu dem werden, was es in sich trug. Erst wenn alles in glücklicher Weise zusammentraf, konnte das Lebewesen zur Entfaltung kommen. Dann zeigte es betörende Blüten, trug reiche Früchte, dann war es eine Augenweide für jeden, der es ansah.

Wenn der Hof des Fürsten der Boden war, auf dem ein Lebewesen wie Theophrast von Bommelheim gedieh, gab es zwei Möglichkeiten: Entweder konnte man sich darauf freuen, ihn auf dem Gipfel seiner Möglichkeiten zu sehen. Oder man musste Angst haben vor dem, zu dem er fähig war. Trine dachte: Ist er eine arme Seele oder ein Teufel? Was muss passieren, bevor wir das erkennen? Sie hielt ihn nicht für einen Teufel, weil Menschen ums Leben kamen. So viel war ein Leben nicht wert. Um sie herum wurde pausenlos gestorben. So viele Kinder hatte sie tot aus dem Leib der Mutter geholt. So viele Frauen hatten die Geburt nicht überlebt. So viele Kinder starben in den Monaten nach der Geburt. Dann herrschte Wehklagen, Tränen flossen, Hände wurden gerungen, und die Menschen suchten nach dem Sinn. Aber sie beruhigten sich auch wieder. Es gab neue Geburten, und alle Menschen hatten mehr als ein Kind. Das Leben war schön, der Tod war hässlich. Aber wenn ein Kind starb, ging für alle anderen Menschen das Leben weiter. Sie vergaßen das tote Kind nicht, aber ein Tag kam nach dem anderen, und die Erinnerung wurde mit jedem neuen Tag schwächer. Es gab neue Erfahrungen, und eines Tages gab es ein neues Kind, und wenn man zu alt für neue Kinder war, so waren die eigenen Kinder bald nicht mehr zu jung, um selbst eine Familie zu gründen.

Das Leben besaß eine Art, die alles mit sich riss. Es gab nicht nur Menschen mit ihren Sorgen. Es gab auch Tiere, Bäume, Erde, Wasser, Wolken und die Sonne. Die Menschen waren ein Teil, es gab viele andere Teile. Die Menschen nahmen sich wichtig, weil sie mit anderen Menschen verkehrten. Die Menschen konnten weinen, vielleicht lag es daran, dass kein Tier so traurig sein konnte wie die Menschen. Hunde blickten dich traurig an, aber sie waren nie lange traurig, dann tobten sie wieder herum, fingen ein Kaninchen und schissen vor die Tür. Dann warfst du ihnen ein Holzscheit ins Kreuz, und die Hunde bellten und spielten mit den Menschen, sie fingen eine Ratte und legten sie den Menschen vor die Tür, und die

Menschen freuten sich, und der Tag verging, und in der Nacht wurde ein Kind geboren, und am nächsten Morgen war der Hund verschwunden, und die Hunde der Nachbarn bekamen Junge, und sie gaben dir einen Welpen ab, der niedlich war und alle ableckte, und eines Tages war er stubenrein, und der Regen kam, und der Hund saute die Wohnung voll und flog zur Strafe vor die Tür, und dann war er verschwunden, und die Nachbarn auf der anderen Seite bekamen einen Wurf und gaben dir einen Welpen ab, und wenn du mit ihm draußen spieltest, lief ein großer Hund auf der Straße entlang. Er hob den Kopf, du hobst den Kopf, für einen Moment kamt ihr euch bekannt vor, aber das war lange her, dann war der große Hund verschwunden, und ein neues Kind wurde geboren, und die Mutter starb, das Kind lebte, der Vater weinte, und er hatte eine Nachbarin, die hatte ihren Mann im Sturm verloren und war für den Witwer da, und sie hatte Milch für das Kind, das Kind wuchs heran, man tat sich zusammen, die Tränen hörten auf zu fließen.

So war das Leben. Zufriedene Menschen, unzufriedene Menschen, jeder kannte einen Zwerg, kannte einen Menschen mit Wasserkopf, einen, der hinkte, einen, der blind war oder dumm, dessen Haut rot anlief und nie wieder blass wurde, mancher wurde krank und legte sich ins Bett. Und wenn er wieder aufstand, war er nicht mehr so wie vorher, und keiner wunderte sich, denn jeder kannte einen Fall, in dem es ähnlich verlaufen war. So war das Leben. In der Mitte floss der Fluss, an den Rändern brach er Brocken ab oder ließ Lasten liegen. Einige gingen verloren, einige machten Sorgen, einige waren stark und andere schwach. An den Starken hatte man Freude, für die Schwachen brachte man Geduld auf. Keiner war besser oder schlechter, sie waren stärker oder schwächer,

Frauen oder Männer, und manche waren geschickt mit den Händen, und manche hielten mitreißende Reden, und wenn einer den richtigen Beruf fand, war er zufrieden. Und der Zwerg war froh, wenn er keine Prügel bekam; und er verstand nicht, warum es andere Zwerge gab, die nicht zufrieden waren. Trine dachte: Vielleicht ist das der Unterschied: Die meisten Zwerge sind zufrieden, er ist es nicht.

23

Es war dunkel, als sie den Kerker verlassen durften. Der Jägermeister zog den Schlüsselbund ab und sagte zu Trine: »Ich bin beauftragt, Euch zu sagen, dass es kein drittes Mal geben wird.«

»Ich verstehe das und werde mich entsprechend benehmen.«

Er schien überrascht, ob nur vom Tonfall oder vom Inhalt, gab er nicht zu erkennen. Gerlach durfte auf seinen Posten zurückkehren, er eilte behände davon, ohne sich zu verabschieden.

»Ist er ein Spion?«, fragte Trine.

»Wir haben keine Spione, nur Denunzianten und Wächter. Die einen sind grün, die anderen tragen Rüstungen.«

»Wenn er ein Spion ist, hat er es geschickt angefangen.«

»Ach, so schwer ist das nicht, ein Frauenzimmer zum Reden zu bringen.«

Sie stieß ihm in die Seite, er lachte. Sie dachte: Ohne dich hätte ich wirklich ein Problem.

Draußen brannten Feuer. Es waren so viele, dass Trine zuerst beunruhigt war. Aber nichts war außer Kontrolle geraten.

»Sie werden die Nacht hindurch brennen«, erklärte der Jägermeister, »weil wir die Nacht draußen verbringen werden.«

»Darauf hätte man kommen können. Manchmal ist das Narrenreich doch nur das Gegenteil.«

Sie fragte ihn nach dem zerstückelten Leichnam. Man hatte keine weiteren Teile gefunden, aber es gab Hinweise auf die Natur des Opfers. Die Familie von Igor Döbel vermisste ihr Oberhaupt. Es handelte sich um Tagelöhner aus dem nächsten Dorf, eine unübersichtliche Sippe, Cousins, Cousinen und angeheiratetes Volk logierten durcheinander in einer Kate am Ortsrand, die sich durch Anbauten zu einem höhlenartigen Labyrinth ausgewachsen hatte, in dem vier Generationen lebten. Nachbarn berichteten, die Zahl der Bewohner würde zwischen 20 und 30 schwanken, wobei niemand zu sagen wusste, wie diese Schwankungen zu erklären waren. Einer regelmäßigen Arbeit gingen nur die Frauen nach. Sie waren als Wäscherinnen tätig, stickten und stopften und verstärkten bei großen Festen die Riege der Köchinnen und Bäckerinnen. In der warmen Jahreszeit bedienten sie in den Lokalen, sie führten alleinstehenden Pastoren den Haushalt, und eine war als Amme bekannt, die seit der Geburt ihres ersten Kindes nie mehr aufgehört hatte, Milch zu produzieren. Im großen Garten zogen die Frauen alles, was die Erde an Nahrungsmitteln hergab, vor allem jedoch Schwarzwurzeln. Niemand wusste, warum, aber die Sippe Döbel war gierig auf Schwarzwurzeln.

Die Döbel-Männer ließen es mit der Arbeit ruhiger angehen. Die Hälfte von ihnen klagte über körperliche Gebrechen, die es ihnen angeblich unmöglich machte, eine feste Beschäftigung auszuüben. Wer dann noch übrig blieb, zog über die Dörfer und bot den Bauern seine Arbeitskraft an – meist nur einmal, denn nach der ersten Pleite kannten die Bauern ihre Pappenheimer und verzichteten auf weitere Versuche. Einer fuhr zum Fischen aufs Meer, wenn in einem Boot ein Mann ausgefallen war. Er arbeitete für drei, brauchte aber Monate, um sich von der Anstrengung zu erholen. In dieser Zeit pflegte seine Frau zuverlässig schwanger zu werden, und da sie dazu neigte, Zwillinge zu gebären und stets Mädchen, musste man sich über die Zukunft der Döbels keine Sorgen machen.

Zwar reichte von den Mädchen und Frauen keine an die rednerischen Fähigkeiten von Igor heran, doch nutzte er seine Beredsamkeit nur, um im Wirtshaus große Reden zu schwingen und sonntags von der Kanzel zu predigen, wenn der Pastor ausgefallen war, was in dieser Gegend nicht selten vorkam, denn dies war keine Region, die fleißige Gottesmänner anzog. Im Gegenteil: Es hatte sich eingebürgert, phlegmatische und unangenehm aufgefallene Pastoren auszumustern. Wer anderswo nichts mehr wurde, konnte hier der sturen Bevölkerung unverständliche Predigten halten. Kein Pastor predigte so mitreißend wie Igor, er bezog seine Themen aus der Alltagswelt der Einheimischen und verrührte die Auslegung von Bibelstellen mit dem neuesten Klatsch, der nicht selten erst durch Igors Predigt öffentlich wurde. Streng genommen, handelte es sich bei Igor um eine Plaudertasche, die keine Hemmungen kannte, peinliche Familiengeheimnisse ans Licht der frommen Öffentlichkeit zu ziehen.

Seit über einem Jahr ging das schon so, die Kirchengemeinden rissen sich darum, Igor als Prediger zu gewinnen. Selbst Pastoren, die nicht durch Faulheit und Alkoholkater ausfielen, baten ihn, ihrer Kirche die Ehre zu erweisen. Dann saßen die Pastoren in der letzten Bankreihe und wunderten sich, wie leicht es war, bräsige Dörfler zu freudigen Ausrufen und Applaus zu animieren. In den ersten Monaten hatte sich Igor streng an die Wahrheit gehalten. Dann hatte er alle Geheimnisse ausgeplaudert und stellte besorgt fest, dass die Einheimischen mit der Produktion neuer Geheimnisse nicht mehr nachkamen.

In dieser Gegend waren die Menschen bedächtig in der Bewegung wie im Denken. Beim Prügeln auf dem Jahrmarkt flogen die Fäuste flink; bei allen anderen Lebensäußerungen wie übler Nachrede, Seitensprung, Unzucht mit Tieren, Erbschleicherei und Streitereien über Äcker, Teiche und Wälder dauerte es lange – zu lange für den Prediger.

In der Sorge, dass ihm in absehbarer Zeit die Themen ausgehen würden, vertraute sich Igor den Pastoren an. Die rieten ihm, sich stärker an der Bibel und weniger an Döntjes zu orientieren. Das wurde Igor aber bald langweilig. So begann er, Geheimnisse zu erfinden. Mehr als eine Sippe hörte verwundert von Vorgängen in ihrem engsten Umfeld, von denen sie bisher keine Kenntnis gehabt hatte. Weil die neuen Geheimnisse in jeder Hinsicht neu waren, war auch die Verwunderung doppelt stark. Es kam der Sonntag, an dem Igor zum ersten Mal unter freiem Himmel predigte, weil der kleine Kirchenraum die Massen nicht mehr fassen konnte. Viele Zuhörer waren entzückt. Aber der Tag musste kommen, an dem der Erste sich nicht amüsiert zeigen würde.

Kaspar Trächtig war Soldat, Legionär und seit heute Morgen Wächter im Narrenreich. Diesem Trächtig gefiel es nicht, von der Kanzel herab die unsittlichen Anwandlungen seines Bruders zu erfahren. Während sich rechts und links von ihm die Leute vor Vergnügen auf die Schenkel schlugen, lief Kaspar rot an und stellte den Prediger nach dem letzten Lied zur Rede. Es gab 30 Ohrenzeugen für einen Streit, der mit Kaspars Worten endete: »Ich schlage dir die Rübe vom Rumpf, du Schwein.« Das war im März gewesen, vor weniger als zwei Monaten. Seit zwei Tagen hatte niemand mehr Igor Döbel lebendig gesehen. Seit dem späten Nachmittag pilgerten seine

Verwandten an dem Tisch vorbei, auf dem die Reste des Leichnams ausgestellt waren. Nicht jeder vertrug die Konfrontation mit dem toten Fleisch gleich gut. Es war zu Ohnmachten gekommen, aber auch zu Wutausbrüchen. Bisher hatte niemand ausgeschlossen, dass es sich um Igor handeln könnte.

Kaspar Trächtig hatte darum gebeten, vor dem Zorn der Döbels geschützt zu werden. Nachdem er mehrfach Prügel bezogen hatte, wurde er in den Kerker verbracht, nicht als Strafe, sondern als Reservat. Das war der Grund, warum Trine Deichmann freigekommen war. Für den späteren Abend war die Gerichtsverhandlung gegen Trächtig anberaumt. Die Tochter des Fürsten war früh ins Bett gebracht worden, weil sie später wach und entscheidungsfreudig sein musste. »Es kommt heute zu einem Urteil«, erzählte man sich in der Gesellschaft. Keiner sah mehr so aus wie beim Mittagsmahl. Alle hatten sich, wie Trine, im Fundus mit neuen Anzügen, Kleidern, Jacken und Mänteln versorgt. Nicht jeder hatte im Gedränge das für ihn Passende aufgetrieben. Aber fast alle hatten sich die Mühe gemacht, die Haare wieder in eine würdige Form zu bringen. Ein Bad jedoch war unmöglich gewesen, so musste der Einsatz von Duftwässern die Seife ersetzen. Weite Jacken und Umhänge waren in der Lage, die fehlende Passform der Kleidung zu kaschieren. Beim Schuhwerk war das nicht möglich. Es hatte sich herausgestellt, dass es an kleinen Schuhen mangelte. So konnte es geschehen, dass manches Frauenbein in überdimensionierten Stiefeln steckte. Trine entdeckte zwei Frauen, die barfuß herumliefen. Zur Vergangenheit gehörten auch gepuderte Gesichter. Doch fiel das nicht ins Gewicht, denn Dunkelheit und Lagerfeuer machten alle Gesichter gleich fade. Fast alle. Trine entdeckte ein

Männergesicht von solch schockierendem Rotton, dass ein sofortiger Aderlass die beste Lösung gewesen wäre. Zuerst hatte Trine Zahl und Lage der Feuer für Zufall gehalten. Schnell stellte sich jedoch heraus, dass Kalkül dahintersteckte. An jedem der fünf Feuer postierte sich ein Redner.

»Universität! Gelehrsamkeit!«, bölkte Theophrast. Aus seinem roten Wams war ein blaues geworden, weniger Spitze, mehr Sachlichkeit, sonst strahlte der Zwerg die alte Umtriebigkeit aus. »Ohren auf, Untertanen! In den kommenden Minuten wartet auf Euch eine Erweiterung Eures Horizonts. Wer gähnt, einschläft oder mehr als ein Auge auf einmal schließt, wird sich dafür sehr bedauern. Fünf Vorträge aus fünf Wissensgebieten warten auf Zuhörer. Jeder bleibt da sitzen, wo er gerade sitzt. Wer vorhat, sich vor einem Thema zu drücken, wird scheitern. Wenn der erste Vortrag zu Ende ist, stehen alle auf und wandern in Zweierreihen ein Feuer weiter. Dort wartet der Redner und wird seinen Vortrag zum zweiten Mal halten. Ihr ahnt schon, wie es weitergehen wird. Nummer drei, Nummer vier, Nummer fünf und aus.« Er klatschte in die Hände und rief: »Wir beginnen … jetzt!«

24

Er wartete, bis sich Murren und Scharren in Stille verwandelt hatten. Dann rief er, während er auf die neben ihm stehende Trine Deichmann zeigte: »Freue ich mich besonders, ein Mitglied der Universität des Volkes begrüßen zu dürfen. Unsere allseits verehrte und gefürchtete Hebamme Trine Deichmann aus dem ehemals mächtigen … äh … wie war gleich noch mal … Lübeck, genau, Lübeck, Trine Deichmann aus Lübeck wird zu uns sprechen zum Thema: Was der Geburt vorausgeht und ob es nicht auch anders ginge. Wer es gewöhnt ist, blutleeres Dozieren vom Katheder herab zu erleiden, wird gleich merken, dass es auch anders geht. Damit die Rednerin nicht ständig erklären muss, wie Ihr Euch den Leib der Schwangeren und den Ablauf der Geburt vorzustellen habt, damit das alles unterbleibt, bitte ich darum, die Darstellerinnen heranzufahren.«

Trine dachte: Er jagt ihnen einen Schreck ein und wird sich köstlich amüsieren. Aber wer dann den größten Schreck erlebte, war die Hebamme Deichmann. Denn aus dem Dunkel außerhalb des Feuerscheins trugen vier Wächter ein Bett heran. Im Bett lag eine Frau. Dass sie schwanger war, sah man noch nicht, aber so gut kannte Trine den kleinen König mittlerweile. Er freute sich wie ein Schneekönig.

»Das ist völlig unmöglich«, sagte Trine, »und Ihr wisst es.«

Die Wächter stellten das Bett neben dem Feuer ab, nicht zu dicht, nicht zu weit entfernt. Trine trat hinzu, hob die Decke und ließ sie wieder sinken. Sie studierte die Frau, die stöhnte und unruhig war.

»Es wird ihr an nichts fehlen«, behauptete Theophrast munter.

»Wird es doch, nämlich an einer Hebamme. Ich weigere mich, Euer unappetitliches Spiel mitzuspielen.«

»Ach, das wäre aber schade«, entgegnete er frohgemut. »Dann müsste sie in ihrer schwersten Stunde ganz allein bleiben. Mutterseelenallein.«

»Viele Frauen bekommen ihre Kinder allein.«

»Aber nicht, wenn eine Hebamme zwei Schritte neben ihr steht, die einen Eid geschworen hat, zu helfen, wo es nottut. Brecht Euren Eid, und der zweite Prozess des Abends geht gegen Euch.« Er studierte sie neugierig, trat dicht heran und flüsterte: »Verratet es nicht weiter, aber kein Prozess wird heute durch einen Gnadenerweis aufgeweicht werden.«

Die Schwangere stieß ein lautes Stöhnen aus. Schlagartig veränderte sich die Chemie der Zuhörer. Bis eben hatten sie sich noch einbilden können, einem Theaterstück beizuwohnen. Das ging jetzt nicht mehr, zumal die Schwangere erneut stöhnte und nicht mehr damit aufhören wollte.

»Woher kommt sie?«, fragte Trine. »Habt Ihr sie entführt?«

Theophrast legte beide Hände auf sein Herz, Trine fand die Geste abstoßend und scheinheilig. »Sehe ich so aus, als würde ich hilflose Frauen entführen?«, rief er mit heuchlerischer Betroffenheit.

»Ihr seht aus wie ein Kind, aber Ihr könntet ein Teufel sein, der in Unfrieden mit seiner Gestalt lebt.«

»Ihr werdet schon wieder unverschämt«, knurrte er. »Könnte es sein, dass Ihr von diesen Wellen der Bosheit durchflossen werdet wie die Schwangere von ihren Wehen?«

»Erwartet Ihr im Ernst, dass ich an einer öffentlichen Geburt teilnehme?«

»Die Schwangere ist einverstanden, sie erhält dafür gutes Geld. Und dass ihr Kind, sollte es ein Junge sein, meinen schönen Namen trägt, war ihre Idee und nicht meine. Zwar widerstrebt es meiner angeborenen Zurückhaltung, aber es war ihr ein Bedürfnis.«

Alles, was er sagte, hielt Trine für die Wahrheit. Daran erkannte sie, wie weit es mit ihr gekommen war. Mehr scherzhaft als ernsthaft knurrte sie: »Wenn ich mein Pulver für die ersten Zuhörer verschieße, werden sich die übrigen langweilen.«

»Ach, das müsst Ihr nicht befürchten«, rief er. Er wies ins Dunkle, in dem Trine vier Betten stehen sah.

»Wir müssen das aber nicht bis zum Ende sehen?«, erklang es zweifelnd aus der Menge.

»Den Anfang habt Ihr schon verpasst«, antwortete Theophrast, »als sich vor einigen Monaten der erste Schritt des Schwangerseins ereignete. Aber den letzten Schritt wollen wir nicht auch noch versäumen.«

»Dann gehe ich«, sagte die Frauenstimme. »Ich halte das nicht aus, ich war bei allen meinen Kindern ohnmächtig.«

»Dann habt Ihr ja schon Übung«, entgegnete Theophrast frohgemut. »Denn Ihr werdet diejenige sein, der die Plazenta in die ausgebreiteten Hände fallen wird. Ich gratuliere.«

»Warum?«, fragte Trine, während unter den Zuhörern erregtes Wispern begann.

»Die richtige Frage wäre: Warum nicht schon viel früher? Wie kann gerade das Ereignis, das uns in unsere Welt trägt, das letzte Geheimnis bleiben? Ihr glaubt selbst nicht, dass nicht alle vor Neugier brennen.«

»Aber das ist nicht … nicht würdig. Ich brauche Ruhe, die Schwangere braucht Ruhe. Es kann Stunden dauern. Sie muss ins Haus und weg mit diesen Menschen, oder ich lasse Euch verhaften.«

Die letzten Worte hatte sie nicht sagen wollen. Aber der Zorn musste heraus. Theophrast sagte: »Euch ist klar, dass im Haus fünf Frauen darauf warten, Euch zur Hand zu gehen? Ihr habt die meisten von ihnen bereits kennengelernt. In dieser Gegend ist seit Menschengedenken keine Frau bei der Geburt so umsorgt gewesen wie diese.« Er trat ans Bett und legte seine Hand auf die Stirn der Schwangeren. Es war eine völlig unglaubwürdige Geste der Fürsorglichkeit, denn die Schwangere starrte Theophrast an, als wäre der Leibhaftige an ihre Seite getreten.

»Und was die stundenlange Dauer betrifft«, fuhr Theophrast fort, »verlasst Euch nicht darauf. Sie hat ein Mittel bekommen, das die Angelegenheit beschleunigen wird.«

Solchen Zorn hatte Trine seit Jahren nicht in sich gespürt. »Was glaubt Ihr, wer Ihr seid?«, knurrte sie. »Heute ein König, morgen ein Hanswurst, das seid …«

»Ein drittes Mal wird es nicht geben«, sagte er. Er lächelte nicht. Diesmal war er ernst. Deshalb war er fürchterlich. Unter den Zuhörern standen zwei Frauen auf und wollten den Kreis verlassen. Wächter stießen sie zurück, nicht brutal, aber auch nicht freundlich. »Wir sind so weit!«, rief Theophrast. »Ich werde mir den Vortrag mit Euch gemeinsam anhören. Achtet gar nicht auf mich. Glaubt einfach, ich sei einer von Euch, auch wenn das eine unglaubwürdige Vorstellung ist. Frau Trine, Ihr habt das Wort.«

Trine zählte die Köpfe der Zuhörer und kam auf achtzehn, von denen bestenfalls zwei einen halbwegs gefassten Eindruck machten. Alle anderen waren in heller Aufregung begriffen, bei einigen rechnete sie fest damit, dass es zu Scherereien kommen würde. Sie trat ans Bett und schlug die Decke zurück. Vor dem Publikum wölbte sich der mächtige Leib der Schwangeren. Das Publikum wankte, aber es floh noch nicht. Trine sah, was ihre Zuhörer nicht sahen: wie sich die Gesichter der Wächter veränderten. So sah niemand aus, der flüchtende Menschen aufhalten wollte. Es war die Schwangere, die den Ausschlag gab. Plötzlich öffnete sie die Augen, es war, als hätte sie Trines Blick mitbekommen. »Wie ist Euer Name?«, fragte Trine. »Ich bin Trine Deichmann aus Lübeck.«

»Woschka«, sagte die Schwangere leise. »Alle nennen mich Woschka, und ich fühle mich gar nicht gut.«

Trine fasste ihre Hände, fesselte ihren Blick. Trine redete leise und beruhigend. Sie redete viel, sie hielt den Blick der Schwangeren fest. Mit keinem Wort erwähnte Trine die absonderliche Situation, sie sorgte dafür, dass die Welt in der Schwärze der Nacht verschwand. Immer kleiner wurde die Welt, während an ihren Rändern ein Stück nach dem anderen wegbröckelte. Zum Schluss blieben nur ein Feuer und ein Bett, in dem eine Frau und ihr ungeborenes Kind lagen, und am Bett stand eine zweite Frau, die mit der ersten einen Kreis bildete. Nur die beiden, nur die drei, sonst niemand. Die Welt war ein Feuer und ein Bett, im Feuer waren das Licht und die Wärme, im Bett war das Leben, neben dem Bett waren die Erfahrung und die Sicherheit. So schloss sich der Kreis, die Schwangere legte ihr Schicksal in die Hände der Erfahrung und fühlte sich wundersam aufgehoben. Die Erfahrung sprach leise, und wenn es nötig wurde, schwieg sie. Sie waren ein Paar. Es gab noch den Schmerz und die Unbequemlichkeit, es gab das Gefühl, einen Körper zu haben, der zu klein war für das, was sich jetzt abzeichnete. Einmal trat aus dem Dunkel die Gestalt einer Frau. Die Sicherheit schüttelte den Kopf, die Gestalt verschwand. Die Zeit kam, die Zeit ging, es musste geschrien werden, es gab keinen Moment der Ruhe, kein Durchatmen, überhaupt kein ruhiges Atmen. Es gab einen Rhythmus, den sie lernen musste und nicht gleich beherrschte. Es gab die Sicherheit, die Berührungen, es gab das Pressen und eine Stimme, die lobte und anfeuerte und Dinge sah, die auch das Publikum sah. Zwei Männer lagen auf dem Gras, den Kragen gelockert, kein Blut im Kopf. Eine Frau stand in der ersten Reihe, die gerade noch von einem der Wächter zurückgeschickt worden war. Es gab Erstaunen und Spannung, es gab Geräusche, einen dünnen Schrei, es gab 16 Menschen, die standen und klatschten und sich um die Hälse fielen, als seien sie soeben Mutter oder Vater geworden. Und es gab einen kleinen Mann, er stand auf der Grenze zwischen Licht und Dunkelheit. Er wandte den Menschen seinen Rücken zu. Er schien ganz stillzustehen, und nur, wer ihn längere Zeit anblickte, sah, wie der Rücken bebte. Trine Deichmann wischte ab, ließ kopfüber hängen, klopfte auf einen glitschigen Hintern. Sie tat mehr, als notwendig war, aber so viele Zuschauer hatten ein wenig Theater verdient. Das Kind kam in trockene Tücher, eine Hand klopfte auf die Schulter des kleinen Königs. Erst regte er sich nicht, dann murmelte er: »Jetzt nicht.«

Die Stimme, die zur Hand gehörte, sagte: »Bestellungen für frische Nabelschnüre werden nicht endlos entgegengenommen.«

Eine Hand fuhr in die Höhe. Erst dachte Trine, er wolle ihr drohen. Dann begriff sie.

25

Ein Bett nach dem anderen wurde in den Feuerschein geschoben. Immer neue Zuschauer protestierten erst und wollten fliehen, bevor sie sich gefangen fanden. Einer fiel jedes Mal um, manchmal mehr als einer. Trine Deichmann fragte jede Schwangere, ob sie zugestimmt habe und gut bezahlt worden sei. Nur die letzte fragte sie nicht, der ging es schlecht, die Wächter trugen sie ins Haus, eine lange Stunde musste Trine hart mit der Schwangeren arbeiten. Die kundigen Frauen traten aus der Kulisse, schwitzend arbeiteten sie Hand in Hand, im Wechsel zwischen Muskelkraft und Zuspruch trugen sie die Schwangere bis zu dem Ort, wo ihr niemand mehr helfen konnte. Zuerst hatten sich noch einige Menschen im Raum befunden, die hier nicht hingehörten, der Leibarzt vor allem. Er beobachtete alles, als würde eine Prüfung stattfinden und er sei derjenige, der entscheiden dürfe, ob die Prüfung bestanden worden sei oder nicht. Als sich die Dinge zuspitzten, verlor er viel von seiner hochnäsigen Art. Der Leibarzt wich zurück und sah zu, wie die Frauen harmonierten. Sie hatten heute Morgen zum ersten Mal zusammengearbeitet und wirkten, als seien sie eine eingespielte Mannschaft. Vier aus der Gesellschaft standen an der Wand und staunten mit offenen Mündern. Sie hatten erlebt, wie eine glückliche Geburt stattfindet, und wollten dies erneut erleben. Aber hier lief nichts glücklich. Hier floss Blut, die Schwangere bog sich vor Schmerzen, Trine drang in den Leib der Frau ein. Darauf waren die vier nicht gefasst. Der Erste war schnell verschwunden, eine Frau fiel vom Hocker und ließ sich vom Leibarzt

Luft zufächeln. Die anderen beiden pressten sich gegen die Wand, einen anderen Halt hatten sie nicht. Vor der Tür wollte keine freudige Stimmung aufkommen. Als sich die Tür öffnete und Trine erschien, stand sie besorgten Gesichtern gegenüber.

»Und das ist die andere Seite«, sagte die Hebamme erschöpft. »So sieht es aus, wenn die Natur Hürden aufrichtet.«

»Aber am Ende ist es gelungen«, behauptete eine Frau zaghaft. »Am Ende hat sich doch alles glücklich gefügt.«

Man stieß sie an, das Gesicht der Hebamme ließ keinen Zweifel zu. »Das Kind ist tot«, sagte Trine, »ob die Mutter überlebt, werden wir morgen wissen.« Sie verließ den Raum, man machte ihr Platz, scheue Blicke flogen Richtung Bett, wo die Frauen aufräumten und eine damit beschäftigt war, das Gesicht der Frau abzuwischen. Der Küchenjunge und die Küchenfrau warfen sich vielsagende Blicke zu. Trine sah, wie die Schüsseln im Hintergrund verschwanden, wie Tücher über sie gebreitet wurden und wie die beiden sich sorgten, dass die Besucherin noch tiefer in die Küche vordringen könnte. Trine wusste, was die beiden dachten: dass die Hebamme das neue Leben mitbrachte, aber manchmal auch den Tod; dass der Tod an ihr haftete wie die schwarze Farbe am Köhler; dass das Fleisch verdarb und alle Getränke einen Stich bekamen, wenn sie sich ihnen nur näherte.

»Keine Angst, ich gehe gleich wieder«, murmelte Trine. Vorher bat sie um Milch, viel Milch. Man reichte ihr einen Becher, sie trank aus und verlangte einen zweiten. Sie gaben ihr immer nur genau einen Becher. Zweimal spielte Trine das lästige Spiel mit, dann schnappte sie sich den Krug. Sie musste mit beiden Händen zugreifen. An der

Hauswand stand eine Bank, nicht weit von dem Gerüst entfernt, wo die Duelle mit den Farben ausgetragen worden waren. Weit weg vom Feuer war es einerseits frisch, andererseits hielt das Haus den Wind ab, der mit jeder Stunde kühler wurde. Trine fror nicht. Die Kälte, die sie empfand, saß tief innen und war mit Feuer und Decken nicht zu vertreiben. Sie kannte das alles. Es konnte so ablaufen und anders ablaufen. Man konnte kämpfen und alles geben, was man gelernt hatte. In den letzten zwei Stunden hatte Trine alles gezeigt, nichts war im Beutel geblieben. Dabei ließ sie sich sonst gern eine Reserve. Zu wissen, dass noch ein Trumpf zur Verfügung stand, beruhigte sie.

Eine Gestalt setzte sich neben Trine. Mit beiden Händen packte sie den Krug und ließ Milch in die Kehle laufen. »Ihr habt einen Bart«, sagte Theophrast der Zweite.

»Ihr habt keinen. Wer von uns beiden ist wohl besser dran?«

»Tut die Niederlage so weh?«

»Es ist keine Niederlage. Dann müsste es im anderen Fall ja ein Sieg sein. So wichtig bin ich nicht. – Und überhaupt: Ein Sieg über was? Eine Niederlage gegen wen?«

»Den Tod?«

»Nein, so geht die Schwangerschaft nicht. Sie ist nicht neben dem Tod angesiedelt. Sie ist keine Krankheit, nichts Gefährliches. Wir kämpfen gegen Fieber, gegen Entzündungen und gegen Schmerzen, aber doch nicht gegen eine Schwangerschaft.«

»Meine verehrte Mutter ist bei meiner Geburt gestorben.«

Trine schloss die Augen. Sie hob den Krug und hielt das kalte Gefäß gegen ihre erhitzte Stirn. So war das also. Deshalb war er so besessen von der Geburt. Es gab eine offene Rechnung. »Das tut mir leid«, sagte sie. »Sie hat ihre ganze Kraft gebraucht, damit Ihr am Leben bleibt.«

»Ja, so erkläre ich es mir auch. – Aber ich weiß, dass das eine fromme Lüge ist. Und Ihr wisst es genauso.«

»Es kommt immer auf den einzelnen Fall an. Es gibt nicht zwei Schwangerschaften, die gleich verlaufen. Oder vielleicht doch. Bei den ganz Jungen, wie bei Gunda. Sie bekommen ihre Kinder ... es ist unfassbar. Manchmal denke ich, wir brauchen dafür einen neuen Begriff. Es ist eine Geburt, natürlich ist es das. Aber bei Gunda fehlte so viel, was bei jeder anderen Geburt normal ist, dass ein neuer Begriff eine gute Lösung wäre.«

»Für eine Hebamme denkt Ihr viel.«

»Wann hat mir jemals ein König ein Kompliment gemacht? Ich bin gerührt.«

»Und durstig. Ihr habt einen neuen Bart.«

»Ich trinke sonst nicht so viel. Nur wenn es so ... wenn es so läuft.«

»Ich würde Schnaps trinken, bis ich nicht mehr stehen kann.«

»Ihr denkt in den falschen Kategorien. Sieg und Niederlage. So ist es aber nicht.«

»Warum macht Ihr Euch so klein? Ihr tut ja so, als ob Eure Arbeit einerlei wäre. Als ob jeder es tun könnte.«

»Viele Frauen können es und tun es. Ich habe auch Männer erlebt, die waren so geschickt, Ihr würdet es nicht glauben.«

»Ich denke, alle Männer betrinken sich bei der Geburt.«

»Viele, ja. Weil sie Angst haben, weil sie nichts verstehen. Manche wohl auch, weil sie Angst um ihre Frauen haben.«

Sie schwiegen. Trine trank, sie verspürte ein überwältigendes Bedürfnis nach Milch. Es musste Milch sein. Sie hatte eine Kollegin kennengelernt, die Butter gegessen hatte – nach jeder Geburt, gleichgültig wie sie verlaufen war. Ein Pfund Butter, mit beiden Händen in den Mund gestopft. Einmal war keine Butter da gewesen, niemand hatte daran gedacht, und es gab keine Nachbarn, die aushelfen konnten. Die Kollegin war dem Vater ins Gesicht gesprungen, mit beiden Händen, die noch blutig waren vom Blut seiner Frau. Sie hatte ihn zerkratzt, bevor man sie wegreißen konnte, war eins seiner Ohren halb abgerissen. Hinterher hatte sie sich entschuldigt, er hatte die Entschuldigung angenommen. »Ich weiß nicht, was es ist«, hatte sie gemurmelt, »ich esse sonst nie Butter. Jedenfalls nicht häufiger als jeder andere. Es ist, als müsste ich ohne Butter sterben. Sie gibt mir etwas, was ich brauche, weil es mir bei der Arbeit an der Geburt verloren gegangen ist.«

»Seid froh, dass es nur Butter ist und kein Menschenfleisch«, hatte der Vater lachend gerufen.

»War Majestät mit meinem Vortrag zufrieden?«

»Im Großen und Ganzen war es in Ordnung. Ihr habt für meinen Geschmack zu wenig geredet. Ich meine, es gab ein Thema für den Vortrag: Was der Geburt vorausgeht ... das kam mir etwas zu kurz. Mit den Händen wart Ihr besser als mit dem Mund.«

»Ihr seid ein Schweinepriester.«

»Wie darf ich das verstehen?«

»Das kann man nur auf eine Weise verstehen. Ihr wollt die Menschen kitzeln. Es ist wie mit den galanten Bildern. Jeder kennt sie, viele haben sie, aber nur wenige geben es zu.«

»Galante Bilder«, wiederholte er gedehnt und mit falscher Überraschung. »So etwas gibt es? Warum weiß ich nichts davon? Wo bekommt man so was?« Er keckerte leise. Sie nahm es als Versuch, sie aufzuheitern. »Kennt ihr Botallo?«

Auf die Frage war sie nicht vorbereitet. »Der Name kommt mir bekannt vor, aber ich ...«

»Ein Italiener. Er lebt nicht mehr. Er war nie bei uns. Er hat Kinder untersucht, ungeborene Kinder. Er hat herausgefunden, was sie von den anderen Kindern unterscheidet. Wusstet Ihr, dass es bei ihnen einen Gang gibt, der die Hauptschlagader und die Arterie der Lunge verbindet?«

Sie sah ihn an, es war zu dunkel, um Einzelheiten zu erkennen. Aber sie hatte das Gefühl, als habe er mehr Farbe bekommen. Theophrast sprach über die Medikamente, die man kranken Kindern verabreichen müsse und warum es klug sei, dem ungeborenen Kind die Arznei über die Amme zu verabreichen, die es durch ihre Milch an den Ort schaffen würde, wo es wirken könne. Er sprach über Fieber und Röteln und kannte die Mittel, die in den klugen Büchern empfohlen wurden. Dies waren viel Flüssigkeit, Zitronensaft und ein Betttuch in scharlachroter Farbe. Gegen die Pocken half am besten, wenn man sie mit Butter zum Reifen brachte und die Pusteln aufstach, aber die Nadel musste aus Gold oder Silber sein. Immer wieder kehrte er zur Geburt zurück. Er kannte die Mittel, sterbende Säuglinge zu retten, indem man sie mit Wein und Schnaps besprühte. Er sprach über absonderliche Methoden, Kinder zu wärmen, indem man die Plazenta in der Pfanne briet und sie auf den Bauch des Säuglings legte. Er kam vom Hundertsten ins Tausendste und sprach auch über Findelkinder. Sie fanden sich vor Kirchen, Klöstern und Krankenhäusern und überlebten selten ihr erstes Jahr. Er regte sich darüber auf und rief: »Wir nehmen nur die Großen ernst, und die Kleinen können verkümmern. Es ist so viel Reichtum in dieser Welt. Wofür wird er ausgegeben?«

Trine Deichmann kannte die Lage in Lübeck. Hunderte von Kindern tauchten Jahr für Jahr aus dem Nichts auf. Immer war Armut der Grund, und manchmal fand sich eine halbe Spielkarte. Sie war der Beweis, dass es eine Mutter gab, die die andere Hälfte besaß und auf ein Wiedersehen in der Zukunft hoffte. Aber meistens kam es nicht dazu, denn niemand fühlte sich aufgerufen, die Kleinen zu versorgen. Wo es einen Pastor gab, der Ammen fand und freundliche Frauen, konnte er sich bald vor Kindern nicht mehr retten. Das Wirken guter Seelen sprach sich herum und zog immer mehr Kinder an.

»Ein Haus«, sagte Theophrast, »ein einziges Haus. Ist das denn zu viel verlangt? Lübeck ist reich.«

Aber Lübeck wusste auch, was zu tun war, um reich zu bleiben. Der beste Weg war, Geschäfte zu betreiben, die den Reichtum mehrten. Kleine Kinder waren wertlos, jedes Fass Hering war mehr wert als ein Findelkind. Wen Mitleid trieb, der hatte schnell das Haus voller Kinder. Irgendwann war die Grenze erreicht, dann ging es nicht mehr. Dann musste der Mann reich sein, damit die Findelkinder satt wurden. Trine kannte keinen Salzhändler, keinen Fischkaufmann, keinen Weinhändler, keinen Bankier und keinen Bischof, der in Findelkinder investierte. Man gab milde Gaben, man spendete Kleidung, gab Brot und Milch. Aber oft gab es keinen Weg zwischen dem Kind und dem Spender. Und oft gab es kein Kind mehr, weil es erfroren war, von Hunden tot gebissen, im Wasser untergegangen oder von Krankheiten dahingerafft, denen es nicht lange widerstanden hatte.

»Wir könnten mehr tun«, sagte Trine leise und hörte erstaunt zu, wie Theophrast berichtete, was er unternommen hatte. Den Fürsten hatte er bekniet, ein Haus zur Verfügung zu stellen oder gleich ein ganzes Dorf; Ärzte, Ammen, Lehrer und Frauen, deren Kinder erwachsen waren, die keine Kinder bekamen oder sich mehr Kinder wünschten.

»Sie haben viele Ausreden«, rief er, »immer sind zehn Dinge wichtiger, und wenn du sie zur Antwort zwingst, sagen sie: Es ist ein Fass ohne Boden, es sind zu viele Kinder, es ist in der Ordnung, wenn zwanzig von hundert sterben, damit achtzig überleben können.«

»Ihr glaubt das nicht?«

»Nicht, solange wir es nicht versucht haben. Es gibt eine Faulheit des Denkens, bei uns im Norden ist sie stärker verbreitet als im Süden. Wir haben harte Herzen. Erstaunlich, dass so viele Herzen überhaupt noch schlagen. Man sieht selten einen Stein, in dem Leben ist.« Er war nach Lübeck gereist, er hatte das Rathaus gestürmt und seine Pläne vorgelegt. Er hatte alles aufgeschrieben, er hatte gerechnet und versucht, den Ratsherren zu beweisen, dass es in Lübeck klappen müsste. 25.000 Menschen, von denen jeder eine Münze geben würde, eine einzige Münze. Jeder war frei zu geben, was er konnte. 25.000 Münzen, mit denen man Menschen bezahlen und Nahrung kaufen konnte. Das Haus, das musste die Stadt geben, es musste nicht schön sein und nicht neu. Nur groß und sauber, mehr hatte er nicht verlangt. Groß genug für 333 Kinder.

»Wie kommt ihr bloß auf diese Zahl?«, fragte Trine.

»Ich wollte eine Zahl, die niemand hässlich findet. Keine 666, in der der Teufel wohnt; keine 7, hinter der das Unglück lauert. Ich wollte es ihnen schwer machen, meinen Vorschlag abzulehnen.«

»Lasst mich raten: Sie haben trotzdem abgelehnt.«

Er wich aus, er schwadronierte, er verschwieg etwas. Er stand auf und ging davon. Ohne sich umzudrehen, sagte er: »Gleich beginnt der Prozess. Ich möchte Euch sehen. Auch bei der Vollstreckung des Urteils.«

»Das aber noch nicht feststeht.«

»Natürlich nicht. Er soll einen fairen Prozess haben. Er soll mit dem Bewusstsein sterben, in einer fairen Welt gelebt zu haben.«

»Das wird ihn bestimmt freuen. Und Ihr habt keinen Bart!«

26

Bänke für die Zuschauer, Bänke für das Gericht, vier lodernde Feuer sowie einige Fackeln, eine Grube im Boden für den Angeklagten – alles war vorbereitet für die Verhandlung. Theophrast der Zweite trat vor die Gesellschaft und rief: »Mir wurde hinterbracht, dass vier oder fünf von Euch beim Gähnen gesehen wurden. Ich lasse das noch einmal durchgehen, aber mein Großmut ist nicht grenzenlos. Ab dieser Minute ist öffentliches Gähnen verboten und wird mit Luftnot nicht unter 30 Minuten bestraft. Wir verhandeln jetzt die Zerstückelung des Igor Döbel, eines guten Mannes, der zwar faul, aber gesetzestreu gelebt hat und sogar fromm war. Angeklagt ist Kaspar Trächtig, Wächter im Narrenreich und bald der erste Verurteilte im Narrenreich. Ihr seht ihn hier zu meiner Rechten, genauer gesagt: neben meinem rechten Fuß. Mehr als seinen Kopf wollen wir uns nicht antun, denn es beleidigt das gesunde Rechtsempfinden, wenn man die Hände ansehen muss, die einen Menschen zerstückelt haben. Im Fall der Verurteilung ist die Sache schnell erledigt: ein paar Hiebe mit der Schaufel, bis der Scheitel sich auf einer Höhe mit dem Rasen befindet. Die Verhandlung ist eröffnet, sie steht unter der weisen Leitung der unbestechlichen Florentina, zarte zehn Jahre, ihres Zeichens Tochter eines Maulwurfsjägers, der … ja wo … der dort links außen sitzt. Die Wahl fiel auf ein Kind, um jeden Verdacht abzuschmettern, wir könnten voreingenommen sein. Ein Kind ist unschuldig, es kann nicht anders sein. Florentina, ihr habt das Wort. Seid weise und demütig und vergesst nicht: Die Ratte ist schuldig.«

Florentina war aufgeregt, aber von erstaunlicher Klugheit. Mit zehn Jahren benahm sie sich, als sei eine Gerichtsverhandlung ihr täglich Brot. Sie trug eine Robe. In Trines Nähe wisperte jemand: »Sie haben das Kleid des Richters umgenäht. Er wird es ja nicht mehr brauchen.«

Trine schaffte es nicht, den Kopf auf dem Boden zu ignorieren. Der Angeklagte war bei Bewusstsein. Seine Augen zeigten, dass er das Schlimmste kannte und wusste, dass es auf ihn wartete. Die Fackeln neben seinem Kopf waren so aufgestellt, dass sie sich in den Augen widerspiegelten. Trine erkundigte sich nach dem Verbleib der Frau, die als Sauberste aus dem Matsch herausgekommen war. Ihr antworteten vielsagende Blicke Richtung Meer. Trine flüsterte: »War jemand dabei?«

»Muss jemand dabei sein, um einen Fisch schwimmen zu sehen?«, entgegnete ein Mann, dem der Verzicht auf ein paar Schönheitsflecken gut zu Gesicht gestanden hätte.

Trine verspürte das Bedürfnis, mit spitzem Finger an seinen Flecken zu kratzen. Sie wollte wissen, wie sicher es sei, dass die von Theophrast vollmundig angekündigte Hinrichtung tatsächlich stattgefunden hatte. Niemand kannte jemanden, der dabei gewesen war, aber einige wollten gesehen haben oder konnten sich gut vorstellen, dass der Mann und die Frau in der Schmiede in Seehundfelle eingenäht worden waren.

»Ihr zweifelt also nicht?«, fragte Trine verärgert.

Die Richterin schlug mit der flachen Hand auf den Tisch und rief: »Ruhe! Wer immer dort herumkrakeelt!«

Trine dachte: Es ist die Frau, die dich zur Welt gebracht hat. Flüsternd erkundigte sie sich nach dem Richter. Im Kerker war sie ihm ja nicht begegnet. Hatte man ihn heimlich laufen lassen? Oder war er auf andere Weise beseitigt worden? Wieder keine Klarheit, wieder ärgerte sich Trine über die Gleichgültigkeit der Umsitzenden. »Sehnt Ihr Euch nicht nach Gewissheit?«, fragte sie verärgert.

Vorne kam die Gerichtsverhandlung auf Touren. Kein Mitglied der großen Sippe Döbel war anwesend. Ihre Aussagen lagen schriftlich vor und wurden immer dann verlesen, wenn es darum ging, den Angeklagten als Schuldigen dastehen zu lassen. Trine ertrug die Farce nicht, sie schlenderte um das Haupthaus herum und stieß mit der Prinzessin zusammen. Die war nicht allein, der junge Maler leistete ihr Gesellschaft. Die beiden waren sehr vertraut miteinander. Sie wirkten noch nicht wie ein Liebespaar, aber ihr Tonfall war so angeregt, ihre Gesten so vielsagend, dass an der Sympathie, die sie füreinander empfanden, kein Zweifel bestand. Trine ließ sich von ihnen zum Haupteingang führen. Kleine Feuer zeigten, wo die Wachen standen. Die Prinzessin schien nicht darunter zu leiden, dass sie momentan eine Gefangene war.

»Nein«, sagte sie, »so ist es ja nicht. Eine Gefangene bin ich erst, wenn ich ausbrechen will. Das will ich aber gar nicht. Ich fühle mich hier wohl.« Sie ergriff den Arm des Künstlers und drückte ihn. Manchmal gingen Trine die Liebkosungen der jungen Menschen auf die Nerven. Allerdings ging ihr auch Josephs Art gegen den Strich, denn er übertrieb es wahrlich nicht mit den Zärtlichkeiten. Er war kein roher Bursche, er war nur so schrecklich einfallslos.

Zu dritt schlenderten sie bis zu der Stelle, wo eine Mauer verhinderte, dass man bis auf die Küstenlinie abstürzte. Vor ihnen lag das Meer, das Wasser schimmerte aus der Dunkelheit hervor. Der Wind kam vom

Meer her, man konnte sich einbilden, die Wellen zu hören. Aber vielleicht täuschten sich Trines überreizte Nerven. Der Maler gratulierte Trine zu ihren Geburten. Er hatte die ersten verfolgt und erst bei der letzten kapituliert. »Ich glaube, Männer sind feige«, sagte er mit der koketten Schüchternheit, die Frauen an Männern mögen, ohne dass sie sie für Feiglinge halten.

Trine wollte nicht darüber sprechen. Jungen Menschen musste man so viel erklären, und am Ende stand einem alles wieder so lebendig vor Augen, als sei es vor zwei Minuten passiert.

»Erzählt mir von Theophrast«, bat Trine. Sie berichtete, was sie mit ihm auf der Bank am Haus erlebt hatte. Sie musste ihnen einen Köder hinwerfen, denn sie konnte nicht ausschließen, dass die beiden sich danach sehnten, gemeinsam in der Dunkelheit zu verschwinden. Die Leidenschaft des kleinen Königs für Geburten und Kinder war der Prinzessin bekannt. Sie wusste auch vom Tod seiner Mutter, angeblich gab es kein Geheimnis um diesen Menschen.

»Sie haben ihn einfach so lange gequält, bis sie alles wussten«, berichtete die junge Frau leichthin. »Einen Tag später wusste es dann das ganze Schloss. Das meiste hat er freiwillig erzählt, weil er sich gern wichtigmacht. Für den Rest mussten sie ihn pieken, aber am Ende redet er immer.«

»Wovor hat er denn Angst? Vor Schlägen?«

»Das habe ich lange gedacht. Aber es ist die Angst, nicht gemocht zu werden. Niemand hat ihm gedroht, ihn ins Meer zu werfen, das heißt natürlich haben sie damit gedroht. Aber das war nicht als Drohung gemeint.«

»Es ist ein Spiel, ich weiß.«

»Ja, ein Spiel. Nur wenn einer sagt: Du bist allein, dann

knickt er ein. Wenn einer sagt: Wir brauchen dich nicht mehr, morgen kannst du gehen, dann verzieht er sich auf den Dachboden, und man hört ihn weinen.«

Theophrast von Bommelheim hatte Trine also nur die halbe Wahrheit gesagt. Zwar stimmte es, dass er dem Lübecker Rat vorgeschlagen hatte, ein Waisenhaus zu errichten. Er hatte ihm aber noch mehr angeboten: sich selbst. Theophrast wollte die Gründung einer Universität vorbereiten; er wollte Leiter einer Schule werden; er wollte sich um die Finanzen und den Ausbau des Hafens kümmern, wollte nach Lüneburg reisen, um die eingerostete Liebe zwischen den beiden Städten mit neuem Blut zu beleben. Er hatte den Lübeckern vorgeschlagen, die ärztliche Versorgung zu verbessern und die Organisation der Hebammen zu ändern. Er wollte auch Bauherr sein: für die Wohnstifte, für die Straßen und die Kanalisation. Um jeden Handwerksberuf wollte er sich kümmern, um jede Dienstleistung. Zum Schluss hatte er die Ratsherren angeblich angefleht, ihm ein Gasthaus zu überlassen, das er zum besten Gasthaus im gesamten Norden ausbauen wollte. Sein begehrliches Auge ruhte wohl auf der stadtbekannten »Schiffergesellschaft«, dem vornehmen Lokal in der Breiten Straße. Aber was er auch vorgeschlagen hatte, die Antwort war stets die gleiche gewesen: Sie wollten ihn nicht haben. Mehr noch: Sie hatten ihm Geld angeboten, wenn er ihnen versprechen würde, sich nie wieder im Rathaus sehen zu lassen. Sie hatten einen Pelzhändler überredet, die kleine Nervensäge mit der Aussicht auf ein eigenes Geschäft nach St. Petersburg zu locken. Zuletzt hatte sich ein als Spaßvogel bekannter Ratsherr zu dem Vorschlag hinreißen lassen, dem Bommelheim das Schwimmen beizubringen. Seitdem war Theophrast nie mehr in Lübeck gewesen.

»Er hat den Ratsherren wirklich vorgeschlagen, das Hebammen-Wesen zu erneuern?«

»Komisch, nicht?«, entgegnete die Prinzessin arglos. »Er fühlt sich für alles zuständig. Und er weiß tatsächlich viel. Er denkt, sie haben dann Respekt vor ihm. Aber in Wirklichkeit geht er allen auf die Nerven, denn er redet überall mit. Er ist ein sehr einsamer Mann. Und dann ist er noch ein Zwerg.«

Trine Deichmann verstand den kleinen Gelehrten nicht. Einerseits hatte er Angst davor, nicht mehr gebraucht zu werden. Andererseits benahm er sich so, dass niemand ihn gern um sich haben mochte. Erkannte er denn den Widerspruch nicht? Aber kluge Menschen waren manchmal die größten Dummköpfe, wenn es darum ging, ihre Wirkung auf andere realistisch einzuschätzen.

Der junge Maler kannte einige Anekdoten, die man sich über Theophrast erzählte. Sie hatten ihn aus einem Fenster gehängt und ihn rohen Fisch essen lassen; sie hatten ihm verdorbenes Fleisch zu essen gegeben und ihm eingeredet, er könne sein Leben nur retten, wenn er zwei Liter Pisse trinken würde. Keine beliebige, sondern eine, die ein Ziegenbock bei Vollmond von sich geben würde. Da es auf dem Schloss aber nur einen einzigen Bock gab und der in einer Nacht keinen Liter zusammenbrachte, musste Theophrast bis zum nächsten Vollmond warten, während die erste Hälfte der streng riechenden Flüssigkeit immer schärfer roch und am Ende auch schon flockig aussah.

»So viele Tage habt Ihr ihn in Angst leben lassen«, sagte Trine erschüttert.

Als es dann so weit gewesen war, hatte sich ein kerngesunder kleiner Gelehrter weinend und würgend die Medizin einverleibt, während zehn Männer vor Lachen schrien.

»Wie gehen eigentlich die Dienstboten mit ihm um?«, fragte Trine.

Die hatten Respekt vor dem Gelehrten. Die meisten fürchteten ihn sogar, denn Theophrast schikanierte sie oft, weil er eine Gelegenheit brauchte, um sich für die erlittenen Schikanen zu rächen. Natürlich traf seine Rache die Falschen, aber die Richtigen standen nicht zur Verfügung, sie hätten ihn furchtbare Strafen erleiden lassen.

Trine fragte: »Herrschen auf anderen Schlössern auch solche Verhältnisse?«

Die Prinzessin wusste, dass sich viele Herrscher Narren hielten. Aber das waren Narren, die dem Herrscher ihre Meinung sagten, die Scherze auf Kosten des Herrschers machten und nicht befürchten mussten, dafür bestraft zu werden. Solche Narren waren Schauspieler und Spaßmacher, gut gelaunt, laut, listig, lausbubenhaft. Sie hatten eine besondere Beziehung zum Herrscher, mit ihrer Eselsohrenkappe spielten sie auf die Krone des Herrschers an und machten ihm klar, dass jede Macht endlich sei. Gott hatte die Macht in die Welt gebracht, Gott konnte die Macht jederzeit wieder an sich nehmen. Viele Herrscher vergaßen das, wenn sie sich an ihren Möglichkeiten berauschten. So wurde der Narr zum Agenten des Herrn, und es lag am Herrscher, die Zeichen richtig zu deuten. Mancher Narr verstand sich als Magier und Zauberer, er deutete die Zukunft und hielt sich für den Weisesten am Hof. Seine Freiheit war größer als die der Kirchenvertreter, die auch am Hof lebten. Aber bei ihnen war in jedem Moment klar, in wessen Auftrag sie handelten. Der Narr war vielschichtiger; wenn er es schlau anstellte, hatte er das Ohr des Herrschers. Er durfte den Bogen nur nicht überspannen. Der Narr spielte auf der Tastatur der Andeutungen und Zeichen. Er konnte sich farbenprächtig kleiden, bunter und lustiger als das Herrschergewand. Er konnte sich auch zurücknehmen, dann trat er grau in grau auf, als Mensch gewordener Esel, als Erinnerung an Demut und Vergänglichkeit. Es hatte eine Zeit gegeben, in der Narr und Tod Nachbarn waren. Dem Narren war bewusst, was am Ende aller Herrschaft stehen würde. Während der Herrscher in die alltäglichen Geschäfte verwickelt war, blieb dem Narren Muße, um sich Gedanken zu machen. Der eine herrschte, der andere häufte Wissen an. Wenn sie sich begegneten, fand ein Austausch statt – im besten Fall.

»Das ist für ihn der Höhepunkt seines Lebens«, berichtete die Prinzessin. »Wenn sie im Kollegium zusammensitzen, ist er einer von ihnen. Er ist der Narr, natürlich ist er das. Aber er ist auch einer von ihnen, er redet mit, wenn sie über ihre Themen reden, er weiß so viel wie sie, und wenn er sie mit pfiffigen Vorschlägen überrascht und sie ihn loben, glüht sein Gesicht, dann wird er eifrig, dann springt er auf und zieht Vorschläge aus der Tasche.«

»Damit geht er ihnen auf die Nerven«, sagte der Maler. »Sie wollen ihn als Spaßmacher und zur Not als Mahner und Warner. Aber sie brauchen keinen Narren als Politiker und Beamten. Sie haben es ihm oft gesagt, er hat es nicht begriffen und wird es nie begreifen.«

27

Wie recht er mit dieser Einschätzung hatte, erfuhr Trine eine halbe Stunde später. In einer Pause der Gerichtsverhandlung begegnete sie dem Maulwurfsjäger. Der Fürst stand bei seinem Töchterchen und lobte sie für ihre Umsicht. Lachend und getröstet eilte das Kind davon. Der Fürst erkundigte sich bei Trine, wie sie die Geburten verkraftet habe. Trine gab sich munterer als sie sich fühlte, erneut beschloss sie, von Geld zu sprechen. Sie wollte es nicht für sich, sondern für Gunda. Sie wusste nicht, ob Knechte und Dienstmädchen am Hof ordentlich entlohnt wurden. Aber sie kam gleich wieder von dem Gedanken ab, denn der Maulwurfsjäger wurde von Gästen belagert. Aufgekratzt und angetrunken, fieberten sie dem Urteil entgegen, vor allem seiner Vollstreckung. »Es steht noch gar nicht fest«, murmelte der Fürst, »es kann auch noch ganz anders ausgehen.«

»Das müsst Ihr verhindern!«, rief eine Frau aus altem Adel. Sie war nicht mehr jung, ihr Körper nicht mehr schön. Sie trug ein Kleid von einfachem Zuschnitt, aber selbst Lumpen hätten ihre Ausstrahlung nicht verdeckt.

»Ihr tut ja so, als würdet Ihr Euch freuen, wenn er sein Leben verliert.«

»Er ist sicher schuldig«, rief sie. »Ich habe seine Augen gesehen, es spricht auch sonst alles dafür.«

»Es darf kein Zweifel bleiben«, erwiderte der Fürst.

»Natürlich nicht«, bestätigte sie eifrig, »und wenn doch, dann nur ein kleiner, ganz unbedeutender.«

Der Fürst wollte ihr entfliehen, doch sie hing an seinem Arm, sie war von einer Art oder Herkunft, die es ihm unmöglich machte, sie abzuschütteln wie eine Wanze.

»Ich kenne Euch«, sagte eine Stimme neben Trine.

»Ich kenne Euch auch«, erwiderte sie.

Sie traten an ein Feuer. Er war ein Mann wie Joseph: stark, nicht mehr jung, markant in Zügen und Auftreten. Solche Menschen beeindruckten selbst dann, wenn sie schwiegen.

»Ihr wisst es nicht«, sagte er lächelnd. »Es war in Eurem Gasthaus, es ist schon einige Monate her.« Sein Name war Glogau, Graf Andreas Glogau, Hofmarschall, der wichtigste Mann nach dem Fürsten.

Trine sagte: »Ihr seid der, ohne den nichts geht.«

»Ohne mich würde es auch gehen, aber anders eben.«

»Nicht so gut.«

»Anders.«

»Ihr seid höflich. Das muss man sich leisten können.«

»Ich bin 44. Wie alt soll ich werden, bevor ich es mir leisten kann?«

Der Mann hatte eine Art, die Trine gefiel. Man kannte diesen Glogau bis nach Lübeck. Seine Talente in der Verwaltung waren unerreicht. Er stand den Beamten vor, über seinen Tisch ging jede Entscheidung, die mit Geld zu tun hatte, Glogau kümmerte sich um das Zeremoniell, womit er an diesem Hof nicht ausgelastet war. Er besaß tiefe Kenntnisse in rechtlichen Fragen, er war Stammgast in Küche und Keller, und zwar nicht, um zu essen oder zu trinken. Glogau war der Vorgesetzte des Leibarztes, worüber er mehr als einmal Scherze machte.

»Ein Schloss ist wie ein Gasthaus«, behauptete Glogau. »Beides stinkt vom Kopf her. Deshalb muss in beiden Häusern die Führung stimmen. Zumal bei uns, wo es einen Herrscher gibt, der oft auf Reisen geht. Wenn dann die Mäuse auf dem Tisch tanzen, stimmt etwas nicht.«

Trine erfuhr, dass Glogau nicht nur im Stammschloss das Sagen hatte, sein Arm reichte bis zum Sommersitz. Auch die Reisen unterstanden seiner Kontrolle. »Dann kann man sagen, der Fürst wird Euch nie los«, sagte Trine. »Ihr seid stets an seiner Seite.«

Schelmisch legte Glogau den Finger über den Mund. »Verratet es ihm nicht.«

Das war die Art von souveränem Auftreten, die Trine behagte. Ein Mann war sich seiner Macht und Möglichkeiten sicher, so sehr, dass er darauf verzichten konnte, aufzutrumpfen. »Und der Narr?«, fragte sie, »wer hat bei ihm das Sagen?«

»Der Narr? Wir haben keinen Narren. Wir haben einen Gelehrten, der nebenbei noch manche anderen Talente besitzt.«

Auf diese Worte war Trine nicht gefasst gewesen. Glogau entging das nicht.

»Ich weiß natürlich, worauf Ihr anspielt«, sagte er, »aber die Wirkung nach außen muss nicht die gleiche sein wie die Wirkung nach innen.«

Trine erfuhr, dass Theophrast mit der Leitung und Ausgestaltung der fürstlichen Bibliothek betraut worden war. Er kümmerte sich um die Münz- und Kuriositätensammlungen und hatte durchgesetzt, dass sich überall Schachbretter breitmachten, obwohl der Fürst dieses Spiel nicht mehr mochte, seitdem seine Frau tot war. Theophrast hatte angeboten, neue Regeln für das Schachspiel zu entwickeln, solche, wo die Königin weniger wichtig oder sogar überflüssig war. Der Fürst wollte davon nichts wissen, aber Theophrast ließ nicht locker, und es war erst ein Ende damit, als sie ihn in einer Sitzung des Kollegiums gezwungen hatten, drei Bauern zu fressen, hübsch angerichtet mit Butter und Öl, sodass sie besser rutschten.

»Er kann ein rechter Quälgeist sein«, sagte Glogau.

»Ich habe heute einiges gehört. Ich könnte mir vorstellen, dass er Euch auch schon in die Parade gefahren ist.«

Sie hatte einen Treffer gelandet, sein Gesicht verriet es. Er sagte: »Man muss auch gönnen können.« Aber er gab zu, dass die Neigung des Gelehrten, sich überall einzumischen, lästig werden konnte. Um ihn zu beschäftigen, hatten sie ihm die gesamte Wissenschaft gegeben. Seitdem kümmerte er sich um die Erziehung der Fürstenkinder und um die höfische Kultivierung begabter Bürgerkinder, denen später ein Amt im Schloss anvertraut werden sollte. Theophrast besorgte neue Literaturen aus allen Himmelsrichtungen und übersetzte aus dem Lateinischen, Französischen und Dänischen. Aus Letzterem besonders gern, denn das sprach niemand so gut wie er. Der Fürst hatte Verwandtschaft in Schweden und orientierte sich an Dänemark vorbei. Theophrast selbst litt wohl daran, dass er im Italienischen und Spanischen nicht zu Hause war, denn aus diesen Sprachen kamen einige der beliebtesten Bücher der Zeit. Sie waren ihm auf die Schliche gekommen, dass er eine Theatertruppe aufbaute. Das ging dem Fürsten zu weit, er hatte sich gerade entspannt, da plauderte ein Zimmermädchen und enthüllte, dass Theophrast sein Herz für die Oper entdeckt hatte. Für ihn war das gleichbedeutend mit der Verpflichtung von Sängern und Musikern, es bedurfte eines Machtworts des Hofmarschalls, um die bedeutenden Ausgaben zurückzunehmen.

»Er ist sehr rege«, sagte Trine.

»Von morgens bis in die Nacht«, bestätigte Glogau. Theophrast kümmerte sich auch um den Speiseplan und um die Ausgaben für Menschen und Material. Davon ließ er sich nicht abbringen. Wenn es mit Landwirtschaft zu tun hatte, zeigte er sich unverbesserlich. »Manchmal denke ich: Wäre er doppelt so groß, müsste er nur halb so fleißig sein.«

»Ist er mit dem Narrenreich nicht ausgelastet?«

»Das war unsere Hoffnung: dass er zusammenbricht, wenn das Narrenreich zu Ende geht. Im letzten Jahr hat er eine Woche geschlafen. Dann stand er auf und begann, das nächste Narrenreich zu planen.«

»Man hört, dass es ihm auf dem Schloss nicht immer gut ergeht.«

»Ihr meint die Streiche, die man ihm spielt? Die sind derb, das ist richtig. Aber das hat er sich selbst zuzuschreiben. Er hat so eine Art, die Menschen zu reizen. Ihr müsstet es erleben. Er nimmt einfach die Signale nicht wahr, die man ihm pausenlos schickt. Eine Warnung, eine zweite Warnung, eine hundertste Warnung – es ist, als hätte er keine Ohren. Dafür muss er dann leiden. Bisher hat er es noch jedes Mal überlebt. Ich versichere Euch: Er wird auch die nächsten Streiche überleben.«

»Warum bleibt er? Warum zieht er nicht ein Schloss weiter und bietet sich dem nächsten Fürsten an?«

Glogau lachte. »Die Welt ist klein, Neuigkeiten sprechen sich herum.«

»Ihr meint, der Ruf von Theophrast eilt ihm voraus?«

»Den will keiner haben, den wird uns keiner abnehmen. Wir müssen mit ihm auskommen und er mit uns.

Ich bin gespannt, wie er seine nächste Niederlage mit dem Feld der Männer verkraftet.«

»Ich verstehe nicht.«

»Das Feld der Männer. Streng genommen heißt es: das Feld mit Früchten, die Männer mögen. Die Wette? Ihr habt noch nicht davon gehört? Ihr Lübecker wisst nicht, was in der Welt vor sich geht.«

Galant bot er ihr den Arm und zog sie aus dem Gewimmel fort, das sich um sie herum abspielte. Die Gerichtsverhandlung sollte fortgesetzt werden, der Angeklagte würde gehört werden. Aber sie ließen ihn in seinem Loch stecken. Sie hatten ihm auch nicht geholfen, als ihn in der Pause die Hunde beschnüffelt hatten.

28

Theophrast von Bommelheim war in zahlreichen Wissensgebieten zu Hause und interessierte sich für doppelt so viele. Seine größte Leidenschaft aber war die Landwirtschaft. Obwohl ihm Glogau keine Aufgaben anvertraute und ihn auch nicht ins Vertrauen zog, obwohl kein Gärtner ihn mochte und mehr als einmal mit der Harke nach dem unerwünschten Besserwisser geschlagen worden war, ließ Theophrast nicht locker. Im Kollegium war es der kleine Gelehrte, der immer wieder auf sein Leib-und-Magen-Thema zu sprechen kam. Man hatte es ihm drakonisch untersagt, man hatte gedroht, ihn mit rabiaten Stieren und Böcken zu paaren, um ihm zur ersehnten Nähe mit der Natur zu verhelfen. Eine Woche lang hatte es so ausgesehen, als müsse er das größte Feld neben dem Stammschloss allein umgraben. Der Fürst hatte ein Gnadenwort gesprochen, Theophrast hatte durchgeatmet und im nächsten Moment erneut sein Steckenpferd geritten.

Im Verlauf des letzten Winters hatte sich der Unmut zugespitzt. Bei der Aufstellung des Speiseplans für die Hofgesellschaft war dem Marschall aufgefallen, dass stets dann, wenn der Fürst und die überwiegend aus Männern bestehende Reisegesellschaft unterwegs waren, auf dem Schloss mehr Gemüse verspeist wurde als sonst. Woran lag das? Ein ideales Thema, um es bei Branntwein und einer Pfeife zu erörtern. In der Männerrunde herrschte Einigkeit: Männer seien Fleischfresser, Frauen seien wie das Nutzvieh, das Rüben und Wurzeln bevorzugte. Der Unterschied der Geschlechter würde sich auch in der bevorzugten Nahrung zeigen. Ob man Frauen an

Fleisch gewöhnen könne? Wohl ja. Ob Männer sich an Rüben gewöhnen könnten? Nie im Leben. Man hatte sich geschüttelt, das Thema war beendet. Aber nicht für Theophrast von Bommelheim. Er brauchte einige Tage, um beim nächsten Kollegium mit einer verwegenen Theorie hausieren zu gehen: Auch Männer seien zur Pflanzenfresserei zu bekehren, man müsse ihnen nur die richtige Pflanze anbieten. In Windeseile hatte man alle infrage kommenden Pflanzen aufgezählt, und Theophrasts Vorschlag war durchgefallen. Nicht zum ersten Mal in der Geschichte der Männerrunde hatte sich der kleine Gelehrte aufgeregt, war laut geworden, hatte zu viel in zu kurzer Zeit getrunken, war nicht mehr abzustellen gewesen. Selbst zwanzig Minuten in einem Schrank, in dem es nach feuchtem Schimmel und Mäusekot stank, vermochten ihn nicht zu mäßigen. Schreiend kam er aus dem Schrank hervor, fiel benommen auf die Nase, um weiter zu nörgeln. Ein Gast aus Schweden, ein alter Offizier, hatte angeboten, den Zwerg auf Zimmerlautstärke zu bringen, indem er ihm nicht die gesamte, sondern nur die halbe Zunge aus dem Mund schneiden werde. Darüber wurde lange angeregt debattiert, so lange, bis Theophrast plötzlich sagte: »Ich biete Euch eine Wette an.«

Wetten änderten die Chemie im Raum. Alle Männer wetteten für ihr Leben gern, noch lieber gewannen sie Wetten. Aber da sie ständig mehr als eine Wette laufen hatten, steckten sie auch Niederlagen klaglos weg. Der Pastor und der Marschall hatten Summen verloren, die anderen Zeitgenossen den Boden unter den Füßen weggerissen hätten. Sie waren auch bereit, sich auf die Wette einzulassen, doch Theophrast rief: »Der Fürst oder keiner.« Theophrast wollte mit dem Fürsten darum wetten, dass es ihm gelingen werde, ein Feld mit Früchten anzubauen, die Männer mögen würden. Natürlich dachten alle an eine neue Art von Rüben oder Wurzeln. Man traute dem verrückten Theophrast auch zu, dass es ihm gelingen könnte, Äpfel und Birnen vom Baum in den Erdboden zu bekommen. Minutenlang stritt man darüber, ob Pilze mitgerechnet werden sollten. Wer sich mit dem Meer und seinen Pflanzen auskannte, brachte Algen und Seegras ins Spiel. Jeder, der in seinem Leben lange Reisen absolviert hatte, trug Erinnerungen an exotische Früchte und Pflanzen bei. Zeitweise verwandelte sich das Kollegium in eine große Botanisiertrommel. Dann ging es um die Höhe des Einsatzes. Alle wussten, dass Theophrast überschuldet war. So nahm man an, er würde als Einsatz ein Schachspiel aus Elfenbein oder Bernstein aus dem Hut zaubern. Natürlich konnte es sich nur um ein Spiel handeln, das er mit dem Geld des Fürsten erworben hatte. Aber das sahen die Männer nicht so eng, und sie hatten schon viel getrunken. Der Fürst würde nach alter Tradition einige Goldmünzen spendieren. Dann sagte Theophrast: »Ich will meine Freiheit. Das ist der Einsatz. Meine Freiheit gegen mein Leben.«

Als man sich an diesem Abend trennte, hatten noch nicht alle die Konsequenzen der Wette begriffen. Erst in den folgenden Tagen sickerte die Bedeutung durch. Es handelte sich um eine Wette auf Leben und Tod. War das schon unerwartet und spannend, so war es der Einsatz des Fürsten erst recht: die Freiheit des kleinen Gelehrten. Dass er bereit war, sein Leben zu verlieren, konnte sich jeder vorstellen. Dass er den Hof verlassen könnte, dagegen nicht. Wohl hundertmal musste Theophrast erklären, was er mit seiner Freiheit denn anzustellen gedächte. Denn auch bisher schon habe man ihn ja nicht gefesselt und geknebelt. Er dachte nach und sagte: »Meine Freiheit und eine Truhe, gefüllt mit dem Besten aus der Schatzkammer, damit ich in der Welt zurande komme.«

Die Wette gewann an Format. Sie gaben Theophrast die Gelegenheit, noch einmal darüber zu schlafen. Aber der kleine Gelehrte war fest entschlossen. So reichte man sich die Hand. Im nächsten Sommer sollte Theophrast das Feld vorführen, und die Männer des Kollegiums sollten einen Teller von den Früchten essen, die Männer mögen.

»Er muss betrunken gewesen sein«, sagte Trine.

»Ich versichere Euch, er war es nicht. Ich weiß, wie er ist, wenn er getrunken hat. Er war so nüchtern wie eine Nonne.«

»Die Wette kann er nicht gewinnen.«

»Wem sagt Ihr das? Aber sollten wir an seinen Geisteskräften zweifeln? Es sind die einzigen Kräfte, über die er verfügt. Abgesehen von seiner Fähigkeit, allen auf die Nerven zu gehen.«

Offenbar gab es bisher noch nicht einmal das Feld, auf dem Theophrast seinen Samen aussäen wollte. Nun hatte man den Mai erreicht, langsam musste er sich sputen.

Die Gerichtsverhandlung kam zu einem schnellen Ende. Kaspar Trächtig legte ein Geständnis ab. Er hatte den Döbel getötet und zerkleinert. Warum er den Leichnam nicht versteckt oder aufs Meer hinausgefahren hatte, wollte er nicht erläutern. Es war auch nicht nötig. Das Gericht, bestehend aus Florentina und zwei Schöffen aus der Gesellschaft, sprach ihn des Mordes in einem besonders grässlichen Fall für schuldig. »Ihr seid des Todes«, sagte Florentina mit kindlicher Stimme. »Aus dem Loch werdet Ihr nicht mehr herauskommen.«

Unerwartet mischte sich Theophrast der Zweite ein. »Keine Kritik von meiner Seite«, rief er. »Aber ich plädiere dafür, die Strafe durch den Strick zu verhängen, wie es gute Sitte ist.«

»Tot ist tot«, entgegnete Florentina und hatte die Mehrheit auf ihrer Seite.

»Schätzt mir die gute alte Sitte nicht gering«, rief Theophrast. »Er hat einen Anspruch darauf, oder wollt Ihr ihn verscharren wie einen Hund?«

»Ich wundere mich, aus Eurem Mund die Wörter gut und alt in einem Zusammenhang zu hören«, sagte Florentina. »Mir will das nicht zum Narrenreich passen.«

Theophrast war verdutzt. Natürlich hatte sie recht. Warum also zögerte er noch? Überraschte es ihn, zu welcher Scharfsichtigkeit ein Kind fähig war? Immerhin handelte es sich um die Tochter des Fürsten, und ihr Lehrer in den letzten Jahren war Theophrast gewesen.

»Seid stolz auf sie!«, forderte die Menge.

»An jedem anderen Tag gern!«, rief der König. »Aber mir ist wichtig, solide und seriös zu handeln. Ich will nicht in den Ruch kommen, ein Femegericht zu dulden.«

Alles war doch nach bestem Wissen und Gewissen abgelaufen. Hatte der Mann Angst vor der eigenen Courage? Plötzlich stand er neben dem eingegrabenen Angeklagten. »Ihr müsst jetzt stark sein«, sagte er und hob die Schaufel.

Schreie ertönten, viele wandten sich ab. Dann sahen alle zu, wie Theophrast begann, den Verurteilten auszugraben. Florentina rief: »Das ist nicht der Beschluss des Gerichts! Das Gericht hat beschlossen, dass wir ihn ...«

»Hol mal zwischendurch Atem!«, rief Theophrast, »reicht es dir nicht, dass du die Richterin spielen darfst? Musst du auch noch bestimmen, welchen Weg die Gerechtigkeit nimmt?«

In der Menge ertönte unwilliges Gemurmel. Theophrast hörte auf zu graben und drehte sich um. »Es reicht!«, knurrte er. »Ihr nehmt Euch zu viel heraus. Das werde ich Euch abgewöhnen. Du hier vorne, war nicht Glogau dein Name? Du fängst an zu zählen, der rechte Nebenmann zählt weiter, wenn die Reihe durch ist, setzt der Hintermann fort. Wer die 99 hat, stirbt am Galgen. Fang an oder du bist die 99.«

Glogau zögerte. Dachte er darüber nach, dem König die Schaufel zu entwinden, um sie ihm auf den Kopf zu schlagen? Die Menge rückte nach hinten. Theophrast meinte es ernst. Glogau sagte: »Eins.« Das Zählen lief durch die Reihen. Ab 60 wurden die Pausen zwischen den Zahlen größer. Einige hauchten ihre Zahl, glücklich und erleichtert, davongekommen zu sein. Währenddessen grub Theophrast den Verurteilten aus. Die 94 brach zusammen, von Weinkrämpfen geschüttelt. 95 und 96 taten, als würden sie jeden Tag zehnmal knapp am Tod vorbeischrammen. 97 weigerte sich, 97 zu sagen. »Ich bin nicht die 99«, sagte die Frau. »Ich höre auf, es wird keine 99 geben.«

»Du bist die 99«, sagte Theophrast, ohne sich umzudrehen. Zwei Wächter bauten sich vor der Frau auf, sie erschrak und wollte hören, dass alles nur ein Scherz sei, dass man darüber reden könne, dass man mit Gnade rechnen dürfe. Sie suchte in der Menge den Maulwurfsjäger und rief: »Tut doch etwas! Stoppt den Irren!«

»Der Gnadenerweis hat sich soeben erledigt«, sagte Theophrast.

Zwei Wächter zogen den Verurteilten aus dem Loch.

»Was soll das Gerede vom Galgen?«, rief eine Frau. »Hier gibt es keinen Galgen.«

»Jeder Baum ist ein Galgen!«, rief man ihr zu.

»Ich habe Einfluss«, sagte sie mit einer Stimme, die tonlos klang. »Man wird mich vermissen.«

»Ihr seid nicht die 99«, stellte Theophrast klar. »Aber Ihr könntet beim nächsten Spiel dran sein. Wenn ich Lust habe, werde ich dafür sorgen, dass Ihr dran seid. Abmarsch!«

Die Wächter mit dem Verurteilten und die Wächter mit der Frau verschwanden in die Richtung, wo am Nachmittag das Feld bestellt worden war.

»Was ist da?«, fragte Trine. »Wo bringen sie die Leute hin?«

»Da hinten ist der Hügel«, murmelte Glogau neben ihr. »Früher soll es einmal ein Hinrichtungsplatz gewesen sein. Ein Scheiterhaufen stand dort und später ein Galgen.«

»Ihr zögert. Warum?«

»In den letzten Tagen durften wir uns dem Hügel nicht nähern. Theophrast sagte, es sei wegen eines Spiels, und er wolle, dass die Überraschung größer wird.«

»Sagt schon, was befürchtet Ihr?«

»Ihr wisst es so gut wie ich. Er wird einen Galgen errichtet haben.«

»Gut«, sagte Trine mit fester Stimme. »Dann wissen wir ja, was wir zu tun haben.«

»Lasst es sein, Hebamme. Bringt Euch nicht in Gefahr.«

»Ich will Leben retten.«

»Ihr habt Euer Soll heute schon erfüllt. Niemand hat mehr Leben gerettet als Ihr. Jetzt sind andere dran.«

»Aber niemand bewegt sich!«, rief sie und blickte sich um. Es war still geworden. »Wir gehen alle zum Hügel!«, rief Trine. »Wir können es verhindern. Ich gehe los, folgt mir.«

Sie ging los, aber niemand folgte ihr. Sie drehte sich um, einer duckte sich weg, aber sie hatte ihn erkannt. »Kommt her, Kropf!«, rief sie. »Ihr werdet mir helfen.«

»Ich glaube nicht, dass ich das tun möchte«, ertönte kläglich die Stimme des Malers.

»Ihr kommt her oder Ihr werdet Ärger bekommen.«

»Ich fühle mich hier ganz wohl. Ich wünsche Euch einen guten Weg. Meine Glück- und Segenswünsche begleiten Euch.«

Der Kerl regte sie auf, erbost begann sie, ihn zu suchen. Einige Male duckte er sich noch weg, dann packte sie den Feigling am Schlafittchen. »Bitte nicht«, stammelte Kropf, »ich bin doch noch so jung. Aus mir kann noch so viel werden. Ich habe Familie. Sie werden ohne mich verhungern.«

»Sie werden vor Freude in die Hände klatschen«, fauchte Trine.

Der Mann hatte so viel Angst, dass er sich am Arm einer anderen Frau festklammerte. Verächtlich blickte sie ihn an. Er sagte: »Ich bin kein Soldat, sondern ein Künstler. Ich muss nicht mutig sein.«

»Ihr seid kein Künstler«, knurrte Trine. »Ein Künstler liebt das Leben und die Menschen. Ihr liebt nur Eure Eitelkeit.«

»Weil ich ein Künstler bin.«

»Weil Ihr eine Made seid.«

»Auch eine Made ist ein Teil der Schöpfung.«

»Aber der Teil, den man unter dem Schuh zertritt.«

Der feige Künstler blickte sich um und rief: »Hier sind so viele Menschen. Warum helfen die nicht?«

»Weil sie einen brauchen, der den Anfang macht.«

»Das seid ja Ihr. Dafür gehört Euch meine ungeteilte Bewunderung.«

Trine ließ ihn stehen. Sie ertrug die Worte dieses Menschen nicht. Das Schlimmste war der Tonfall: ohne Halt und Festigkeit. Er tat sich leid, von morgens bis abends. Trine hatte nicht nur mit diesem Künstler ein Problem. Sie waren ihr alle zu sehr auf sich selbst bezogen. Vielleicht mussten Künstler so sein, dann mochte sie eben alle Künstler nicht. Sie hatte ja auch Schwierigkeiten, die Leidenschaft der Prinzessin für die Malerei nachzuvollziehen. Aber im Moment waren ihr alle Künstler einerlei, im Moment ging es um Leben und Tod.

29

Trine Deichmann raffte ihren Rock und eilte in die Richtung, in die die Wächter verschwunden waren. Jetzt kam Leben in die Masse, die bis eben bewegungslos und stumm herumgestanden hatte. »Überlegt es Euch noch einmal!« – »Setzt nicht Euer Leben für Menschen aufs Spiel, die Ihr gar nicht kennt« – »Sie nimmt sich zu wichtig, daran erkennt man die aus Lübeck« – »In schweren Stunden ist sich jeder selbst der Nächste.«

Trine war nicht allein unterwegs. Die Gestalt vor sich erkannte sie nicht gleich, aber Graf Teiler von Harnack, der Mann, der sie aus Lübeck entführt hatte, wartete auf sie. »Sprecht mich nicht an«, fauchte sie. »Ich bin geladen wie eine Bierblase.«

Er lachte: »Danke, dass Ihr mir bildhafte Vergleiche aus Eurer Arbeit als Hebamme erspart. Mit der Bierblase kann ich etwas anfangen.«

»Mich regt gar nicht auf, dass die Männer nicht mutiger sind als die Frauen.«

»Weil Ihr die Männer kennt.«

»Weil ich weiß, wie leicht es wäre, dem Zwerg in den Arm zu fallen.«

Sie eilten durch die Nacht, vor sich sahen sie den Schein von Feuer über Bäumen.

»Ihr seid noch immer nicht klüger als heute Morgen«, sagte der Graf. »Ihr glaubt immer noch, man muss Theophrast nur aufs Haupt schlagen, dann fällt er um, und alles ist vorüber.«

»Jedenfalls ist das Töten dann vorüber.«

»Aber nein.«

Schweigend gingen sie weiter. Trine Deichmann konnte energisch ausschreiten. Es tat ihr gut, Bewegung war jetzt wichtig. Stillstehen hätte ihren Grimm nur weiter gesteigert. Wenn es einen Begleitumstand ihres Gewerbes gab, der ihr nicht behagte, so war es die Enge in den meisten Räumen. Sie waren vollgestopft mit Menschen. Es war zu warm und roch nach zu viel gleichzeitig. Trine Deichmann fand es immer noch anstößig, was ihr Theophrast vorhin zugemutet hatte. Aber sie hatte es genossen, Raum zu haben. Geburten unter freiem Himmel – sie musste später darüber nachdenken. Jetzt musste sie Leben retten. Vor allem musste sie mit Stumpf und Stiel den Zweifel aus ihrem Herzen reißen, den ihr Graf Harnack eingepflanzt hatte.

»Redet schon«, knurrte sie.

»Gesetzt den Fall, der kleine König fällt aus, egal aus welchen Gründen. Also auch aus dem Grund, dass ihn eine erboste Hebamme vom Stängel haut …«

»Ja, ja, weiter. Ihr regt mich auf.«

»Dann ist das Narrenreich nicht beendet. Dann wird es einen neuen König geben. Und wenn es ihn nicht geben kann, werden die Befehle des alten Königs weiter gelten, und es werden genug Männer dafür sorgen, dass die Befehle ausgeführt werden.«

»Zum Beispiel wer?«

»Zum Beispiel ich.«

»Das würdet Ihr nicht tun. Dafür seid Ihr zu klug und besonnen.«

»Wofür?«

»Um Euch von einem Zwerg schurigeln zu lassen.«

»Die Größe spielt keine Rolle.«

»Tut sie doch. Wäre er zwei Meter groß, wäre ich nicht so wütend.«

»Ihr meint, es hilft, wenn man einen Gegner allein schon aus körperlichen Gründen ernst nehmen kann.«

»Es gibt einen Moment, wo man widerstehen muss«, murmelte sie.

»Von welcher Welt redet Ihr? Wo kämen wir hin, wenn das Wort eines Königs nichts mehr wert wäre? So weit wird es nie kommen. Das wäre das Ende aller Vernunft. Kein Mensch hätte eine Freude daran. Woran sollte er sich dann halten?«

»Vielleicht wird es Zeiten geben, wo die Menschen anders denken. Vor hundert Jahren haben sie auch anders gedacht. Und vor fünfhundert Jahren erst recht.«

»Seid Ihr sicher? Ist es nicht vielmehr so, dass die Menschen früher nur anders gekleidet waren und von anderem Geschirr gegessen haben? Einiges hat sich verändert und wird sich weiter ändern. Einiges wird sich nie verändern, und dazu gehört es, dass das Wort des Königs gilt.«

»Egal wie der König ist?«

»Die Frage ist in dem Moment beantwortet, in dem er König ist. Es gibt keine unterschiedlichen Gewichte für Könige.«

»Ihr wollt damit sagen: König ist König.«

»König ist König. Ob er ein Riese ist oder ein laufender Meter.«

»Aber insgeheim reizt Euch die Vorstellung, was er tun wird, wenn Ihr ihm die Faust auf den Kopf schlagt. Wird er zetern oder fällt er um?«

Es waren nur zwei Feuer, obwohl es von Weitem so ausgesehen hatte, als würde der Wald in Flammen stehen. Der Hügel war kleiner, als Trine gedacht hatte. Eine Beule in der Landschaft, von Bäumen umstanden. Als Trine mit dem Grafen ankam, waren zwei Gestalten dabei, neue Stämme ins Feuer zu stellen, wie eine Pyramide sah das

Feuer aus, unten standen die Stämme weit entfernt, oben kreuzten sich ihre Spitzen. Der Hügel selbst war kahl bis auf den Galgen. Der Strick wirkte sehr dick im flackernden Licht. Der Körper in der Schlinge schaukelte sanft, als wolle er Schlaf finden. Dabei hatte er ihn schon gefunden, den langen Schlaf. Trine konnte keine Gesichtszüge erkennen, aber dass es sich um den Richter handelte, stand außer Zweifel. Im Hintergrund waren die Wächter mit etwas beschäftigt, für das Trine keine Augen hatte. Sie umrundete den Galgen, hielt aber einige Meter Abstand vom Leichnam. Das Feuer brannte unruhig, knisternd und schmatzend fraßen die Flammen das klebrige Harz. Munter sahen die Flammen aus, als würden sie hüpfen und springen und hätten Spaß daran, sich satt zu fressen. Erst als die Wächter Platz machten, entdeckte Trine den König. Er gab Anweisungen, anstatt bedrückt und demütig zu wirken, markierte er den Herrscher, auf dessen Wort alle zu hören hatten. Er stand bei Trächtig, den sie gerade verurteilt hatten. Und die Frau war da, die nicht die 99 war, aber nicht den Mund gehalten hatte.

Trine dachte: Du siehst es dir nicht an. Graf Harnack war beim König. Was gab es noch zu bereden, wenn alles entschieden war? Trine kreiste um den Hügel, mit jedem Schritt veränderten sich das Licht und die Schatten. Das Feuer knisterte, menschliche Stimmen waren nicht zu hören. Es wirkte alles sehr beherrscht. Trine dachte: Es muss so sein, es war immer so. Einen rettete man, zehn steckten den Kopf durch den Strick. Wo blieb der Henker? Oder waren die Wächter vielseitiger als gedacht? Plötzlich spiegelte sich das Feuer in zahlreichen Augen. Die Hunde waren nicht groß, in Farbe und Maserung des Fells unterschieden sie sich stark. Wilhelmine war bei ihnen. Ein Tier trabte Richtung Galgen, ein Pfiff, und kein Tier trabte mehr Richtung Galgen. Sie hatte ihre Hunde im Griff, sechs Tiere zählte Trine. Dann floh der Verurteilte. Trine sah nicht, wie er lief, sie sah nur, wie die Wächter taumelten, die er weggeschubst hatte. Trächtig verschwand zwischen den Bäumen. Die Hunde umkreisten Wilhelmine. Auffordernd hoben sie die Köpfe: Lass uns los, gib uns frei. Aber sie liefen nicht.

»Wenn man Euch nicht ständig unter Kontrolle hat!« Theophrasts Stimme kehrte den empörten Regenten heraus. Ein Wächter tauchte in den Wald ein. Was für eine Dummheit, in der Nacht!

»Worauf wartet Ihr?«, rief Theophrast der Hundeführerin zu. »Braucht Ihr eine Extraeinladung? Lasst sie schon los!«

Sie rief: »Der dumme Wächter ist dazwischen.«

»Na und wenn schon! Einen, um auf den Geschmack zu kommen. Den Zweiten, um der Gerechtigkeit zu dienen.«

»Auf Eure Verantwortung!«, rief sie und nickte den Hunden zu. Die schossen davon. Einer rannte sehr dicht an Theophrast vorbei. Ob er ihn touchierte oder ob der König vor Schreck einen Satz machte, war nicht zu erkennen. Jedenfalls strauchelte er. Hilfreiche Hände streckten sich ihm entgegen. »Ich bin nicht gefallen, nur gestolpert«, stellte er klar. Die Hände zogen sich zurück, aber das passte ihm auch nicht. Warum sah es so ungelenk aus, wenn er aufstand?

Im Wald ertönte Bellen, jemand schrie. Sie hatten ihn, die Wächter verschwanden im Wald. Theophrast warf Trine einen Blick zu, als würde er sie jetzt erst entdecken. »Wer hat die Hebamme hergebracht?«, fragte er unwirsch. »Sie muss nicht alles sehen.«

»Warum denn nicht?«, konterte sie. »Was ist falsch

daran, wenn man Eurer Führungsstärke teilhaftig wird?«

Er spürte den Spott, aber in den Worten selbst fand er dafür keinen Beleg. So murrte und knurrte er. Auch Trine knurrte. »Ich habe es genau gehört«, behauptete er.

Das Rufen im Wald verwandelte sich in Stöhnen, das in ein Jammern überging. Dann war es still. Es war ein ungutes Schweigen, allen war das bewusst, aber nur Theophrast musste es ansprechen. »Was ist?«, fragte er. »Was müsst Ihr vielsagend gucken, als hätte ich einen Fehler begangen?«

»Fehler? Ihr doch nicht. Ihr könntet an den Baum scheißen, und es wäre lauter Wohlgeruch.«

Theophrast rang nach Worten, eine lächerliche Geste heuchlerischer Überraschung.

»Eins muss Euch klar sein«, sagte Trine. »Ihr könnt tun, was Euch in den Sinn kommt, vielleicht widerspricht Euch niemand, vielleicht habt Ihr die Macht, es zu tun. Aber Ihr wachst um keinen Zentimeter, nur weil Ihr große Töne spuckt.«

Graf Harnack zog sie zurück. »Es ist gut«, sagte er eindringlich. »Ihr habt Euch entschlackt und fühlt Euch besser.«

»Das wüsste ich«, fauchte sie und wehrte sich gegen seine Berührung. Sie brauchte keinen, der sie bemutterte.

Zwischen den Bäumen tauchten Gestalten auf, sie trugen einen Körper heran, die Hunde umsprangen sie. Ein kurzer Ruf aus Wilhelmines Richtung, die Tiere trabten zu ihr. Man umringte den Körper, es war einer der Wächter, der die Verfolgung des Verurteilten aufgenommen hatte.

»Ich bin nicht amüsiert«, rief Theophrast. »Die Pannen häufen sich.« Und zu Wilhelmine: »In einer halben Stunde will ich den Flüchtigen sehen, sonst habt Ihr Eure Hunde zum letzten Mal gesehen.«

»Sie können nichts dafür, dass Eure Leute nicht aufpassen«, entgegnete Wilhelmine gelassen.

»Bewegt Euch«, rief Theophrast, »ich kann das mit den Hunden auch vorziehen.«

»Sie müssen die Witterung aufnehmen, sie können nicht jeder Spur hinterherlaufen.«

»Dann bitte«, ordnete Theophrast an und wandte sich ab.

Der Wächter lebte nicht mehr, er blutete stark, sie hatten eine der großen Adern erwischt. »Was tut Ihr mit ihm?«, fragte Trine.

»Was werden wir wohl mit ihm tun?«, erwiderte Theophrast.

»Es ist erstaunlich, wie sehr Ihr Euch um jeden Leichnam kümmert. Ist das die Aufgabe des Herrschers im Narrenreich?«

»Schafft sie weg«, forderte Theophrast die Wächter auf. Und mit einem Blick auf Graf Harnack: »Er ist dazu ja nicht in der Lage.«

Trine sagte: »Ich muss gerade an mein Zimmer im Schloss denken. Wie es aussieht, die vielen Regale mit den Gläsern. Nicht jeder wird darin einen Willkommensgruß erkennen. Ich kann das. Gilt das noch? Bin ich im Narrenreich willkommen?«

»Ihr seid nicht so nützlich, wie ich gehofft hatte«, entgegnete Theophrast.

»Was erwartet Ihr von mir? Soll ich Euch frische Luft zufächeln? Soll ich Euch pudern?«

»Warum nicht?«

Ein Schreck durchfuhr sie. Er war dazu imstande, aus

ihr eine Dienerin zu machen. Das würde sie nicht überleben. So eine Blamage! Sie blickte sich um, sie musste den Herrscher auf andere Gedanken bringen. So sagte sie: »Der ideale Boden für Galgenmännchen.«

Alle starrten Theophrast an. Niemandem war der Ruck entgangen, der durch den kleinen Körper gefahren war. »Wie kommt Ihr darauf?«, fragte er mit erzwungener Ruhe.

»Das ist doch kein Geheimnis«, antwortete Trine. »Sie wachsen am liebsten unter dem Galgen. Überall dort, wo Menschen vom Leben zum Tod kommen.«

»Was wisst Ihr über die Alraune?«

Wieder dieser Tonfall, den sie nicht einschätzen konnte. Wollte er sie prüfen? Aber wie konnte er annehmen, eine Hebamme würde keine Alraunen kennen? »Sie sind ein gutes Heilmittel«, sagte Trine. »Die Blätter, vermischt mit Graupen, sind gut gegen Entzündungen an den Augen. Oft hilft ein Umschlag auch bei Abszessen und Geschwulsten.«

Es sah aus, als würde Theophrast um eine Entscheidung ringen. »Verfahrt mit ihm so, wie es zwischen uns besprochen ist«, sagte er zu den Wächtern. Und zu Trine: »Ihr kommt mit mir.«

»Ich gehe nachts nicht in den Wald«, entgegnete sie. »Für meinen Geschmack sind hier zu viele Hunde unterwegs. Ihr habt gesehen, was daraus werden kann. Euch werden sie als Vorspeise nehmen und als Hauptgang mich.« Sie wusste, dass sie auf dünnem Eis wandelte. Aber das Gefühl war einfach unwiderstehlich.

»Wo wir hingehen, ist Licht«, knurrte er.

Plötzlich witterte Trine einen Hinterhalt. Sie warf dem Grafen einen Blick zu, aber der beachtete sie nicht. »Ihr wisst, wo ich bin!«, rief sie Wilhelmine zu. »Sagt es allen. Verschweigt nichts.«

»Meine Güte, was nehmt Ihr Euch wichtig«, sagte Theophrast höhnisch.

»Das könnt Ihr nicht verstehen. Jemand mit so einer angeborenen Demut und Schüchternheit wie Ihr.«

»Man muss sich ein großes Maul auch leisten können.«

»Wer mir nicht passt, wird eins zwei drei verhext.«

Darauf sagte er nichts mehr, rief stattdessen einen Wächter herbei und befahl ihm, mit einer Fackel voranzugehen. Ein Rest Unwohlsein blieb, als sie sich auf den Weg machten. Trine war auf einen längeren Marsch eingestellt, aber es waren nur wenige Schritte. Wo am Fuß des Hügels die Bäume aneinanderstießen, gab es einen Durchgang, einen schmalen Weg, wohl ein Pfad für Hirsche und Rehe.

30

Vorne ging der Wächter mit der Fackel, im Gänsemarsch dahinter Trine, zuletzt der König. Das Gefühl des Unwohlseins wurde nun bei der Hebamme von Spannung verdrängt. Schnell stand Trine vor dem Acker. Man konnte nicht weit sehen, aber der Wächter schritt wie aufgezogen die Seiten ab. Plötzlich leuchteten weitere Fackeln auf, zwei, drei, fünf insgesamt. Sie wurden nicht von Menschen gehalten, sie waren im Boden versenkt. Eine zweite Gestalt war auch da. Wo kam sie her? Trines Hand schloss sich um das Messer in ihrer Tasche. Sie wäre nicht anders vorgegangen. Abseits von unliebsamen Zeugen, nur mit den Meuchelmördern und Handlangern. Und natürlich Theophrast, der vor Blut nicht zurückschreckte. Aber Blut musste nicht zwangsläufig fließen, es gab andere Methoden, einen Menschen vom Leben zum Tod zu befördern.

»Eine Wache ist immer hier. Tagsüber und in der Nacht. Nachts ist es wichtiger. Nichts ist frecher als ein wildes Schwein.« Er erwiderte ihren verdutzten Blick und fragte: »Was passt Euch jetzt wieder nicht?«

»Es ist … äh … ich war nicht auf das gefasst, was Ihr sagt.«

»Einmal im Leben lasse ich mich zu einem ordinären Thema herab und rede von wilden Schweinen. Und damit verblüffe ich Euch. Ihr habt eine seltsame Art, einem Komplimente zu machen.«

Die Hand umschloss das Messer nicht mehr so fest. Aber sie hielt es noch umfasst.

»Vertretet Euch die Beine«, forderte Theophrast den

Wächter auf. Der ging zu seinem Kollegen, beide machten sich unsichtbar.

»Was ist das hier?«, fragte Trine neugierig.

»Dies ist das Feld, auf dem die Früchte wachsen, die Männer mögen.«

»Bitte was?«

»Mit diesem Feld werde ich die Wette gewinnen. Und dann bin ich frei.«

Das Feld war rechteckig, fast quadratisch und nicht groß, 40 Schritte nach rechts und nach oben. Eine Hälfte schien um ein Weniges höher als die andere, Mist lag darauf, jedenfalls etwas, das verwitterte oder schon verwittert war. Trine roch Mist. Was immer hier wuchs oder wachsen sollte, es steckte noch nicht in der Erde oder war jedenfalls noch nicht aufgegangen. Trine entdeckte keine grünen Blätter, allerdings war der Feuerschein zu wenig hell und auch zu unruhig. Schatten tanzten wie wild. Die Augen fanden keinen Halt.

Theophrast sagte: »Erzählt mir alles, was Ihr über Alraunen wisst und ich erzähle Euch den Rest.«

»Ist es das? Sollen hier Alraunen wachsen?«

»Sollen ist gut. Der Acker ist vollgestopft mit Alraunen. Und ich versichere Euch: Sie sind alle gut bei Kräften.«

Trine lebte ihr Leben lang mit Alraunen. Aber den Namen hatte sie erst gehört, als sie schon erwachsen war. Galgenmännchen, Wurzelknecht und Dollwurz, das waren die Namen ihrer Kindheit. Jedes Kind war neugierig auf die Pflanze, aber nur auf ihre Wurzel. Denn die war weiß und von menschlicher Gestalt. Trine erinnerte sich an ihre erste Alraune, neben einem großen Misthaufen hatten die Kinder sie ausgegraben, dort, wo gewöhnlich die Hühner und Kaninchen geschlachtet wurden. Sie sah aus wie ein Mensch, jeder sah das, auch die begriffsstutzigsten Kinder, die halb idiotischen, denen man alles zehnmal erklären musste. Kopf, Körper, Arme, Beine, alles war vorhanden und in genau der richtigen Anzahl. Auf dem Kopf saßen die Blätter, aus Armen und Beinen sprangen dünnere Wurzeln, das waren die Finger und Zehen. Die männliche Alraune war dicker und kräftiger, die weibliche war zartgliedrig. Beide lebten in enger Nachbarschaft, und wozu sie gut waren, wusste jedes Kind. Alraunen gaben den Männern Kraft, damit sie gern zu den Frauen gingen und neue Kinder entstanden. Wo nichts mehr half, die Alraune half immer.

Der Nachbar zur Linken, ihn sah die kleine Trine mit der Schaufel zum Hinrichtungsplatz gehen. Wenn es dunkel wurde, ging er los. Sie dachte, er würde sich genieren, aber er tat es nur so heimlich, weil es der Brauch war. Wo der Galgen stand oder der Baum, an dem im Dorf die armen Seelen ihren letzten Atemzug taten, dort fühlte sich die Alraune wohl. Wenn es ans Sterben ging, pisste sich der arme Teufel ein letztes Mal die Hose voll. Das war Dünger für die Alraune. Was sie sonst noch gern trank, um stark zu werden, erfuhr Trine erst, als sie größer war. Alraunen liebten den Samen des Mannes, aber es musste der Samen eines unanständigen Mannes sein. Sie wollten nicht, dass Kinder aus der Nachbarschaft kamen und unter dem Galgen taten, was Jungen tun, wenn sie älter werden, manchmal auch in Gesellschaft von anderen Jungen. Sie machten es nur, wenn kein Mädchen in der Nähe war, aber Mädchen waren schlau und versteckten sich und sahen dann alles, was sie sehen wollten. Diesen Samen wollte die Alraune nicht, dann wuchs sie nicht und konnte nicht geerntet werden. Wenn sie aber alles getrunken hatte, was sie brauchte, wurde sie groß und stark, sie verwandelte sich in kleine Menschen und wartete darauf, dass sie ihre Fähigkeit zeigen konnte. Kein anderes Heilkraut flößte den Männern so lustvolle Gedanken ein. Wer lebendig war, dem konnte die Alraune aufhelfen. Wer sie ernten ging, musste mehr wissen als den Ort, an dem sie wuchs. Erst dreimal mit dem Schwert umkreist, dann durfte gegraben werden, während das Gesicht nach Westen sah. Auch ein Hund war nützlich, nur seine Nase war fein genug, um zu riechen, was unter der Erde war. Und Mut war nötig, sehr viel Mut, denn die Alraune wehrte sich mit schrillem Schrei, wenn man ihr ans Leben wollte.

»Ihr wisst recht viel«, gab Theophrast zu. »Ihr seid eine Hebamme, da kann man das verlangen.«

»Ich weiß auch, dass es Menschen gibt, die die Alraune genau andersherum anwenden: nicht, um von Lust ergriffen zu werden, sondern um die Lust zu verlieren.«

»Ach, diese alte Sage«, sagte er abschätzig. »Die Dosis macht, ob es ein Segen ist.« Er wies auf das Feld, selbst in dem schlechten Licht erkannte Trine, wie ergriffen er war. »Dies hier ist ein Feld voller Segen. Niemand wird es bestreiten, niemand wird es andersherum deuten.«

»Aber Alraunen sind selten«, gab Trine zu bedenken, »woher habt Ihr so viele Pflanzen? Wer hat Euch geholfen?«

»Niemand hat mir geholfen, mir hat schon lange niemand mehr geholfen. Ich muss selbst dafür sorgen, dass es mir gut geht. Außerdem soll es eine Überraschung werden, und die Leute aus der Gegend mögen maulfaul und langsam sein. Aber sie tratschen für ihr Leben gern.«

Zum zweiten Mal bekam Trine die Geschichte der Wette zu hören. Sie verriet Theophrast nicht, dass ihr vor Kurzem alles schon hinterbracht worden war. Aus den Unterschieden in der Erzählung las sie den Charakter des kleinen Königs ab. Denn er war kein Opfer und kein Spielball, mit ihm trieb man keine üblen Späße, mit ihm verhandelte man auf Augenhöhe. Er war ein Gleicher unter Gleichen, er war nur etwas kleiner. »Es ist keine Wette«, sagte er kopfschüttelnd, »es ist ein geistreiches Spiel. Sie wollen mich testen, sie wollen sehen, wo meine Grenzen liegen – falls Grenzen überhaupt vorhanden sind.« Das Feld, das Männer mögen, so hieß es auch bei ihm. Er äußerte sich nicht darüber, was passieren würde, sollte er den Sieg davontragen.

Vorsichtig sagte sie: »Das geistreiche Spiel geht um Geld.«

»Nun ja …«

»Auch um Freiheit?«

»Freiheit? Wer sehnt sich schon nach Freiheit?«

»Jeder, dem sie vorenthalten wird.«

Ein skeptischer Blick von der Seite, sie musste aufpassen. Aber Stolz und Freude überwogen, Theophrast schwärmte von seinem Feld. »Seit einem halben Jahr arbeite ich daran.«

»Liegt es deshalb so versteckt? Weil es so wertvoll ist?«

Solche Worte wollte er hören, er wollte hören, dass Trine verblüfft war und beeindruckt, dass sie ihm so einen langen Atem nicht zugetraut hatte. Seit dem Winter hatte er alle Hinrichtungsplätze zwischen Lübeck und Rostock, Wismar und Schwerin aufgesucht. Überall hatte er nach Alraunen gegraben, manchmal im Wettbewerb mit Kräuterfrauen und Hexenmeistern, die sich hier mit frischer Ware versorgten. Trine fand die Vorstellung spaßig, den kleinen Mann hastig buddeln zu sehen, während neben ihm ein Konkurrent das Gleiche tat. »Manchmal kam ich zu spät«, gestand er freimütig ein. »Manchmal war ich schneller. Manchmal ließ ich eine Münze springen. Es ist erstaunlich, wie beweglich sie werden, wenn sie Geld riechen.«

»Aber Ihr könnt doch nicht Alraunen ausgraben und sie später wieder eingraben.«

»Das habe ich auch gemerkt.« Sein Gesichtsausdruck war treuherzig. Kaum legte er seine Maske der Hochnäsigkeit und Allwissenheit ab, gewann er. Die ersten Alraunen waren auf der Reise zu ihrem neuen Feld kaputtgegangen. Vielleicht waren sie vertrocknet, vielleicht waren ihre empfindlichen Wurzeln zerstört worden, vielleicht vertrugen sie es nicht, von einer Erde in eine andere umgesetzt zu werden. Theophrast war klug genug, um zu reagieren. Er ließ die Alraunen in ihrer natürlichen Umgebung und holte sie mitsamt dem Erdreich aus dem Boden. Erde und Pflanze wanderten in einen Sack, alles in eine Kutsche, und ab ging die Fahrt.

»In eine Kutsche«, sagte Trine beeindruckt. »Ihr seid ein Bauer, der Kutsche fährt.«

»Findet Ihr einen Zwerg, der auf dem Pferd reitet, vielleicht schlauer?« Diesmal war sein Gesicht beschämt, er hatte versucht, sich auf einem Pferd zu halten, aber sein Körper war dafür einfach nicht geschaffen. »Als ich klein war, hat mir mein Vater einen Wagen gebaut, unser größter Hund hat ihn gezogen. Das war ein Spaß. So einen Wagen bräuchte ich jetzt auch. Aber es ist nicht schön, damit übers Land zu fahren, wenn jeder, an dem du auf dem Weg vorbeikommst, vor Lachen umfällt.«

»Ach, Theophrast, wenn Ihr nur nicht so besessen wärt von Eurer Größe.«

»Wieso ich? Ihr seid es doch. Ihr und alle anderen.«

»Ich kann nur für mich sprechen, und ich versichere

Euch: Ihr selbst seid es, der mich auf Euren Körper stößt. Alles, was Ihr tut und lasst, wie Ihr guckt und Euch bewegt, hängt mit Eurem Körper zusammen. Ihr beobachtet Euch von morgens bis abends. Ihr solltet das lassen. Einmal am Tag wird einer kommen und eine dumme Bemerkung machen. Den müsst Ihr aushalten, und wenn Ihr es nicht könnt, müsst Ihr es lernen. Ihr seid doch klug, Ihr lernt leicht. Die anderen werden Euch nehmen, wie Ihr seid, und wenn Ihr klug seid und dabei menschlich, werden sie Euch respektieren. Vielleicht wird Euch nicht jeder lieben, aber Respekt könnt Ihr bekommen. Und wenn Ihr ihn bisher vermisst, fragt Euch, ob es nicht an Euch liegt.«

31

Was sie jetzt anfunkelte, war das empörte Gesicht eines kleinen Königs, nicht das eines Mannes, der kleiner war als andere Männer. In einer anderen Situation, an einem anderen Ort, hätte er sich jetzt aufgepumpt wie ein Maikäfer; neben seinem geliebten Feld stehend, war er zu Milde fähig.

»Man macht Fehler, man macht weniger Fehler, man hört auf, Fehler zu machen, man kriegt die ersten Pflanzen ins Feld, und sie leben. Das war ein schönes Erlebnis, ich gebe es zu.« Die Zahl der Hinrichtungsplätze in der Region war groß, aber bald kannte er die meisten und hatte unter ihnen gegraben. Zu dem Zeitpunkt war man längst auf den seltsamen kleinen Mann aufmerksam geworden. Menschen, die leidenschaftlich an Alraunen interessiert waren, kannte jeder. Dazu waren die Fähigkeiten, die man Alraunen nachsagte, zu vielfältig. Kaum ein Bereich menschlichen Lebens und Leidens, den die Alraune nicht bediente. Lustlosigkeit, Schwermütigkeit, Wunden, Beulen, Entzündungen …

»Ich kann Euch aushelfen«, sagte Trine. »Ich verwende die Alraune, damit die Frau leichter empfangen kann. Nein, Ihr müsst nicht so gucken. Ich gebe sie der Frau.«

»Ach, das geht auch?«, stieß Theophrast hervor.

»Ihr wisst nichts von Frauen«, rief Trine lachend. »Ihr seid genau wie alle anderen Männer.« Sie nannte ihm das Rezept, aber seine Augen blieben matt. Die Schwangerschaft war nicht sein Gebiet. Und dass der Teufel in der Alraune wohnte? Ein müdes Schulterzucken, mehr war

Theophrast dazu nicht zu entlocken. Und dass Alraunen eine andere Gestalt annehmen konnten? Die einer Kröte? Die eines Drachen? Das ließ ihn kalt, er liebte nur sein Feld.

In den ersten Tagen des Jahres hatte der Erste vor der Tür gestanden. Er hatte gehört, dass ein kleiner Mann nach Alraunen suchte. Er würde Orte kennen, wo sie wachsen, er wäre bereit, ihm die Orte zu zeigen, jeder würde ihn mögen, weil er so hilfsbereit … »Und so weiter und so fort, blablabla. Es ging immer nur um Geld. Und ich habe gezahlt. Denn sie sind zwar geldgierig, aber sie sind auch beschränkt. Sie kennen keine Zahl mit mehr als einer Null. Einen habe ich heruntergehandelt, weil er in Lebensgefahr schweben würde, wenn er sich die Null zum Feind machte. Sein Gesicht werde ich nie vergessen, seine Alraunen auch nicht. Sie gehören zu den fettesten und besten.«

Wie ein Besessener hatte Theophrast Alraunen gesammelt. Niemand hatte jemals in so großem Maß Alraunen zusammengerafft. »Ich bin der Größte und Reichste«, behauptete er nüchtern. »Es war ein hartes Stück Arbeit, und ich war glücklich, als ich sie lebendig über die langen Entfernungen gebracht habe. Sie wachsen nun und werden größer. Aber es ist nicht der alte Schwung in ihnen. Es ist wie eine Schafherde. Es gibt gute Milchschafe und schlechte; du hast gute Fleischtiere und schlechte. Die Mischung macht's. Du brauchst das eine und das andere. Momentan habe ich zu viel von der einen Sorte und zu wenig von der anderen.«

»Zeigt sie mir.«

»Was?«

»Ich will eine Alraune sehen.«

Einerseits freute er sich, weil sie Feuer gefangen hatte. Andererseits fürchtete er um seine Lieblinge.

Trine sagte: »Ihr seid ein Bauer. Ihr habt Euren Beruf verfehlt.« Mehr musste sie nicht sagen. Er ging zu den Bäumen und kehrte mit einer kleinen Schaufel zurück.

»Selbst angefertigt«, murmelte er. »Ich war es leid, mich ständig zu verbiegen.«

»Wer hilft Euch bei der Arbeit? Ihr könnt das unmöglich alles allein schaffen.« Er wollte nicht mit der Sprache heraus. Sie klopfte auf den Busch und sagte: »Frauen sind dafür am besten geeignet. Sie sind zart, sie sind die besseren Zauberinnen und Hexen.«

»So redet Ihr, weil Ihr Angst habt, dass Männer die Kinder so gut holen könnten wie Ihr.«

»Was würdet Ihr sagen, wenn ich Euch erzähle, dass ich es mit Männern versucht habe? Einer war nicht schlecht, er hatte Talent, aber die Schwangeren haben ihn abgelehnt. Dabei ist er mir nur zur Hand gegangen und hatte keinen direkten Kontakt mit ihnen.«

»Ich kann mir vorstellen, wie der andere war«, murmelte Theophrast, der schon auf den Knien lag. Erst stellte er sich an, wollte Trine nur einen kurzen Blick darauf werfen lassen und alles gleich wieder bedecken. Aber sie kannte ihn mittlerweile gut genug. Einmal süffisant seine Rolle als Mann und Herrscher angezweifelt, und sie hielt die Wurzel in der Hand.

Trine kannte Alraunen, aber ausgegraben hatte sie die wenigsten. In ihren Kreisen wusste man, wer wusste, wo sie wuchsen, und wer bereit war, sie abzugeben. Man musste Lübeck verlassen und eine Zeit lang, aber nicht lange, durch Wälder fahren oder gehen. Die Hütte war schäbig, der Garten gab einen ersten Hinweis darauf, dass hier jemand lebte, der Pflanzen liebte und unter dessen Pflege sie gediehen. Von wegen Galgen! Ihre Alraunen bezog Trine von Orten im Wald, die nur die Bewohnerin der Hütte kannte. Das war die Spielregel, an die sich jeder hielt. Trine hängte es nicht an die große Glocke, welche Kräuter und Pflanzen sie in ihrer Arbeit verwendete. Sie musste auch nicht damit rechnen, dass jemand fragte. Ihr Amt und ihr Ruf waren für die Menschen der Ausweis ihrer Qualitäten. Trine Deichmann war so beliebt, dass sie mehr als einem katholischen Kind auf die Welt verholfen hatte. Ihr erstes Kind würde sie nie vergessen, eine Totgeburt, stranguliert von der Nabelschnur, nichts, was selten vorkam. Aber nun konnte das Kind nicht mehr getauft werden, nun musste es für den Rest der Tage in der Vorhölle existieren und in ständiger Furcht leben, in diesem seltsamen Raum zwischen Himmel und Hölle, vollgestopft mit lauter Unerlösten. Trine hatte nichts gegen Katholiken, wenn sie ihr auch zu oft davon sprachen, dass es schon katholische Menschen gegeben hatte, als die protestantischen noch auf den Bäumen lebten. Sie konnte sich nicht mit dem Brauch der Katholiken anfreunden, ihre toten Kinder durch bizarre Zauberkunststücke ins Leben zurückzuholen, und sei es nur für die Dauer eines Augenaufschlags. Jedes Zeichen, auch das fadenscheinigste und unwahrscheinlichste, galt als Nachweis von Leben. Lebendige Kinder konnten die Taufe erhalten, mit der Taufe blieb ihnen die Vorhölle erspart.

Das Instrument der Katholiken war der Wiederbelebungsschrein. Hier beteten sie um das Leben ihres Säuglings, hierher zerrten sie die Hebamme Trine Deichmann und legten ihr durch direkte Ansprache oder zu Herzen gehende Trauer nahe, zu bezeugen, dass sich in dem Kindchen Leben geregt habe, sehr kurz und leider nicht von Dauer. Aber sie, die Hebamme, habe Leben gespürt und könne dieses Leben bezeugen, und sie zerrten einen Geistlichen heran, der in der Regel die Taufe vollzog, denn er wollte kein Unmensch sein, und wenn ein Katholik nicht in der Lage war, eine gnädige Lüge vor sich und anderen zu rechtfertigen, wer wohl sonst?

Trine Deichmann hatte mit den Katholiken schon großen Ärger erlebt. Sie taten immer so, als würde die religiöse Überzeugung der Hebamme das Glück ihres Kindes fördern oder gefährden. Ohne Vorwarnung begannen sie spitzfindige Debatten über Fragen des Glaubens, die Trine herzlich gleichgültig waren, über die sie sogar eine Meinung äußerte – nur nicht in den angespannten Stunden vor der Geburt. Sie verstand und billigte auch manches bei den Protestanten nicht. So würde Trine nie begreifen, wie gleichgültig viele den Tod ihres Kindes hinnahmen. Und warum? Weil es Gottes Wille sei und weil es nicht statthaft sei, sich gegen Gottes Willen aufzulehnen. Trine wusste wohl, dass, würde man diese Geisteshaltung konsequent bis zu ihrem Ende denken, die Dienste einer Hebamme unnötig wären, denn Gottes Wille würde der Schwangeren weisen, ob die Geburt einen glücklichen Verlauf nehmen würde oder nicht.

Trine schimpfte nicht über die Protestanten, wie es ihr Joseph tat, er hatte einem Pastor Hausverbot in seiner Gaststätte erteilt, weil er dessen weinselige Reden nicht länger ertragen wollte. Er mochte keine Menschen, die nach dem vierten Glas laut wurden, um sodann bis zum zwölften immer lauter und meinungsfreudiger zu werden. Aus der Zeit ihrer ersten Begegnungen mit trauernden katholischen Eltern rührte ihr Entschluss, die Alraune einzusetzen. Wenn die Eltern ihr totes Kind auf den Schrein legten, um danach tagelang vor ihm um himmlischen Beistand zu flehen, schaffte sie es nur am ersten Tag, über so viel Unvernunft die Nase zu rümpfen. Wenn sie aber nicht mit dem Beten aufhörten und immer kleiner wurden in ihrem Unglück, sann Trine nach einem Mittel, um ihnen Frieden zu geben. Es durfte kein Mittel sein, das geeignet war, als Trick der Protestanten gebrandmarkt werden zu können. Die Juden fielen ebenso aus wie die Naturreligionen, die in den abgelegensten Dörfern überlebt hatten und deren Anhänger Dutzende von Gottheiten anbeteten, die schon die Wikinger in die Knie gezwungen hatten. Trine Deichmann wartete einen günstigen Moment ab und öffnete ihre Tasche aus Otterfell, die für die Lübecker zu einem Erkennungszeichen geworden war. Auch die anderen städtischen Hebammen verwendeten Taschen der gleichen Machart. Trine holte ein Amulett heraus, einen pflanzlichen Talisman, gewonnen aus der Wurzel der Alraune. Murmelnd legte sie den Betern den Talisman ans katholische Herz und empfahl ihnen, ihr Vertrauen nicht nur in den Herrn, sondern auch in die Kräfte der Natur zu lenken, um so im Zusammenspiel zwischen Religion und Natur ein Lebenszeichen in den Säugling zu pressen, der ihm die Gnade der späten Taufe verschaffen würde. Wie es der Zufall wollte, kümmerte sich Trine um den kleinen Leichnam, während die Eltern noch ungläubig den Talisman in Augenschein nahmen, der im nächsten Moment achtlos auf den Boden fiel, weil Trine einen leisen Schrei ausstieß und mit ausgestrecktem Arm bezeugte, soeben eine Träne im Augenwinkel des Kindes entdeckt zu haben, die sie den verwirrten Eltern auch leibhaftig vorführte. Ebenso die Träne im anderen Auge, denn eine Träne allein konnte eine Sinnestäuschung sein, während zwei Tropfen, bezeugt von einer Hebamme und herbeigesehnt von den Eltern, die Wahrheit waren und nichts als die Wahrheit, die der katholische Geistliche sodann nur noch durch die vollzogene Taufe in den Bereich der unumstößlichen katholischen Wahrheit erheben musste.

Joseph hatte seine Frau gefragt, warum sie den frommen Schwindel nicht vollziehen könne, ohne die Alraune da hineinzuziehen. Trine hatte geantwortet: »Wenn die Katholiken so hartherzig sind, bringe ich eben ein Kraut ins Spiel, das in der Lage ist, Verhärtungen aufzuweichen. Die Alraune ist von Gott wie der Zweifel und der Glaube, und wenn du das jemals weitertratscht, Joseph Deichmann, alte Klatschbase, sind wir die längste Zeit Mann und Frau gewesen.«

»Die Alraune sieht gesund aus«, sagte Trine, »gesund und kräftig.«

»Aber es geht besser«, beharrte Theophrast, während sich im Hintergrund die beiden Wächter zeigten.

»Was wollt Ihr tun? Ihr düngt doch schon. Nehmt doppelt so viel Dünger. Oder ...«, sie kicherte, »oder pisst auf die Alraune, bis sie rosige Wangen kriegt.«

»Ihr hört mir nicht zu, Hebamme. Ich sagte, welche Alraunen die kräftigsten sind und welche nicht.«

»Ich erinnere mich nicht.«

Er sagte es ihr, und sie würde seine Worte nie vergessen: »Die besten wachsen tatsächlich unter dem Galgen. Pisse und Samen machen aus der Alraune einen Giganten. Mein Feld mit Früchten, die Männer mögen, braucht einige von den stärksten Alraunen. Ich besorge sie ihm, heute Nacht und morgen früh, solange das Narrenreich besteht. Ich werde Tote machen, von jetzt an pausenlos. Sie kommen alle an den Galgen, und mein Feld wird vor Kraft platzen.«

32

Eine Stunde später hatte Trine über die Hälfte der Gesellschaft angesprochen und ihr die Pläne des Narrenkönigs mitgeteilt. Einige waren so entsetzt wie sie; andere reagierten teilnahmslos, fast uninteressiert. Am schlimmsten war Adam Kropf. Er brach in Lachen aus. »Das glaubt Ihr doch selbst nicht!«, entgegnete er. »Das ist ja unmöglich. Das würde doch kein Mensch tun.«

»Und was war das, was er bisher schon getan hat? War das Backen und Weben?«

»Ihr wollt mich nur aufhetzen, damit ich eine Dummheit begehe, und auf einmal treten alle aus den Büschen hervor und schütten sich aus vor Lachen.«

»Adam Kropf, wir schweben in Lebensgefahr! Der König ist durchgedreht. Er will uns alle töten! Und warum? Weil er mit uns ein Feld düngen will.«

»Seht Ihr, und das glaube ich nicht. So verrückt ist niemand.«

»Dann fragt ihn doch. Geht zu ihm und sagt: Ich will das Feld sehen.«

»Das werde ich bestimmt nicht tun. Dann hält er mich für verrückt. Und Verrückte darf man an den Galgen bringen. Ihr arbeitet mit ihm zusammen, aber mich kriegt Ihr nicht. Ich bin zu schlau für Euch.«

Die Prinzessin zeigte sich nachdenklich. »Ich traue dem kleinen Mann alles zu. Kleine Menschen sind nicht wie wir.«

»Wenn er klein ist, kann es nicht schwer sein, ihn aufzuhalten.«

»Er ist ja nicht allein, es gibt die Wächter.«

»Aber die sind nicht besonders schlau. Die werden wir überlisten.«

»Aber es gibt viele Wächter, und wenn es ihnen gelingt, zwei oder drei von uns zu töten, werden die anderen zurückweichen. Was haben wir dann gewonnen?«

Trine Deichmann redete sich den Mund fusselig. Der Pastor regte sie besonders auf, ihn hatte sie bisher nur von Weitem gesehen. Jetzt stand er ihr gegenüber, ein guter Esser, er hatte sich als Papst verkleidet, mit Tiara und Petrusstab, und lebte in der ständigen Angst, dass nicht jeder es bemerken würde. So fragte er jedes neue Gesicht unverzüglich: »An wen erinnere ich Euch?«

»Wenn Ihr mir nicht helft, an einen eitlen Affen.«

Er wog den Petrusstab in der Hand und knurrte: »Man kann damit auch schlagen.«

»Dann nehmt den Stab und zerschlagt ihn auf dem Kopf des Königs.«

»Wir kennen geeignetere Wege, um mit der weltlichen Herrschaft auszukommen.«

»Mein lieber Mann …«

»Nennt mich Vater. Das reicht vollkommen aus.«

Sie arbeitete sich an dem selbstgerechten Kerl ab und ließ ihn zum Schluss stehen, übersah auch den Ring, den er ihr zum Abschiedskuss entgegenstreckte.

Glogau hörte ihr wenigstens zu, helfen wollte auch er nicht. »Offiziell weiß ich nichts über ein Feld mit Alraunen«, flüsterte er. Sein schelmisches Gesicht sagte: Ich weiß das längst und nehme es nicht ernst.

»Ruft die Wächter zurück«, forderte Trine ihn auf. »Befehlt ihnen, sie sollen jeden durchlassen, der gehen will.«

»Tut mir leid, aber ich bin der falsche Adressat für

Eure Forderung. Ab morgen wird es mir eine Freude sein, Euch jeden Wunsch zu erfüllen.«

Am Ende hatte sie elf Personen zusammen. Elf von über fünfzig. Sie musterte das traurige Häufchen, ihre Zuversicht wuchs nicht. Das waren nicht die Jüngsten und Schnellsten und Stärksten. Sie sahen aus wie die, die bei den Festen in Josephs Gasthaus als Erste nach Hause gingen. Trine dachte: Warum seid Ihr überhaupt noch wach? Solche wie Ihr schlafen doch immer als Erste ein. Ein Paar bat sich Bedenkzeit aus, das reizte Trine noch mehr. »Was wollt Ihr denn noch bedenken?«, rief sie. »Und wann seid Ihr fertig damit? Wenn Ihr den Strick um Euren Hals spürt?«

»So schlimm wird es nicht kommen«, behauptete der Mann. »Ich bin gut bekannt mit allen hier und habe mit Theophrast manchen Krug geleert. Ich verbürge mich für den Mann. Wenn Ihr, verehrte Hebamme, solche lustigen Feste nicht vertragt, solltet Ihr sie meiden.«

»Viel Spaß beim Sterben«, fauchte Trine.

»Ich werde mich über Euch beschweren. Ihr seid eine Spielverderberin.«

Da waren es nur noch neun, die darauf warteten, dass Trine ihnen sagte, was zu tun sei. Sie überlegte, ob es Sinn habe, zum Maulwurfsjäger zu gehen. Sie ließ es sein, sie wollte nicht noch mehr Zeit verlieren. Gemeinsam mit den neun Aufrechten verließ man die Gesellschaft, die sich um die Feuer scharte, wo es an Essen und Trinken nicht fehlte.

»Wie sollen wir denn nach Hause kommen?«, jammerte eine Frau, als man um das Herrenhaus herumging.

»Eure Sorgen möchte ich haben«, knurrte Trine.

Entlang der Mauer am Haupteingang brannten kleine Feuer. Trine entdeckte lediglich zwei Wächter, sie hielt das für ein gutes Omen. Eine innere Stimme sagte: Lauft! Lauft um euer Leben! Aber sie führte die Gruppe zu den Wächtern. Die wandten sich dem unerwarteten Besuch zu. Aufmerksam wirkten sie, aber nicht bedrohlich. Ihre Hellebarden hielten sie wie einen Spazierstock und nicht wie Waffen. »Seid gegrüßt«, sagte Trine. »Ich bringe diejenigen nach Hause, die sich nicht wohlfühlen.«

»Wohl zu viel gegessen?«, fragte ein Wächter mitfühlend.

»Sie brauchen einfach ihr Bett, dann wird es schnell vergessen sein.«

Die Gruppe rückte nach vorne und stand auf einmal sehr dicht vor den Wächtern. Wo waren der dritte und der vierte Wächter hergekommen?

»Lasst uns durch«, forderte Trine die Wächter auf.

»Nach dem Narrenreich.«

»So viel Zeit haben wir nicht. Das Narrenreich geht weiter.«

»Kehrt um, Ihr gehört dazu.«

»Welche Wörter habt Ihr nicht verstanden, als ich Euch mitteilte, die Leute hier fühlten sich nicht wohl? Sie sind krank, wenn sie nicht gleich Ruhe bekommen, werden sie einen Arzt brauchen.«

»Kehrt um.«

Längst waren sie eingekesselt von Wächtern, acht oder neun, vielleicht noch mehr. Trine versuchte es so herum und anders herum. Die Wächter blieben korrekt. Sie waren nicht freundlich und nicht feindlich. Sie waren im Recht und verfügten über die Mittel, ihr Recht durchzusetzen. Oder ihr Verständnis von Recht. Kleine Feuer brannten, nichts Martialisches. Links ragte die helle Fassade des Herrenhauses aus der Nacht. Es sah aus, als würde die helle Farbe das Licht anziehen.

»Wir gehen jetzt«, kündigte Trine an. Warum ließ man sie allein reden? Es musste ja so wirken, als würde sie die armen Menschen gegen ihren Willen abführen.

»Kehrt um«, sagte der Wächter. Auch er redete als Einziger aus seiner Gruppe. »Kehrt um und erspart Euch das, was sonst folgen würde.«

»Was denn?«, erklang jetzt eine Stimme aus Trines Gruppe. Eine Männerstimme, pampig, aufgeregt, rechthaberisch. Ein Stoß vor die Brust, die Männerstimme lag auf dem Boden. Eine Frau regte sich auf, ein Stoß, ein Fall, auch sie lag auf dem Boden. Sie war unglücklich gefallen, denn sie stöhnte und fing an, sich im Kreis zu drehen.

»Kehrt um.«

Aber es mussten erst ein Dritter und ein Vierter auf dem Boden liegen, bevor Trine zurückwich. Vor dem Herrenhaus versammelte sich die Gruppe. Eine Frau hatte man zurücklassen müssen, die Wächter kümmerten sich um sie.

»Das haben wir nun davon«, jammerte ein Mann.

»Wir sind klüger als vorher«, sagte Trine. »Wir wissen jetzt, dass sie es ernst meinen. Wir wissen, dass sie aufmerksam sind, auch in der Nacht. Vor allem wissen wir, dass sie zahlreich sind.«

»Ich bin froh, dass ich Euch zu Euren Erkenntnissen verhelfen konnte«, meldete sich eine andere Männerstimme.

Trine war so aufgeregt, dass es ihr nicht gelang, den Stimmen Gesichter zuzuordnen. Die Männerstimme fuhr fort: »Ich gehe jetzt jedenfalls zurück zu den anderen. Dort ist es nämlich ruhig und freundlich. Dort stößt mir niemand mit der Lanze in den Bauch.«

»Heh, Ihr da! Gebt uns die Frau heraus!«, rief Trine.

Zwei Wächter waren dabei, die Frau ins Dunkle wegzutragen. Trine hatte eine schreckliche Befürchtung, was der Frau bevorstehen könnte. Sie lief den Wächtern hinterher, und es geschah, was sie sich hätte denken können. Andere Wächter stellten sich ihr entgegen. Sie schlugen sie nicht, blockten sie nur ab. »Lauft!«, rief Trine nach hinten. »Jeder in eine andere Richtung! Sie können nicht überall zugleich sein.« Ihre Gesichter konnte sie nicht erkennen, aber dass sie schafsdumm dreinschauten, wusste sie. Dann liefen sie tatsächlich los! Vier Gestalten rannten plötzlich in Richtung der Mauer, zwei liefen einzeln, zwei blieben beisammen. Aus dem Dunkel tauchten Wächter auf, als hätten sie nur auf den Moment gewartet. Einen Mann hatten sie schnell gefangen, vier Wächter fielen über ihn her, und diesmal bekam er nicht nur die stumpfe Seite der Lanze in den Bauch. Auf die anderen wurde Jagd gemacht wie auf Hasen.

Im Durcheinander wunderte sich Trine darüber, dass die Hunde unsichtbar blieben. Welche Rolle spielte Wilhelmine eigentlich? Wollte sie ihre wertvollen Tiere für wichtigere Aufgaben zurückhalten? Das war eine beängstigende Vorstellung, weil man sich fragen musste, worin diese wichtigeren Aufgaben wohl bestehen mochten. Ein Schuss fiel, Trine sah den Zündfunken an der Pistole. Oder gaukelten ihre überreizten Nerven ihr alles nur vor? Eine Männerstimme schrie. Vor Wut? Oder vor Schmerz? Neben Trine löste sich eine Frau aus der Gruppe und lief zur Seite davon. Trine rief: »Und jetzt die anderen! Na los, worauf wartet Ihr noch?«

»Warum lauft Ihr nicht?«

Trine starrte die Frau an.

»Ihr wollt über uns bestimmen«, fuhr die Frau fort. »Wer seid Ihr? Wer hat Euch das erlaubt?«

»Ich bin doch die Hebamme«, antwortete Trine verdutzt. Sie hatte nicht daran gedacht, sich vorzustellen, weil sie annahm, jeder würde sie kennen.

»Ihr glaubt, ich lasse mich von einer Hebamme kommandieren«, fauchte die Frau. »Das fehlte ja gerade noch. Ich bin aus bester Familie, wer seid Ihr? Aus welchem Dorf kommt Ihr? Mit was für Zaubermitteln arbeitet Ihr?«

»Sie könnte mit ihnen unter einer Decke stecken«, sagte der Mann neben der Frau. »Sie lockt uns mit sich und liefert uns den Wachen aus. Dann können die Wachen sagen: Sie wollten fliehen, wir durften tun, was wir getan haben.«

»Ihr seid unendlich dumm«, knurrte Trine.

Der Stoß war hart, weil er so unerwartet kam. Dabei hatte die Frau sie mit der bloßen Hand gegen die Schulter gestoßen. »Ihr werdet uns nicht beschimpfen«, sagte die Frau verächtlich. »Ihr kommt von unten, wir sind von oben. Ihr dürft gar nicht bei mir sein. Ich dulde Euch nur, weil ich so überrascht war, wie frech Ihr seid. Aber jetzt habt Ihr den Bogen überspannt.«

»Lauft!«, rief Trine. Um die schmale Seite des Hauses bogen zwei Gestalten, Angehörige der Gesellschaft, angelockt durch den Schuss. »Lauft und rettet Euer Leben!«, rief Trine. Ein neuer Schuss, danach ein Schrei. Und dieser Schrei wollte einfach nicht aufhören. Gurgelnd, voller Schmerz. Noch ein Schuss. Dann war es still. Trine und die Frau starrten sich an.

»Seht Ihr«, sagte die Frau tonlos. »Daran seid nur Ihr schuld.«

Die Frau holte zum Schlag aus, jemand stolperte zwischen sie, ein Wächter jagte einen Mann, die beiden sprengten die Gruppe auseinander. Trine war allein und wich bis zur Hauswand zurück. Sie lehnte sich gegen die

Wand und schloss die Augen. Warum war sie nicht geflohen? Warum nicht als Erste, um den anderen ein Vorbild zu sein? Weil sie bleiben wollte! Warum wollte sie bleiben? Was hatte sie hier zu tun außer ihr eigenes Leben zu retten? Waren es die neugeborenen Kinder? Oder ihre Mütter? Aber Mütter und Kinder waren nicht in Gefahr. Nicht einmal der Teufel würde sich an Kindern vergreifen, die gestern noch im Leib der Mutter gelegen hatten. Den Gedanken zu denken, reichte aus, um mit dem Zweifeln zu beginnen. Trine öffnete die Augen. Heute war nicht der erste Tag in ihrem Leben, in dem sie Zeugin geworden waren, wie Menschen einander jagten, um sich zu schlagen. Es gab immer einen, der gewann und einen, der verlor. Trine konnte mit der Erkenntnis leben, dass sie den, der verlor, oft mehr schätzte als den Sieger. Aber sie traute sich selbst nicht über den Weg. Vielleicht war erst die Niederlage nötig, um in ihr warme Gefühle für den Verlierer auszulösen.

Sie lebte in einer Welt, in der man sich prügelte. Gewiss würden nicht so viele Menschen mit dem Prügeln beginnen, wenn sie nicht hofften, am Ende der Sieger zu sein. Ein Nachbar aus Kindertagen war im Dorf bekannt dafür gewesen, 50 Wirtshausschlägereien hintereinander verloren zu haben. Von Jahr zu Jahr war der Mann verbeulter gewesen, am Ende mochte man ihn nicht mehr ansehen, denn Nase, Brauen und Ohren waren nicht mehr richtig angewachsen, die Zähne hatten sich einen schöneren Ort gesucht, und seitdem ihm jemand gegen den Hals getreten hatte, hörte sich seine Stimme nicht mehr vertrauenerweckend an. Was war heute anders? Der kleine König machte den Unterschied. Sein kühles Kalkül war es, das Trine aufregte. Es ängstigte sie nicht, es machte sie zornig. Das Leid eines Einzelnen wurde zum Grund, anderen ans Leben zu wollen. Und es würde ja nicht mit einigen Hieben aufs Auge abgehen. Es ging um Leben und Tod. Theophrast war nicht darauf aus, einen Boxkampf zu gewinnen, er wollte Menschenleben. Trine dachte: Alles dreht sich um das Feld der Alraunen. Sie stieß sich von der Hauswand ab. Das Letzte, was sie sah, bevor sie zu den großen Feuern ging, waren zwei Wächter, die einen Flüchtenden zu Boden rangen. Er wehrte sich aus Leibeskräften, das Gesicht eines Wächters war mit Schmutz besudelt. Oder mit Blut.

33

Trine Deichmann rotierte wie das Rad an einer Kutsche. Unermüdlich pendelte sie zwischen Küche und Feuern hin und her. Sie sprach mit Angehörigen der Gesellschaft und vergaß auch die Bediensteten nicht. Sie passte auf, dass keine Wächter mithörten und mied die Leute, von denen sie wusste, dass sie nicht auf ihrer Seite standen. Vor allem bekniete sie den Maulwurfsjäger. Er besaß die Autorität, um den Spuk zu beenden. Wenn er vor die Gesellschaft treten würde, um die richtigen Worte zu sprechen, wäre alles vorbei.

Der Jäger hatte inzwischen dem Alkohol zugesprochen, man roch es meterweit gegen den Wind. Zwar schien er Trine noch ansprechbar, doch sie bekam ihn nicht von seinen Mitzechern losgeeist, die ständig dumme Worte in die Runde warfen. »Warum gebt Ihr keine Ruhe?«, fragte der Jäger. »Kommt her, trinkt einen Schluck, dann werdet Ihr friedlich.« Am liebsten hätte sie abgelehnt, aber wenn dieser Mann einen einlud, gab es keine Ausrede. Trine trank und schüttelte sich. Die Zeit des gewürzten Weins war offenbar vorüber, sie waren zu Schnaps übergegangen. Als sich herumsprach, dass Trines Mann ein Gasthaus führte, war an Drückebergerei nicht mehr zu denken. Trine kannte ihre schwache Seite. Wenn sie sich über etwas ärgerte, neigte sie dazu, sich in den Ärger zu verbeißen. Aber nur wenn es ihr gelang, sich aus der Distanz zu betrachten, konnte sie wieder klug werden. Das fiel ihr nicht leicht, aber sie wurde in dieser Übung besser. Vor einigen Jahren hätte sie sich über die betrunkenen Kerle geärgert und wäre mit jedem Schluck, den sie die Säufer trinken sah, immer übler gelaunt gewesen. Aber wie wäre es, die Trunkenheit für ihre Zwecke auszunutzen?

Während sie noch darüber nachsann, wurde der Maulwurfsjäger ins Haus gerufen, um einem Gast die Bibliothek zu zeigen. Trine war jetzt mit drei Männern und einer Frau allein. Die Männer waren zehn Jahre älter als die Frau, die wohl erst seit fünf Jahren den Kinderschuhen entwachsen war. Beim Trinken hielt sie mit oder drückte sich so geschickt, dass es nicht auffiel. Solche Frauen kannte jeder Hof. Sie waren keine Mätresse und keine Dirne. Aber sie waren willig, doch nicht zu schnell und nicht so leicht. Ihr hinhaltender Widerstand reizte die Männer mehr, als wenn sie nach wenigen Minuten mit ihnen aufs Lager gesunken wäre.

Beiläufig brachte die Hebamme das Gespräch auf Theophrast, aufs Narrenreich, seine Spiele, seine Speisen und welche Streiche im Schutz der Dunkelheit möglich seien. Die Männer waren für Jokus zu haben, aber ihnen stand der Sinn danach, ans Meer zu gehen oder sich im Matsch zu suhlen. Trine bekam heraus, dass sie den Sommersitz zwar kannten, aber nur das Haus. Trine machte sie mit dem Feld der Liebe bekannt, wohin sich die Paare zurückzogen, die es in die Zweisamkeit trieb. Seit alters her werde dieser Ort geschätzt, denn er mache spröde Frauenzimmer geneigt und scheue Männer zu wilden Hengsten. Wenn der Mond dabei sei, voll zu werden, könne es auch umgekehrt sein, wodurch noch kein Paar abgeschreckt worden sei. Alle Blicke richteten sich auf den Mond, es dauerte einige Minuten, bis er sich hinter Wolken sehen ließ.

»Ihr zeigt uns den Weg«, sagte der Mann, neben dem die junge Frau gesessen hatte.

Trine eilte zum Haus und kehrte mit vier Dienstboten zurück, drei Mädchen und einem Knecht. Die Trunkenbolde waren gerührt:

»Ihr denkt an alles«, sagte der, von dem Trine wusste, dass er am schwedischen Hof verkehrte.

Nirgendwo war eine Spur von Theophrast. Sie lotste die Meute mit sich ins Dunkle und in einem Bogen zum Feld der Alraunen. Sie waren zu neunt, das würde reichen, um das Feld zu zerstören. Trine setzte die Gesellschaft von dem angeblichen Gesetz des Orts in Kenntnis: dass man auf ihm herumspringen müsse, mit Händen und Füßen durch den Boden fahren, bevor seine Kräfte in die Lenden fahren würden und alles einen herrlichen Verlauf nähme. Die Wächter hatte Trine nicht vergessen, sie stimmte die Männer auf sie ein und erklärte sie zum Teil des frivolen Spiels: die Wärter am Tor zur Glückseligkeit. Schnell war beschlossen, sie aus den Schuhen zu hauen. Zwischendurch wurde Trine unsicher, aber eine Fackel war ihr zu riskant vorgekommen. Im Dunkeln wurde gekichert. Die Paare waren dabei, sich zu finden. Trine orientierte sich, im Dunkeln rannten Tiere, grunzend und schnell, die wilden Schweine waren aktiv. Dann war vor ihnen der erlösende Feuerschein.

»Leise jetzt«, raunte Trine.

»Ich mach's gleich hier«, flüsterte ein Mann und fiel vor Lachen um.

»Wir müssen alle zugleich aufs Feld stürmen«, flüsterte Trine. »Ohne die Tritte und Schritte fühlt der Boden nichts und strahlt nichts aus.«

»Mir geht es genauso«, rief der Wüstling und fand sich schrecklich komisch.

Ein Dienstmädchen kam an Trines Seite. »Von den Männern habt Ihr nichts gesagt«, flüsterte sie.

»Macht einfach alles, was sie auch tun«, flüsterte Trine zurück.

Die Mädchen hatten sich bereit erklärt, das Feld abzuernten. Erst wollten sie den Grund wissen, dann nur noch die Münzen in Trines Hand sehen. Sie bildeten eine Linie, das klappte gut. Sie schlichen voran, keiner fiel hin, keiner kicherte. Trine stieß einen Schrei aus und stürmte vorweg. Mit zwei Wächtern hatte sie gerechnet, auf zwei schlafende Wächter hatte sie gehofft. Einem Dutzend stand sie gegenüber. Sie waren hellwach, groß, stark und griffen sofort an. Streng genommen entwickelte sich keine Keilerei, denn die verdutzten Trunkenbolde kamen gar nicht dazu, die Fäuste einzusetzen. Hart und trocken schlugen die Wächter zu, fast jeder Schlag fand gleich sein Ziel.

»Rückzug!«, rief Trine, duckte sich weg, richtete sich wieder auf, fand sich von zwei mächtigen Armen umfasst und angehoben. Sie trat um sich, die Arme drückten zu, ein heißer Mund fand Trines Hals und arbeitete sich von hinten nach vorn. Der Angreifer war unrasiert und stark wie ein Ochse. Er fand Trines Mund, sie spuckte ihn an, sie kannte alle Stellen, die Männer auf den Boden schickten, doch er wich aus, als würde er ihre Schläge und Tritte kommen sehen. Dabei war es fast finster. Nur die kleinen Feuer, die Trine schon kannte. Zwei Hände packten ihre Gelenke und drückten sie herunter. Zwei Lippen fanden ihre Lippen, Trine öffnete die Kiefer und dachte: Ich beiß dir alles ab, was kommt. Da flüsterte der Angreifer: »Wenn du mir die Zunge abbeißt, werde ich dir nie mehr sagen, wie sehr ich dich liebe.« Er küsste sie, sie biss ihn nicht. Er küsste sie lange, um sie herum fand letztes Aufbäumen statt.

Der Angreifer stieß Trine von sich und rief: »Sie schrecken vor keinem Trick zurück. Haltet Abstand von ihnen, sie sind wahre Teufel.«

Eine schrille Männerstimme, die Schmerz an heiklen Stellen spürte, gefolgt von einer Frau, die zufrieden sagte: »Es gibt Sachen, die verlernt man nicht.« Trine dachte: Die Stimme kennst du. Aber weiter dachte sie nicht, denn sie musste die vermummten Gestalten anstarren. Kein Einziger trug alltägliche Kleidung. Alle sahen aus, als gehörten sie zur Gesellschaft des Narrenreichs. Aber keinen von ihnen hatte Trine dort jemals gesehen. Piraten, Soldaten, Jäger, Marktweiber, eine Nonne und zwei Mönche, die Kapuze über dem Kopf.

Der, der aussah wie ein Fechtmeister, rief: »Macht, dass Ihr verschwindet! Das Feld steht unter unserem persönlichen Schutz. Jeder Angriff ist zwecklos!«

Woher kamen die vielen Verteidiger? Und warum sahen sie nicht aus wie die übrigen Wächter? Sie provozierte den Wortführer, nannte ihn Einbrecher und Vagant. Sie tat alles, um ihn unvorsichtig zu machen. Er wurde immer ärgerlicher, trat auf Trine zu. Der Mönch griff ihm in den Arm und knurrte: »Weiber! Sie heulen den Mond an. Wir lassen uns nicht irre machen.«

Der Wortführer näherte sich Trine nicht weiter. Die hatte jetzt das Marktweib erkannt und musste ihre Kraft zusammennehmen, um nicht laut herauszuplatzen. »Wir gehen«, knurrte sie.

Es war eine lächerliche Bemerkung, denn außer ihr war nur noch die schöne junge Frau anwesend, auf dem Feld schliefen zwei Trunkenbolde ihren Rausch aus. Trine zog die junge Frau mit sich, obwohl die nicht den Eindruck machte, als wäre sie eingeschüchtert. »Was für ein Narrenreich!«, rief sie stattdessen. »Am liebsten würde ich zu den Wächtern gehen und mich auf ihre Seite schlagen.«

Eine Zeit lang wartete Trine Deichmann allein in dem kleinen Wald, der das Feld von den Wiesen trennte. Dann schoss er heran, liebkoste sie, dass ihr Hören und Sehen verging. Am Ende hielten sie sich umarmt und waren froh, dass sie sich hatten. Es war Trine, die als Erste sprach: »Ich frage lieber nicht, wie du das geschafft hast.«

»Kinderspiel«, behauptete Joseph Deichmann. »Es gibt in Lübeck nur einen Ort, zu dem man geht, wenn man Beschützer braucht.«

»Söldner, meinst du. Käufliche Soldaten, die für Geld zu allem bereit sind.«

»Söldner eben. Ich habe den Arm gehoben, musste die Muskeln anspannen und war angeheuert.«

»Aber jeder kennt dich.«

»Jeder aus Lübeck. Aber sie waren nicht aus Lübeck. Sie waren froh über jeden, den sie kriegen konnten.« Er beschrieb den Mann, der ein Dutzend kräftige Männer gesucht hatte, die über Nacht einen, wie er sich ausdrückte, »Schatz« bewachen sollten. Es musste sich um Graf Harnack gehandelt haben. Der Mann war Tag und Nacht unterwegs, Theophrast hätte sich keinen besseren Helfer wünschen können. Nun entdeckte Trine das Marktweib. Sie umarmten sich, als hätten sie sich jahrelang nicht gesehen. Dabei war es keine Woche her, dass sie mit Hedwig Wittmer an einem Tisch gesessen hatte. Die Frau des größten Lübecker Brauers hatte es mit ihrer Überredungsgabe geschafft, als Frau für diesen Auftrag akzeptiert zu werden.

»Aber das ist doch Männersache«, sagte Trine ungläubig.

»Ich habe die Einkäufer daran erinnert, dass es im Narrenreich auch Frauen gibt. Ich habe an ihre Ehre appelliert. Wollt Ihr Frauen von Männern niederschlagen lassen? In dieser Preislage. Wären sie Männer unter sich gewesen, hätte die Antwort gelautet: Aber natürlich, warum denn nicht? Ein bisschen Spaß muss sein. Aber eine Frau in einer Männerrunde, das ist wie ein Boot auf tobender See: eine kleine Insel der Vernunft und der Berechenbarkeit.«

Falls Joseph anderer Meinung war, verstand er es, sie für sich zu behalten. Zu Hedwig Wittmer war er gegangen, nachdem er alle Orte aufgesucht hatte, die mit den Hebammen zusammenhingen. Hedwig wusste nicht, warum Trine zum Narrenreich geholt worden war. Sie ertrug ungelöste Rätsel genauso schlecht wie Joseph. »Er wollte mich nicht dabeihaben«, sagte sie. »Ich musste erst ein Biergeschäft mit ihm abschließen, dann ging es auf einmal.«

»Ich konnte nicht nein sagen«, behauptete er und verdrehte die Augen. Dabei bezog er sein Bier schon lange aus Hedwigs Brauerei. Nun musste sie nur noch ihren Mann, den Brauer, davon in Kenntnis setzen, dass Joseph Deichmann in Zukunft bessere Konditionen bekommen würde.

Die beiden mussten zurück zu den anderen Söldnern. Um keinen Verdacht zu wecken, hielt Trine ihre Ansprache kurz und entließ zwei sehr nachdenkliche Menschen. Vorher sagte Joseph noch: »Gib mir eine halbe Stunde.«

Allein in der Dunkelheit stehend, fühlte Trine den Schlag ihres Herzens. Sie war nicht mehr allein, was für ein wunderbares Gefühl! Innerhalb einer Stunde hatte sie zwei schmähliche Niederlagen erlitten, erst vor dem Herrenhaus, gerade eben am Alraunen-Feld, und dennoch fühlte sie Zuversicht, zum ersten Mal seit vielen

Stunden. Es waren nur zwei Menschen, die jetzt auf ihrer Seite standen, die Zahl der Gegner war zehnmal so groß oder größer. Aber bis vor wenigen Minuten war sie ganz allein gewesen, und jetzt waren sie zu dritt. Und es handelte sich nicht um die dümmsten und schwächsten Helfer. Es handelte sich um ihren Joseph und um die Frau des Brauers, eine wirkungsvolle Mischung aus Kraft und Schlauheit. Hedwig war unübertroffen in der Fähigkeit, sich Schwindeleien auszudenken und zu bluffen. Dass sie tapfer war und für die richtige Sache stritt, musste sich Trine nicht eigens klarmachen. Das war die Grundlage ihrer Freundschaft mit Hedwig. Trine mochte auch andere Menschen: solche, die schwach waren und verzagt, die arm waren und nicht gesund. Auch diese Menschen mochte sie und wünschte ihnen alles Gute; aber an einem Tag wie diesem in einer Lage wie dieser hätten ihr diese Menschen nicht helfen können. Heute war ein Tag für Menschen wie Joseph und Hedwig Wittmer. Es war herrlich, nicht mehr allein zu sein. Es war noch nicht der Sieg, aber es war, als würde sich die Seele kugelrund fressen. Die Karten waren neu gemischt. Trine Deichmann freute sich darauf, zum ersten Stich auszuspielen.

34

Kurz darauf schlug Theophrast zu. Es traf das Dienstmädchen, das dafür verantwortlich war, die Feuer mit Holz zu füttern. Sie pendelte regelmäßig zwischen dem Haupthaus und den Feuerstellen hin und her. Bei jedem Weg trug sie zwei Scheite. Sie war eine zarte Person, es war eine kluge Entscheidung, keinen Weg umsonst zu absolvieren. Dann begann Theophrast zu stänkern. Erst untersagte er ihr, die zwei Scheite auf einmal zu tragen und unterstellte ihr, sie würde das nur tun, weil sie zu faul sei. Erst verstand das Mädchen den Vorwurf gar nicht. Sie weigerte sich ja nicht, das Holz zu tragen. Sie verteilte nur ihre Wege geschickter. Was konnte man dagegen haben?

Theophrast hatte seinen erhöhten Thron an das größte Feuer rücken lassen. Dort hielt er Hof, die hohe Krone wie festgewachsen auf dem Schädel, und erteilte willkürlich die Erlaubnis, in seiner Nähe zu sitzen und seiner klugen Worte teilhaftig zu werden. Wie eine arme Sünderin musste das Dienstmädchen vor dem Thron erscheinen. Theophrast warf ihr vor, sich auf die Zehenspitzen zu stellen, um größer zu erscheinen als ihr König. Das Mädchen lachte, zu diesem Zeitpunkt hielt sie es noch für möglich, dass der König zu scherzen beliebte. Aber er verbot ihr zu lachen. Dann erzählte er einen frivolen Witz. Die Höflinge lachten, das Mädchen verkniff sich das Lachen. Streng sagte Theophrast: »Ist Sie sich zu fein, über ein saftiges Scherzwort zu lächeln? Sie hält sich wohl für was Besseres. Sie glaubt wohl, Sie müsse nicht als Dienstmädchen arbeiten, weil Sie zu klug dafür sei.«

Niemand lachte mehr, denn nun war dem Letzten klar geworden, worauf das hinauslief. Theophrast bugsierte das arme Mädchen in eine Lage, in der, was immer es tat, falsch sein würde. Zu lachen, wäre falsch. Nicht zu lachen, wäre auch falsch. Sich zu erklären, wäre falsch. Zu schweigen, wäre falsch. Bis auf das Dienstmädchen war allen der Ernst der Lage bewusst. Das Mädchen selbst glaubte noch, alles würde sich aufklären. Das dachte sie nicht mehr, als Theophrast ihr befahl, die vorsorglich gestapelten Holzscheite zurückzutragen. Er trug ihr auf, jeden Weg mit acht Scheiten zu unternehmen, was ihr kaum gelingen wollte. Aber sie bewältigte die schikanöse Aufgabe, trat aufatmend vor den König und erbleichte, als er sagte: »Und jetzt trage die verbrannten zurück!« Stotternd versuchte sie klarzumachen, das sei nicht möglich, weil die Scheite nicht mehr vorhanden seien. »Du weigerst dich also«, zürnte Theophrast. »Du trittst frech vor deinen König, stellst dich auf die Zehenspitzen und wagst es, ihm mit einem verdreckten Kleid vors königliche Auge zu treten. Und zu schlechter Letzt weigerst du dich, einen königlichen Befehl auszuführen! Wachen! Unternehmt mit ihr einen Spaziergang!«

Zwei Frauen ergriffen Partei für das zitternde Mädchen. Während der König begann, nun auch diesen Frauen gegenüber Drohungen auszustoßen, wurde sich das Mädchen darüber klar, wohin sie dieser Spaziergang führen würde. Niemand achtete mehr auf sie. Erst als sie plötzlich rief: »Seht doch!«, wandten sich ihr alle zu. Schmerzverzerrt und dennoch lächelnd stand sie vor dem Feuer, in ihren Armen hielt sie brennende Scheite. »Ich bin gehorsam!«, sagte sie mit brechender Stimme, dann knickte sie ein, fiel auf die Seite, und Theophrast rief: »Passt auf, dass sie sich nicht ins Feuer flüchtet!«

Man zog das arme Kind aus der verzehrenden Hitze. Alle starrten auf ihre Arme, wo die Haut Blasen warf. Zwei Wächter packten sie und schleppten sie ins Dunkel davon. Am Feuer herrschte Schweigen »Ein Lied!«, rief Theophrast den vier Personen zu, die am dichtesten an seinem Thron saßen. »Wer als Letzter singt, begleitet den faulen Holzdieb im Rock.«

Sie fingen an zu singen, mit zittrigen Stimmen, aber Dankbarkeit empfand Theophrast darüber nicht. »Ich vermisse Freude!«, krähte er gereizt. »Freude am Leben und am Singen. Also los, Herrschaften, gerade ist die Position eines Dienstmädchens frei geworden. Verspürt einer Sehnsucht danach?«

Sie sangen lauter, aber nicht fröhlicher. Theophrast winkte die weiter entfernt Sitzenden heran. »Ein Chor!«, rief er. »Ich will einen Chor hören!«

Seine Worte brachten ihn auf eine Idee. »Komponieren!«, rief er. »Wir bilden zwei Gruppen. Jede komponiert ein Lied und trägt es vor. Ein Chor wird gewinnen, einer wird verlieren. Oh, das wird lustig.«

Mit herrischer Armbewegung schnitt er eine Schneise. Wer rechts saß, gehörte dem einen Chor an, der Rest dem anderen. Damit nicht genug: Drei Gäste wurden vom König zur Jury bestimmt. Sie würden später über Sieg und Niederlage entscheiden, über Leben und Tod.

Als die beiden Gruppen sich zurückzogen, um ein Lied zu komponieren, wandte sich der König leutselig den Verbliebenen zu. Plötzlich stand der Schmied vor ihm. Trine hatte mit ihm noch kein Wort gewechselt, sie erkannte ihn nur, weil sie mehrfach mitbekommen hatte, wie man den Schmied erwähnte. Der Schmied war nicht groß, aber er stand so dicht vor dem Thron, dass Theophrast nach oben blicken musste, die Bewegung, die er am meisten hasste.

»Ich bin bereit, Euch anzuhören«, erklärte er auf seine großspurige Art.

Der Schmied holte aus und schlug ihn vom Thron. Es war eine gewaltige Bewegung, aus dem Nichts kam sie, ein Ausholen war selbst aus der Nähe kaum zu erkennen, der Arm schoss heran, und Theophrast flog in hohem Bogen auf den Rasen. Er flog wirklich, Trine sah es genau. Sie klatschte in die Hände, im Dunklen hörte sie einen oder zwei Menschen klatschen. Der Schmied war von Wächtern umringt, Theophrast lag auf dem Rasen, grotesk verdreht sahen Arme und Beine aus. Die Krone lag neben ihm. Er rührte sich nicht, er sagte nichts, und niemand half ihm. Trine dachte: Lieber Gott, brich ihm das Genick. Du bist sonst auch so gnädig. Dann rappelte sich der kleine König auf. Seine Hand tappte suchend über den Rasen, als sei er blind geworden. Er fand die Krone, wollte sie sich aufsetzen, aber er schaffte es nicht. Zweimal fiel sie ihm aus der Hand. War sie zu schwer oder hatte er keine Gewalt über Arm und Hand? »Jämmerlich«, murmelte Trine. »Er ist eine jämmerliche Gestalt, und jeder, der es sieht, wird es nie mehr vergessen.« Jemand zog an ihrem Arm und wisperte, sie solle still sein. Trine machte sich frei. Der König war nicht mehr allein, sie stellten ihn auf die Beine, die Krone wanderte auf den Kopf zurück.

»Vergesst nicht, ihn sauber zu machen«, rief der Schmied aus der Mitte der Wächter.

In dem Pulk gab es Bewegung und Geräusche. Beides, die Schläge und das Stöhnen, schnitten Trine tief in den Leib. Als die Wächter zurücktraten, lag eine Gestalt am Boden. Theophrast trat an sie heran, berührte sie mit dem Fuß. Er trat nicht zu, es sah aus, als würde sein Fuß unternehmen, was sonst die Hand tat. »Schafft ihn weg«, sagte er mit leiser Stimme. Jeder hörte, wie durchsichtig seine Stimme klang.

»Ihr seid also angreifbar«, sagte Trine zufrieden. »Ihr könnt zehn Wächter haben oder hundert. Aber ihr seid nicht kugelfest. Ein Schlag, und ihr seid ein kleiner Mann, der in hohem Bogen durch die Luft fliegt. Wie ein Kind beim Spiel.«

»Schlagt ihr aufs Maul, ich ertrage es nicht länger«, murmelte Theophrast. Ein Wächter stand vor Trine, eine Gestalt aus Eisen. Sein Visier war heruntergelassen. Die Gestalt war keinen Kopf größer als Trine. Dicht stand der Wächter vor ihr, zu dicht natürlich, darauf legten sie Wert, wenn sie Angst erzeugen wollten. Aber Trine war eine Frau, ihr Leben lang hatte sie nach oben geblickt und nicht darunter gelitten. So flüsterte sie: »Fasst mich an, und eure Familie ist tot. Vielleicht nicht morgen und übermorgen. Aber am Ende ist sie tot. Und nun tut, was ihr nicht lassen könnt. Schlagt eine Frau.«

Im Hintergrund machten sie sich an der leblosen Gestalt des Schmieds zu schaffen, gleichzeitig erklang vom Herrenhaus eine laute Stimme: »Unser Lied ist fertig, wir sind die Schnellsten. Und jetzt singen wir.«

Die Aufmerksamkeit wendete sich den Menschen zu, die zum Feuer eilten. Eifrig, gut gelaunt, erwartungsvoll wirkten sie, verbreiteten eine Atmosphäre wie Kinder, die ein Laufspiel veranstalteten. Sechs Gestalten waren es und ein Mann, den Trine kannte. Es war der Mann mit dem Cello, der ihr am Vormittag in den Fluren des Herrenhauses über den Weg gelaufen war. Zu den Sängern gehörten die Prinzessin und der Maulwurfsjäger. Sie nahmen Aufstellung neben dem Feuer, der Cellist sagte: »Keine Angst, wir sind die Sieger. Das ist der Sinn von Musik. Besser zu sein.«

Der Wächter stand Trine gegenüber. Er schob sein Visier in die Höhe, dahinter erschien der Ausschnitt eines jungen Gesichts. Sie blickte in Augen, die ihr keine Furcht einflößten. Sie konnte sich täuschen, das Licht war schlecht. Vielleicht wollte sie sich täuschen. Dann sagte der Mann leise: »Ihr habt meinen Sohn geholt, als die andere Hebamme aufgegeben hat. Das vergesse ich Euch nicht. Nun geht.«

Sie wusste nicht, worauf er anspielte. Sie war so lange in dem Beruf, es war oft um Leben und Tod gegangen. Sie hatte mit den Jahren lernen müssen, dass nicht jedes Leben sich danach sehnte, in diese Welt zu kommen. Manches junge Leben bog gleich am Eingang wieder ab und kehrte zurück in das Reich, zu dem wir keine Verbindung haben. Am Feuer sangen sie ihr Lied, das Trine herzlich gleichgültig war. Ihr war auch einerlei, ob dieses Lied das Todesurteil für den zweiten Chor darstellte. Sie wusste jetzt, dass Theophrast nicht zu viel versprochen hatte. Er wollte in dieser Nacht das Feld der Alraunen mit frischem Urin und Samen düngen. Trine fragte sich, warum er nicht die Frauen verschonte, sie konnten nur mit einer Flüssigkeit dienen. Doch ihr war bewusst, dass ein Vortrag über Natur und Herkunft des menschlichen Samens dem Gelehrten keine neuen Kenntnisse bescheren würde.

Es war frisch geworden, alle zog es an die Feuer. Zehn Schritte von den Flammen entfernt begann man zu frösteln. Eine Gestalt schleppte sich an Trine vorbei, eine Kugel hinter sich über den Boden ziehend. Daran hatte Trine lange nicht mehr gedacht. Vielleicht waren ihr die Kugeln bloß nicht mehr aufgefallen. Sie war von so viel Willkür und Gemeinheit umgeben …

Dass sich auf einmal mehrere Wächter in der Nähe des

Königs aufhielten, fiel ihr schnell auf. Theophrast wollte kein Risiko mehr eingehen. Der erste Überfall hatte ihn Ansehen gekostet, der nächste konnte ihn das Leben kosten. Darin war der kleine Mann allen anderen Menschen gleich: Er liebte sein Leben und war bereit, es zu verteidigen. Mehrfach registrierte Trine, wie man sich über den Vorfall auf dem Feld der Alraunen unterhielt. Neuigkeiten sprachen sich schnell herum, die Menschenjagd vor dem Herrenhaus war zehn Minuten später überall wispernd erörtert worden. Wer jetzt noch nicht wusste, welche Glocke geschlagen hatte, war krank und dumm oder beides zusammen.

Trine sprach die Prinzessin darauf an. Von dem anfänglichen Gleichmut der jungen Frau war nichts mehr übrig geblieben. »Diesmal übertreibt er«, murmelte sie, um nach einigem Nachdenken hinzuzufügen: »Aber er darf es tun. Und schuld ist nur mein Vater.«

»Wie kommt Ihr darauf?«

»Mein Vater hat die Wette mit ihm abgeschlossen.«

»Aber so hat dein Vater das bestimmt nicht gemeint. Er hat einen Krieg ausgelöst.«

»Wenn er das getan hat, dann hat er es auch gewollt.«

Trine schätzte Kinder, die von ihren Eltern eine hohe Meinung besaßen. Aber in diesem Fall ging das Vertrauen in die elterliche Weisheit doch etwas weit. Trine ließ eine diesbezügliche Bemerkung fallen und löste bei der Prinzessin langes Nachdenken aus. Vor über einem Jahr war die Fürstin gestorben, seitdem hatte sich der Witwer verändert. Von irgendjemandem hatte Trine diese Einschätzung im Verlauf des Tages schon gehört, nun redete auch die Tochter davon. Seine Fürsorglichkeit hatte er beibehalten, nach einigen Wochen der Erstarrung hatte er sich wieder daran erinnert, dass es Kinder gab, die darauf warteten, dass sich ein Vater um sie kümmerte. Aber er hatte das Lachen verlernt; alles, was er tat, lief automatisch ab: ohne Enthusiasmus, ohne Freude, ohne wirkliches Interesse. Im letzten Jahr hatte Theophrast dadurch einige Zuständigkeiten erobern können, um die er vorher vergeblich gekämpft hatte. Hatte er die günstige Gelegenheit gewittert oder war sein neuer Anlauf nur zufällig mit der Trauer des Fürsten zusammengetroffen? Jedenfalls schien der Fürst froh gewesen zu sein, dass sich Probleme des Hofalltags ohne sein Zutun erledigten.

Die Prinzessin sagte: »Wäre unsere Mutter noch am Leben, wäre diese Wette nicht abgeschlossen worden. Nicht weil die Mutter dagegen gewesen wäre. Aber mein Vater hätte gar nicht genügend Interesse für so etwas aufgebracht.«

Angeblich war er auch mutiger geworden. Zweimal hatte er das Duell mit einem wilden Pferd gesucht, mit dem die erfahrensten Bereiter nicht zurechtgekommen waren. Im letzten Sommer war er ins Meer hinausgeschwommen, die Prinzessin konnte nur in bedrücktem Ton darüber sprechen. Ins Meer zu gehen, war nicht üblich. Wer es tat, ging bis zu den Knien hinein, nicht tiefer. Der Fürst war geschwommen. Nicht genug, dass er die absonderliche Angewohnheit angenommen hatte, sich wie ein Fisch zu gebärden, er musste sie auch zeigen, wenn Gäste dabei waren. Offenbar war er so weit hinausgeschwommen, dass er vom Ufer aus nicht mehr zu erkennen gewesen war. Man hatte Boote herangerufen, eins hatte den Fürsten entdeckt und an Bord geholt. Er war sehr schwach gewesen und hatte lange gebraucht, bevor er wieder sprechen konnte. Angeblich war er in eine ungünstige Strömung geraten, die ihn nicht wieder freigegeben hatte.

»Und wenn es kein Zufall war?«, fragte Trine vorsichtig. »Wenn er es gewollt hat?«

Die Prinzessin verstand sofort, worauf sie anspielte, denn sie hatte auch schon darüber nachgedacht. Sie hielt es für möglich, dass er an dem Tag den Tod gesucht hatte. In den Tagen vor diesem Zwischenfall sei er bedrückt gewesen, zumal es mit der Familie der Fürstin Ärger gegeben habe. Man konnte sich nicht einigen, ob einige Gemälde in der fürstlichen Familie bleiben sollten. »Es war nichts Wichtiges«, berichtete die Prinzessin, »aber er regte sich schnell auf, er war so dünnhäutig. Am schlimmsten war, dass er sich zeitweise gar nicht mehr stritt. Er schwieg einfach und kümmerte sich nicht mehr darum. Es war, als würde das Leben an ihm vorbeiziehen und er sei nicht mehr ein Teil des Lebens.«

»Wenn das alles stimmt, was du sagst, müssen wir dafür sorgen, dass der kleine König die Traurigkeit deines Vaters nicht für seine Zwecke ausnutzen kann. Willst du deinen Vater nicht dazu bringen, dass er das Narrenreich auflöst? Er kann es absetzen. Er kann es auf später verschieben, aufs nächste Jahr.«

»Das wird er nicht tun. Er würde sein Gesicht verlieren.«

»Besser er verliert sein Gesicht, als viele Menschen verlieren ihr Leben.«

Wie sie Trine anblickte! Denn die Prinzessin war nicht dieser Meinung. Nichts war wichtiger für sie als ihr Vater, weil er der Fürst war. Vielleicht hatte sie sogar recht. Was war ein trauriger Fürst wert? Würde man ihn noch ernst nehmen, wenn er heute das eine beschloss, um es morgen zurückzunehmen? Wer würde mit ihm noch Verträge schließen? Jahrhundertelang war das Wort eines Fürsten so viel wert gewesen wie ein Beschluss des Lübecker

Rats. Ein Mann, ein Wort. Für diesen Mann arbeiteten viele Menschen. Für diesen Mann zogen sie in den Krieg. Dieser Mann hielt sie am Leben. Was dieser Mann sagte, war richtig, es war Gesetz. Jetzt gab es einen Fürsten, der lavierte. Der unsicher war, dem seine Gefühle den Verstand vernebelten. Auf den man sich nicht mehr verlassen konnte. Dem man nicht mehr gehorchen wollte, weil man nicht sicher sein konnte, dass er noch richtig dachte.

»Versteht Ihr?«, fragte die Prinzessin unglücklich. »Ein Fürst muss immer vernünftig sein. Ein Teil seines Wesens darf kein Mensch sein, weil ein Mensch auch schwach sein kann.«

»Aber ist das nicht schrecklich … unmenschlich?«

»Mag sein. Aber so, wie es jetzt ist, verschafft er den Menschen Sicherheit. Wenn er sie bittet, für seine Traurigkeit Verständnis zu haben, ist er nur noch ein Pastor, der diesen Sonntag das eine predigt und nächsten Sonntag das andere. Pastoren reden immer so überzeugend. Aber sie reden ständig über andere Dinge überzeugend. Sie sind Kaufleute des Herzens, sie sind Schlawiner. Möchtet Ihr für einen Schlawiner arbeiten und darauf hoffen, dass Ihr für Eure Arbeit bezahlt werdet? Was ist, wenn er dann gerade traurig ist und Euch nicht bezahlen kann? Ein Fürstentum darf kein Glücksspiel sein.«

»Gut«, sagte Trine entschlossen, »in Ordnung. Wenn das so ist, dann müssen wir uns etwas anderes einfallen lassen.«

35

»Ihr seid was!? Ich habe mich ja wohl verhört. Würdet Ihr das bitte noch einmal wiederholen?«

»Seid Ihr vorhin auf Eure Ohren gefallen? Dann braucht Ihr einen Medicus. Aber ich sage es Euch auch gern noch einmal. Ich bin die Närrin im Narrenreich. Ich höre ja kein Lachen. Seid Ihr auf den Kopf gefallen? Sagte ich Euch schon, dass ich mich als Medicus verstehe? Ich bin eine Frau, ich weiß. Aber Ihr seid ein kleiner Mann, wisst Ihr das? Da kommt es nicht so darauf an.«

Er wich immer weiter zurück. Aber diese schreckliche Frau schien zwanzig Arme zu besitzen, ständig wollte sie an seinen königlichen Kopf greifen, um ihn auf Folgen des Sturzes abzuklopfen. »Was habt Ihr mir da angeschleppt?«, rief Theophrast in höchster Not Trine zu.

Die stand daneben, züchtig die Hände vor dem Bauch verschränkt, mit einem unschuldigen Blick, den sie einem Hundewelpen abgeschaut haben musste. »Ich habe damit nichts zu tun«, behauptete Trine frohgemut, während zwei Wächter die selbst ernannte Närrin vom kleinen König fernhielten.

»Wer ist denn nun der König?«, rief die Närrin. »Seid Ihr es allein oder seid Ihr es nur zu dritt mit den beiden starken Männern an Eurer Seite?«

»Es spricht sich herum«, sagte Trine. »Im Narrenreich gibt es alles, was man sich nur wünschen kann. Ihr habt nur eine Kleinigkeit vergessen.«

»Kleinigkeit ist gut«, rief die Närrin. »Kleinigkeit ist sogar sehr gut. Kleinigkeit, das muss ich mir merken.«

»Den Narren«, fuhr Trine fort. »Ihr habt den Narren vergessen.«

»Wenn Ihr gestattet«, rief die Närrin, zog ihren großen Hut ab, dass Theophrast vor Schreck zurückprallte und verbeugte sich mit übertriebenem Schwung: »Hedwiga, Närrin aus dem Osten, Verkünderin von Wahrheiten, die niemand kennt. Man hört mich an, man schmeißt mich raus, ich ziehe durch die Lande, um mich auszuruhen. Und höre vom Narrenreich! Ein neues Land, gegründet von einem Narren, der zum König wird. Mein erster Gedanke war: nichts wie hin. Ruft Euer Gefolge zusammen, ich werde vor Euch spielen, dass Euch das Wasser aus den Augenwinkeln schießt.« Ständig setzte sie ihren großen Hut auf, zog ihn ab, setzte ihn wieder auf.

»Ihr kommt mit mir«, bellte Theophrast, deutete auf Trine und verschwand Richtung Haupthaus. »Ihr nicht!«, rief er verzweifelt, als die Närrin Anstalten machte, ihm zu folgen.

»Es gibt keine Geheimnisse vor der Närrin«, behauptete die keck.

Je vergnügter sie sich gab, umso verkniffener wurde Theophrasts Gesicht. »Ihr haltet die Verrückte zurück!«, herrschte er die Wächter an.

Am Hintereingang trafen sie sich wieder. Theophrast ging hin und her, als werde er von einem Bienenschwarm verfolgt. »Was soll das?«, keifte er los.

»Warum fragt Ihr mich? Fragt die Närrin.«

»Ihr steckt doch dahinter. Oh, es war ein Fehler, Euch einzuladen.«

»Ich wurde entführt und festgehalten. Versteht Ihr das in Eurer Welt unter Einladung?«

»Lenkt nicht ab. Ihr freut Euch doch über die Verrückte. Ihr seht so gut gelaunt aus.«

»Ein wenig amüsiert bin ich auch, könnt Ihr das nicht verstehen? Ihr habt Euch viele Gedanken gemacht, wie Euer idealer Staat aussehen könnte. Ihr denkt seit vielen Jahren darüber nach, und einmal im Jahr werft Ihr Eure Gedanken in eine große Schüssel, rührt sie um und schmeckt sie ab. Ihr verbessert, was nicht gut ist, und lasst weg, was sich als unnütz erweist. Das geht schon lange so, Ihr seid mit Euch zufrieden. Aber eins habt Ihr bei aller Zufriedenheit vergessen.«

»Ich weiß genau, worauf Ihr hinauswollt.«

»Ihr habt den Narren vergessen. Jeder Staat braucht einen Narren. Nur weil der alte Narr der neue König ist, muss der Narr nicht überflüssig sein.«

So hatte er sie noch nicht angeblickt. Er war schockiert, und jedes Mal, wenn er sich ärgerte, wurde er gleich darauf fuchsteufelswild. Dann stampfte er mit dem Fuß auf und murmelte: »Sieh an, die Untertanen sind des Denkens mächtig.«

»Ich bin kein Untertan, ich bin aus Lübeck. Und wenn wir Lust haben, Euch gegen die Wand zu schmeißen, so werden wir das tun. Glaubt nicht, Ihr könntet im Windschatten segeln und Eure Spiele spielen. Ihr habt viel zu lange viel zu weit das Maul aufgerissen. Zuerst wart Ihr nichts weiter als eine Wanze. Jetzt kennen Euch zu viele, jetzt muss man sich mit Euch beschäftigen. Und wenn Ihr damit beginnt, uns auf der Nase herumzutanzen, werdet Ihr tiefer fallen, als der Weg von der Nase bis zum Boden weit ist.«

»Natürlich weiß ich das alles«, murmelte er. »Natürlich habe ich das alles bedacht.«

»Natürlich! Natürlich! Wenn Ihr die Wortmünzen in den Mund nehmt, verlieren sie all ihr Silber und Gold und sind Talmi.«

»Ich bin der Narr, der Herrscher wird. Keinem Narren ist das bisher gelungen. Die Geschichte ist voller Narrenträume, in denen sie sich auf dem Thron sehen. Aber sie schaffen es nicht, denn sie sind nichts als Spaßmacher. Das ist der Fehler der Narren. Sie dürfen die Herrscher nicht zum Lachen bringen. Sie müssen Bitterstoffe in den Pokal schütten, damit ihnen das Lachen vergeht. Der Narr darf auch kein Ratgeber sein. Ratgeber gibt es viele, und sie sind immer nur gut auf einem Gebiet. Der Koch kann kochen, der Zuckerbäcker baut die schönsten Torten, der Soldat schießt mitten ins Herz. Und wenn er nicht mehr taugt, gibt es einen neuen Koch und einen neuen Soldaten. Das ist der Narr vor allem: einzigartig und unverwechselbar.«

»Und so groß, dass man nicht versehentlich auf ihn tritt.«

»Ihr wisst, was einzig wichtig ist: wie groß ich im Auge des Herrschers bin. Nicht was der Reitknecht sagt, ist von Belang.«

»Obwohl es wehtun kann, wenn der Knecht jedes Mal vor Lachen auf den Rücken fällt.«

»Er wird seine Strafe bekommen, so gut wie jeder andere. Sie werden alle ihre Strafe bekommen. Aber nur der Herrscher bestimmt, wie groß ich bin. Mein Herrscher, mein alter Herrscher sagte zu mir: Ich sehe Euch. Da war ich groß.«

»Und nahmt die ganze Narrenweisheit mit ins neue Königreich.«

»So ist es«, sagte er zufrieden. »Wo du einen Narren brauchst, ist noch nicht alles in Ordnung. Die Existenz eines Narren sagt dir: Es ist noch ein Schritt nötig, vielleicht nur noch einer, aber dieser eine mit Sicherheit. Erst wenn der letzte Narr verschwunden ist, leben wir im Land der Freiheit.«

»Oder im Totenreich.«

»Im Land der Freiheit. Ich brauche keinen Narren mehr. Ein Narr ist Rückschritt. Was soll mir Eure Verrückte helfen? Was soll ich von ihr lernen, was ich nicht schon weiß? Wofür lese ich seit drei Jahrzehnten ein Buch nach dem anderen? Warum schreibe ich Tausende von Briefen an die klügsten Gelehrten? Um einem Kasper zuzusehen, der Purzelbäume schlägt?«

»Ihr habt nur Angst, dass die neue Närrin besser sein könnte als Ihr.«

»Darüber lache ich nicht einmal.«

»Sie ist eine Frau, das ist es. Ihr habt nicht damit gerechnet, dass der Narr vom anderen Geschlecht sein kann. Alles habt Ihr bedacht, nur das nicht.«

»Warum auch? Ich muss nicht daran denken, dass uns der Himmel auf den Kopf fallen könnte.«

»Warum denn nicht? Wollt Ihr in Eurer Weisheit eine Liste erstellen, auf der alle Themen stehen, über die sich das Nachdenken nicht lohnt? Bestimmt Ihr, was richtig und falsch, nötig und unnötig ist? Wer hat sich denn über den Papst lustig gemacht? Und jetzt habt Ihr nichts Besseres zu tun, als so zu sein wie er. Und warum? Weil es Euch reizt, seine Macht zu besitzen. Zu bestimmen, was richtig und was falsch ist – dafür lebt Ihr, davon träumt Ihr. Und jetzt seid Ihr so kurz davor, es zu erreichen.« Sie hielt zwei Finger in kurzem Abstand. »Ihr wollt die Wette gewinnen, morgen habt Ihr die Wette gewonnen, übermorgen seid Ihr ein reicher Mann. Dann könnt Ihr gehen, wohin Ihr wollt. Wohin wollt Ihr Euch wenden? Nach Süden oder nach Norden? Nirgendwo ist Narrenreich. Ihr müsst wieder ganz von vorn anfangen. So nah wie in diesem Augenblick werdet Ihr dem Reich der Freiheit nie mehr kommen. In diesem Augenblick seid Ihr so frei wie nie. Ihr habt die Macht, Ihr habt das Sagen, die Wächter hören nur auf Euch. Warum wartet Ihr auf morgen, wo alles vorbei sein wird? Erklärt jeden Tag, der auf uns alle wartet, zu einem Tag mit Namen ›Heute‹. Denn morgen hört das Narrenreich auf. Solange heute ist, besteht es fort.«

Er starrte sie an, bewegungslos.

»Ihr seid so klug, aber Ihr wartet darauf, dass morgen wird. In dem Moment wird Euch alles entgleiten. Und sagt mir nicht, so wäre es abgemacht: Das Narrenreich beginnt, das Narrenreich hört auf. Wenn es sich tatsächlich so verhält, seid Ihr nichts anderes als der Hanswurst Eures Fürsten. Er hat die Macht, Euch das Narrenreich zu geben, er hat die Macht, es Euch zu nehmen. Und Ihr spielt das Spiel mit. Das Narrenreich ist ein Spiel unter vielen. Mal schmeißt man Euch ins Wasser, mal steckt man Euch ins Weinfass, mal lässt man Euch den König spielen. Immer aber amüsiert man sich über den kleinen Mann, den niemand fürchten muss, denn er hält die Regeln ein, und die Regeln stammen nicht von ihm. Ich lasse Euch jetzt allein, ich höre lieber der Närrin zu. Bei ihr weiß ich nicht, was sie im nächsten Moment tun wird. Ihr langweilt mich nur, bei Euch gibt es keine Überraschungen. Genießt Eure letzten Stunden. Vergesst nicht, noch einige Menschen zu töten. Nur dazu seid Ihr ja imstande, Ihr armer kleiner Mann.«

36

Minutenlang hörte man ihn in der Küche wüten. Erst flohen Koch und Küchenjungen ins Freie, dann quollen Mehlwolken aus Türen und Fenstern, danach flogen Töpfe und Pfannen, zerschellten Schüsseln und Krüge. Und er schrie, schrie in hohen Tönen wie ein Tier in Not. Die Wächter bildeten eine Kette und ließen niemanden durch.

»Ich muss hinein, er braucht meine Hilfe!«, behauptete der Leibarzt. Aber sie ließen sich auf keine Diskussion ein.

»Er zerstört die schöne Küche«, jammerten Knechte und Koch.

Hofmarschall Glogau tauchte auf, mit finsterer Miene. Ihm gefiel nicht, was er hörte. Aber er respektierte die Grenzen, die ihm das Narrenreich setzte. »Wenn ihm danach ist …«, murmelte er. »Was hat ihn denn so aufgebracht? Wer hat ihn so geärgert?« – »Ob er sich den Magen verdorben hat?« – »Es sind die Nerven! Er ist zu zart, um König zu sein.«

Trine ging auf die Vorderseite des Gebäudes. Dort brannten immer noch die Feuer, dort standen Wächter bereit, um Flüchtende aufzuhalten. Sie war nicht die Einzige, die auf die Idee gekommen war, die Lage zu peilen. Vier oder fünf Gestalten tauchten auf. Trine hörte, dass die neben ihr systematisch die Außengrenzen des Geländes geprüft hatten. Überall waren Wachen, und am Feld der Alraunen stand davon gar ein ganzes Dutzend. Zum Hintereingang zurückgekehrt, riet sie der Närrin, sich unsichtbar zu machen. Hedwiga war euphorisiert und sah nicht ein, warum sie den großen Spaß nicht fortsetzen sollte.

»Er ist sehr wütend«, sagte Trine. »Er hat bisher schon keine Rücksicht genommen, jetzt ist er zu allem fähig.«

»Aber Ihr bleibt ja auch«, protestierte die Närrin.

Von allen Seiten beäugte man die verwegene Gestalt. Hedwig hielt ihr Gesicht unter der Kapuze versteckt, die farbenfrohe Schminke half ihr, nicht erkannt zu werden. Unter den Gästen hatte sie zwei Gesichter entdeckt, von denen Gefahr drohte. Trine war nicht sicher, ob ihr der Lübeck-Bonus länger Schutz gewähren würde. Sie staunte immer noch, welche Reaktion ihre letzten Sätze bei Theophrast ausgelöst hatten. Offensichtlich hatte sie einen Volltreffer nach dem anderen gelandet. Jetzt war der kleine König außer sich vor Zorn. Zu weit konnte er sich nicht gehen lassen, ab einem gewissen Stadium würde man ihn für unzurechnungsfähig halten. Was dann? Würden sie über ihn herfallen? Und wie würden die Wachen reagieren, wenn ihr Befehlshaber ausgefallen war? Sie konnten ihre Hellebarden niederlegen, es war aber auch möglich, dass sie in seinem Namen ein Blutbad veranstalten würden. Und wenn 50 Leute in 50 Richtungen fliehen würden? Einigen würde der Durchbruch gelingen, einigen nicht. Es war wie eine Lotterie. Niete oder Gewinn, Leben oder Tod.

Plötzlich stand der Kapuzenmann vor ihr. Er sagte kein Wort, aber Trine spürte sofort, wie zornig er war. Er schleppte sie in eine dunkle Ecke und überschüttete sie mit Vorwürfen. Trine war überrascht, wie schnell Joseph von dem letzten Vorfall Kenntnis erhalten hatte. »Wie konntest du das machen? Hast du nicht erkannt, in welche Gefahr du dich damit begibst?«

»Ich wusste nicht, dass er so wütend werden würde. Ich dachte, es ist gut, ihn aus dem Konzept zu bringen.«

»Das ist hervorragend, aber du hast ihn in die falsche Richtung geschickt.«

Sie begriff nicht, was er meinte.

Vom Haus erklang die Stimme des Königs: »Ab jetzt bin ich kein gnädiger Herrscher mehr!«, rief er aufgeregt. Je lauter er wurde, umso weniger klang seine Stimme wie die eines erwachsenen Mannes. »Ab jetzt werdet Ihr sehen, wie gut Ihr es bisher hattet. Ihr werdet Euch noch das gemütliche alte Narrenreich zurückwünschen. Aber dafür ist es nun zu spät!«

»Siehst du«, murmelte Joseph. »So klingt es, wenn Zwerge sich betrogen glauben.«

»Wenn er zornig ist, wird er Fehler begehen. Das müssen wir ausnutzen.«

»Ich möchte lieber die Richtung bestimmen, in die sein Zorn sich bewegt.«

»Wie willst du das machen?«

Ohne zu antworten, bewegte er sich auf Theophrast zu. Sie rief ihm hinterher: »Ich höre nicht auf nachzudenken, nur weil du hier bist.«

Theophrast erinnerte seinen Besucher an einen Topf Milch, der in wenigen Augenblicken überkochen würde. Der Zorn wollte den König schier zerreißen. Joseph Deichmann hatte Probleme gehabt, bis zu ihm vorzudringen. Die Wächter zeigten Härte, um ihre eigene Unsicherheit zu verdecken.

»Immer mit der Ruhe, Kollege«, murmelte Joseph. »Wir stehen auf der gleichen Seite.« Er berichtete, dass man ihn als Söldner angeworben hatte. Er nannte die richtigen Namen und den richtigen Ort. Josephs bestes Argument aber war sein Aussehen. Er war ein Mann in den Vierzigern, der ein Leben lang seinen Körper eingesetzt hatte: erst als Arbeiter, später als Apotheker, der weite Wege zurücklegte, um an Kräuter und Pflanzen zu gelangen, die man nicht an jeder Ecke fand. Zwei Jahre war er zur See gefahren und hatte später in den Häfen von Stralsund und Lübeck gearbeitet. Überall war es in gleicher Weise abgelaufen. Joseph begann mit körperlicher Arbeit, wenige Wochen später waren seine Talente erkannt worden und er war der Vorarbeiter, der die Männer einsetzte. Joseph Deichmann war eine glückliche Verbindung aus Hand und Kopf. Jeder, der ihn beobachtete, erkannte schnell, dass er als Träger und Packer unter seinen Fähigkeiten bleiben würde.

So war er Gastwirt geworden. Er fing an, Fässer auszufahren und gab den Gastwirten, deren Häuser auf die Pleite zuschlingerten, Ratschläge, was sie besser tun und was sie besser unterlassen sollten. So stieg er auf, so traf er Männer, die ihr Geld in ihn investierten, weil sie hofften, dass er es mehren würde. Zwei Gasthäuser hatte er ins Laufen gebracht, die »Fluchbüchse« hatte er gekauft und zu einem Betrieb gemacht, der die Familie ernährte und Joseph vom Außenseiter der Gesellschaft stärker in ihr Zentrum gerückt hatte. Ein Gastwirt blieb immer ein Gastwirt, aber wie er seinen Laden führte, wie er Ratsherren, Kaufleute, Fischer und Seefahrer in einem Raum begrüßte und dafür sorgte, dass sie miteinander auskamen, das machte ihm in der Stadt niemand nach. In anderen Gasthäusern verkehrten immer nur bestimmte Kreise: die gute Gesellschaft, Handwerker und Ausländer, die Seefahrer, die Gauner und Betrüger und die Huren.

Bei Joseph Deichmann saß der Kunstmaler Adam Kropf Rücken an Rücken mit vier Ratsherren. Schräg gegenüber hielt ein Reeder Hof, begleitet von Gästen aus Schweden, die ihre Augen nicht von den zwei reizvollen Frauen abwenden konnten, die sich prächtig unterhielten und jeden Mann, der darum bat, an ihren Tisch zu dürfen, höflich aber bestimmt abwiesen. Bei Joseph Deichmann trafen sich die Kollegien von mehr als einer städtischen Schule. Die redlichen Lehrer gruselten sich ganz ungemein, denn sie kamen sich wunder wie tapfer vor, weil sie es gewagt hatten, nicht in ihr dröges Lokal zu gehen, wo die Spinnen und Asseln zwar Latein verstanden, aber wo sich die Gäste zu Tode langweilten. Bei Joseph Deichmann fühlten sich die Gäste wohl. Er unterschied nicht zwischen besseren und schlechteren Gästen. Er kannte fast alle und die meisten mit Namen. Er wusste, wer nachher in sein vierstöckiges Patrizierhaus zurückkehren würde und wer in seine windschiefe Kate, weil seine Geschäfte als Schreiber und Färber schlecht gingen. Aber einen behandelte er wie den anderen. Wer aufmuckte, bekam Druck. Joseph Deichmanns Argument war nicht die Faust. Auseinandersetzungen und Unterstellungen sprach er an und redete sie weg. Er ließ keinen Flächenbrand entstehen und verstand es, die Eitlen bei ihrer Eitelkeit und die Reichen bei ihrem Geldbeutel zu packen. In keinem Gasthaus der Stadt wurde quer über alle Tische und Bänke so viel ausgegeben und freigehalten wie bei Deichmann. Im Laufe eines Abends schmiedete der listige Mann wohl 50 Koalitionen unter seinen Gästen – er machte Männer zu Banknachbarn, die sich auf der Straße nie gegrüßt hätten und morgen auch nicht mehr grüßen würden. Aber in seinem Haus saßen sie nebeneinander, tranken miteinander und vergaben sich dabei nichts. Wer sich hier verbrüderte, musste sich morgen dafür nicht genieren. Joseph Deichmanns Gesicht zeigte Spuren eines schweren Lebens, das ihn nicht zerbrochen, sondern stärker gemacht hatte. Sein Körper sagte: Leg dich mit mir nicht an. So sprach er, wenn er freundlich redete, immer zwei Sprachen gleichzeitig. Die eine kam aus seinem Mund, die andere von seinen Muskeln. Einen wie Joseph Deichmann wimmelte man nicht hochmütig ab, er besaß eine Art, sein Anliegen dringend zu machen. So stand er vor Theophrast dem Zweiten und präsentierte ihm die Narben, die Hedwig ihm auf Wangen und Stirn gepinselt hatte.

»Wie seht Ihr denn aus?«, staunte Theophrast.

»Achtet nicht darauf. Ich handelte sie mir ein, weil ich meine Herrn schützte. Achtet einfach nicht auf sie, es ist nicht wichtig.«

Theophrast mochte solche Männer. Sie hatten nichts mit ihm gemeinsam, aber er sehnte sich danach, sie als Freunde zu haben. Er spürte, dass solche Männer ihn nicht ausnutzen würden, denn er war ihnen nicht wichtig genug. Sie legten sich lieber mit Ihresgleichen an. Ihnen gefiel es nicht, einen Hänfling aus den Schuhen zu hauen.

Joseph stellte sich als Söldner vor, eingekauft, um das Feld der Alraunen zu schützen. Theophrast verlor sofort wieder das Interesse an dem Mann. Ein Söldner stand für ihn knapp oberhalb von Vieh. Aber als er die Wurzel erblickte, die der Mann ihm hinhielt, schwoll dem König der Kamm.

»Seid Ihr des Teufels!«, rief er aufgebracht. »Wie kommt Ihr dazu? Das ist, als würdet Ihr mir Geld rauben. Habt Ihr Sehnsucht nach dem Kerker?«

Er gierte nach einer Geste fehlenden Respekts, aber der Narbenmann tat ihm nicht den Gefallen. Stattdessen sagte er: »Ich weiß gern, was ich beschütze, das werdet Ihr verstehen. Ich ahne, was Euch an den Alraunen liegt. Deshalb müssen wir reden.«

»Ihr führt eine großkotzige Rede, mein Lieber. Wie

kommt Ihr darauf, dass ein König auf das Wort eines käuflichen Mannes etwas geben könnte?«

»Weil der König Bescheid wissen will, wenn er nach Strich und Faden betrogen worden ist.«

»Wovon redet Ihr?«

»Was habe ich in meiner Hand?«

»Spielen wir Spiele?«

»Was habe ich in meiner Hand?«

»Ich werde Euch nicht den Gefallen tun.«

»In Ordnung.« Die Hand schloss sich um die Wurzel. »Ich möchte hinterher aber keine Klagen hören. Ihr hattet Eure Chance, Ihr habt sie vertan. Gott zum Gruße.«

»Wartet! Ich sagte: Wartet! – Wenn Ihr nicht sofort stehen bleibt ... Wachen, haltet ihn auf!«

Dem ersten Wächter wich er aus, dabei strampelte der im Flug mit Armen und Beinen. Der zweite Wächter brach auf der Stelle zusammen, als habe man ihm alle Knochen auf einmal aus dem Leib gezogen.

Der Narbenmann rief: »Von welchem Markt bezieht Ihr Eure Wächter? Da hat man Euch wohl auch hereingelegt. Ihr solltet darüber nachdenken, woran es liegen könnte, dass sich jeder mit Euch einen Spaß erlaubt. Bei den Alraunen weiß ich es.«

Fünf Minuten später saßen sie zusammen. Der freche Narbenmann hatte alle Räume im Erdgeschoss inspiziert und sich für den Thronsaal entschieden. Aus der Küche holte er eine Schüssel mit Fleisch und einen Krug Wein, stellte alles auf die Tafel und machte sich darüber her. Der Mann war völlig ausgehungert. Theophrast musste sich gedulden, darunter litt er. Der Narbenmann deutete auf die Wurzel, sie lag neben der Schüssel.

»Eine Alraune«, knurrte Theophrast unwillig. Er erkannte lehrerhaftes Getue, wenn er ihm begegnete. Die

Hand rührte sich nicht. »Auf was wartet Ihr noch?«, fragte Theophrast gereizt.

»Auf die richtige Antwort.«

»Alraune. Al-rau-ne. Galgenmann, Baaras. Pisdiefje, wenn Ihr es im Holländischen hören wollt.«

»Zaunrübe, Wegerich, Knabenkraut.«

Der Narbenmann griff in die Tiefen seines Umhangs und stieß ein Messer in die Tischplatte. Theophrast wusste, wie hart das Holz und welche Kraft nötig war, um die Klinge so tief hineinzutreiben. Die Männer blickten sich an, Theophrast sagte: »Ich glaube Euch nicht.«

»Das verstehe ich gut. Ich würde mich auch so lange belügen, wie es geht. Nachdem mich schon andere belogen haben.«

Das Schlimmste an diesem finsteren Menschen war für Theophrast, dass er es nicht eilig hatte. Er ließ dem König die Zeit, die der brauchte, um die Wahrheit zu erkennen. Alraunen waren begehrte Kräuter, vielleicht die begehrtesten von allen. Denn die Fähigkeiten, die man der Alraune zuschrieb, waren vielfältig, stark und magisch. Es war nur eine Frage der Zeit gewesen, bis die ersten Fälschungen in Umlauf gebracht worden waren. Seit langer Zeit schafften Kamele, Esel, Pferde, Kutschen und Träger aus dem Orient Alraunwurzeln ins Land, die nicht echt waren. Die Zaunrübe und der Blutwurz eigneten sich besonders gut, um sie als Alraune anzubieten. Das Knabenkraut kam ebenfalls in Frage, wenn auch seine Wurzel verräterisch war. Doch dem ließ sich abhelfen, mithilfe von Messern wurden die Wurzeln so lange bearbeitet, bis sie als Alraunen durchgingen.

Theophrast sagte: »Das ist nicht wahr.«

»Ich will Euch nicht wehtun, aber ich kenne mich auf diesem Gebiet aus.«

»Weil Ihr ein Fälscher seid!«

»Weil ich die Handelswege kenne und weiß, was die Menschen wünschen und was sie am Ende erhalten. Wer von einem Verbrechen Kenntnis hat, ist kein Verbrecher. Schon gar nicht, wenn er Euch bereitwillig die Augen öffnet. Oder zieht Ihr es vor, unwissend zu bleiben?«

Theophrast hasste solche Fragen. In sachlichem Ton setzte ihn der Narbenmann ins Bild. Er vermied jede Hochnäsigkeit, kein Triumph sprang aus seinen Augen. Seine nüchterne Art vergrößerte Theophrasts Qual noch.

Der Narbenmann sagte: »Ich bin sicher, dass jede Alraune, die Ihr nicht höchstpersönlich aus der heimischen Erde grabt, eine gefälschte ist.«

»Dann ist ja alles gut«, rief Theophrast erleichtert. »Ich bin herumgereist, alle sind von hier, alle sind echt. Packt Eure Fälschungen ein, ich komme als Kunde nicht infrage.«

»Habt Ihr sie persönlich ausgegraben? Oder war es nicht vielmehr so, dass die Menschen, die Euch an die Orte geführt haben, darauf bestanden haben, die Wurzeln selbst auszugraben? Erinnert Euch, bevor Ihr antwortet.«

Theophrast spürte, wie sich Hals, Ohren und Gesicht verfärbten. Keine einzige Wurzel hatte er selbst ausgegraben. Jedes Mal hatten sich die Halunken zwischen ihn und die richtige Stelle gedrängt. Er solle sich nicht die Hände schmutzig machen, sie hätten mehr Übung, er solle den Sack für die Ernte bereithalten. Oder das Geld, besonders das Geld. Viel Geld. Und er hatte den Preis jedes Mal freiwillig aufgestockt, weil sie so hilfsbereit gewesen waren. Theophrast ließ den Kopf sinken. »Ich wusste es«, murmelte er beschämt. »Ich habe viel gelesen und mich umgehört. Man hat mich gewarnt, aber ich habe es nicht geglaubt.«

»So geht es vielen«, sagte der Narbenmann. »Überall, wo Ihr hinkamt, wusste man, dass einer wie Ihr unterwegs ist: den Sack voll Geld und ohne Kenntnis. Auf jedem Jahrmarkt bieten Gaukler diese Wurzeln an. Auch die Schwertlilie wird gern genommen.«

Als er mit der zweiten Schüssel aus der Küche kam, saß Theophrast da wie vorher: den Kopf auf der Brust, die hohe Krone in bedrohlicher Schieflage. Seine Stimme klang müde, als er fragte: »Das Magische, die besondere Wirkung, Ihr wisst schon …«

»Die Wirkung auf den Mann, dass er sich wie ein Stier fühlt und auch so benimmt …«

»Das meine ich. Können das die Fälschungen auch?«

»Könnt Ihr die Wahrheit vertragen?«

Der König hob den Kopf, er sah um Jahre gealtert aus: »Nein, ich kann die Wahrheit nicht vertragen. Aber ich muss sie hören.«

Der Narbenmann schwieg, nur sein Gesicht sprach Bände.

37

Lange sass er allein im Thronsaal. Einige Male erschien ein Gesicht in der Tür, zog sich aber schnell wieder zurück. Niemand wollte dem König in seiner derzeitigen Stimmung unter die Augen treten. Seit acht Jahren feierte Theophrast von Bommelheim das Narrenreich. Zuerst war es nichts als eine Ablenkung von der täglichen Demütigung gewesen. Später reizte er seine Möglichkeiten aus, an keinem Tag des Jahres waren die Frauen so umgänglich wie beim Narrenreich. Sie nannten es Karneval, und nachdem Theophrast erkannt hatte, wie sehr sie sich in diesen Stunden veränderten, bestand er nicht mehr darauf, sie auf das Missverständnis hinzuweisen. Er schwieg und genoss, er genoss aus Leibeskräften und brauchte jedes Mal eine ganze Woche, um sich zu erholen. Er fand heraus, dass die Frauen, die so freundlich zu ihm waren, keine Gräfinnen und Fürstinnen waren, sondern Huren aus Lübeck, vom Fürsten und seiner Männerrunde angeheuert. Nur in den ersten Monaten am Hof des Fürsten hatte Theophrast die Häuser im Lübecker Hafenviertel aufgesucht. Dann kannte jeder den kleinen Mann mit dem großen Appetit auf dralle Frauen. Er musste die Häuser meiden, denn man hatte ihm hinterbracht, dass nicht alle Liebesstuben so abgeschlossen waren, wie die Freier annahmen. Es gab Löcher in der Wand, hinter Bildern, Spiegeln und Schränken, auch in der Decke. Und oft stand das Bett in einer Flucht mit dem Schlüsselloch der Tür. Und immer war das Schlüsselloch größer als an anderen Türen. Von einer mitleidigen Hure ins Bild gesetzt, musste Theophrast erkennen, dass seine heimlichen Besuche im Rotlichtviertel jedes Mal eine öffentliche Angelegenheit waren. Zahlreiche Zuschauer amüsierten sich köstlich. Vielen von ihnen begegnete Theophrast später am Hof wieder und hielt ihre anzüglichen Äußerungen für Zufall – bis er die Wahrheit erfuhr. Theophrast konnte sich die Zuneigung der Frauen nicht aussuchen. Er musste nehmen, was er kriegen konnte. Misstrauen war sein ständiger Begleiter. Er lernte auch, allen mitleidigen Männern zu misstrauen. Wenn sie ihn im Kollegium aufforderten, als Mann unter Männern sein Innerstes nach außen zu kehren, ließ er nur in der ersten Zeit seiner Sehnsucht Raum.

Später verschloss er sich und sammelte Informationen über die Schürzenjägerei der Männer. Es war unfassbar, was man alles in Erfahrung brachte, wenn man nur genau hinsah. Der Fürst, wenngleich dem weiblichen Geschlecht auch über seine Ehe hinaus zugetan, war noch einer der Anständigsten. Andere waren die reinsten Schweinepriester. Dass selbst die Tierwelt vor den Nachstellungen der geilen Kerle nicht sicher war, wunderte Theophrast nicht. An keinem Hof war das anders. Der eine wusste alles vom anderen, der andere wusste alles vom Dritten. Und natürlich beobachtete jeder jeden. Das gierige Spiel ging immer im Kreis herum. Erpressung war unmöglich, denn jeder hing tief drin und die Vertreter der Kirche allemal. Je mehr sich Theophrast in die Welt der Bücher zurückzog, umso größer wurde der Ehrgeiz des Kollegiums, ihn bei seinen heimlichen Schweinigeleien zu ertappen. Da sie aber kaum noch vorkamen und nie am Hof, bekam Theophrast den Ruf des heimlichsten Beiwohners aller Zeiten. »Er ist so klein, das ist sein Glück«. Aber in Wirklichkeit verhielt es sich anders. Er war so unglücklich, dass er sich keinen weiteren Verletzungen aussetzen wollte. Ab und zu gab es eine Frau, für die er schwärmte. Aber davon erfuhr sie nie. Zu seinem Geburtstag schenkte ihm das Kollegium traditionell eine paradiesische Nacht. Dort lebte sich Theophrast aus, dass es über seine Kräfte ging. Als geiler Zwerg war er in Gasthäusern mit der roten Lampe wohl gelitten. Dass er nicht glücklich war und sein Lachen eher dem Zähnefletschen glich, entging den Menschenkennern in diesen Etablissements keineswegs. Aber am nächsten Morgen war der kleine Mann verschwunden, und sie sahen ihn erst ein Jahr später wieder.

»Ja, was ist denn?«, fragte er gestört. Die Hebamme stand in der Tür. Sie hatte sich natürlich nicht zurückgezogen, sie besaß kein Gefühl für das, was sich schickte.

»Die Menschen haben Angst«, sagte Trine. »Sie fragen sich, wer der Nächste sein wird. Sie werden immer verzweifelter, ich befürchte, dass sie ausbrechen werden, ohne Rücksicht auf Verluste. Es wird ein Massaker geben. Wie wollt Ihr das mit Eurem klugen Narrenreich vereinbaren?«

»Ganz einfach: Das Narrenreich ist gut, die Menschen sind schlecht.«

»Und wenn ich Euch ein Geheimnis verrate?«

»Manchmal denke ich, wir beide haben uns schon zu oft unterhalten.«

»Und wenn es ein Geheimnis ist, das nicht warten kann?«

Er sah schlecht aus. Was immer Joseph mit ihm angestellt hatte, es hatte Wirkung erzielt. Aber leider sah er nicht mutlos aus, nicht bereit zum Aufgeben. In seiner Miene war etwas, was Trine nicht gefiel. Er brauchte noch einen Ruck, von allein würde er nicht fallen. »Man hat mir etwas hinterbracht«, sagte Trine. »Etwas, was ich nicht glauben kann.«

»Lasst uns hören, ob ich es glauben kann.«

»Der Fürst hat eine neue Fürstin.« Und Pause. Auf keinen Fall weiterreden. Wirken lassen. Atem holen und dann: »Es ist eine heimliche Affäre. Er will es öffentlich machen, wenn das Narrenreich vorüber ist.«

»Schön«, knurrte Theophrast. »Und?«

»Die neue Fürstin ist unter Euren Gästen.« Er wackelte! Trine ballte ihre Hände zu Fäusten und setzte eine betont teilnahmslose Miene auf.

»Ah ja.« Die Laute fielen aus ihm heraus wie Brocken, die beim Kauen übrig geblieben waren. »Mit wem habt Ihr gesprochen?« Was für eine scheinheilige Frage, dachte Trine.

»Tut mir leid.«

»Redet schon.«

»Wie ich schon sagte.«

»Tut mir leid, tut mir leid.« Er äffte sie nach. Sie wusste ja selbst, wie scheinheilig sie geklungen hatte. »Und was glaubt Ihr, soll ich jetzt tun?«, fragte der kleine König.

»Die Frage ist, ob Ihr die neue Fürstin umbringen wollt oder nicht.«

»Ich würde sogar den Maulwurfsjäger umbringen.«

»Weil das die Regel des Spiels ist. Aber habt Ihr denn gewusst, dass eine neue Fürstin im Spiel ist? Wie lebensmüde muss man sein, um einem Mann, der vor einem Jahr seine Frau verloren hat, nun auch noch seine neue Frau von der Seite zu reißen? Glaubt Ihr wirklich, er wird sich mit Euch auf einen Disput darüber einlassen, ob dieser Mord unter das Stichwort ›Spielregel‹ fällt?« Sie sah ihn an und dachte: Friss das und ersticke daran.

»Wer ist sie?«, fragte er.

»Wie gesagt: Tut mir leid.«

»Beschreibt sie mir.« Sie zuckte mit den Schultern.

Theophrast verließ seinen Thron und kam auf Trine zu. »Ich will von Euch hören, wer die neue Fürstin ist und von wem Ihr das wissen wollt.«

»Es kann Euch nicht stören, wenn sich jemand an ein gegebenes Wort hält. Ihr würdet es genauso machen.«

»Da wäre ich nicht sicher. Wahrheit und Vertraulichkeit sind dehnbar wie ein Tuch. Sie sind kein Stück Holz.«

»Bei Gelegenheit werde ich darüber nachdenken. Jetzt solltet Ihr darüber nachdenken, mit welcher Waffe der Fürst Euch einen Kopf kürzer machen wird, wenn Ihr einen tragischen Fehler begeht.«

Es war aufregend, einem klugen Mann beim Nachdenken zuzusehen. Es war niederschmetternd, das Ergebnis des Nachdenkens zu hören: »In Ordnung. Ab sofort verlieren nur noch Männer ihr Leben.« Kurze Pause. »Männer und Hebammen.«

Er hatte die Tür schon erreicht, als sie fragte: »Und wenn ich es bin?«

38

Während sie berichtete, atemlos und aufgeregt, hielt er ihre Hände. Sie hatten sich hinter den Werkstätten getroffen. Es war noch kälter geworden, erst in zwei Stunden würde die Dämmerung die Nacht vertreiben.

»Ich musste das tun«, erklärte Trine. »Ich ertrage es nicht, herumzustehen, während sie einen nach dem anderen zum Galgen schleppen.«

Joseph war für seine Verhältnisse sehr schweigsam. Sie redete, um ihn zu einer Entgegnung zu veranlassen. Dieses ungute Schweigen musste verschwinden. Sie arbeitete sich an dem Schweigen ab, bis sie mutlos fragte: »Also gut, ich war wieder zu schnell. Ist es das?«

»Das ist ein Punkt. Einer von mehreren.«

»Ich bin seit heute Morgen hier, ich bin eine Gefangene, meine Nerven sind verbraucht. Du musst mich trösten und nicht angreifen.«

»Ich habe noch nicht angefangen, dich anzugreifen.« Vorher tröstete er sie. Ihnen fiel nichts Besseres ein, als sich zu umarmen.

»Wonach riechst du?«, fragte sie.

»Ich musste ein altes Gewand nehmen, um echt auszusehen. Gut, dass ich mich gestern nicht rasiert habe.«

»Und vorgestern und am Tag davor.«

»Ich habe dir gesagt: Der Tag wird kommen, wo mir meine Faulheit von Vorteil sein wird. Der Tag ist da.«

Ende der Freundlichkeiten. Nun begann er, ihr den Kopf zu waschen. Sie müsse unbedingt damit aufhören, eine Idee nach der anderen zu produzieren und auf den König abzufeuern. Jede einzelne Idee sei gut und pfiffig, aber man müsse ihr Zeit geben, Wirkung zu entfalten. In zu kurzen Abständen abgefeuert, würde sich die Wirkung der Ideen gegenseitig neutralisieren. »Gar nicht gut war deine Idee, ihm von einem bevorstehenden Ausbruch zu berichten. Willst du hören, wie er darauf reagiert?«

»Oh? Er reagiert darauf?«

»Siehst du, du versenkst dich nicht ausreichend in seine Lage. Er hat seine Leute in die umliegenden Dörfer geschickt. Sie klopfen an jeder Tür und holen jeden Mann und jeden Jungen, der ein Beil halten kann. Trine, der König stellt eine Armee auf! Und du hast ihm eingeredet, dass dafür die Notwendigkeit besteht.«

»Das habe ich nicht! Ich habe nur ... oh ... sollte ich es doch haben?«

»Es ist hinreißend, dir beim Denken zuzusehen.«

Joseph Deichmann war noch keine vier Stunden Legionär, da besaß er schon das Ohr des Mannes, der beim Feld der Alraunen die Befehle gab. Dieser Mann war eingeweiht, von diesem Mann bezog Joseph sein Wissen. Vor einer halben Stunde hatte Theophrast Männer losgeschickt, sie würden es nicht wagen, mit weniger als 50 Streitern zurückzukehren. Die große Zahl beeindruckte Trine.

»Aber ist es nicht gleichgültig, ob wir von 50 oder 150 Männern bewacht werden? Es sind auf jeden Fall zu viele.«

Nun rückte Joseph mit der ganzen Wahrheit heraus. Die Männer aus den Dörfern sollten nicht Wache stehen, sie sollten kämpfen. Die Boten, die sie aus den Betten holten, teilten ihnen mit, dass sich in der Sommerresidenz des Fürsten eine enthemmte und betrunkene Hofgesellschaft zusammenrotten würde, um ein Dorf zu überfallen. Aus welchem Grund? Es gab keinen Grund. Es handelte sich um nackte Willkür, um den widernatürlichen Spaß einer degenerierten Adelssippe, die ihre Verachtung aufrechter Landbewohner dadurch ausdrückte, dass sie deren Hütten in Brand steckte und deren Vieh in die Flucht trieb.

Trine fing die vorbeigehende Prinzessin ein und befragte sie nach dem Verlauf höfischer Feste in der Vergangenheit. Danach war ihr klar, warum die Landbewohner das Gerede von marodierendem Hofvolk sehr wohl glauben würden. Seit langer Zeit fürchteten sich die Nachbarn der Schlösser und Residenzen, wenn der Adel feierte. Was die Prinzessin allein über die letzten Jahre berichtete, reichte aus, um den Hass der Einwohner zu verstehen.

Es waren besonders die Männer des Hofstaats und ihre Gäste, die im Schutz der Dunkelheit vor den abstoßendsten Aktivitäten nicht zurückschreckten. Dass sie das Vieh befreiten oder töteten, dass sie es quälten oder stahlen, war jedes Mal der Auftakt. Dass sie jeden, der so dumm war, sich zu später Stunde außerhalb seiner Behausung aufzuhalten, durchhauten, dass sie ihm die Haare schoren, ihm seine Kleider raubten oder ihn in den Misthaufen steckten, gehörte zum Aufwärmen. Danach begannen die Taten, vor denen sich die Landbewohner fürchteten. Sie verschafften sich Zugang zu den Häusern und Hütten, machten sich breit, ließen sich bekochen, zerschlugen die Möbel und trieben mit den jungen Mädchen und Frauen ihre Späße. Es kam nicht zwangsläufig zu Vergewaltigungen, aber es kam zu erniedrigenden Szenen, die jederzeit in Gewaltorgien übergehen konnten, die selbst vor greisen Menschen nicht haltmachten. Wenn die Hähne krähten — so sie noch am Leben waren –, standen die gepiesackten Leute vor einem neuen Problem. Sie erkannten das wahre Ausmaß der Schäden und wussten aus Erfahrung, dass sie vor Gericht oder vor dem Fürsten keinen Ersatz für die ihnen widerfahrenen Nachteile erstreiten würden. Nie wurde ihnen ihre Rechtlosigkeit stärker bewusst als in den Tagen nach höfischen Gelagen. Als es noch die Fürstin gab, hatte sie dafür gesorgt, dass in den folgenden Wochen Aufträge an die geschädigten Leute gingen – als Tagelöhner, Wäscherinnen, Knechte, Gärtner. Manchmal war der kleine Gelehrte im Dorf aufgetaucht und hatte halbwüchsigen Mädchen und Jungen die Möglichkeit offeriert, in der Bibliothek zu helfen. Alle verdächtigten ihn, auf leichte erotische Beute aus zu sein.

Doch es gab einen menschlichen Bereich, der Theophrast größere Befriedigung verschaffte: Wenn er sein Wissen weitergeben konnte. Niemand hatte bei ihm Lesen und Schreiben gelernt; aber wer es schon beherrschte, hatte Bekanntschaft mit Bereichen der höfischen Kultur gemacht, die ihm vorher verschlossen gewesen waren. Zwei Jünglinge waren an Höfe in Thüringen gegangen, wo sie heruntergekommenen Bibliotheken neuen Odem einhauchten. Nicht weil sie die Bücher gelesen hatten, sondern weil sie ein Talent für Systematik und Ordnung mitbrachten, weil sie Ehrfurcht vor den Erzeugnissen der Schreiber und der Qualität der frühen Drucke besaßen und weil sie wussten, wie man Tausende von Büchern so präsentierte, dass ein Interessent die gewünschten Folianten auch tatsächlich in die Hände bekam. Das glückliche Schicksal dieser beiden Jünglinge, das waren die größten Siege des Theophrast von Bommelheim, aber auf diese Siege war er nicht stolz und hatte sie längst vergessen.

Trine Deichmann erkannte den Ernst der Lage. Die Menschen aus dem Dorf würden alles glauben, was ihnen als Bedrohung vor Augen gestellt worden war. Und weil sie zum ersten Mal in ihrem Leben auf der Seite der stärkeren Bataillone standen, musste befürchtet werden, dass sie die Gelegenheit nutzen würden, um alte Rechnungen zu begleichen. »Das wird ein Massaker werden«, murmelte Trine.

Joseph redete ihr gut zu, sie habe das Beste gewollt und dürfe sich nicht vorwerfen, in diese chaotische Situation hineingeworfen worden zu sein. Aber sie war nicht zu trösten und er wusste es. »Wir verschwinden«, kündigte er an. »Bei der erstbesten Gelegenheit sind wir beide weg.«

»Aber was soll aus den anderen werden?«

»Wir werden sie warnen, damit jeder selbst entscheidet, was er tun soll. Mehr ist nicht möglich.«

»Es muss andere Wege geben. Lass uns überlegen.«

»Die Lübecker werden nicht helfen.«

Das war Trine klar. Lübeck war weit entfernt, die meisten Lübecker würden die Sommerresidenz höchstens vom Vorbeifahren kennen, wenn überhaupt. Sollten sich wild gewordene Bauern doch die Knüppel um die Ohren schlagen, das war nichts, was die Lübecker Geschäfte berührte. Jeder war sich selbst der Nächste. Trine konnte diese Haltung den Lübeckern noch nicht einmal vorwerfen. Lübeck war für Lübeck da. Der Fürst war für seinen Hof da. Für die Bauern war niemand da.

Natürlich würde es Joseph gelingen, aus dem Gefängnis herauszukommen, daran zweifelte Trine nicht. Aber sie wollte nicht gehen, nicht jetzt. Heute Morgen hätte sie gehen können, da hatte sie niemanden gekannt und noch nichts erlebt. Jetzt war zu viel Menschlichkeit im Spiel, sie hatte in zu viele Gesichter geschaut. Es gab Kinder und Frauen. Aber auch die Männer würden Opfer sein. Wer würde sich überhaupt am Ende als Sieger bezeichnen dürfen? Der kleine König etwa, diese traurige, einsame Figur?

»Du musst erst die anderen rausbringen«, sagte Trine. »Ich komme später nach. Ich mache eine Liste, wer unbedingt raus muss.«

»Trine! Trine, sieh mich an.« Aber sie wollte ihn nicht ansehen, weil sie wusste, was sie sehen würde. Den Menschen, der sie besser kannte als irgendwer sonst. Der sie durchschaute, wenn sie sich in Gefahr brachte, weil sie Mitgefühl für andere empfand. Aber sie würde nicht gehen und die anderen ihrem Schicksal überlassen. Joseph, der Mann, der zehnmal so mutig war wie sie, wollte gehen, solange noch die Gelegenheit bestand. Wie konnte sie das ignorieren? Joseph war nicht der Mensch, der andere ihrem Unglück überließ. Wenn er für Flucht plädierte, war die Lage ernst. Vielleicht war sie schon zu lange hier und hatte den klaren Blick verloren.

Mehrmals waren sie einige Schritte weitergegangen, um anderen auszuweichen. Trine hörte das Schnaufen und Schnauben. Sie befanden sich auf der Rückseite der Ställe. Vor sich die Schweine, dahinter die Gänse und Enten, dahinter der Verschlag für die Ziegen. »Hast du gehört, was ich gerade gesagt habe?«, fragte Joseph.

Kein Wort hatte sie gehört, denn in ihrem Kopf nahm eine neue Idee Gestalt an.

»Oh nein«, stöhnte Joseph, »nicht schon wieder.«

Trine sagte: »Ich weiß, wie wir die Menschen retten.«

39

»Die Hebamme Trine Deichmann bittet darum, vorgelassen zu werden.«

»Sagt der Hebamme, sie soll zum Teufel gehen.«

Trine schob den Wächter zur Seite und rief: »Das müsst Ihr Euch ansehen. Unbedingt und sofort!«

Theophrast blickte sie genervt an. Er stand im Saal neben seinem Thron, an die Wand war ein großes Papier geheftet worden. Trine sah, dass es sich um den Grundriss der Sommerresidenz und der umliegenden Ländereien handelte.

»Ich arbeite«, knurrte er.

»Kommt mit mir und überlegt danach, ob Ihr Euch mit dem wirklich Wichtigen beschäftigt habt.«

Theophrast ging kein Risiko mehr ein, vier Wächter schirmten ihn vor seinem Volk ab. Trine lag eine Bemerkung auf der Zunge. Sie musste nicht erst an Joseph denken, um den Mund zu halten.

Eine Frau kreuzte ihren Weg, die Wächter schlossen sich enger um den König zusammen. Aber die Frau achtete nicht auf sie, Haare raufend und weinend eilte sie von irgendwo nach irgendwohin und rief: »Vorhin war sie noch da, sie kann nicht weg sein. Das ist unmöglich.«

»Aus dem Weg!«, rief Theophrast herrisch.

Wenige Meter danach kamen sie an zwei Männern vorbei, beide in aufgeregtem Gespräch. Der König ließ halten und forderte die Männer auf, näher zu treten. Sie zögerten, wichen zurück. »Aber ich bin's doch, Euer guter König«, lockte Theophrast in falschem Schmeichelton.

Schon fielen sie über ihn her. Sie vermissten Schmuck, ihre Begleiterinnen ebenso. Seit einer Stunde ging ein

Unbekannter um und stibitzte Ketten, Diademe, Broschen. An einigen Fingern fehlten sogar Ringe. »Ich frage Euch, wie kriegt der Dieb die Ringe ab, ohne dass es jemand bemerkt?«, klagte einer der Bestohlenen. »Haltet Eure Krone fest!«

Theophrast lächelte huldvoll. »Ein Dieb«, sagte er. »Sieh an, ein Dieb also. Einer, der geschickter ist als Ihr alle zusammen.«

»Kommt mit!«, drängelte Trine. »Verplaudert Euch nicht.« Da sie an den König nicht herankam, zog sie stattdessen am Arm eines Wächters.

»Hier sind nur die Ställe«, sagte Theophrast kurz darauf. »Wenn das wieder einer Eurer Späße ist …«

In der offenen Stalltür wartete die Prinzessin. »Es ist unfassbar!«, rief sie und presste beide Hände vor den Mund. »Man muss es gesehen haben und dann glaubt man es immer noch nicht.«

Als Kenner und Liebhaber der Landwirtschaft schreckte Theophrast vor der Konfrontation mit Borstenvieh nicht zurück. Ohne zu zögern, betrat er den Stall. An der rechten Längsseite lagen die Ställe, an der linken Wand die Fenster. Wo Decke und Wand sich trafen, klebten die Schwalbennester des letzten Jahres. Acht Schweine im Koben, ein Dutzend Ferkel daneben. Kein Tier hatte Speck angesetzt; was rund und schlachtreif war, hatte zuletzt im Februar sein Leben für die Hofgesellschaft gelassen. Eifrig wühlten alle Schnauzen in dem Mus aus Rüben und Resten aus der Küche. Nur das Leuchten und Glänzen, die Farben und Formen passten nicht zu einer alltäglichen Schweinemahlzeit. Fassungslos beugten sich alle über das Gatter. Die Schweine fraßen Perlen und Silber, zerstoßene Broschen und zerbrochene Krönchen.

»So tut doch was und glotzt nicht nur!«, rief Theophrast fassungslos.

Höchstpersönlich schob er zwei Wächter in den Koben, wo sie schwerfällig auf die Knie fielen und versuchten, den Schweinen die letzten Perlen zu entwinden. Doch die Tiere waren gierig und hungrig, sie kämpften um ihren Anteil. Futterneid und die Enge sorgten dafür, dass die Tiere anfingen, zu schnappen und zu beißen. Theophrast wurde immer ruhiger, teilnahmslos sah er zu, wie Rüben und Perlen in den Schweineschnauzen verschwanden. Die hilflosen Wächter retteten nicht mehr als eine Handvoll Schmuck, einer kippte zur Seite, danach sah seine Rüstung braun und gelb aus.

»Da!«, rief die Prinzessin gellend. »Die Brosche! Die herrliche Brosche.« Sie schlug die Hände vor die Augen, ließ den Kopf hängen und murmelte: »Die Brosche hat meine Großmutter von ihrem Mann bekommen. Es war ihr erstes Geschenk, da waren sie noch nicht verheiratet. Sie hat immer gesagt: Es gibt Geschenke, und es gibt das eine Geschenk. Es muss nicht das größte und schönste und wertvollste sein. Aber es ist das, woran das Herz hängt. Es ist das Geschenk, bei dem du einen geliebten Menschen zum ersten Mal angesehen hast.«

»Kommt raus«, sagte Theophrast zu den Wächtern. »Wir sind zu spät gekommen.«

»Fünf Minuten eher«, sagte Trine. »Nur fünf Minuten, und man hätte das Schlimmste verhindern können. Aber Ihr wart leider damit beschäftigt, Euren Feldzug vorzubereiten.«

»Er sieht immer das Wichtige«, murmelte die Prinzessin. »Er ist der König.«

»Ich vergaß«, sagte Trine leise. »Ich muss erst lernen,

dass es in der Ordnung ist, wenn Schweine sich von Schmuck ernähren.«

Theophrast presste beide Hände auf die Ohren und verließ den Stall. Die Frauen warfen sich einen kurzen Blick zu. Mehr war nicht möglich, solange die Wächter anwesend waren. Als sie ihm folgten, ging er vor den Ställen auf und ab. Trine dachte: Komm, kleiner Mann, enttäusche mich nicht. Sie wandte sich nach links zu den Feuern. Alles in ihr brannte darauf, dem König zuzureden. Aber sie musste sich zurückhalten, sie musste sich zurückhalten …

Da erklang hinter ihr die Stimme des Königs. »Wir machen den Perlenräubern den Prozess!«

40

Eine halbe Stunde später begann die Gerichtsverhandlung gegen zwanzig Schweine. Dass sie nicht persönlich den Schmuck geraubt hatten, konnte als wahrscheinlich gelten, wenn es auch nicht bewiesen war. Aber sie hatten den Schmuck gefressen, dafür gab es sieben Augenzeugen. Alle waren anwesend, um Zeugnis abzulegen. Die Angeklagten waren an einem Baum angebunden. Als ihr Anwalt amtierte derjenige Gast, der am stärksten betrunken war. Man hatte ihn im Thronsaal unter dem Tisch gefunden. Es war nicht leicht gewesen, ihn aufzuwecken, aber er brannte darauf, seine Rolle zu spielen, zumal er einige Jahre auf einem Gut hinter der Oder zugebracht und mehr als einmal erlebt hatte, wie einem Tier der Prozess gemacht worden war.

Einmal hatte ein Ochse vor Gericht gestanden, der einen alten Bauer im Stall zu Tode gequetscht hatte. Einmal ging es gegen ein Rudel Hunde, das ein Kind zerfleischt hatte, als der kleine Junge die ausgehungerten Tiere beim Fressen gestört hatte. Aufsehen erregt hatte der Prozess gegen die Karpfen eines Teichs. Gegen sie hatte die Frau eines Gutsbesitzers Klage erhoben, weil sie sich von den Fischen angegriffen gefühlt hatte. Im Verlauf des Prozesses waren pikante Einzelheiten zutage gekommen, vor allem der Grund, der die verheiratete Frau dazu verleitet hatte, abends mit einem Mann ein Bad zu nehmen, bei dem es sich nicht um den ihr Angetrauten gehandelt hatte. Bei allen Prozessen war es auch darum gegangen, wie groß die Verantwortung war, die die Besitzer der Tiere traf. Hatten sie ihre Pflichten erfüllt oder durch Fahrlässigkeit dafür gesorgt, dass es erst zu dem Malheur hatte kommen können? Der Bauer des Ochsen, der Schmied, dem die Hunde gehörten und die Klosterbrüder, die die Obhut über die Fischteiche innehatten – alle waren im Gericht aufgetreten und streng befragt worden.

So forderte es auch im Schweineprozess der Anwalt der Schweine. Er füllte nicht die Rolle eines Verteidigers der Kreaturen aus, doch er gab ihnen den Mund und den Verstand, über die sie nicht verfügten.

Die Anklage vertrat die Freifrau Violentia. Ihren vollständigen Namen schenkte man sich, da sie einen polnischen Adligen geheiratet hatte, dessen Name nur mit größter Konzentration auszusprechen war, keineswegs jedoch nach durchzechter Nacht. Violentia gehörte zu den Geschädigten, die den Verlust von Schmuck beklagten. Bei ihr handelte es sich um eine Frau in den Dreißigern, deren langer schwarzer Mähne erste graue Haare gut zu Gesicht standen und die trotz der späten Stunde noch so gut beieinander war, dass sie die Regeln des Prozesses anzuwenden wusste.

Florentina, die junge Richterin im ersten Prozess der Nacht, lag um diese Zeit längst im Bett. So musste auch das Amt des Richters neu besetzt werden. Als es um die Verteilung gegangen war, hatte Trine gerade noch rechtzeitig den nachdenklichen Blick des Königs bemerkt und sich in Windeseile unsichtbar gemacht, bis die Wahl auf Luise Schaurodt gefallen war, die Bewohnerin des Guts, die sich Trine gegenüber als Expertin in Gartendingen aufgespielt hatte. Luise Schaurodt war nüchtern, ihr ging der von literweise Rheinwein geölte Redefluss des Schweineanwalts ab, was sie dadurch zu kompensieren wusste, dass sie meist den Mund hielt.

Violentia forderte den Tod für die Perlendiebe. Sie konnte sich herrlich aufregen, redete mitreißend und laut, wenn auch in diesem Stadium nicht mehr durchgehend deutsch, was indes niemand störte.

Theophrast, der den Prozess verfolgte, wurde zwischendurch aus dem Feuerschein gerufen. Den Narbenmann sah er ungern, weil er ihn an eine der dunkelsten Stunden seines Lebens erinnerte. Doch war Theophrast neugierig auf weitere Neuigkeiten, die er nicht ignorieren konnte.

»Ich beglückwünsche Euch«, murmelte der Experte in Sachen Alraunen.

Er konnte nicht wissen, dass Theophrast trotz der Niedergeschlagenheit noch die Energie aufgebracht hatte, in der Bibliothek nachzuschlagen und auch den Rat der Hebamme Deichmann einzuholen. Beide Quellen hatten ihn in der Überzeugung bestätigt, dass gefälschte Alraunen gang und gäbe waren, dass aber nur ein fachkundiges Auge in der Lage war, falsch und richtig zu unterscheiden. Theophrast war hin und her gerissen. Jahrelang hatte er sich als Wahrheitssucher bezeichnet, in jeder Runde, in der er gezecht und krakeelt hatte, war er der Belesenste gewesen, auch wenn ihn das keinen Zentimeter größer gemacht hatte. Jetzt schwankte er hilflos. Der redliche Gelehrte in ihm verlangte, die falschen Alraunen zu zerstören. Doch dann erfuhr er von dem Narbenmann, dass die aus dem Orient eingeschleppten Fälschungen nichts lieber mochten als den Urin von Tieren, insbesondere von Schweinen und Ziegen.

»Es muss nicht vorbei sein«, behauptete der Mann, vor dem Theophrast instinktiv zurückschreckte, der aber gleichzeitig einen großen Reiz auf ihn ausübte. »Gebt den Schweinen zu saufen, verurteilt sie zum Tode, wie es gerecht ist, und verschafft ihrem Urin damit den Ton, den er braucht. Wässert mit ihnen das Feld der Alraunen und seht zu, wie sie stark werden. Alle werden Euer Feld loben. Es ist nicht vorbei.«

Während die Verhandlung andauerte, fanden Trine und der Narbenmann die Gelegenheit, um sich kurz zu sprechen. Sie sehnte sich danach, von ihm gelobt zu werden. Mit dem Prozess gegen die Schweine war Theophrasts Interesse endgültig von den Menschen abgezogen. Die Prinzessin hatte einige Schmuckstücke zur Verfügung gestellt, hilfsbereite Gäste hatten in Hörweite des Königs die Bestohlenen markiert, sodass Theophrast in ein Netz aus List und Lüge eingesponnen worden war.

»Du denkst zu kurz«, sagte Joseph Deichmann und enttäuschte seine Frau.

»Ich rette Menschenleben«, beharrte sie.

»Denk vom Ende her, dann wirst du erkennen, dass es damit noch nicht zu Ende ist. Theophrast will die Wette gewinnen, wir müssen dafür sorgen, dass er die Wette weiter ernst nimmt; dass es nur die Wette ist, die seine erbärmliche Existenz beenden kann. Wir müssen seinen Ehrgeiz anstacheln. Er muss das Gefühl haben, dass er ein kluger Mann ist. Klüger als alle anderen. Er ist der König, der wirkliche König. Er trägt nicht nur diese alberne Krone.«

Trine widersprach nicht. Aber sie war enttäuscht, bei Joseph nicht auf mehr Dankbarkeit zu stoßen. Bedeutete es ihm denn so wenig, Menschenleben zu retten? Der schreckliche Kreislauf war durchbrochen, Theophrast war nicht mehr darauf aus, einen Menschen nach dem anderen zu töten.

Joseph spürte, wie es um seine Frau stand. Er sagte: »Der Prozess muss ihm einleuchten, verstehst du? Dir leuchtet er ein, weil du es besser findest, wenn ein Schwein sein Leben verliert als ein Mensch. Theophrast ist das aber gleichgültig. Er braucht einen anderen Vorteil, um den Prozess bis zum Ende durchzuziehen. Um acht Uhr ist das Narrenreich zu Ende. Es fängt an, hell zu werden. Wir müssen noch drei Stunden überstehen. Und deshalb gehen wir jetzt zum Prozess, und wenn es zu schnell geht, rufen wir dazwischen und sorgen dafür, dass geredet werden muss. Hin und Her, Für und Wider. Jede Minute ist Gold wert.«

Joseph setzte sich auf eine Bank, die für die Zuschauer bereitgestellt worden waren. Vorne lagen sich Violentia und der betrunkene Verteidiger in den Haaren. Sie gefielen sich in ihren Rollen, ständig unterbrachen sie sich, ließen sich von der Richterin nicht beirren, die auch schon wacher ausgesehen hatte. Die Schweine hatten sich hingelegt und träumten ihrem Urteil entgegen. Ihr Anwalt rief den König in den Zeugenstand. Durch die Zuhörer ging ein Raunen. Würde Theophrast sich herablassen? Wer war Eigentümer der Tiere am Hof?

Glogau meldete sich zu Wort, der Hofmarschall. In einem Vortrag, der nicht enden wollte, führte er aus, dass es nicht nur Menschen gab, die Besitzrechte erwerben könnten. Auch der Hof an sich sei in der Lage, Besitz zu begründen. Der Hof sei mehr als eine einzelne Person, er sei auch mehr als eine Gruppe von Personen oder die Familie des jeweiligen Fürsten. Der Hof sei die Verkörperung eines Willens, der darauf ausgerichtet sei, allen Menschen die besten Bedingungen für ihr Wohlergehen zu verschaffen. Dieser Hof sei der Eigentümer aller Werte und Waren, die genutzt wurden, um das sogenannte Hofleben in Gang zu setzen. Nicht das Schloss gehöre dem Hof, das Schloss sei seit seinem ersten Tag Eigentum der

Fürstenfamilie. Auch das Silber und Porzellan sowie die Bilder und Teppiche an den Wänden gehörten dem Fürsten. Aber das einfache Geschirr für alle Tage sei Eigentum des Hofs; was sich in der Küche befand, sei ein besonders gutes Beispiel für eine Besitzform, die sich auf einer Ebene unterhalb der höchsten Ebene des Fürstenbesitzes abspielte – Besitz, der das Gemeinwesen ermöglichte; Besitz, der in den Büchern auftauchte und festgeschrieben sei, mit dem gearbeitet wurde und mit dem die Voraussetzungen für wirkungsvolle Arbeitskraft realisiert wurden. Essen und Trinken nannte Glogau als Beispiele, so kam er auf die Schweine. Deshalb könne kein Mensch in den Zeugenstand gerufen werden und als Besitzer der Angeklagten bezeichnet werden. Das alles führte Glogau langatmig und eifrig aus. Kein Zweifel: Dem Mann war es ernst. Sich selbst stellte er als Musterbeispiel eines armen Menschen hin. Zwar sei er Zweiter oder Dritter in der Hof-Hierarchie, doch sei er arm wie eine Kirchenmaus. Was sein Besitz sei, würde in einer Truhe ruhen, die neben seinem Bett stand. Das Bett sei genauso Eigentum des Hofs wie die Kiste selbst. Nur ihr Inhalt …

Ein Mann ging durch die Zuhörerreihen. Als er verschwand, war auf den Bänken mehr Platz als vorher, denn zehn Männer waren mit ihm gegangen, darunter auch der mit den Narben.

41

Sie warteten am Strand, 32 Männer und Jünglinge. Alle waren bewaffnet, mit Schwertern, Pistolen, Beilen und Messern. Vom Schloss stiegen Gestalten den steilen Weg herab, darunter Graf Harnack und die Wichtigsten der Wächter. Auch der oberste Söldner, der das Feld der Alraunen bewachte, war dabei, ihm hatte sich der Narbenmann angeschlossen. Die Begrüßung geschah schnell und sachlich. Harnack und seine Begleiter dankten den Männern, dass sie zu Hilfe geeilt seien. Man habe versucht, was möglich war, aber der Mob sei außer Rand und Band geraten und wolle in einer Stunde zum nächstgelegenen Dorf losziehen, um es in Schutt und Asche zu legen. Bis dahin müsse man zuschlagen, gnadenlos, aus dem Hinterhalt, ohne langes Reden.

»Jetzt müssen die Waffen sprechen«, sagte Harnack. »Wir verlangen viel von Euch. Aber Ihr wisst, warum Ihr es tun werdet.«

»Für unsere Familien«, erklang es entschlossen.

Auf dem Weg, der von dem höher gelegenen Herrenhaus herführte, war Licht zu sehen. Im Schein von Fackeln führten Wächter den König heran. Unter den wartenden Männern am Strand setzte ein Murmeln ein. Theophrast hielt sich nicht lange mit Vorreden auf. »Einige werden mich kennen. Ich war bei Euch, um Alraunen zu suchen. Du und du, Ihr wart mit mir an Eurem Galgen, habe ich recht?«

Die Männer bestätigten das. Theophrast bat sie auf ein Wort zur Seite. Es gäbe etwas zu bereden, das keinen Aufschub duldete. Die anderen verfolgten, wie sich die drei mit den Wächtern von der übrigen Gruppe separierten. Der Aufzug des Königs wunderte sie nicht. Das Narrenreich war allgemein bekannt. Die zwei Männer ahnten nichts Böses. Die Schläge ins Kreuz, in die Nieren und auf den Kopf trafen sie völlig unvorbereitet. Theophrast ließ es sich nicht nehmen, die am Boden liegenden Männer persönlich zu treten. Der Zorn musste heraus. Am liebsten hätte er auch geschrien, nur die Angst, sich lächerlich zu machen, hielt ihn davon ab. Dann begann das strenge Verhör. Erstaunt hörten die Männer, was ihnen vorgeworfen wurde.

»Aber nein«, sagte einer, »unsere Alraunen sind echt. Wir handeln nicht mit den falschen. Wir haben nicht genug Geld, um sie bezahlen zu können. Wisst Ihr, was die kosten?«

Dafür gab es weitere Tritte. Die Wächter verdrehten die Augen, als sie ihren rasenden König verfolgten. »So wird das nichts«, knurrte einer, schob Theophrast zur Seite und trat hart zu.

Von Minute zu Minute erging es den beiden Männern schlechter. Der eine machte vor Angst und Schmerzen seine Hosen nass. Der andere verlor einige Zähne, aber sie blieben bei ihrer Behauptung. Keine falschen Alraunen. Sie wollten die infrage stehenden Alraunen sehen und sie für Theophrast prüfen.

Das passte nicht, das passte überhaupt nicht. Überführte Banditen verhielten sich anders und taten nicht hilfsbereit. Theophrast wollte ein Geständnis. So kündigte er an, die Männer hungrigen Schweinen zum Fraß vorzuwerfen. Schweine waren Allesfresser, die Männer wussten das. Aber erst im Angesicht der Schweine und der Galgen gaben sie ihre Taktik auf. Zwei Tiere baumelten am Galgen, ein weiteres lag auf dem Boden, ein

Mann öffnete seinen Leib und holte die Blase heraus, deren Inhalt er auf dem Acker verspritzte.

»Ich habe Euch etwas zu sagen«, murmelte der Mann, der nur noch mit einem Auge gucken konnte, weil das andere zugeschwollen war. Am Rand des Feldes kam er zum Thema. »Wir haben Euch echte und falsche Alraunen gegeben.«

Damit hatte Theophrast nicht gerechnet. »Das ist doch widersinnig«, stieß er hervor.

»Es geschah, weil Ihr so gierig wart.«

»Ich gierig? Haltet Euch zurück, ja? Sonst müsste ich fürchterlich werden in meinem Zorn.«

»Bei uns wachsen viele Alraunen. Die habt Ihr alle bekommen. Aber Ihr seid später noch einmal gekommen. Da habt Ihr gebettelt.«

Theophrast bestritt das, weil ihn das Wort »betteln« störte. Aber er wusste, dass der Mann recht hatte. Theophrast hatte die Sache sehr dringend gemacht. Auf der Suche nach so vielen Alraunen wie möglich hatte er die Bewohner bedrängt. Sie sollten ihm alle geben, auch die kleinen, auch die, die abseits wuchsen, auch die, die sie für ihre eigenen Zwecke zurückhalten wollten, auch die, die sie Hexen und Hebammen versprochen hatten.

»Ich habe nicht gebettelt«, stellte Theophrast klar.

»Aber Ihr wolltet mehr als wir hatten. Ihr habt mit Eurem Geld gewinkt und ...«

Theophrast verstand. »Ihr wart scharf auf mein Geld.«

»Ja.«

Das Wort allein hätte ihn nicht getäuscht. Es war die Schnelligkeit, die ihn stutzen ließ. Das Leben hatte Theophrast gezwungen, ein Gespür für Schwingungen zu entwickeln. Wer so oft beschwindelt worden war, musste sich mit schneller Auffassungsgabe und dem Aufspüren von Stimmungen wappnen. Theophrast gab ein Zeichen, die Wächter packten den Mann und schleppten ihn zum Galgen. »Was hättet Ihr lieber?«, fragte Theophrast. »Ein schnelles Ende am Strick oder Nahrung für die Schweine?«

»Gibt es eine dritte Möglichkeit?«

»Das wäre die Wahrheit.«

»Lasst Ihr mich dann am Leben?«

»Wenn es sich nachweislich um die Wahrheit handelt …«

Der Mann fing an zu erzählen, stockend zuerst. Denn er hatte Angst, und nach den ersten Sätzen verstand Theophrast, warum er Angst hatte. Und dass er recht daran tat, Angst zu haben. An seiner Stelle hätte Theophrast auch Angst gehabt. Erst hatten sie dem Gelehrten echte Alraunen gegeben, danach falsche. Aber sie besaßen keine falschen. Es musste erst jemand kommen, der sie besaß und sie ihnen überließ. Dieser Jemand war der Fürst. Theophrast zuckte zusammen und sagte: »Weiter, weiter.«

»Ihr seid zornig.«

»Weiter. Oder Ihr werdet mich zornig erleben.«

Der Fürst hatte vor ihrer Tür gestanden, sie erkannten ihn, auch wenn sie mit ihm nie ein Wort gewechselt hatten. Aber man kannte den Fürsten, man hatte ihn von ferne gesehen, wie er über die Felder ritt, wie er in der offenen Kutsche fuhr, wie er mit seinen Leuten ein Feld abschritt oder im Dorf einen Stall aufsuchte, um Ausschau nach Tieren zu halten, die für die Zucht infrage kamen. Er war allein gewesen, einfach gekleidet. Deshalb hatten sie einen Moment gezweifelt. Aber wie er sich verhielt und sprach; sein Pferd; sein Schuhwerk, alles, was aus Leder an ihm war, zeigte den Dorfbewohnern, dass einer aus der anderen Welt in ihr Dorf gekommen war. Er hatte die Taschen geöffnet, die am Sattel seines Pferdes hingen, sie steckten voller Alraunen. Er hatte sie nach dem Zwerg gefragt, ob er schon da gewesen sei; wenn ja, werde er wiederkommen, er sei auf der Suche nach Alraunen, sie sollten ihm diese geben, die der Fürst mitgebracht habe. Es sei ein Geschenk an den Zwerg, aber das dürfe er nicht wissen, weil er empfindlich und stolz sei. Der Fürst hatte den Dorfbewohnern Geld gegeben, aus seiner Tasche in eine Hand gelegt, ohne hinzusehen, welche Münzen er erwischt hatte. Das war dem Mann, der sich gerade erinnerte, im Gedächtnis geblieben. Wie einer mit Geld umging, der genug davon hatte: ohne hinzusehen. Der Befragte schwieg, alle Blicke wandten sich von ihm dem König zu.

Der ließ den Narbenmann holen und kam gleich zum Thema. »Ihr habt mich belogen«, sagte Theophrast.

»Wer würde so dumm sein, einen König zu belügen?«

»Aber gelogen habt Ihr schon einmal im Leben?«

»Ich gestehe und gelobe Besserung.«

»Woher habt Ihr die Narben?«

»Sie stammen aus der Zeit vor der Besserung.«

Theophrast teilte ihm mit, dass auf seinem Feld Alraunen von beiden Sorten wuchsen: echte und unechte. Der Narbenmann hörte die Hintergründe und murmelte: »Wer denkt denn so was? Ein Fürst, der sich um seinen Narren sorgt? Ihr könnt Euch glücklich schätzen, wisst Ihr das?«

»Ich könnte platzen vor Zorn, wisst Ihr das?«

»Aber warum? Wünschen wir uns nicht alle, dass jemand unserem Glück nachhilft?«

»Nein, nicht alle. Ich nicht. Ich werde alles durch

eigene Kraft erreichen, oder ich verzichte darauf, es zu erreichen.«

»Man kann auch zu stolz sein.«

»Ihr kennt die Vorgeschichte nicht und solltet lieber schweigen.«

»Ich fange gleich damit an. Aber vorher sage ich Euch noch eins: Schweinepisse ist Gold für die Unechten.«

»Das sagtet Ihr bereits.«

»Aber sagte ich auch, dass einem Sieg bei der Wette jetzt nichts mehr im Weg steht? Wenn der Fürst Euch die unechten Alraunen unterschiebt, will er doch, dass Ihr den Sieg davontragt. Und er kennt Euch so gut, dass er Eure Empfindlichkeit schützen will und dafür sorgt, dass Ihr keine Kenntnis von den unechten erhaltet. Ihr habt einen Fürsten als Freund.«

Theophrast verstummte. Es konnte sein, dass der Narbenmann recht hatte. Dann würde er den Fürst noch mehr hassen als bisher. Wer mit solchen Tricks arbeitete, wurde von Mitleid gelenkt. Das vertrug Theophrast nicht. Alles, nur kein Mitleid. Er hatte es nicht nötig, sich helfen zu lassen, als sei er ein Kind oder ein Frauenzimmer oder ein kleiner Gelehrter, der nicht allein durchs Leben kam.

»Wo wollt Ihr hin?«, rief der Narbenmann und erhielt keine Antwort.

42

Während Joseph Deichmann Zeuge wurde, wie ein Schwein nach dem anderen zappelnd, quiekend und keuchend am Galgen endete, führten beim Herrenhaus zwei Wächter den Maulwurfsjäger in die Schmiede. Theophrast, der neben dem Amboss wartete, deutete auf Trine und sagte: »Sie muss raus.«

»Sie hat gesagt, sie schreit alles zusammen«, entgegnete ein Wächter.

»Und Ihr habt ihr natürlich geglaubt«, knurrte Theophrast. Er scheuchte die Wächter hinaus und murmelte: »Warum sind alle Menschen, die gerne Wächter und Aufseher und Schließer sind, so abgrundtief dumm?«

»Weil sie ihrem Herrscher glauben, dass sie einen wichtigen Beruf ausüben«, antwortete Trine.

»Wenn ich Euch durchsuchen lassen würde, würden meine Wächter ein Messer finden?«

»Eure Wächter nicht, andere Menschen vielleicht.«

König und Hebamme lächelten sich kampflustig an. Beide fühlten sich müde, ihre Nerven waren heillos überreizt. Theophrast sagte: »Ich erlaube Euch zu bleiben.« Trine machte einen übertriebenen Diener. Er fuhr fort: »Wenn Ihr mich stört, lasse ich Euch rauswerfen, wenn Ihr schreit, lasse ich Euch an einen Ort bringen, wo niemand Euer Schreien hören wird.«

»In Euer Herz?«

Er stutzte und begriff nicht gleich. Dann zuckte er mit den Schultern und griff den Maulwurfsjäger an. Der wehrte sich zuerst auf die bewährte Narrenreich-Art, indem er vorgab, ein Maulwurfsjäger zu sein und sein

Leben lang als Maulwurfsjäger gewirkt zu haben. »Gut, gut«, wischte Theophrast die Worte weg. »Wir sind unter uns, wir können wie Männer reden, die wissen, wovon die Rede ist.«

Der Fürst erkannte, dass dies nicht der richtige Zeitpunkt war, um Scherze auszutauschen, und wehrte sich nicht länger dagegen, als Fürst behandelt zu werden. Theophrast eilte pausenlos hin und her, er blieb nur stehen, wenn er eine Breitseite auf den Fürsten abfeuerte. Er konfrontierte ihn mit allem, was er über die Alraunen herausgefunden hatte: dass man ihm falsche Pflanzen untergejubelt hatte und dass der Fürst dafür verantwortlich war. Der Fürst widersprach nicht, er sagte überhaupt nichts. Damit hatte Theophrast nicht gerechnet, aber er war so in Fahrt, dass er nicht aus dem Konzept kam.

»Ihr habt das getan, weil es Euch gefällt, als mildtätiger Mensch dazustehen. Ihr habt geglaubt, ich bin allein zu dumm, um die Wette zu gewinnen. Deshalb müsse man mir helfen, weil ich ein dummer Zwerg bin, der nicht auf den Tisch hinaufreicht. Ihr habt unsere Wette hintertrieben. Mitleid bringt jede Beziehung aus dem Gleichgewicht, das werde ich Euch nie verzeihen. Nennt mir einen guten Grund für Euer Verhalten, und ich will nicht ausschließen, dass sich ein Tropfen Milde in meinem Herzen findet, der Euch das Leben retten könnte.«

Der Fürst schwieg. Theophrast vibrierte vor Ungeduld: »Ich rate Euch gut, jetzt nicht verstockt zu schweigen.«

Der Fürst lehnte an der Bank mit den Werkzeugen. Er drehte sich zu ihnen um, ergriff einen Meißel und wog dessen Gewicht in der Hand. Trine stellte sich vor, wozu der Meißel dienen könnte. Sie kam auf zehn Arten, den kleinen König zu töten. Theophrast sah den Meißel auch.

Er sah, dass die Werkstatt leer war. Die Wächter warteten draußen, sie wären schnell zur Stelle, aber der Fürst war kein gebrechlicher Mann. Die Sekunden, die ihm blieben, würden ausreichen, um viel Unheil anzurichten. Theophrast hätte die Helfer hereinrufen können, aber er wusste, dass dies das Eingeständnis seiner Angst gewesen wäre. Zum ersten Mal fand er es nicht mehr lästig, dass die Hebamme anwesend war.

Der Fürst legte den Meißel zurück und kam auf Theophrast zu. Der wich einen Schritt zurück, noch einen, dann keinen weiteren mehr, weil er nicht wusste, was sich hinter ihm befand. Umdrehen wollte er sich nicht, denn dafür musste er seinen Blick vom Fürsten abwenden. Die Männer standen sich gegenüber, der Fürst fiel auf die Knie. Theophrast zitterte vor Überraschung. Ihre Köpfe befanden sich jetzt auf gleicher Höhe. Der Fürst warf dem König einen Blick zu, aus dem Liebe und Fürsorge sprachen. Dann fuhr er mit seiner Hand zärtlich über Theophrasts Wange. Mehr geschah nicht. Der Fürst stand wieder auf seinem alten Platz, als Theophrast immer noch zitterte. Sein Kopf war rot, seine Verwirrung komplett.

»Mitleid«, stammelte er. »Ihr habt Mitleid mit mir. Das ist eine Kriegserklärung.«

Der Fürst warf Trine einen Blick zu. Seine Augen sagten: Er ist so dumm, aber ich liebe ihn.

»Das werdet Ihr büßen«, knurrte Theophrast. »Das lasse ich mir nicht bieten, das ist eine unerhörte Blamage. Damit kann ich nicht leben. Die Schmach muss getilgt werden. Auf der Stelle.« Und mit lauter Stimme: »Ihr werdet sterben. Wachen!« Zwei Wächter erschienen in der Tür. »Wachen, führt diesen Mann zum Galgenberg.«

Trine wartete darauf, dass der Fürst endlich reagierte. Er war ihr bisher zu ruhig gewesen, jetzt war der richtige Zeitpunkt, um sich zu wehren. Zur Not konnte er den Zwerg als Geisel nehmen, sie würde ihn nicht daran hindern. Aber er stand nur da und schaute den kleinen König mit einem Blick an, aus dem alles Mögliche abzulesen war: die Liebe eines Vaters zu seinem Kind; die Verwunderung eines Mannes über seinen besten Freund. Aber sie las darin keinen Aufruhr und keinen Willen, weiterzuleben. Der Fürst stand auf der Schwelle zum Tod und benahm sich, als habe er nichts zu befürchten.

»Warum seid Ihr nur so zornig?«, fragte sie Theophrast.

»Weil er mich getäuscht hat. Weil er mich für schwach hält.«

»Und das ertragt Ihr nicht?«

»Niemand erträgt das. Und in meinem Fall ist es auch falsch. Ich bin nicht schwach, ich bin nur klein. Ich habe viel geleistet, ich habe viel gelesen und viel bewirkt. Und in den nächsten Jahren werde ich noch viel mehr leisten und lesen und bewirken.«

Trine sagte: »Es ist, weil er Euch mag, stimmt's? Ihr seid so erzürnt, weil Ihr es nicht ertragt, gemocht zu werden. Ihr seid es nur gewohnt, dass alle über Euch herfallen. Das tut Euch weh, aber damit kennt ihr Euch aus. Man kann sich auch an etwas gewöhnen, das wehtut. Ihr habt es getan, und jetzt hat Euch der Fürst ein Zeichen seiner Sympathie gegeben. Das bringt Euch aus dem Gleichgewicht.«

»Ich habe diesen Moment vorausgesehen. Ihr seid kurz davor, hinausgeworfen zu werden. Ich habe keinen Bedarf an schlauen Frauen. Das fehlte mir gerade noch. Wieso kommt Ihr Frauen überhaupt auf den Gedanken, dass Männer auf Eure Ratschläge angewiesen wären?«

»Haltet Euch zurück«, murmelte der Fürst in Trines Richtung. »Ihr seht, er ist sehr aufgeregt, wir wollen ihn nicht noch mehr reizen. Jetzt muss er tun, was er tun muss. Danach wird er sich besser fühlen.«

»Sehr richtig«, stimmte Theophrast zu. »Für Verräter ist im Narrenreich kein Platz.«

»Nur für Denunzianten«, sagte Trine.

»Sie sind grün und nicht unsichtbar. Sie belauschen niemanden, sie sind nur da. Jedem steht es frei, sich seine Worte vorher zu überlegen. Dafür gibt es meine Denunzianten.«

»Als Gedankenpolizei.«

»Als ständige Mahnung. Das kann nicht falsch sein.«

»Wir sind bereit«, sagte ein Wächter. »Die Schweine sind tot, jetzt kann der Maulwurfsjäger kommen.«

»Nur damit ich es richtig verstehe«, sagte Trine, »er soll sein Leben verlieren, weil er Euch mag, richtig?«

Theophrast blickte sie an, wie man ein störrisches Kind anblickt.

»Und wenn Ihr euch irrt?«, fragte Trine, als sie sah, wie die Wächter auf den Fürsten zutraten. »Wenn es nicht Mitleid war, das ihn lenkte? Nicht Freundlichkeit?«

»Was soll es sonst gewesen sein?«, fragte Theophrast.

»Ein unglaubliches Maß an Gemeinheit. Die übelste Finte, die Ihr jemals erlebt habt.«

Sie hatte seine Aufmerksamkeit, das war gut. Solange er ihr zuhörte, würde der Fürst hier bleiben. Er musste nur noch aus seiner Erstarrung erwachen, er musste begreifen, was ihm bevorstand, und anfangen, sich dagegen zu wehren.

»Ihr glaubt, er liebt Euch und Ihr tut ihm leid«, sagte Trine. »Wie wäre es hiermit? Jahrelang hat der Fürst Euch gequält, jahrelang hat man Euch im Kollegium böse Streiche gespielt, Euch in Angst versetzt, Euch lächerlich gemacht und versucht, Euch Eure Würde zu rauben. Sie haben sich eine Gemeinheit nach der anderen ausgedacht, jahrelang, und sie haben erkannt, dass ihnen langsam aber sicher die Gemeinheiten ausgehen. Alles droht sich zu wiederholen. Das verträgt ein Quälgeist nicht, er giert immer nach Neuem.

Dann kamen die Wette und das Feld der Alraunen. Dann macht der Fürst Folgendes: Er weiß, was Euch ängstigt, aber er weiß auch, was Ihr noch schrecklicher findet: Nämlich, wenn man anfängt, mit Euch Mitleid zu haben, wenn Ihr den anderen leidtut, wenn sie sich schämen, dass sie so gemein zu Euch waren. Deshalb tut er genau das – nicht aus Überzeugung, sondern als neue Gemeinheit. Er streicht Euch über die Wange und wirft Euch verliebte Blicke zu. Er sieht Euch mit dem Blick eines Vaters an, dass es Euch durch und durch geht. Er weiß, wie sehr Ihr Euch danach sehnt, die Wette zu gewinnen und endlich frei zu werden. Also sorgt er dafür, dass Ihr die Wette gewinnt. Dafür sind die falschen Alraunen da: damit Ihr glaubt, die Freiheit stehe Euch bevor. Der Fürst weiß, dass der Tag kommen wird, an dem Ihr ihm das Feld präsentieren werdet, stolz wie ein Schneekönig. Ihr werdet Eure Freiheit einfordern, und er wird vor Euch hintreten und sagen: Theophrast, du bist ein Betrüger. Die Hälfte der Alraunen sind falsch, du wolltest dir deine Freiheit mit Geld und Lüge erkaufen. Du hast die Wette verloren, du bleibst bei uns, bis zum Ende deiner Tage, und zur Strafe wirst du zehn Runden im Schlossgraben schwimmen, und diesmal wird dich keiner retten.«

Alle starrten Trine an, sogar der Fürst. Nicht dass er munter geworden wäre. Aber überrascht war er wie die anderen.

»Nein«, stieß Theophrast hervor. »Das wäre allerdings ... das wäre ... Donnerwetter, das hätte Stil, das imponiert mir.«

Und während die biederen Wächter dachten, dass der kleine König durchgedreht sei, trat Theophrast auf den Fürsten zu und ergriff seine Hand, die er wie wild schüttelte. »Das ist Euer Stil«, sagte er begeistert, »diese Infamie, diese Bosheit, abgrundtief und unerträglich. Diese unerhörte Mischung aus Gefühl und Tatsache! Geht es denn noch widerlicher!? Wer wäre nicht darauf hereingefallen? Meine Hochachtung! Ich weiß nicht, ob mir das eingefallen wäre.«

»Nicht wahr, damit könnt Ihr leben«, sagte Trine.

»Wer nicht?«, rief er, »wer nicht? Das ist eine Ehrenbezeugung, das ist eine Liebeserklärung, wie ich sie mag. Abgrundtief gemein. Euch fällt immer etwas Neues ein. Und ich falle natürlich prompt darauf herein. Ich muss noch viel lernen, ich werde gleich damit anfangen.«

»Nun müsst Ihr ihn nur noch freilassen«, erinnerte Trine. »Denn man bringt den Mann nicht ums Leben, den man verehrt, weil er so abgrundtief gemein ist.«

»Ihr müsst mich nicht erinnern!«, rief Theophrast frohgemut. »Ich kenne meine Pflichten. Wächter, zieht Euch zurück. Belästigt diesen edlen Mann nicht mit Eurer Anwesenheit!«

Er scheuchte sie hinaus, eilte dann selbst mit den Worten hinaus: »Das muss ich überall erzählen! Das glaubt mir keiner. Aber wer es nicht glaubt, dem wird es schlecht ergehen.«

Lange war es nach Theophrasts Abgang in der

Schmiede still. Es war der Fürst, der als Erster sprach: »Ich werde versuchen zu begreifen, was hier gerade passiert ist. Wenn ich es nicht schaffe – und ich werde es nicht schaffen – werde ich zu Euch kommen, und Ihr setzt mich ins Bild. Können wir uns darauf einigen?«

Lachend ging Trine zur Tür. Aber er hatte noch etwas zu sagen: »Ihr habt alle meine Kinder zur Welt gebracht, habt meiner lieben Frau geholfen. Sie hat es nie vergessen, das hat sie mir oft gesagt. Nun fangt Ihr an, mir das Leben zu retten? Was seid Ihr nur für eine Hebamme?«

»Ich weiß auch nicht. Es musste alles so schnell gehen, so habe ich das Erste gesagt, das mir auf die Lippen kam.«

»Und wie redet Ihr, wenn Ihr Zeit habt, Euch die Worte zu überlegen? Klüger als unser kleiner Gelehrter?«

»Ihr mögt ihn wirklich gern, nicht wahr?«

»Erst seitdem meine Frau tot ist. Ich habe gedacht, der Tod macht einen hart wie Stein. Mich hat er weich gemacht, seitdem ich sie nicht mehr habe, entdecke ich in mir Gefühle. Gut, dass sie das nicht mehr erleben muss.«

»Seid nicht so sicher. Frauen mögen Gefühle.«

Verdutzt blickte er sie an und rief: »Fortschritt schön und gut. Aber möge es nie so weit kommen.«

Trine wollte endlich gehen, als er noch sagte: »Und natürlich muss ich Euch noch fragen, woher Ihr das Geheimnis wusstet?«

»Pardon?«

»Mir wurde hinterbracht, dass Ihr von Hortense wisst. Die Frau, die ich mag und die ich bald am Hof einführen werde. Niemand wusste davon, wir haben uns sehr in Acht genommen. Ihr habt sie natürlich gesehen, sie ist die mit den feuerroten Haaren.«

»Oh … oh ja, ich habe sie gesehen. Und woher ich Bescheid …? Nennen wir es ein Gefühl. Ich hatte so ein Gefühl.«

»Mehr nicht? Bloß ein Gefühl?«

»Nur ein Gefühl. Mehr habe ich nicht anzubieten.«

43

Im Glanz der ersten Sonnenstrahlen zogen die Männer vom Strand ins Herrenhaus ein. Angeführt von Theophrast und dem Maulwurfsjäger schritten sie durch das Spalier der verdreckten und aufgelösten Kleider und Frisuren. In den Gesichtern der Hofgesellschaft lasen sie große Erschöpfung, aber nicht die Lust auf Raub und Brandschatzung, wie sie erwartet hatten. Sie standen schon im Thronsaal, als einige von ihnen immer noch auf einen Hinterhalt gefasst waren.

Aber sie mussten nichts befürchten. Die Hofgesellschaft war mit den Nerven am Ende. Theophrast der Zweite hatte seinen Kreuzzug beendet. Seitdem er wusste, dass niemand Mitleid mit ihm hatte und der Fürst ihn mit seiner gewaltigen Scharade hinters Licht geführt hatte, begannen die Wunden des kleinen Herrschers abzuheilen.

Theophrast spürte eine ungeheure Erleichterung, er hatte das Gefühl, als sei er nur noch halb so schwer. Zuerst die niederschmetternde Erkenntnis, Gegenstand allgemeinen Mitleids zu sein – danach die Erkenntnis, dass sie den kleinen Mann ernst nahmen, so ernst, dass sie ihn zur Zielscheibe eines Lügenspiels machten, wie es die Welt noch nicht gesehen hatte. Es war dieser Pendelschlag von einem Extrem ins andere, der Theophrast in einen glücklichen Mann verwandelt hatte. Sein Misstrauen in jeden Menschen war abgeflaut. Natürlich spielten Müdigkeit und Erschöpfung eine Rolle. Aber vor allem war er glücklich.

Im Saal warteten die Männer aus dem Dorf. Nicht jeder hatte schon begriffen, was der Narbenmann und Graf Harnack ihnen vorhin mitgeteilt hatten: dass es keine Schlacht geben würde, dass die Hofgesellschaft nichts Schlechtes plante, dass man im Gegenteil alle Bewohner des Dorfs zu einem Versöhnungsessen einladen würde.

Einige hatten diesen unerwarteten Umschlag zuerst für eine List gehalten. Wollte man sie hier festhalten, während die dekadenten Blaublütigen heimlich Richtung Dorf zogen?

Aber dann hatte der seltsame kleine König vor ihnen gestanden und seinen Friedenswillen beteuert. Neben ihm hatte der Fürst gestanden und alles bestätigt, was der seltsame Zwerg behauptet hatte. Jetzt hatten die Männer aus dem Dorf Hunger und bekamen nichts zu essen. Selbst die Frauenzimmer, die ihnen schöne Augen machten und ihnen sogar um den Hals fielen, konnten den Hunger nicht vertreiben. Zwei Männer allerdings fielen vom Glauben ab und mit den Frauenzimmern kurz darauf im oberen Stockwerk in eins der Betten, die für alles Mögliche vorgesehen waren, aber nicht für die Vereinigung von Adel und Landvolk. Auf der Tafel stand alles, was im Schloss nach dem größten Teil des Narrenreichs an Essbarem übrig geblieben war. Sitzgelegenheiten gab es immer noch nicht, aber das war die geringste Sorge der Gäste. Viel schlimmer war, dass zwischen ihren knurrenden Mägen und den Schüsseln die Wächter standen und niemanden an den Tisch ließen. Die Stimmung drohte umzukippen.

»Sie zeigen uns ihren Luxus und freuen sich, wie wir leiden«, rief ein Mann.

Sollte man sich das bieten lassen? Sollte man sich

den Weg an die Tafel freikämpfen? Sollte man ins Dorf zurückkehren? Nichts war entschieden, die Fraktionen aus Friedliebenden und Kretigen gleich stark, als durch die Türen neue Gäste schritten: die Frauen und Mädchen des Dorfs. In aller Eile zurechtgemacht, mit den besten Kleidern, die die Truhen hergegeben hatten, verbreiteten sie Glanz im Thronsaal. Wer mit seiner Tracht haderte, hatte einen Umweg über den Fundus in den Wirtschaftsgebäuden gemacht. So geschah es, dass einige Männer ihre Frauen kaum wiedererkannten.

Nun wurden endlich die zurückgehaltenen Schüsseln und Platten hereingetragen, Wein aus Bordeaux kam auf den Tisch, den der Fürst den Lübeckern vor der Nase weggekauft hatte. Theophrast, glühend vor Friedenswillen, wollte in altbewährter großspuriger Manier zu einer Rede ausholen und gab auf, als er sah, dass er auf Rückenansichten schaute, weil sich alles um die Tafel drängte. Musik ertönte, Trompeten, Cello, Cembalo. Das Sonnenlicht beleuchtete Rasen und Steine vor den Fenstern. In den Ecken lagen Schnapsleichen. Einige waren mitten im Saal umgefallen und an die Wände gelegt worden. Zwei hatte man in pikanter Pose postiert, die Prinzessin war dabei, ihre Verrenkung auf Papier festzuhalten, denn sie kannte den familiären Hintergrund von beiden und wusste, dass daraus noch viel Spaß erwachsen würde.

Inmitten der Fresser und Zecher entdeckte Trine Deichmann ihren Joseph. Er sah aus, als würde er die Menschen aus dem Dorf seit Langem kennen. Er war ein Teil von ihnen. Nie würde Trine begreifen, wie schnell der Mann die Farbe seiner Umgebung annehmen konnte. Sie selbst aß nichts, trank nur eine Kleinigkeit und dann noch eine Kleinigkeit, denn diesen Wein musste man trinken, solange man ihn bekommen konnte.

Sie machte die Runde bei den Säuglingen. Die schwere Geburt würde ein zweites Opfer fordern, die Frau war schon mehr tot als lebendig. Immerhin litt sie keine Schmerzen, sondern schlief in gnädiger Ohnmacht. Am Fenster stehend, schaute Trine auf den Rasen. Von den Feuern war nichts übrig geblieben als schwarze Kreise auf grünem Rasen. Die Sonne würde sich nicht lange halten, vom Meer zogen dunkle Wolken ins Land. Trine tat der Anblick in der Seele wohl. Sie fühlte sich wie nach schwerer Geburt. Kaum fiel die Anspannung ab, strahlte ihr Körper Schmerzen aus. Sie musste dringend schlafen, diesmal wäre es mit sieben Stunden nicht abgetan. Sie reckte und streckte sich, sie dachte an den kleinen König und wusste, dass sie es wohl nicht mehr lernen würde, am Stand der Sonne die Zeit stundengenau abzulesen. Im nächsten Moment hatte sie andere Sorgen als die Zeit, denn sie hatte ein Messer an der Kehle. Eine Hand riss ihre Haare nach hinten. Der Angriff traf sie vollkommen unvorbereitet, sie war so überrascht, dass ihre Knie nachgaben, aber sie fing sich sofort. Bloß nicht wackeln, wenn die Haut die Klinge spürte.

»Ihr führt mich zu ihm oder Ihr werdet sterben.«

»Das ist ein Fehler«, sagte sie leise. »Ich bin nicht die, für die Ihr mich haltet. In einer Stunde ist das Narrenreich vorüber. Dann ...«

Die Hand riss in ihren Haaren, Wasser schoss aus Trines Augen. »Ihr redet zu viel. Führt mich zu ihm.«

»Aber zu wem denn? Was soll das Messer?«

»Zu dem geilen kleinen Gelehrten. Und das Messer ist dafür da, es ihm in seinen Wanst zu stoßen. Ich werde es nicht herausziehen, sondern es in seinem Wanst umdrehen.« Er roch nach Schweiß, aber nicht nach Alkohol. Das war gut, betrunkene Männer waren unberechenbar.

»Seid Ihr aus dem Dorf? Seid Ihr wütend auf ihn? Habt Ihr eine Rechnung mit ihm offen?«

»Hör zu«, fauchte die Stimme. »Du machst deinen Mund zu und hältst ihn geschlossen. Du bringst mich zum Zwerg. Du musst ihn mir nicht zeigen, ich werde ihn erkennen. Und falls du nicht willst, wird der Wurm dran glauben.«

Ein eingewickelter Säugling wurde ihr vors Gesicht gehalten. »Gundas Kind?«, fragte sie leise und erhielt keine Antwort.

Der Mann drängte sie zur Tür, im Bett lag die Frau, deren Kind bei der Geburt gestorben war. Die Räume für die Schwangeren und jungen Mütter lagen im Sommerhaus, es besaß keine direkte Verbindung mit dem Haupthaus. Über den kleinen Flur gelangten sie ins Freie. Links vor ihnen das Schloss, rechts der Rasen und die Wirtschaftsgebäude. Das Messer befand sich jetzt an ihrer Seite. Der Mann legte ihr einen Arm um die Taille, sie mussten wirken wie ein vertrautes Paar. Um diese Stunde würde sie niemand beachten, für einen zweiten Blick würde die Kraft gar nicht mehr reichen.

Joseph stand immer noch an der Tafel und schlug sich den Wanst voll. Trine dachte: Wenn ich das überlebe, gehst du nie mehr allein essen. Drei oder vier Menschen waren doch noch draußen unterwegs. Zwei jagten sich. Es musste Liebe sein, mit Vernunft hatte es nichts zu tun. Plötzlich stürzte eine junge Frau auf sie zu, eine Flasche in der Hand. Trine verkrampfte sich. Die Frau schielte vor Trunkenheit und wollte Trine nötigen, einen Schluck zu nehmen. »Weil Ihr den Frauen so geholfen habt«, lallte die Zecherin. Trine nahm ihr die Flasche ab und trank. Die Zecherin hatte noch nicht mitgekriegt, dass besserer Wein im Ausschank war. Trine reichte die Flasche an den Mann weiter, er schüttelte den Kopf, sie reichte die Flasche zurück. Die Zecherin sprang weiter. Trine hatte ihn gesehen, überraschend jung, noch gar kein Mann, blass, angespannt, keiner, für den der Gebrauch des Messers zur täglichen Übung gehörte. Von Joseph wusste sie, dass diese die Gefährlichsten waren. Wer keine Übung hatte, konnte die Folgen nicht abschätzen und wurde schnell nervös. »Am berechenbarsten sind die Massenmörder«, hatte er im Gasthaus behauptet, und als Trine zweifelte, hatte er angefangen, es ihr beweisen zu wollen. Am Ende hatte er einen Tisch mit der Platte nach vorne an die Wand gestellt und mit Messern danach geworfen.

»Theophrast ist gut bewacht«, sagte Trine. »Ihr kommt nicht an ihn heran.«

Er schwieg. War das die kluge Taktik eines gewohnheitsmäßigen Verbrechers oder die Verwirrung eines überforderten Jungen? Sie zweifelte keine Sekunde, dass er eine Rechnung mit Theophrast offen hatte. Wenn dieser Mann keine Feinde hatte, durfte sie niemand haben.

Aber sie fanden Theophrast nicht. Im Thronsaal hielt er sich nicht auf, draußen war es leer. Vögel holten sich die Reste an den Feuern, Katzen hielten Nachschau. Friedlich wirkte alles, und Trine fühlte ein Messer in den Rippen.

»Tut mir leid«, murmelte sie. »Er ist verschwunden. Er wollte ins Dorf, das liegt weit von uns ent…«

»Erzählt mir nicht, wo das Dorf liegt.«

So erfuhr sie, dass er sich in der Gegend auskannte. »Ich kann mich für Euch verwenden«, sagte sie. »Ich verstehe mich mit dem König gut.«

»Was ich von ihm will, werde ich ihm sagen. So viel wird auch nicht geredet werden.«

Das war das, was sie befürchtet hatte. Der Mann wollte nicht über erlittenes Unrecht klagen, seine Meinung stand unverrückbar fest, er musste sie nur noch exekutieren.

Nun gelangten sie auf die Vorderseite des Schlosses. Im Hintergrund waren Wachen an den erloschenen Feuerstellen. Räumten sie auf? Jedenfalls waren sie abgelenkt. Um den Mann zu prüfen, steuerte Trine den Ausgang an. Wenn er sich auskannte, musste er wissen, dass der Weg ins Niemandsland führte. Dort gab es kein Gebäude mehr. Er blieb an ihrer Seite, sie wusste wieder etwas mehr: Er war aus der Gegend, kannte aber das Schloss nicht. Er hasste Theophrast, und er war bei den Säuglingen gewesen. Zufall? Wenn es kein Zufall war, konnte er eine Beziehung zu einer der Mütter haben. Nicht zu der Sterbenden, er hatte sie nicht beachtet. Er wusste gar nicht, wie es um sie stand. Sie musste herausfinden, welches Kind er ihr vorhin gezeigt hatte, bevor er es in der leeren Wiege der Sterbenden abgelegt hatte.

Sie begann, von Gundas Söhnchen zu schwärmen, wie schmerzfrei die Geburt verlaufen sei und wie goldig der Kleine sei. Der Vater könne stolz auf ihn …

Trine stöhnte, er hatte ihr das Messer in die Haut gesteckt. Sie ahnte gleich, dass es keine Absicht war, sondern die Folge ihrer Worte. Aber sie blutete. Sie sagte:

»Ihr seid ein sehr dummer Mann. Euer Tod ist so gut wie beschlossen.«

»Haltet den Mund.«

»Wie könnt Ihr glauben, dass Ihr einem wie dem König gewachsen seid?«

Er schlug ihr in den Rücken. Es war eine hilflose Geste, er musste einfach etwas tun. Er war unglücklich. Trines Angst stieg immer weiter. Ein Zimmermädchen lief ihnen über den Weg. Theophrast? Sie wollte ihn oben gesehen haben, wo die Schlafräume lagen. Dem Angreifer war nicht wohl bei dem Gedanken, in das unbekannte Gebäude eindringen zu müssen. Aber er kniff nicht. Zuerst führte Trine ihn in den Thronsaal, wo immer noch gegessen und getrunken wurde. Einige Paare tanzten. Trine rief der Prinzessin eine alberne Bemerkung zu, ebenso dem Hofmarschall. Sie näherte sich Joseph, als sie der Angreifer wieder hinausdrängte. Eine Treppe höher war alles still. Kein Mensch zu sehen. Trine wusste nicht, wo Theophrast residierte. Sie begann, an der erstbesten Tür zu klopfen, und öffnete sie, bevor eine Reaktion kommen konnte, ging von einer Tür zur nächsten. Die erste Tür war verschlossen, im zweiten Raum lag eine schlafende Frau vor dem Bett. Es konnte nicht ausbleiben, dass sie auch auf ein Paar stießen. Es war nackt und schlief fest.

»Sie hat recht«, knurrte der Mann. »Es ist ein Saustall, wo es jeder mit jedem treibt.«

»Man gewöhnt sich dran, wenn man dazugehört.«

Sie wollte ihn reizen. Gereizte Menschen verrieten sich schnell. Aber er betonte nur, was für ein anständiger Mann er sei, wie treu und zuverlässig, wie gottergeben und jeder Perversion abhold. Er war ein anständiger Mann mit einem Messer, der einen König erstechen wollte.

»Vielleicht versteckt Ihr ihn«, knurrte er. Trine lachte. »Zeigt mir Euren Raum.«

»Was soll das bringen?«

Aber er wollte ihn sehen, so öffnete sie die Tür und stand Theophrast dem Zweiten gegenüber. Triumphierend blickte der Angreifer Trine an und schloss die Tür.

»Ich habe mir die Regale angeschaut«, behauptete Theophrast.

Der Angreifer hielt Abstand von der missgebildeten Natur in den Gläsern und murmelte: »Pervers im Leben und im Tod.«

»Wer ist das?«, fragte Theophrast. Er war müde und brachte kaum noch die Kraft auf, den Herrscher herauszukehren.

»Ihr stellt hier keine Fragen«, fuhr ihm der Angreifer in die Parade und richtete sein Messer auf den Zwerg. Der wich erbleichend zurück. Dann redete nur noch der Angreifer. Max Hunt war Gundas Freund, mehr noch: Er wollte sie heiraten und sie ihn, jedenfalls bis zum letzten Herbst. Da war sie schwanger geworden, Max war nicht erfreut gewesen, man hatte sich gestritten, einige Male, einige Wochen. So oft war man aneinandergeraten, dass Max seinen Posten als Knecht im Schloss verloren hatte. Auf dem Höhepunkt eines Wutanfalls hatte Gunda ihm an den Kopf geworfen, wer in Wirklichkeit der Vater des Kindes war: Theophrast von Bommelheim.

Mit einem Plumps fiel der kleine König auf das Bett und stieß hervor: »Na hör mal.«

Max fuhr fort: »Seitdem hat sie von niemand geredet als von Euch. Bommelheim vorn, Bommelheim hinten, Bommelheim liebevoll und immer da. Ihr habt mein Leben zerstört, Ihr habt mir meine Braut genommen, Ihr habt sie missbraucht, dafür werdet Ihr jetzt bezahlen.«

»Ihr seid doch krank«, murmelte Theophrast.

Wollt Ihr bestreiten, dass Ihr Gunda kennt?«

»Ja natürlich. – Nein, natürlich nicht. Sie lebt hier, ich lebe hier. Man kennt sich …«

»… und macht ihr ein Kind. Ich verstehe. Ihr seid eine große Familie.«

»Ich bin der Narr«, sagte Theophrast. »Und falls Ihr es noch nicht bemerkt haben solltet: Ich gehöre nicht zu den drei stattlichsten Mannsbildern im Schloss. Warum sollte sich Gunda gerade mich aussuchen?«

»Weil Ihr reich seid und berühmt. Weil Ihr alles wisst

und so rücksichtsvoll seid. Und immer Zeit für sie habt.«

»Hat sie Euch das so gesagt?«, fragte Trine.

»Seit dem Herbst bis letzte Woche.«

Sie suchte Theophrasts Augen und fand nackte Angst.

»Geht raus«, knurrte Max Trine an. »Ich will den Zwerg klein schneiden und in die Gläser stecken. Dann können sie lange nach ihm suchen.«

»Bleibt bei mir«, murmelte Theophrast flehentlich.

Der Angreifer kam auf Trine zu. Ein Hieb mit dem Messer zerteilte die Luft, Trine duckte sich weg. Theophrast saß auf dem Bett, plötzlich begann er, sich in das Bett einzuwickeln. In einer rührenden und verzweifelten Geste wollte er sich unsichtbar machen und spürte das Messer an der Nase.

»Es beginnt«, sagte der Angreifer. »Ihr hattet Euren Spaß, monatelang, jetzt werde ich meinen haben.«

Plötzlich begann draußen eine Frau zu schreien. »Ein Arzt! Ist hier oben ein Arzt!? Gunda geht es schlecht, sie stirbt uns unter den Fingern weg! Ein Arzt, oh bitte bitte, einen Arzt.«

Trine sah, wie der Angreifer noch blasser wurde. Er stieß Theophrast von sich, stieß Trine zur Seite, stürzte aus dem Raum. Als Trine um die Ecke bog, saßen Joseph und Graf Harnack auf dem Jungen und waren dabei, dessen Arme auf dem Rücken zu binden. Vor ihnen stand Hedwig Wittmer in den kläglichen Resten ihres Narrenkostüms und sagte freudestrahlend: »An mir ist eine Schauspielerin verloren gegangen.«

44

Um acht Uhr endete das Narrenreich, indem die Mitglieder der Hofgesellschaft an das schlugen, was in ihrer Reichweite am meisten Geräusch machte. Anschließend führte Theophrast von Bommelheim den Fürsten zum Feld der Früchte, die Männer mögen. Unterwegs berichtete Trine Deichmann, was ihr Gespräch mit Gunda, der jungen Mutter, ergeben hatte.

Gunda hatte zugegeben, den kleinen Gelehrten ins Feld geführt zu haben, um ihren Geliebten eifersüchtig zu machen. Theophrast hatte sich vom ersten Tag ihrer Schwangerschaft an um sie gekümmert, er war der Einzige gewesen, der an ihrem Schicksal aufrichtig Anteil genommen hatte. »Er war ein ganz Lieber«, hatte Gunda berichtet, »zuerst wollte ich ihn nur benutzen, um Max eine Lektion zu erteilen. Aber dann habe ich mich an ihn gewöhnt. In gewisser Weise ist er jetzt auch der Vater meines Jungen. Max hat nur das gemacht, was jeder Mann gern tut. Der kleine Mann hat das getan, was die wenigsten Männer mögen. Ich frage Euch: Wer ist nun der bessere Vater?«

Theophrast hatte gelauscht und peinlich berührt gebrummt: »Ich weiß gar nicht, wovon das junge Ding redet. Das ist der Wochenbett-Wahn.«

Er präsentierte das Feld mit Früchten, die Männer mögen. In einer feierlichen Zeremonie, bei der am Ende beide weinten, gab der Fürst dem kleinen Gelehrten seine Freiheit zurück.

Trine war noch dabei, ihren Joseph zu überreden, mit ihr in einem Bett zu schlafen, von dem aus man auf Missgeburten, Kröten und Schlangen blickt, als Theophrast darauf bestand, sofort aufzubrechen.

Während die Pferde angespannt wurden, ging Hofmarschall Glogau mit Trine in sein Amtszimmer und händigte ihr das Honorar aus. Er sagte: »Was für ein unwirkliches Gefühl. Ich kann in Ruhe eine Amtshandlung begehen, ohne befürchten zu müssen, dass die Tür aufgeht und der kleine Quälgeist mir auf die Finger blickt. Vielleicht feiern wir heute noch ein Freudenfest und gehen erst danach schlafen.«

Fünf Minuten später starrte Gunda das Geld an. Sie bedeckte Trines Hände mit Küssen, bis die aus dem Raum floh.

Sie fuhren in zwei Kutschen, in der ersten saßen außer Trine ihr Joseph und der Gelehrte, auf seinem Schoß stand die Truhe des Fürsten, Theophrasts Kapital für die Freiheit. Dahinter fuhren Hedwig Wittmer, die Brauergattin, ein halb bewusstloser Adam Kropf und Menschen, die sich die große Stadt ansehen wollten. Erst als die Kutsche rollte, setzte der Gelehrte die Bausteine zusammen und erkannte, dass Trine und der Narbenmann ein Paar darstellten.

»Alles habe ich also doch nicht unter Kontrolle gehabt«, murmelte er.

»Dafür lebt Ihr noch«, sagte Joseph. »Hätten uns die Männer aus dem Dorf nicht so fassungslos angeguckt, hätten sie mit Euch kurzen Prozess gemacht, als Ihr vorhin in Eurer Prozession zum Strand hinunter kamt.«

»Was redet Ihr da!?«, rief Theophrast. »Graf Harnack würde nie etwas tun, was sich gegen mich richtet. Wir sind praktisch befreundet.«

Einen Moment herrschte Stille, dann sagte Joseph: »Es gab verschiedene Meinungen, was das Beste für Euch sein würde. Zumindest zu dem Zeitpunkt, als Ihr der Welt zeigen wolltet, zu was Ihr imstande seid.«

Plötzlich schlug sich Theophrast gegen die Stirn. »Das Boot! Ich habe das Boot vergessen.«

Er blickte Joseph an und verstand.

»Seit wann wusstet Ihr davon?«, fragte der Ex-Narr ernüchtert.

»Der Richter hat so lautstark über die Reling gekotzt, dass man es meilenweit hörte.«

Gemeinsam setzten sie Trine ins Bild. Meier Mecklenburg, der wackere Richter, war am Leben. Auch der Mann, auf den die Seehundfelle gewartet hatten, befand sich oberhalb der Wasserlinie. Ebenso alle anderen, die in sicherer Erwartung eines schrecklichen Todes im Lauf der Nacht aus der Hofgesellschaft entfernt worden waren. Man hatte sie auf ein Boot gebracht, das im Meer vor dem Schloss dümpelte. Dort war es Meier Mecklenburg erst richtig schlecht ergangen. Er war imstande, auch bei ruhiger See von erbärmlichster Seekrankheit heimgesucht zu werden.

Trine sagte: »Wir hätten es wissen müssen. Wer ein Jahr Zeit hat, das Narrenreich zu planen ...«

»Ihr habt alle geschlottert vor Angst«, knurrte Theophrast zufrieden. »Eine Nacht lang habt Ihr erfahren, was es heißt, wenn man sich klein fühlt.«

Trine sagte Theophrast zu, für ihn bei ihren Vorgesetzten in Lübeck ein gutes Wort einzulegen. Der Plan eines Waisenhauses war zu segensreich, um ihn barsch zurückzuweisen. »Macht Euch auf lange Gespräche gefasst«, kündigte Trine an, »die Lübecker halten ihr Geld zusammen.«

Theophrast von Bommelheim ließ auf dem Hügel halten. Er stieg aus und nach zehn Minuten wieder ein. »Bis zur letzten Sekunde wollte ich zurücklaufen. Ich bin erst in die Kutsche gestiegen, als ich das Schloss vor lauter Tränen nicht mehr sehen konnte.«

Als die Lübecker Türme auftauchten, war außer dem Kutscher niemand mehr wach. Theophrast erwachte vom Fischgeruch, der vom Hafen herüberwehte. In seinem sachlichsten Tonfall bat er darum, einen Blick auf die Häuser am Hafen werfen zu dürfen, aus rein wissenschaftlichem Interesse. Sie setzten ihn vor dem Bordell ab, das Joseph als das anständigste bezeichnete, was immer er darunter verstehen mochte. Er versicherte Theophrast, dass man dort sogar ungestört schlafen konnte – gegen gutes Geld. Zum Abschied sagte Trine: »Wenn Ihr in zwei Tagen nicht vor unserer Tür steht, lassen wir Euch suchen. Ich schicke alle Hexen gegen Euch los.«

Eine kleine Gestalt winkte ihnen hinterher, dann schnitt die Kurve den Sichtkontakt ab.

ENDE